LA MÉMOIRE D'UNE AUTRE

MÉLANIE ROSE

LA MÉMOIRE D'UNE AUTRE

traduit de l'anglais
par Séverine Quelet

ARCHIPOCHE

Ce livre a été publié sous le titre
Coming Home
par Avon, Londres, 2010.

www.archipoche.com

Si vous désirez recevoir notre catalogue
et être tenu au courant de nos publications,
envoyez vos nom et adresse, en citant
ce livre, aux Éditions Archipoche,
34, rue des Bourdonnais 75001 Paris.
Et, pour le Canada, à Édipresse Inc.,
945, avenue Beaumont,
Montréal, Québec, H3N 1W3.

ISBN 978-2-35287-552-9

À James, avec amour.
Et à Dave, mon sucre d'orge.
À Lyn et Sam, qui un
jour seront réunis.
Un merci particulier
à ma grand-mère Mima,
aujourd'hui décédée, dont
les souvenirs d'enfance
m'ont inspiré ce roman.

1

L'aire de repos ressemblait à une pataugeoire et, à part une unique voiture garée à l'autre bout, elle était déserte. Je dévissai le bouchon de la Thermos et me versai une pleine tasse de café amer. Il dégageait un arôme écœurant et avait un goût de plastique, mais je m'en contentai.

La traversée de l'Oxfordshire en direction du nord m'avait pris une éternité et cet arrêt était le bienvenu. Je scrutai le parking à travers le pare-brise moucheté de gouttes de pluie. Je fis rouler mes épaules pour les décontracter et atténuer un peu la tension accumulée dans mes bras et ma nuque après ces longues heures de conduite.

J'avalai une nouvelle gorgée de café, prenant conscience que son manque de couleur et de saveur ressemblait à s'y méprendre à ma vie. Rien n'avait été plus facile que de m'enliser dans une routine que je m'étais moi-même forgée.

Clairement, ce voyage n'était pas du luxe.

Pourtant, tandis que j'observais le ciel de plomb qui s'étalait au-dessus de moi, le doute m'envahit. Avais-je pris la bonne décision ? Une forte envie de faire demi-tour et de revenir sur mes pas me tenaillait. Avais-je eu raison de foncer ainsi tête baissée vers l'inconnu ?

L'excitation ressentie au moment du départ s'était lentement dissipée au fil des kilomètres, me laissant le sentiment d'être une condamnée face au peloton d'exécution. Je me secouai mentalement et avalai le reste de ma tasse. Mon humeur maussade tenait sûrement au frisson de froid qui était remonté de mes pieds à mes épaules après que j'eus coupé le contact ; à moins qu'elle ne soit simplement le reflet de la météo.

Je redémarrai le moteur et le laissai tourner en attendant que la chaleur regagne mon corps. Un camion passa comme un bolide, éclaboussant ma voiture de gerbes d'eau grise. D'un coup d'œil rapide, je m'assurai que tout était à sa place. La voiture était pleine jusqu'au toit. Elle contenait tout ce que j'avais jamais possédé – et que je n'avais ni donné à des associations caritatives, ni envoyé finir ses jours à la décharge. Derrière moi s'entassaient valises, cartons, pots de fleurs et tout ce qui avait réchappé au tri impitoyable auquel j'avais soumis vingt-cinq années de vie.

Un miaulement plaintif s'éleva du siège passager, où était posée la cage de mon compagnon de voyage, Mitsy, mon chat tigré. Je passai les doigts à travers la grille et lui grattouillai le museau. La petite bête frotta les doux poils de sa joue contre ma peau en ronronnant. Au contact de son corps chaud, je repris confiance.

Plusieurs fois, au cours des dernières heures, j'aurais fait demi-tour si elle n'avait pas été là, fidèle et compréhensive. Mitsy m'observa de ses grands yeux mélancoliques, tandis que je retirais ma main et ouvrais l'atlas routier sur le tableau de bord, gonflée d'une détermination nouvelle.

— On a encore un bon bout de chemin, l'informai-je.

Je survolai la carte, suivant du doigt la ligne qui m'intéressait avant de lâcher un soupir de résignation : la route principale que je voulais emprunter continuait au-delà de la page.

— J'aurais dû acheter un GPS, dis-je à Mitsy avec un sourire triste.

En relevant les yeux, je m'aperçus que la pluie s'était transformée en neige fondue, qui tombait drue contre le pare-brise.

— C'est l'heure !

Je glissai l'atlas dans le vide-poches et j'enclenchai les essuie-glaces avant de m'engager sur la route. La circulation s'était considérablement réduite. Tant mieux, car c'étaient désormais d'énormes flocons qui s'écrasaient sur les vitres. Les bas-côtés se recouvraient de cristaux glacés. Les champs et les bois qui s'illuminaient à mon passage se tachetaient de blanc.

Une demi-heure plus tard, le monde extérieur n'était plus qu'un épais brouillard. Dans l'espoir de trouver un pub où m'abriter, je quittai la route principale pour une voie secondaire qui sinuait entre les hautes haies, me protégeant partiellement des tourbillons de neige. J'avançais à une allure de tortue, croisant les doigts pour qu'aucun véhicule ne déboule en face de moi. Mais, apparemment, les autres conducteurs avaient déjà trouvé refuge. La route m'appartenait…

Les minutes s'étirèrent, et j'avais l'impression de rouler depuis des heures. Le doute s'installa. En dépit du froid extérieur, je transpirais. Au bout d'un moment, j'atteignis une intersection. Les routes dégagées m'exposèrent aux éléments et ma voiture trembla sous les violentes attaques du vent. Elle dérapa, tandis que les pneus cherchaient à mordre le bitume recouvert de neige. D'énormes flocons venaient s'écraser contre le pare-brise ; ils voilaient les panneaux indicateurs, camouflaient le paysage et faussaient mon sens de l'orientation.

Penchée en avant, les mains agrippées au volant, j'étudiai les directions qui s'offraient à moi. Aucune ne correspondait à ce que j'avais lu sur la carte. J'engageai finalement la voiture sur la gauche, dans le virage qui me paraissait le plus large. J'avais à peine avancé que déjà je regrettais mon choix. La neige s'accumulait en congères de chaque côté de la route, la rendant quasiment impraticable. Mais nul demi-tour possible. Continuer était l'unique option…

Je franchis alors un pont, que j'aurais probablement trouvé charmant si je n'avais pas été perdue au milieu d'une tempête de neige. Juste après, la route monta abruptement et les pneus glissèrent sur la chaussée enneigée.

— Ce n'est pas bon, murmurai-je à Mitsy, les dents serrées. Pas bon du tout.

Malgré ma progression d'une lenteur extrême, j'eus l'impression que la voiture prenait quand même de la vitesse. Mais, brusquement, tout bascula. Le moteur gémit, poussa des cris plaintifs, et les roues patinèrent.

La peur me gagna. Si j'avais pu, par la seule force de ma volonté, nous faire avancer, nous aurions surmonté cet obstacle. Au milieu de la côte, la voiture chancela et se mit à redescendre la pente en glissant. J'enfonçai la pédale d'accélérateur dans une tentative désespérée de reprendre le contrôle, mais le moteur s'emballa et la voiture tangua tout en poursuivant son inexorable descente.

Pendant quelques secondes terrifiantes, elle prit de la vitesse, glissa, avant de s'arrêter brutalement sur le bord de la route enneigée.

L'espace d'un instant, je restai là, pétrifiée, en état de choc. La voiture s'était immobilisée dans une position improbable. Je coupai le contact. Un brusque silence régna. De gigantesques flocons s'abattaient sans bruit sur le pare-brise. J'entendis alors un craquement aigu suivi d'un long déchirement, le grincement de la tôle contre le bois.

D'un coup d'œil par-dessus mon épaule, je compris que l'arbre qui avait stoppé notre folle descente était en train de se briser sous le poids du véhicule. À tout instant, il pouvait voler en éclats et la voiture reprendrait alors sa glissade pour finir sa course dans la rivière que je venais de traverser.

Mitsy brisa le silence d'un miaulement sinistre. Son long cri déchirant me força à agir. Je détachai ma ceinture et tendis le bras pour attraper mon manteau, posé à l'arrière sur mes affaires. Le mouvement fit tanguer le véhicule. Je me retournai rapidement et restai sans bouger. La voiture s'immobilisa.

Au bout d'un moment, je décidai d'attraper mon téléphone portable, posé sur le siège passager, à côté de la cage du chat. Malheureusement, mes doigts tremblants ne réussirent qu'à le pousser vers le plancher, où il atterrit dans un bruit sourd avant de rouler sous le siège, hors d'atteinte. Retenant ma respiration et m'efforçant de ne pas déséquilibrer la voiture, je tendis le bras et soulevai la poignée de la cage que je posai sur mes genoux. La voiture frémit.

De ma main libre, j'essayai d'ouvrir doucement la portière. Bloquée ! La cage coincée entre le volant et ma poitrine, je poussai plus fort, me servant de mon bras et de mon épaule. Pendant un moment, je crus que je n'arriverais jamais à la faire bouger mais, tout à coup, elle s'ouvrit. Le brusque mouvement fit reculer la voiture et la neige accumulée sur l'arbre se précipita aussitôt à l'intérieur de l'habitacle, me mordant le visage.

C'est alors que le tronc craqua, puis céda sous le poids du véhicule. L'arbre se coucha et libéra la voiture… Pendant une fraction de seconde, elle sembla suspendue dans les airs. Au prix d'un ultime effort, je tirai la cage du chat et sautai hors du véhicule, m'assomant au passage contre la portière. J'atterris lourdement dans l'épaisse couche de neige.

Malgré mon esprit embrouillé, je remarquai la voiture qui reculait, glissait plus qu'elle ne roulait, dévalant la colline, aplatissant tout sur son passage. À demi évanouie, je la vis s'éloigner, manquer l'entrée étroite du pont et s'enfoncer, après un plongeon fatal, dans les rapides de la rivière en contrebas.

2

Soudain, un miaulement plaintif me siffla dans les oreilles. Ma tête me lançait, mon corps était endolori. Je pouvais à peine sentir mes membres. Alors, l'angoisse se mêla à la douleur.

Je ne savais plus qui j'étais, ni où je me trouvais.

Des flocons de neige me giflaient le visage et s'accrochaient à mes cheveux, à mes cils. Je passai la main dans la mèche qui retombait devant mes yeux et la retirai couverte de sang. J'étais donc blessée, pensai-je, hébétée. Mais comment, et pourquoi ?

Un nouveau miaulement se fit entendre. Je découvris alors une cage. Mais qu'est-ce que je fichais avec un chat au milieu de nulle part, en pleine tempête de neige ? Autour de moi, rien. Aucun indice. Seule cette étendue immaculée.

Les rafales de vent s'abattaient sur mon visage, tandis que je tentais maladroitement de me relever. Il fallait que je bouge, je le savais. Je plissai les yeux sous le blizzard et j'eus une brève lueur d'espoir. Était-ce une maison là-bas ? Oui, il me semblait bien apercevoir de la fumée s'échapper d'une cheminée.

À pas chancelants, la cage dans une main, j'entrepris de gravir la colline. Avec mes chaussures aux semelles lisses, je glissais ou trébuchais à chaque foulée. Au bout d'un moment, j'atteignis enfin un sentier que je commençai à suivre, de la neige jusqu'aux chevilles.

Bientôt, j'eus les orteils gelés. La tête me tournait et mon souffle se fit de plus en plus court. Il formait de petits nuages blancs de plus en plus compacts devant moi, tandis que la neige continuait de me cingler. J'avais l'impression que des milliers d'aiguilles glacées me piquaient les joues, les yeux et les mains.

De temps en temps, une branche me fouettait le visage. J'avais le nez qui coulait, les yeux qui me brûlaient et j'étais secouée de tels tremblements que mes dents ne claquaient plus mais grinçaient les unes contre les autres. Chaque pas se révélait un nouveau défi, chaque respiration une torture, et le poids de la cage engendrait une douleur sourde dans mes bras et le bas de mon dos.

Soudain, je chancelai et m'étalai sur le flanc. La cage roula sur l'épaisse couverture blanche. Les flocons me fouettaient le dos et je n'avais plus la force de me relever. Je fis courir un doigt sur la grille et sentis un museau humide se presser contre ma peau. Je me demandai si je devais essayer d'ouvrir le loquet pour libérer l'animal. Peut-être alors pourrait-il s'en sortir? Mais, apparemment, je ne contrôlais plus mes mains et, de toute façon, à quoi bon? Tout ce que je voulais, c'était poser ma tête douloureuse sur cet oreiller moelleux et blanc, et dormir…

Comme je fermais les yeux, un sentiment de paix m'envahit. C'était si confortable. J'étais bien, la tête posée sur mes bras autour de la cage. J'avais l'impression de voguer sur du coton. Je ne ressentais plus le froid. J'étais dans une bulle. Au-dessus de moi, un tunnel lumineux. Qui me conduirait dans un endroit où je serais en sécurité et au chaud. Au chaud et en sécurité…

L'air ondoya et je rouvris les yeux. Comme flottant vers moi, j'aperçus une silhouette floue. J'essayai de l'appeler, mais aucun son ne franchit mes lèvres. La forme se rapprocha, ondulant dans le brouillard, et je vis l'homme tendre les mains vers moi.

Lorsque mes doigts gelés touchèrent les siens, une vague de joie pure parcourut mes veines, une apaisante lumière blanche m'entoura. La silhouette me souleva et me prit dans ses bras musclés. Dans son étreinte, je me sentis aussi légère qu'une plume. Je fermai les yeux et me délectai de cette intimité, du sentiment enivrant d'être à ma place, d'appartenir à quelque chose de plus grand ou à quelqu'un de meilleur que moi.

Étais-je en train de mourir ? Déjà morte ? Cette pensée ne m'effraya pas le moins du monde. Si c'était bien la mort qui venait à moi, j'étais prête.

J'avais le sentiment d'avoir voyagé seule toute ma vie. À présent, dans ce brouillard blanc, je venais enfin de trouver mon âme sœur, mon autre moitié, ma meilleure moitié.

J'enfouis mon visage dans le creux de son épaule, puis de son cou, avec le désir de me fondre en lui, de ne plus faire qu'un avec lui jusqu'à la fin des temps.

3

— Bonjour…

Une douleur fulgurante irradia mes mains et mes pieds. Retenant un cri, j'ouvris un œil. Devant moi, un ange.

Elle était petite et mince ; un halo de cheveux dorés tombait avec souplesse sur ses épaules. Elle m'observait avec des yeux d'un bleu si profond qu'on avait envie de s'y perdre.

Ma première pensée fut que j'étais bel et bien morte et que j'avais rejoint ce lieu que certains appellent paradis. Mais la douleur qui me transperçait le corps contredisait cette hypothèse. Je remuai les orteils et les doigts dans le but d'atténuer un peu la sensation de brûlure.

L'ange se pencha alors vers moi. Sa chevelure coula en cascade et elle me murmura d'une voix légèrement enrouée, si près de mon oreille que ses lèvres me frôlèrent :

— Ambre m'a dit que tu viendrais.

J'ouvris grands les yeux et la dévisageai, l'esprit brumeux.

— Où suis-je ?

Ma voix n'était qu'un mince filet. Prononcer ces quelques mots m'avait coûté un terrible effort et provoqua une quinte de toux, entraînant une nouvelle douleur dans mon corps.

L'ange s'était reculée quand je m'étais mise à tousser, et m'étudiait désormais avec inquiétude.

— Est-ce que tu vas mourir? demanda-t-elle.

Je réfléchis à cette idée, étirant mes doigts engourdis et mes orteils pour me prouver que je n'étais pas déjà morte.

— Non, je ne pense pas, lui répondis-je alors.

— Jamais? insista-t-elle.

Elle s'approcha en me fixant d'un regard si intense que je me demandai une nouvelle fois si je n'hallucinais pas. Son expression solennelle m'enjoignit cependant de bien mesurer ma réponse. J'avais moi-même besoin d'explications mais, visiblement, mes questions devraient attendre.

— Eh bien, je mourrai un jour… Comme tout le monde. Mais je ne vais pas mourir aujourd'hui, pas si je peux l'éviter.

Je me redressai sur un coude et regardai autour de moi. J'étais étendue sur un canapé, dans un salon aux poutres apparentes et percé de fenêtres à petits carreaux à peine visibles derrière les épais rideaux à moitié tirés. Un tapis persan recouvrait le parquet laqué et un feu crépitait dans la cheminée. La pièce était chaleureuse et apaisante, un véritable sanctuaire après le blizzard.

L'ange me sourit, avec dans les yeux une telle expression d'émerveillement que je pris un peu peur. C'était le genre de regard qu'un enfant aurait en voyant le Père Noël émerger de la cheminée un 24 décembre. Je me demandai si j'avais moi aussi eu ce regard en la voyant.

— Où suis-je? demandai-je une nouvelle fois, essayant tant bien que mal de m'asseoir.

Les couvertures qui m'enveloppaient tombèrent sur mes genoux et je me rendis compte trop tard que je ne portais que mes sous-vêtements.

Je remontai à la hâte les couvertures sur ma poitrine.

— Comment t'appelles-tu?

— Jade, répondit le petit ange.

Elle portait un pull couleur crème et une jupe écossaise sur d'épais collants en laine.

— J'ai six ans et demi, m'apprit-elle avant de marquer une pause puis de répéter, doucement: Ambre m'a dit que tu viendrais.

— Qui est Ambre?

— Ma sœur.

Le haussement d'épaules de Jade me signifia clairement que c'était là une information que j'aurais dû connaître.

— Ah! Et tu peux me dire où je suis?

— Tu es dans notre maison. C'est papa qui t'a amenée. Tu étais toute gelée et recouverte de neige, alors Tara et moi, on a enlevé tes vêtements mouillés et je suis allée chercher les couvertures.

— Où est ton papa maintenant? demandai-je, me rappelant soudain mon rêve et la merveilleuse sensation d'être à ma place dans les bras d'un homme.

Le rouge me monta aux joues. Jade me dévisagea avec minutie. Sous son regard scrutateur, je me sentis mal à l'aise et un peu coupable, comme si elle pouvait lire mes pensées, qui étaient loin d'être convenables pour une enfant de son âge.

— Il travaille, répondit-elle avec un geste de la tête pour m'indiquer le couloir derrière moi.

Elle déglutit et s'éclaircit un peu la voix avant d'ajouter:

— Il était juste sorti déblayer le chemin qui va à la route quand il t'a trouvée, et maintenant il est retourné travailler dans son bureau. Papa est tout le temps en train de travailler.

— Et ta maman? demandai-je en regardant autour de moi. Elle est à la maison aussi?

Jade baissa les yeux sur ses pieds.

— Maman est partie. Elle était très triste, alors elle a pris l'avion avec oncle Jack.

Je décidai de ne pas approfondir.

Je voulus poser une nouvelle question, mais Jade serra brusquement les lèvres, comme si elle craignait que trop de mots ne les franchissent. Je l'observai d'un air interrogateur. Un souffle dans la pièce m'apprit qu'une porte avait été ouverte derrière nous.

— Vous êtes réveillée, ça y est.

La voix dans mon dos me fit sursauter. Je me retournai et découvris une jeune femme aux cheveux bruns, courts et chatoyants, émerger de l'embrasure de la porte. Elle s'essuyait les mains sur un torchon.

— Je suis Tara, la gouvernante. Comment vous sentez-vous?

Elle fit le tour du canapé pour venir se planter devant moi et me jaugea sans complexe du regard. Malgré sa chevelure de jais, elle avait des yeux bleu-vert lumineux, tout aussi déroutants que ceux, bleu vif, de Jade.

— Vous vous êtes un peu réchauffée? demanda-t-elle.

Je hochai la tête, m'efforçant de ne pas la fixer. Je sortis mes pieds dégelés de sous la couverture pour me lever.

D'une main, elle me repoussa contre les coussins. Elle était incroyablement forte et je retombai en arrière, posant sur elle un regard gêné.

— Vous ne devriez pas vous lever tout de suite, déclara-t-elle en guise d'excuse, comme si elle s'était rendu compte qu'elle avait dépassé les limites de la politesse. Vous étiez presque inconsciente lorsque Vincent, euh... M. James vous a trouvée. Attendez quelques minutes. J'imagine que vos mains et vos pieds vous font mal. Et la coupure que vous avez au front est assez profonde. Il aurait peut-être bien fallu quelques points, mais je n'avais que des pansements. Espérons que ça suffira.

Je levai la main vers ma tempe et touchai avec précaution le sparadrap, avant de frictionner mes doigts toujours engourdis. J'acquiesçai une nouvelle fois, complètement perdue. L'absence du moindre souvenir me terrifiait.

— Je suis désolée pour le dérangement que je vous ai causé. Je vous suis très reconnaissante pour votre aide. Pendant un moment, là-bas dans la neige, j'ai cru que c'était la fin.

— Une demi-heure de plus dans cette tempête et vous pouviez y passer, approuva-t-elle.

J'eus la vague impression que ce scénario ne l'aurait pas beaucoup dérangée. Elle se ressaisit.

— Enfin, bref. Un bon feu de cheminée et quelques couvertures ont arrangé ça. J'ai préparé de la soupe. Je vous en apporte un bol, si vous voulez.

— Je ne veux pas vous déranger…

— C'est déjà fait, pas vrai? Je suis coincée ici pour la nuit, de toute façon. Les routes sont complètement bloquées, et aux infos ils ont annoncé encore plus de neige. On dirait qu'on va rester ici toutes les deux, alors autant en profiter, hein?

Sa franchise sans détour me fit monter le rouge aux joues. Alors, un sourire vint éclairer son visage.

— Je vais prévenir M. James que vous êtes réveillée. Après vous avoir fait franchir le seuil de la maison à la manière d'un héros de Jane Austen, il a disparu dans son bureau.

Elle s'apprêtait à se retirer dans la cuisine quand une pensée me frappa. Je me redressai d'un bond.

— Lorsqu'il m'a ramenée ici, est-ce que M. James a mentionné un chat qu'il aurait trouvé?

Tara marqua une pause et secoua la tête.

— Non, il n'a pas parlé d'un chat. Vous en aviez un avec vous?

— Il me semble, oui.

Je m'interrogeai sur la part de réalité et de rêve de tout cela.

— Il va mourir de froid tout seul, là dehors, ajoutai-je.

— Les chats savent prendre soin d'eux-mêmes, fit-elle avec un haussement d'épaules. Je suis sûre qu'il va bien.

— Il était enfermé dans une cage. Il n'a aucune chance de s'en sortir.

— Oui, eh bien on ne peut rien y faire pour l'instant, répliqua Tara en se tournant pour contempler par la fenêtre la froide nuit au-dehors. M. James pourra peut-être aller jeter un œil demain matin.

Elle quitta la pièce et je m'assis, d'humeur morose, en frottant mes mains douloureuses. Jade s'approcha et vint s'installer près de moi. Elle me lança un sourire réconfortant.

— Ambre dit que ton petit chat va bien. Et Ambre a toujours raison.

— Où est Ambre? demandai-je en balayant une nouvelle fois la pièce du regard à la recherche de cette sœur si clairvoyante.

Jade baissa le nez sur ses chaussures, tout comme elle l'avait fait lorsque je l'avais questionnée sur sa mère.

— Elle n'est pas là, répondit-elle.

— Et où est-elle, alors?

J'étais perplexe. Comment Ambre pouvait-elle lui avoir dit quoi que ce soit au sujet du mystérieux chat?

— Est-ce qu'elle est avec ton papa?

Sans interrompre l'examen de ses chaussures, Jade secoua presque imperceptiblement la tête.

Tara réapparut, avec dans les mains un plateau sur lequel étaient posés un bol de soupe fumante et ce qui, à l'odeur, semblait être un pain tout juste sorti du four, enveloppé dans un torchon.

— Voilà pour vous, annonça-t-elle en posant le plateau sur mes genoux. J'ai pensé que vous seriez mieux ici, près du feu, pour manger. Jusqu'à ce que vous vous soyez complètement réchauffée.

Elle tendit une main vers la fillette.

— Viens, Jade. Allons dîner dans la cuisine. Je vais prévenir ton père.

Ressentant visiblement le curieux embarras qui régnait, elle nous dévisagea, Jade et moi, avec un sourire mi-figue mi-raisin.

— J'ai interrompu quelque chose?

— Je lui demandais où était Ambre, c'est tout, répondis-je.

Tara ouvrit la bouche à s'en décrocher la mâchoire et devint blanche comme un linge. Pendant un instant d'angoisse, je crus qu'elle allait s'évanouir, mais elle redressa les épaules, attrapa la main de la petite et la traîna d'un pas lourd hors de la pièce. Une porte claqua quelque part et, un instant plus tard, Tara revint, seule. Elle se cala entre le feu et moi et me toisa d'un regard noir avant de demander:

— Qu'est-ce que vous voulez?

Les mains sur les hanches, elle me fixait comme s'il m'était poussé des cornes.

— Et puis, qui êtes-vous, d'abord?

Je voulais lui répondre que je n'en avais aucune idée, mais le moment semblait mal choisi pour mentionner ma perte de mémoire.

— Jade m'a dit que sa sœur savait que je viendrais, c'est tout. Ambre lui a également précisé que mon chat allait s'en sortir.

Tara continua de me fixer comme si j'étais une sorte de monstre enragé. Un silence embarrassant s'installa entre nous.

— Ambre était la sœur de Jade, lâcha-t-elle au bout d'un moment… Ambre est morte il y a deux ans. La mère de Jade n'a pas réussi à surmonter son chagrin, elle est partie deux mois après. Le nom d'Ambre n'a plus été mentionné depuis le départ de sa mère et Jade n'a pas prononcé un mot depuis lors. Elle souffre de ce qu'on appelle un mutisme sélectif. Personne n'a réussi à la faire parler, ni ses professeurs ni les médecins, pas plus que les psychologues qui se sont relayés.

Tara plissa les yeux et me dévisagea d'un air soupçonneux.

— Alors, je vous le redemande : qui êtes-vous et à quel jeu jouez-vous ?

4

Tara me perçait du regard. J'avais l'impression de participer à un horrible jeu dont chacun à part moi connaissait les règles. Moi, je ne savais même pas comment je m'appelais. Au cours des dernières heures, je m'étais réveillée sans aucun souvenir sur le bas-côté d'une route enneigée, j'avais failli mourir de froid, j'avais été secourue par un homme pour lequel j'avais ressenti une étrange attirance, j'avais abandonné un chat dans un champ gelé et je m'étais incrustée dans une maison où une enfant censée avoir perdu la parole m'avait informée que sa sœur, décédée depuis deux ans, l'avait prévenue de ma visite.

Je levai la main vers le sparadrap sur ma tempe. J'avais le sentiment d'avoir été aspirée dans ce tunnel chaleureux entraperçu lorsque j'avais senti approcher la fin. Serpentant dans un espace intemporel, il avait dû me rejeter dans un univers parallèle. La question de Tara était justifiée, mais tout autant agaçante.

Je refrénai mon envie de repousser les couvertures, de me lever tant bien que mal et de m'enfuir en courant dans la tempête pour regagner ma vie, même si j'ignorais ce qu'elle était et où la trouver. Je me sentis tout à coup complètement perdue et très seule, aussi mal à l'aise à l'idée d'être à la merci de cette inconnue qu'elle semblait déconcertée par ma présence. C'était étrange. J'étais convaincue de savoir encore lire et écrire, d'être en mesure d'accomplir les gestes simples du quotidien, mais impossible de me rappeler quoi que ce soit me concernant. Je résistai à la tentation de lever les poings et de hurler et décidai plutôt de respecter les conventions sociales qui m'empêchaient de jeter mon plateau au sol, de repousser ce garde renfrogné et de foncer dehors.

— J'ignore pourquoi Jade m'a parlé, dis-je d'un ton aussi calme que possible. Je ne savais pas qu'elle était muette.

Tara continua de m'examiner de son air soupçonneux. Je lui retournai son regard scrutateur avec ce que j'espérais être un air contrit puis, à défaut d'une meilleure idée, et aussi parce je commençais vraiment à être affamée, je pris la cuillère et la plongeai dans le bol de soupe fumante.

— Ça sent délicieusement bon. Je vous suis très reconnaissante de m'accueillir ainsi chez vous.

C'était la vérité. J'étais reconnaissante.

— Ce n'est pas chez moi. Je travaille ici, c'est tout.

Elle pointa le menton et la familiarité de son geste brisa toute hostilité. J'étais de nouveau une invitée.

— Nous serons dans la cuisine. S'il vous faut quoi que ce soit, appelez-moi.

Elle tourna les talons et disparut.

Après son départ, je reposai la cuillère sur le plateau et m'enfonçai dans le canapé, épuisée. Je fermai les yeux pour me reposer un moment. Si ma théorie à propos du tunnel dans l'espace n'avait rien de réaliste, pensai-je au bord de l'hystérie, alors peut-être avais-je débarqué dans une maison de fous – ou bien j'étais morte là-bas, dans le blizzard, et j'avais été amenée dans une sorte de lieu de passage où ma capacité à m'adapter à l'au-delà serait testée. Ni l'une ni l'autre de ces hypothèses ne me réconfortait le moins du monde.

Le poids du plateau sur mes genoux et l'épais potage de poireaux et de pommes de terre suggéraient une explication beaucoup plus pragmatique. Je repris la cuillère et la levai à ma bouche, humant le délicieux arôme. La soupe était aussi bonne que son odeur l'annonçait et je me retrouvai rapidement à saucer le bol avec un morceau de pain. Je ne m'étais pas rendu compte à quel point j'avais faim avant de commencer à manger. Tandis que j'engloutissais le dernier morceau de pain, je sentis une présence derrière moi. Je tournai la tête, toujours en train de mâcher, et me retrouvai face à un regard d'un bleu si intense qu'aucun doute n'était permis. Le père de Jade.

Indéniablement séduisant, l'homme devait avoir la trentaine. Des cheveux blonds et courts encadraient un visage rasé de près, aux traits agréablement symétriques qui mettaient en valeur la fossette de son menton. Sa posture raide me rappelait un centurion romain, mais je chassai rapidement cette image de lui en courte jupe en cuir de peur de m'étouffer avec le pain que je mastiquais toujours.

La bouche sèche, j'avalai avec difficulté tandis qu'il s'avançait. Il portait une tenue décontractée, un jean et une chemise à carreaux bleus et blancs sur un T-shirt blanc. Il n'y avait pourtant rien de décontracté dans son allure. Il paraissait encore plus mal à l'aise dans sa propre maison que je ne l'étais en tant qu'invitée. Il contourna le canapé et vint se percher sur le bras d'un fauteuil en m'offrant un sourire à demi embarrassé. Les mains croisées sur les genoux, il se pencha en avant, une expression neutre sur le visage.

— Comment vous sentez-vous? demanda-t-il.

— Beaucoup mieux, à présent. Merci, répondis-je en ignorant la douleur lancinante dans mes doigts et mes orteils, et mon mal de tête. Je ne vous remercierai jamais assez de m'avoir ramenée ainsi chez vous.

Il hocha la tête, visiblement rassuré par ma réponse, mais je notai qu'il évitait mon regard.

— Je suis content que vous n'ayez pas eu besoin d'aller à l'hôpital, parce que je ne crois pas que nous aurions pu vous y emmener. Nous sommes complètement bloqués par la neige et, d'après les prévisions météo, ça ne va pas s'arranger.

— Je suis navrée de vous causer tant de dérangement.

J'attrapai le plateau vide et me je penchai pour le poser sur la table basse. La couverture glissa et je me dépêchai de la resserrer autour de moi.

Il ne parut pas remarquer.

— Je m'appelle Vincent James.

Il se leva à moitié de son siège pour me tendre la main.

Je gardai la mienne fermement serrée sur la couverture tout en lui jetant des regards nerveux. Qu'est-ce que je pouvais bien dire maintenant? Devais-je lui avouer que je n'avais pas la moindre idée de qui j'étais ni de ce que je fichais dehors par un temps pareil? Me prendrait-il pour une folle et me mettrait-il à la porte?

Mon hésitation lui arracha un froncement de sourcils, et je compris que je n'avais pas d'autre choix que lui dire la vérité. Je pris une profonde inspiration et me lançai.

— J'ai bien peur de ne pas me rappeler qui je suis. Le coup que j'ai reçu à la tête a apparemment provoqué une sorte d'amnésie… Mais je suis sûre que je vais très vite recouvrer la mémoire.

Il laissa sa main retomber sur son genou tout en m'examinant attentivement, une expression de surprise sur le visage.

— Vous ne vous rappelez *rien*?

Je secouai la tête.

— Hum…, murmura-t-il, réfléchissant à cette idée.

Son regard se perdit dans le vide, et j'observai son visage tandis qu'il prenait une décision.

— Bon, eh bien, qui que vous soyez, vous êtes la bienvenue et pouvez rester ici jusqu'à ce que le temps s'améliore et que nous puissions trouver quelqu'un qui saura vous aider.

Je poussai un soupir de soulagement et commençai à me détendre. Il me tendit de nouveau la main, que je saisis cette fois. J'avais devant moi mon sauveur, l'homme qui m'avait portée dans la neige. Je ne savais pas à quoi m'attendre exactement, mais sa poignée de main fut sèche, ferme et ne provoqua aucun feu d'artifice particulier. Il n'y eut ni étoiles scintillantes, ni son de cloche, ni courant électrique entre nous. Rien qui indiquait que nous étions des âmes sœurs qui se retrouvaient après une longue séparation. Peut-être avais-je rêvé toute la scène? Quelque chose en moi se brisa. Je relâchai sa main et me sermonnai intérieurement pour ma stupidité.

— Donc, vous ignorez pourquoi vous étiez dehors en pleine tempête? demanda-t-il, piqué par la curiosité cette fois-ci.

— Complètement, répondis-je en rassemblant mes idées. Je me rappelle être revenue à moi au bord d'une route et avoir senti le froid mordant. Je ne sais pas comment je me suis retrouvée là, mais je me souviens que j'avais un chat avec moi.

Ce souvenir fit déferler une nouvelle vague d'angoisse en moi.

— Vous ne sauriez pas ce qui lui est arrivé? poursuivis-je. Il était dans une cage. Je voulais le mettre en sécurité, mais la cage était trop lourde et mes mains gelaient. Je crois que j'ai abandonné la pauvre bête dans le froid.

— Je téléphonerai aux voisins pour savoir si quelqu'un l'a trouvé.

— Il était enfermé dans une cage, insistai-je. Il va mourir de froid par ce temps.

— Je suis désolé mais je ne peux rien faire pour l'instant. Il neige encore à gros flocons et il fait nuit noire. Vous devriez essayer de vous reposer un peu et ne pas vous inquiéter. Quand la neige sera dégagée, nous vous emmènerons à l'hôpital pour que vous y passiez des examens.

Sur ce, il se leva.

Je posai la tête sur le bras du canapé. Soudain, je me sentis complètement dépassée par les événements. Ma tête me lançait, mes mains et mes pieds me faisaient mal et je sentais tous mes os gémir.

Vincent marqua une pause, percevant mon abattement.

— Écoutez, vous étiez blottie dans la neige en lisière du champ d'Adam Jenkins, juste à côté du sentier. Il est possible que le chat soit toujours là-bas. Je vais appeler le fermier et lui demander d'aller jeter un œil demain matin, d'accord?

J'acquiesçai d'un air résigné.

Il marqua une hésitation avant de quitter la pièce.

— Vous pouvez dormir dans la chambre qu'utilise ma mère lorsqu'elle nous rend visite. Tara vous montrera. Après une bonne nuit, vous verrez les choses sous un autre jour.

— Merci, répondis-je doucement.

J'écoutai ses pas s'éloigner et je pris une profonde inspiration, profitant de ma solitude pour étudier mon environnement. La maison semblait ancienne, et le doux arôme de la soupe se mêlait aux effluves tenaces de cire et à l'odeur du feu de bois. Le peu que j'apercevais depuis le canapé paraissait confortable et chaleureux. En d'autres circonstances, bien moins étranges, je me serais sentie comme chez moi ici.

Je fermai les yeux et j'exhortai ma mémoire à revenir. Je pouvais sûrement me rappeler quelque chose de mon passé, un indice quelconque qui me permettrait de savoir qui j'étais. Mais mon esprit resta obstinément blanc, comme si un rideau dissimulait ma vie passée et gardait mes souvenirs hors d'atteinte de l'autre côté.

— Vous avez fini de manger, ça y est?

Je sursautai quand Tara apparut pour reprendre le plateau, les lèvres ourlées en une moue réprobatrice.

— Vincent a dit que vous pouviez monter dans la chambre d'amis quand vous serez prête.

Je remarquai qu'elle n'appelait plus son employeur par son nom de famille et me demandai si elle avait surpris notre conversation. Baissant les yeux sur ma montre, je m'étonnai de voir qu'il était presque 21 heures. Lorsque je m'étais réveillée dans la neige, il m'avait semblé que l'après-midi débutait juste. Où était passée cette journée? Je pressai une main sur mes yeux en m'efforçant de ne pas m'apitoyer sur mon sort, tandis qu'une autre question me frappait de plein fouet: où était passée ma vie?

Mes mains et mes pieds à présent réchauffés, je m'apprêtais à proposer mon aide à Tara lorsque je me rappelai que j'étais toujours enveloppée dans la couverture. Elle dut remarquer mon geste.

— Restez là pendant que j'apporte ça à la cuisine, s'empressa-t-elle de m'ordonner, une nouvelle pointe d'hostilité dans la voix. Je peux vous apporter quelques magazines ou vous pouvez regarder la télé, si vous voulez, avant de monter.

J'imaginai qu'elle aurait aimé ajouter: «Et estimez-vous heureuse d'avoir le droit de rester ici!» Mais elle se contenta de me tendre la télécommande et ouvrit les portes d'un immense placard en acajou à côté de la cheminée avant de déguerpir.

Sur l'écran, je vis des images de violente tempête, des voitures abandonnées sur l'autoroute et une journaliste tout emmitouflée, malmenée par le vent, tandis que des déblayeuses tentaient de dégager les routes derrière elle. Mon regard se porta sur l'étagère surplombant la télé où trônait une photo de famille. Je me penchai pour mieux voir et reconnus Vincent entouré de Jade et de Tara. Ils offraient tous les trois de radieux sourires à l'objectif. Je passai le salon en revue et découvris une autre photo de Tara. Elle se trouvait dans un parc et posait les mains sur une poussette dans laquelle un bébé dormait. Je ne savais pas s'il s'agissait de Jade ou de sa sœur, mais je compris en tout cas que Tara faisait partie de cette famille depuis longtemps.

— Pourriez-vous me dire où sont les toilettes? demandai-je en entendant des pas derrière moi.

— Tout au bout du couloir, à côté de la pièce remplie de bottes et de manteaux, me répondit-elle.

Je me mis maladroitement sur mes pieds et enroulai une des couvertures autour de moi avant de suivre ses indications. Derrière le canapé, un escalier en vieux chêne débouchait directement dans le salon. Au-delà, le reste de la maison disparaissait derrière un angle. La demeure était en forme de L. J'avançai doucement, mes pieds nus claquant sur le plancher froid tandis que je passais au pied de l'escalier.

À peine la porte des toilettes refermée derrière moi, je me tournai pour faire face à un petit miroir accroché au-dessus du lavabo et j'observai mes traits pendant de longues minutes. Je passai une main dans une chevelure fauve coupée aux épaules et fixai les yeux noisette d'une étrangère, m'efforçant de détecter une quelconque familiarité dans mon reflet. Du bout des doigts, je suivis les contours du pansement que Tara avait collé sur ma coupure. Ce n'était pas si terrible que ça, en dépit du bleu qui s'épanouissait tout autour. Comme il était étrange de contempler ce visage qui n'était pas celui auquel je m'attendais…

Je retournai dans le couloir et j'avançai à pas de loup, passant devant trois portes. La plus proche était entrebâillée et une lumière brillait à l'intérieur. Je risquai un regard et découvris Vincent, de profil, assis à un large bureau, les yeux rivés sur un écran d'ordinateur, un téléphone pressé contre l'oreille. Sur la pointe des pieds, je m'éloignai rapidement. La lumière du couloir me permit de découvrir que la pièce suivante abritait une table à manger massive entourée de chaises élégantes. La dernière pièce, celle contiguë au salon, était la cuisine. Marquant un arrêt sur le seuil, je contemplai la chaleureuse scène domestique qui s'offrait à moi. De toute évidence, il s'agissait là du cœur de la maison. Le mur du fond accueillait une cuisinière moderne sur laquelle était posée une énorme casserole d'où sortait une louche. Sur la nappe recouvrant la table de la cuisine, on apercevait encore les vestiges du dernier repas. À part une poupée aux cheveux de lin qui attendait sur une chaise près de la table, peu d'éléments indiquaient qu'une fillette de six ans habitait cette maison.

— Est-ce que tu vas monter pour me souhaiter bonne nuit? demanda une petite voix enrouée derrière moi.

Je fis volte-face et découvris Jade en pyjama rose, chaussée de pantoufles en forme d'animaux.

Elle passa devant moi pour récupérer sa poupée puis regagna le couloir et se dirigea vers l'escalier. Au pied des marches, elle marqua une pause, inclina la tête sur le côté et m'observa avec attention.

— Dis que tu vas monter, s'il te plaît…, supplia-t-elle.

— Eh bien, si Tara est d'accord…

Je ne pouvais empêcher le doute de m'assaillir. C'était une requête étrange à adresser à une parfaite inconnue, mais bon, en même temps, tout ce qui concernait cette fillette était déroutant.

— Je ne sais même pas où se trouve ta chambre.

— À côté de celle d'Ambre.

— Euh, bien sûr.

La petite semblait penser que je savais d'instinct où était la chambre de sa sœur.

— Je monterai peut-être dans une minute.

— Je dois d'abord faire ma kiné, déclara doucement Jade.

— Ta kiné? répétai-je, perplexe. Est-ce que tu t'es blessée?

Jade m'offrit un grand sourire comme si je venais de faire une blague.

— Mais non, ce sont mes exercices respiratoires.

Avant que je puisse lui poser une autre question, Tara l'appela de l'étage et Jade, sa poupée sous le bras, grimpa la rejoindre.

Confuse, je regagnai la sécurité du canapé. Les yeux rivés sur le feu crépitant, je me demandai quel tour du destin m'avait conduite dans cette étrange maison. Je restai assise longtemps, m'efforçant de me rappeler quelque chose, laissant finalement mon esprit dériver.

5

— Je crois que Jade veut que vous montiez la voir.

Pour la deuxième fois de la soirée, la voix de Tara me fit sursauter.

— Elle trépigne à la porte de sa chambre, son livre préféré dans les mains, et refuse que je le lui lise, reprit-elle, l'air aussi mal à l'aise que moi.

— Elle m'a effectivement demandé de monter lui souhaiter bonne nuit, expliquai-je un peu confuse.

— Elle vous a dit ça?

J'acquiesçai.

— Avec des mots?

Elle fit le tour du canapé et prit place à côté de moi.

— Oui, tout à l'heure, lorsqu'elle a récupéré sa poupée.

— Je pensais bien que c'était ce qu'elle attendait, car elle ne m'a pas laissée éteindre la lumière. Elle n'arrêtait pas de sortir de son lit pour se poster près de sa porte. Je ne suis toujours pas sûre de vous croire quand vous me dites qu'elle vous a adressé la parole. Je ne comprends pas ce qui se passe.

— Moi non plus, admis-je. En avez-vous parlé à son père?

Tara secoua la tête en signe de dénégation.

— Je ne voulais pas lui donner trop d'espoir. Et puis, je me suis dit que vous étiez peut-être une escroc, une arnaqueuse… Un truc du genre.

Je ne pouvais pas lui en vouloir.

— Ça vous ennuie si je monte la voir? demandai-je.

J'observai les sentiments se livrer bataille sur le visage de Tara. Elle ne me faisait pas entièrement confiance, je le voyais bien. Mais, de toute évidence, elle se souciait de Jade et ne voulait en aucun cas la décevoir.

— Pas vraiment, finit-elle par lâcher. Mais je viens avec vous et j'attendrai sur le palier, sans qu'elle me voie… Si ça vous va.

— Bien sûr! m'entendis-je répondre sur-le-champ.

C'était la première fois qu'elle s'adressait à moi sans suspicion ou méfiance. J'apercevais une facette plus douce chez cette femme. Elle prenait soin de Jade, et elle avait raison de ne pas vouloir la laisser seule avec une inconnue.

Tara pencha la tête en guise de remerciement. Nous montâmes sur la pointe des pieds à l'étage. Sur mes épaules, la couverture me faisait comme une épaisse cape. Tara m'indiqua la chambre de Jade. La fillette était assise au bord de son lit, attendant apparemment ma venue.

— Salut.

La présence de Tara dans le couloir me rendait timide. L'idée que j'avais peut-être un enfant quelque part me traversa et une nouvelle vague d'inconfort déferla en moi. Pourtant, sans savoir comment l'expliquer, je sentis que ce n'était pas le cas et je priai pour pouvoir me fier à mon instinct, tandis que je me penchais sur le dessus-de-lit rose et baissais les yeux sur Jade, sans trop savoir ce qu'elle attendait de moi.

Elle me tendit un livre, puis se glissa sous sa couette et attendit que je l'ouvre.

— Tu veux que je te lise une histoire?

J'espérais qu'elle parle pour que Tara l'entende, mais elle se contenta de hocher la tête. Frustrant. J'attrapai le livre de contes et lui lus l'histoire d'une princesse et d'une méchante sorcière, lui montrant les images au fil du récit.

— Et ils vécurent heureux et eurent beaucoup d'enfants, annonçai-je enfin en refermant l'ouvrage. Maintenant, je vais retourner en bas et toi, tu dois dormir. Je vais rester dans la chambre de ta grand-mère cette nuit. Je te verrai demain matin.

Elle me tendit les bras pour un câlin et je n'hésitai qu'une seconde avant de me pencher vers elle et de passer mes bras autour de son corps frêle. Alors, une douleur sourde me transperça le cœur. Pourquoi cette enfant me rendait-elle si triste et si heureuse à la fois? Je la serrai fort dans mes bras quelques secondes encore, ressentant la chaleur de son corps à travers la couverture. À ma grande surprise, elle se redressa, approchant son visage à hauteur du mien, et posa un baiser sur ma joue.

— Bonne nuit, murmura-t-elle.

— Bonne nuit, Jade. À demain.

J'éteignis la lumière et je sortis de la chambre. Tara m'attendait dans le couloir et nous redescendîmes sans bruit au rez-de-chaussée. Je tremblais comme une feuille.

— L'avez-vous entendue? demandai-je à voix basse.

Tara secoua la tête.

— Non, je ne l'ai pas entendue prononcer un mot. Est-ce qu'elle vous a parlé?

— Elle m'a simplement murmuré bonne nuit.

Nous regagnâmes le salon. Tara remua un peu le feu avec le tisonnier, faisant voler des étincelles dans la cheminée. Je la regardai ajouter dans l'âtre deux petites bûches prises dans un panier et reposer les pinces sur le serviteur. La scène me parut étrangement familière, comme si je l'avais déjà vue faire ce geste. En dépit de la chaleur du feu, un frisson remonta ma colonne vertébrale.

Tara aussi sembla ressentir quelque chose.

— Qui êtes-vous? demanda-t-elle en se retournant, me dévisageant comme Jade l'avait fait un peu plus tôt. Qu'est-ce que vous faites vraiment ici?

— Je n'en sais rien, répondis-je avec un sourire penaud. Vincent vous a-t-il expliqué que j'avais perdu la mémoire?

— Oui. Mais je n'étais pas sûre d'y croire plus que je ne croyais au fait que Jade vous avait parlé.

Elle se releva, s'approcha du canapé et s'assit à mon côté. Sans un regard pour moi, elle se mit à se ronger les ongles d'un air absent. Lorsqu'elle reprit la parole, ce fut d'une voix basse et emplie de crainte.

— C'est vraiment étrange. Vous ne savez pas qui vous êtes et Jade vous traite comme si elle vous connaissait, lâcha-t-elle avant de marquer une pause. Et pourquoi a-t-elle décidé de vous parler, à vous? Je veux bien croire qu'elle vous a parlé. Sinon, comment auriez-vous su pour Ambre? Je ne comprends pas pourquoi, après tout ce temps, elle vous choisit pour rompre son silence.

— Peut-être parce que je suis une inconnue, suggérai-je.

Un bâillement incontrôlable m'échappa. Une main devant la bouche, je m'excusai.

— Pardon. La journée a été longue.

— D'où que vous veniez, vous auriez dû écouter la météo avant de sortir, me réprimanda Tara, la confiance revenue dans sa voix maintenant que nous étions de retour sur le terrain des banalités. Vincent n'est pas allé travailler aujourd'hui. Et, depuis que je suis ici, ce n'est que la seconde fois qu'il ne va pas au bureau. En général, il part dès que j'arrive, à 7 h 30. Mais déjà à cette heure-là, ce matin, ils annonçaient la tempête de neige. Vous deviez avoir perdu la tête!

Quand il vous a ramenée, vous n'aviez même pas un manteau sur vous!

Elle avait raison, évidemment, et cette pensée envoya une nouvelle décharge de panique dans mon corps, réveillant le nœud dans mon ventre. Je ne voulais pas ruminer les raisons pour lesquelles je m'étais retrouvée en tenue légère, sans aucune affaire personnelle, en pleine tempête. C'était trop pour mon esprit fatigué. Je décidai de me concentrer plutôt sur mon hôte.

— Quelle est la profession de Vincent?

— Il travaille dans une banque, à Londres. Mais je ne sais pas au juste quel poste il occupe.

— Jade et lui vivent seuls? À part vous, je veux dire?

— On peut dire ça, même si je suis plus souvent là que lui. Vincent travaille énormément et il me confie Jade du lundi au vendredi. En général, quand il rentre, Jade est déjà couchée. Je lui prépare à dîner et je retourne chez moi.

— Vous ne travaillez pas les week-ends, alors?

— Normalement, non. La grand-mère de Jade arrive le vendredi soir ou le samedi matin et repart le lundi. Elle s'occupe de Jade quand je ne suis pas là.

Un nouveau bâillement m'échappa. Tara se leva.

— Je vais vous montrer votre chambre.

Son attitude était à présent beaucoup plus amicale et je répondis sur le même ton.

— Merci. J'espère qu'une bonne nuit de sommeil m'éclaircira l'esprit et que j'aurai recouvré la mémoire demain matin.

Je m'efforçais de faire preuve de courage, mais il était effrayant de ne pas savoir qui j'étais. Je me sentais comme une enfant, dépendant des autres pour mes besoins les plus élémentaires, et affreusement vulnérable.

Je suivis Tara dans l'escalier, toujours enveloppée dans la couverture. Je fis glisser ma main sur la rampe en bois poli et ressentis une chaleur rassurante me traverser. Cette maison me semblait si familière, si réconfortante. Pourquoi?

Nous passâmes sans nous arrêter devant la porte close qui jouxtait celle de la chambre de Jade. Sans doute celle d'Ambre. Tara fit un geste de la main en direction de la pièce suivante, m'indiquant la salle de bains. Au bout du couloir, au-dessus du cagibi où on rangeait les bottes, il y avait une volée de marches. Tara m'apprit que celles-ci menaient au grenier où elle disposait d'une chambre dont elle se servait à l'occasion. La dernière pièce sur la droite était ma chambre.

Tara pressa l'interrupteur et s'écarta pour me laisser passer. J'entrai dans une pièce pourvue de nombreux meubles anciens que dominait un lit massif.

— Avez-vous besoin de quoi que ce soit? demanda-t-elle avec brusquerie, tandis qu'elle tournait les talons pour s'en aller.

Je restai plantée maladroitement, me sentant encore plus seule et moins à ma place que jamais, alors que je balayais la chambre du regard. Malgré son hostilité à peine voilée, je me rendis compte que je n'avais aucune envie qu'elle me quitte mais, ne voulant pas m'imposer davantage, je murmurai simplement:

— Où sont les vêtements que je portais?

— Ils étaient trempés. Je vous ai déshabillée quand vous êtes arrivée. Vos bottes sont dans le cagibi et j'ai lavé vos habits et je les ai étendus dans la cuisine. Vous les voulez maintenant?

Je hochai la tête et elle s'en alla les chercher, non sans laisser échapper un claquement de langue et un soupir d'exaspération. Je me retrouvai seule. Au bout d'un moment, je m'aventurai dans la pièce, ouvrant sans conviction les tiroirs pour en détailler le contenu. La chambre était accueillante. Je m'assis sur le lit, sautillant légèrement pour tester le matelas, et tentai de réfléchir avec pragmatisme.

Je devais certainement avoir un sac à main avec moi. Qu'en était-il de toutes ces affaires que chacun prenait avec lui lorsqu'il sortait? Je devais avoir un téléphone portable, un portefeuille, des cartes de crédit, un permis de conduire... À présent, je ne possédais même pas une brosse ni un tube de rouge à lèvres.

Tara revint quelques minutes plus tard avec un jean et un fin pull-over vert cendré aux manches trois quarts.

— Le pantalon est encore un peu humide à la ceinture, annonça-t-elle en me tendant les vêtements. Vous pouvez l'accrocher au-dessus du radiateur, il sera sec demain.

Je la remerciai tout en prenant les vêtements d'un air abattu. Elle partit sans un mot.

Où avais-je acheté ce pull? me demandai-je en touchant l'étoffe que je ne reconnaissais pas. Quelqu'un m'accompagnait-il? Quelle était ma destination quand je l'avais enfilé ce matin? Des larmes perlèrent au coin de mes yeux. Plus que jamais, je me sentais à la dérive, comme si je débarquais d'une autre planète.

Une latte de plancher craqua dans le couloir. Je pivotai, m'attendant à voir Tara, mais à ma grande surprise je découvris Vincent, appuyé contre le chambranle de la porte. Il m'observait d'un air songeur.

— Tara vient juste de me faire remarquer que vous n'aviez aucune affaire. Ma femme a laissé la plupart des siennes quand elle a disparu il y a deux ans et je n'ai jamais pris le temps de les trier.

Il marqua une pause, mal à l'aise.

— Voudriez-vous y jeter un œil pour voir s'il y a quelque chose que vous pourriez utiliser? proposa-t-il.

— C'est très gentil de votre part, répondis-je avec un sourire blême. Je suis vraiment désolée de vous causer tant de dérangement.

— Ce n'est rien, répondit-il poliment.

Resserrant la couverture autour de mes épaules, je suivis Vincent jusqu'à sa propre chambre. Sous nos pas, le vieux plancher craquait. Il alluma la lumière et s'écarta pour me laisser passer. La chambre était magnifique et abritait un lit à baldaquin aux élégants draps de soie brodés rouge et crème. Les rideaux étaient de la même étoffe, avec des glands pourpres et des embrasses qui rappelaient le tapis rouge sang. On aurait dit la suite du roi d'un château médiéval ou l'intérieur du palais d'un sultan.

Vincent ouvrit la porte d'une penderie astucieusement dissimulée derrière un panneau.

— Empruntez tout ce qui vous plaira.

Je jetai un œil dans le dressing qui faisait la longueur de la pièce. Sur des tringles, de nombreux vêtements étaient suspendus à des cintres, d'autres étaient pliés sur des étagères. Des rangées de chaussures s'alignaient soigneusement sur un côté. En face, une penderie contenait des vêtements d'homme. Je jetai un regard interrogateur à Vincent qui m'observait, en retrait.

— J'aurais bien besoin de ça, si vous êtes sûre que ça ne dérangera pas votre femme, dis-je en attrapant au hasard un pyjama en soie et une robe de chambre.

Fouiller dans les affaires de son épouse absente sous l'œil scrutateur de Vincent me mit franchement mal à l'aise.

— Je suis sûr que ça ne la dérangera pas, s'empressa-t-il de répondre. Si ces affaires l'avaient intéressée, elle n'aurait pas été si pressée de nous quitter. Vous pouvez les garder, je m'en moque.

— Merci.

La peine qui perçait dans sa voix me fit baisser les yeux et monter le rouge aux joues.

— Je suis désolé si je vous semble cruel, s'excusa-t-il en passant une main dans ses cheveux. Ce n'est pas votre faute… S'il vous faut quoi que ce soit d'autre, n'hésitez pas, servez-vous.

Il tourna des talons et se dirigea vers la porte.

— J'espère que vous trouverez votre chambre confortable. Bonne nuit.

Je rebroussai chemin le long du couloir, le pyjama et la robe de chambre que j'avais empruntés coincés sous le bras, m'interrogeant sur cette famille peu conventionnelle et me demandant si le destin existait bel et bien. Je m'arrêtai devant la porte de Jade et j'écoutai sa respiration légèrement irrégulière. Que ce fût le hasard ou qu'il existât un but caché, je sentais au plus profond de moi qu'il était inévitable que je sois ici, avec la curieuse impression d'être chez moi.

Si j'avais su à ce moment-là quelle tournure étrange allaient prendre les événements, j'aurais sans doute fui tant qu'il était encore temps.

6

Dans cet environnement inconnu, je dormis d'un sommeil agité. Je me tournai et retournai toute la nuit, des cauchemars au réalisme effrayant m'emplissant l'esprit. Je rêvai que j'errais dans la maison comme une âme perdue. La chambre de Vincent semblait avoir marqué mon inconscient car la pièce, avec son mobilier si riche, apparut dans mon rêve.

Lorsque j'ouvris enfin les yeux sur la lumière froide du matin, la panique me saisit. Où étais-je? Mon regard balaya le plafond avec angoisse. Les événements de la veille me revinrent lentement à l'esprit et je poussai un gémissement de frustration en me rendant compte que je ne me rappelais toujours pas qui j'étais. La peur de l'inconnu me fit trembler, et je tentai comme je pus d'étouffer le sentiment de malaise qui me tordait le ventre. Je croisai les bras sur mes épaules et fus soulagée de sentir sous mes paumes la chaleur de mon corps. Peu désireuse d'affronter le jour, je me pelotonnai davantage sous les draps. Je m'inquiétais encore pour le chat dans sa cage, même si Vincent avait assuré qu'il ferait ce qu'il pourrait.

Au bout d'un moment, je fus suffisamment calmée pour sortir la tête des draps. Je restai un instant étendue, à passer la chambre en revue. Les tons vert pâle des meubles la rendaient chaleureuse, les rideaux en chintz s'harmonisaient parfaitement au fauteuil disposé dans l'angle. Le parquet inégal et les murs légèrement inclinés me firent m'interroger sur l'ancienneté de cette demeure. En face de la coiffeuse se trouvait un lavabo que j'avais préféré utiliser la veille pour ma toilette, plutôt que la salle de bains commune. Je n'avais aucune envie de tomber sur Tara ou Vincent. La commode était remplie de vêtements ordinaires qui devaient appartenir à la grand-mère de Jade. La seule découverte digne d'intérêt fut une bouteille de gin à moitié pleine, soigneusement dissimulée au milieu des sous-vêtements, dans un tiroir.

Finalement, attirée par l'étrange lueur bleu-gris qui filtrait par l'interstice des rideaux, je me glissai hors des couvertures, j'enfilai la robe de chambre empruntée la veille et je parcourus la vieille moquette sur la pointe des pieds jusqu'à la fenêtre. Je jetai un œil par la vitre embuée de froid et découvris un paysage enchanteur et paisible de collines blanches et d'arbres aux cimes enneigées.

Devant tant de beauté, mes inquiétudes s'envolèrent. Un frisson enfantin me traversa et, malgré le froid qui gagnait mes pieds nus et mes chevilles, une douce chaleur monta en moi tandis que je contemplais, comme transcendée, cette scène.

Un coup timide à la porte me fit sursauter. C'était Jade, déjà habillée et un grand sourire aux lèvres.

— Tu as vu la neige? demanda-t-elle dans un souffle, les yeux écarquillés de joie.

Son excitation valait la mienne. Je hochai la tête, les yeux brillants.

— On dirait un paysage de conte de fées, non?

Elle acquiesça avec enthousiasme, faisant tressauter ses boucles blondes.

— On peut sortir faire un bonhomme de neige?

— Pourquoi pas? Laisse-moi une minute pour m'habiller et je te rejoins.

Jade partie, j'enfilai les vêtements que Tara m'avait rendus la veille avant d'étaler un peu du dentifrice que j'avais déniché près du lavabo sur mon index pour me brosser sommairement les dents. Je quittai la chambre à mon tour. La maison était silencieuse. Jade attendait à la fenêtre de sa chambre, le regard perdu sur le paysage que le soleil commençait à faire étinceler.

Telles deux conspiratrices, Jade et moi traversâmes la maison endormie. Dans le cagibi, nous trouvâmes de quoi nous équiper. Je passai une veste en laine et j'enroulai une vieille écharpe autour de mon cou, pendant que Jade enfonçait un épais bonnet sur sa chevelure dorée et fouillait ses poches à la recherche de ses moufles. Elle déverrouilla ensuite la porte en chêne et nous sortîmes dans le silence enchanteur du jardin.

Dehors, une immense cour s'ouvrit devant nous. Sur le côté, je vis la réplique exacte, bien qu'inversée, de la maison. Les deux cottages ne devaient faire qu'un à l'origine. Une petite haie recouverte de neige séparait les deux propriétés. J'allais ramasser une poignée de neige duveteuse quand Jade, un doigt devant les lèvres, me conduisit sur le côté de la maison où un tapis de neige moelleuse s'étendait au loin jusqu'à une barrière.

Dans un silence respectueux, nous restâmes côte à côte à contempler la blancheur virginale de la neige : une toile n'attendant que les premiers coups de pinceau de nos bottes. Fugacement, je me dis que c'était là ma vie : une page blanche sur laquelle je posais des mots, des gestes pour la première fois ; une toile vierge qu'aucun passé n'entachait.

— Toi d'abord, murmurai-je, soudain accablée par le poids de mes pensées.

Inutile de le lui dire deux fois ! Esquissant des petits pas de danse, Jade traversa la pelouse, ses bottes traçant des sillons derrière elle comme une traîne. Elle se retourna en gloussant et je la rejoignis, enfonçant mes pieds dans la neige craquante, superposant mes pas aux siens, minuscules.

— Est-ce que tu sais comment on fabrique un ange des neiges? demanda la fillette quand nous eûmes effectué deux fois le tour du jardin.

Je secouai la tête, me demandant si mes yeux étaient aussi brillants que les siens, mes joues aussi roses.

Elle se laissa tomber en arrière sur une couche préservée de neige et se mit à battre des bras et des jambes. Lorsqu'elle se releva, un ange était dessiné dans la neige.

— Je l'ai vu à la télé, mais je n'en avais jamais fait, expliqua-t-elle avec un sourire radieux. À toi, maintenant!

Jade poussa des cris de joie lorsque je me jetai dans la neige, agitai les membres et me relevai pour admirer notre œuvre.

— Nous avons dessiné des anges, murmura-t-elle, le visage rayonnant. C'est à ça que ressemble Ambre... Elle est un ange.

J'hésitai une fraction de seconde.

— Et si on faisait un bonhomme de neige pour Ambre?

J'ignorais s'il était sain de l'encourager à parler de sa sœur décédée comme si elle était toujours là, mais je sentais que c'était en tout cas ce que Jade souhaitait.

— Un gros bonhomme de neige avec un chapeau et une écharpe? poursuivis-je.

— Oh, oui! s'écria-t-elle.

Sans perdre une seconde, elle ramassa une brassée de neige, la tassa en boule qu'elle fit ensuite rouler sur le tapis blanc du jardin. Les flocons duveteux vinrent se coller à son ballon de neige, mettant dans son sillage des bandes de brins d'herbe gelée à nu. Jade riait aux éclats et je vins lui prêter main-forte lorsque la boule de neige devint trop lourde pour elle. Jade fit une seconde boule, plus petite, pour la tête. J'ôtai mon écharpe et je l'enroulai autour du cou de l'homme de glace.

Riant aux éclats, Jade enleva son bonnet et se mit sur la pointe des pieds pour l'enfoncer sur la tête du bonhomme. Le soleil se refléta sur ses cheveux blonds, les illuminant d'un éclat doré qui forma comme un halo autour de sa tête. Tandis qu'elle s'esclaffait, je jetai un œil vers la maison où une silhouette nous observait depuis une fenêtre de l'étage. C'était Vincent, et j'aurais juré qu'un sourire mélancolique étirait ses lèvres. Je lui renvoyai son sourire et Jade tourna la tête pour voir ce que je regardais. Son visage s'assombrit et ses yeux s'écarquillèrent de peur. Au même moment, j'entendis la porte du jardin qui s'ouvrait brusquement. Tara apparut à l'angle de la maison, serrant un cardigan autour de ses épaules.

— Mais qu'est-ce que vous faites! me cria-t-elle en attrapant Jade par le bras pour la traîner à l'intérieur. Vous voulez la tuer?

— Nous faisions un bonhomme de neige, c'est tout, lui lançai-je tandis qu'elles s'éloignaient. Elle va bien, poursuivis-je, Jade silencieuse dans son sillage. Elle est couverte. Nous nous amusions, c'est tout.

Tara poussa presque la fillette à l'intérieur, lui retira son manteau mouillé et ses moufles. Jade se mit à pleurer. De grosses larmes silencieuses roulèrent sur ses joues rougies par le froid et l'excitation.

Tara se tourna vers moi, en colère.

— Jade ne peut pas sortir. Elle est malade.

— Malade? répétai-je.

Comme pour en faire la démonstration, Jade se mit à tousser. Une toux grasse et encombrée qui évolua en hoquets jusqu'à menacer de lui déchirer le corps. Tara l'emmena rapidement dans le salon et l'allongea à plat ventre sur le canapé en lui tendant des mouchoirs. Alors, elle se mit à taper sèchement sur le dos de la petite, la frappant du plat de la main jusqu'à ce que Jade expulse de grosses glaires.

Je regardai, horrifiée, me demandant quel terrible mal j'avais causé à cette pauvre enfant. Vincent était descendu et observait également la scène depuis le pied de l'escalier. Une main posée sur la rampe, il contemplait sa fille d'un regard résigné. Puis, se rendant compte que je l'épiais, il détourna les yeux de Jade et je croisai son regard, reflet de mon impuissance.

— Est-ce que je peux faire quelque chose? demandai-je à Vincent.

Avant qu'il ait le temps de répondre, Tara tourna la tête.

— Vous en avez assez fait! aboya-t-elle.

Vincent s'approcha et, pendant un instant, je crus qu'il venait réconforter Jade, mais il évita Tara et sa fille qui crachotait. Il fit le tour du canapé et s'agenouilla devant la cheminée dans laquelle il entassa du petit bois qu'il alluma avant de s'asseoir sur les talons pour regarder les premières flammes s'élever. Je vins m'accroupir près du visage pâle et barbouillé de larmes de Jade, dos à la cheminée, et tendis la main pour glisser une mèche de cheveux humides derrière son oreille. Lorsque je me retournai, Vincent avait disparu.

J'attrapai dans la boîte plusieurs mouchoirs que je tendis à Jade.

— Je suis désolée, lui murmurai-je. Je ne voulais pas te faire de mal.

Je levai les yeux sur Tara qui continuait à lui taper et à lui masser le dos.

— Qu'est-ce qu'elle a?

— La mucoviscidose, répondit-elle, les dents serrées. Sa sœur en souffrait également. Jade peut attraper une pneumonie aussi facilement que vous et moi un petit rhume. C'est ce qui est arrivé à Ambre, et ensuite…

Soudain, tout devint clair. Jade et tous ceux qui l'aimaient vivaient dans la crainte perpétuelle de la voir mourir, comme sa sœur. Je me rappelai le visage anxieux de la fillette lorsque j'avais été saisie d'une quinte de toux à mon réveil et sa question d'un sérieux étonnant qui devait déjà prendre forme dans son esprit lorsqu'elle avait décidé de rompre le silence qu'elle s'imposait depuis presque deux ans: *est-ce que tu vas mourir?*

Ma réponse honnête était sans doute la première qu'on lui faisait et, surtout, ce devait être la première fois que ce sujet était évoqué à voix haute. Si le nom d'Ambre n'avait pas été mentionné depuis sa mort, alors le processus de deuil avait été sérieusement entravé. Si les adultes qui gravitaient autour de Jade avaient refusé de discuter avec elle de la douleur de la perte, elle avait forcément été incapable de l'évoquer d'elle-même et avait enfoui ses questions, ses doutes et ses peurs dans un monde de silence.

Tandis que je caressais le visage de Jade, mon esprit vagabonda. Peut-être le tunnel qui m'avait conduite dans cet étrange univers n'était-il en rien le fruit du hasard. Je ne me l'expliquai pas mais j'avais de nouveau la conviction d'être arrivée là où je devais être.

Au bout d'un moment, la toux de Jade se calma et Tara cessa de lui taper dans le dos. Elle aida Jade à se redresser puis la prit dans ses bras.

— Ça va mieux? demanda-t-elle avec douceur.

Jade acquiesça d'un hochement de tête et s'essuya la bouche avec son mouchoir. Tara planta un baiser sur son front couvert de sueur.

— Je vais chercher ton gilet rose et tes pantoufles, fit-elle en se levant avant de me jeter un regard froid. Reste au chaud près du feu, Jade.

Dès que Tara fut en haut, Jade se tourna vers moi et m'offrit un sourire hésitant. Dans son regard, je remarquai une réserve qu'il n'y avait pas auparavant. Maintenant que je connaissais la vérité sur sa maladie, m'ajoutait-elle à la liste des adultes qui vivaient dans la peur?

— Tu aurais dû me dire que tu n'avais pas le droit de sortir dans la neige, la réprimandai-je gentiment en m'asseyant sur le canapé à côté d'elle.

— Oui, mais alors on n'aurait pas fait le bonhomme de neige, ni les anges, répondit-elle. Je ne fais jamais rien d'amusant.

— On a bien ri, pas vrai? approuvai-je avec un sourire. Tu jouais beaucoup avec Ambre?

Ses yeux s'écarquillèrent devant ma facilité à mentionner le nom de sa sœur. Elle me dévisagea un moment puis acquiesça.

— Nous parlons encore beaucoup, mais elle ne peut plus jouer, maintenant.

— Comment savait-elle que j'allais venir? demandai-je à voix basse.

— Elle sait tout. Avant, je pleurais toutes les nuits parce que je voulais que maman revienne à la maison, mais Ambre m'a dit qu'elle ne reviendrait pas. Elle m'a promis que nous aurions bientôt une nouvelle maman et tu es arrivée. Tu vas être ma nouvelle maman?

Mon esprit s'attarda un instant sur mon extraordinaire sentiment lorsque son père m'avait portée dans ses bras. Un frisson de plaisir me parcourut à ce souvenir. Je devais reconnaître que la suggestion de Jade n'était pas la pire idée du monde, mais j'étais également consciente qu'il était illusoire et prématuré de l'encourager dans cette voie.

Quelque part dans la maison, le téléphone sonna, me ramenant à la réalité. Je l'ignorai et secouai la tête pour répondre à Jade.

— Je ne pense pas, ma puce. Tu serais d'accord pour que je sois ton amie?

— Si tu es mon amie, alors nous pourrons continuer à jouer, me lança-t-elle avec un regard plein d'espoir. On pourra encore fabriquer des anges?

Après quelques secondes de réflexion, une idée me vint, et je lui demandai du papier et des ciseaux. Un sentiment des plus étranges me gagnait: j'étais sûre que quelqu'un – une vieille femme, me semblait-il – m'avait appris à fabriquer des guirlandes d'anges en papier. Jade hocha la tête avec enthousiasme et s'extirpa du canapé. Elle se rendit à la cuisine et en revint avec une paire de ciseaux.

— Papa a des feuilles dans son bureau, dit-elle. Je vais voir si je peux lui en prendre.

Je restai un instant à réfléchir sur cette drôle de famille avant de me rappeler, un peu tard, les instructions de Tara. Jade devait rester au chaud près du feu. J'allais me lancer à sa poursuite quand elle revint dans le salon, son père sur les talons. Il avait dans les mains une pile de papier d'imprimante et paraissait à présent beaucoup plus détendu.

— Jade a essayé de me voler du papier, annonça-t-il en me regardant par-dessus la pile de feuilles. C'est pour vous?

— Oui, avouai-je en lui prenant le papier. Je veux voir si je me rappelle comment faire des anges en papier.

À ma grande surprise, Vincent s'installa dans le fauteuil et me contempla, une expression de joie dans les yeux.

— Vous pensez vous en souvenir? demanda-t-il.

— Je vais essayer, répondis-je, décidée à relever le défi.

Je pliai une feuille de papier en éventail puis donnai des petits coups de ciseaux par-ci par-là. Tandis que je découpais le papier, Jade s'était rapprochée de son père et avait posé une main sur son genou. Ils m'observaient tous deux avec une expression d'attente dans le regard.

Après avoir retiré d'un coup de ciseau un dernier bout de papier, je dépliai la feuille et leur dévoilai, avec un théâtral «ta dam!», la guirlande de petits anges se tenant par la main.

— Des anges! s'écria Jade en applaudissant frénétiquement.

— Mon Dieu! s'exclama Vincent, bouche bée.

Ce n'était pas mon œuvre d'art qui lui avait arraché cette exclamation, mais sa fille, qu'il dévisageait, sous le choc. C'était la première fois qu'il l'entendait parler depuis deux ans. Il semblait sur le point de s'écrier à nouveau, mais je l'en empêchai d'un geste de la tête, lui intimant de se taire, de peur que Jade ne retombe dans le silence s'il en faisait toute une affaire. Il me lança un regard interrogateur avant de comprendre. Alors, il prit une profonde inspiration.

— On fabriquait des flocons de neige en papier à l'école quand j'étais petit, déclara-t-il d'une voix légèrement fêlée. La maîtresse les accrochait dans la classe et aux fenêtres pour Noël.

— Tenez, lançai-je en lui tendant les ciseaux. Je parie que vous vous rappelez comment on fait.

Il prit une feuille de papier et la plia soigneusement avant de la découper. Je l'observai, voyant son regard filer de temps en temps vers sa fille qui suivait ses gestes avec la plus grande attention. Elle lui ressemblait tellement, avec sa chevelure dorée et son menton légèrement en pointe. S'était-elle rendu compte qu'elle avait parlé devant lui? Je me demandai à quand remontait la dernière fois où Vincent avait joué avec elle. Tara avait laissé entendre qu'il était un bourreau de travail et que c'était elle qui s'occupait principalement de Jade. Voir ce père et sa fille côte à côte faisait chaud au cœur.

— Qu'est-ce qu'il se passe, ici?

Nous levâmes les yeux sur Tara qui venait d'entrer dans le salon, le gilet et les pantoufles de Jade à la main.

— Nous fabriquons des anges et des flocons de neige, répondit Vincent d'une voix plus calme, comme si c'était là une activité quotidienne. Regarde…

Il déplia la feuille de papier pour nous montrer une magnifique guirlande de flocons aux branches délicates parfaitement symétriques.

— Oh! s'exclama Jade. Je veux essayer!

— Je vais te montrer.

La voix de Vincent s'emplit de nouveau d'émotion en entendant celle, pleine de joie, de Jade. Tara se couvrit la bouche d'une main et regarda le père apprendre à sa fille à plier le papier puis lui tendre les ciseaux.

Jade découpa la feuille avec allégresse, ne se rendant apparemment pas compte de l'émoi général qu'elle avait causé. Elle déplia le papier et dévoila sa guirlande de flocons. Vincent se pencha et prit sa fille dans ses bras.

— C'est magnifique, princesse, dit-il. Exactement comme toi.

Tara gardait le silence et se tenait immobile, regardant tout à tour son patron et l'enfant dont elle s'occupait, avant de poser les yeux sur moi. J'allais lui sourire, lorsque je me rendis compte que derrière son regard bleu-vert se dissimulait une émotion que je parvenais difficilement à définir. Était-ce de la colère? De la confusion? Ou bien de la jalousie?

Je frémis et détournai rapidement les yeux. J'étais à la merci de cette famille, et s'y faire des ennemis ne semblait pas la meilleure idée qui soit.

Tara prit une profonde inspiration et fit un effort surhumain pour se ressaisir. Elle colla un mince sourire sur ses lèvres.

— Bien, il est temps de prendre le petit-déjeuner.

7

Assis autour de la table de la cuisine, nous finissions notre petit-déjeuner lorsque la sonnette de la porte d'entrée retentit. Tara marmonna que c'était un miracle d'avoir de la visite avec toute cette neige. Elle avait à peine quitté la pièce que Vincent se tournait vers moi. Il sembla chercher ses mots.

— On dirait que c'est la journée des miracles, finit-il par déclarer à voix basse.

Je jetai un œil vers Jade, assise devant sa tasse de thé au lait. La petite ne parut pas gênée par le commentaire de son père.

— J'ignore comment vous avez réussi à faire parler Jade, poursuivit-il, mais je veux que vous sachiez que… vous pouvez me demander n'importe quoi. Si vous avez besoin de quoi que ce soit, faites-le-moi savoir, c'est tout. Vous êtes la bienvenue ici et vous pouvez rester autant de temps que vous le souhaitez.

— Merci, réussis-je à répondre, la gorge serrée. Je ne veux pas m'imposer, mais jusqu'à ce que les routes soient dégagées, je crois que vous allez devoir me supporter.

— Et puis, à propos de miracles…, ajouta-t-il en tentant d'esquisser un sourire. J'ai laissé un message à Adam Jenkins hier – c'est à lui qu'appartient le champ près duquel vous étiez évanouie. Il a téléphoné ce matin : il a trouvé votre chat et il va bien.

Il était réconfortant de savoir qu'à quelques kilomètres de là se trouvait un animal qui m'appartenait. Il était le seul lien avec mon passé.

— Merci infiniment ! m'exclamai-je enthousiaste. Vous n'imaginez pas ce que ça signifie pour moi de savoir qu'il est en vie.

— Désolée d'interrompre vos réjouissances, intervint Tara depuis le seuil de la porte avec un regard glacial. Maria voudrait savoir si tu vas toujours dîner chez elle ce soir.

La question était adressée à Vincent, mais son regard s'attarda sur moi.

— Je ne suis pas sûr que ce soit une bonne idée, dit-il d'un air réticent. De toute façon, je n'ai jamais voulu y aller. Tu pourrais lui demander de reporter?

— Ce n'est pas très gentil de dire ça à sa seule voisine, tonna une voix à l'accent prononcé derrière Tara.

Celle-ci fit un pas de côté pour laisser passer une plantureuse beauté brune. Maria tira une chaise et s'assit en croisant les jambes d'un geste théâtral.

— Tu dois venir, Vincenzo. Tu as promis !

— Je n'ai rien promis du tout ! rétorqua Vincent, franchement mal à l'aise. J'ai dit que j'y réfléchirais.

Le visage de Maria se décomposa.

— Mais j'ai déjà commencé à préparer le repas.

Vincent baissa la tête d'un air coupable, ses joues pâles s'empourprant légèrement.

— Je ne veux pas te déranger.

— Il n'y a pas de dérangement. Ça nous ferait du bien, à Michael et à moi, d'avoir un peu de compagnie. Une présence adulte.

— Une présence masculine, marmonna Tara.

— Pardon?

Maria pivota vers Tara, des éclairs dans les yeux.

— Nous avons une invitée, Maria, annonça Vincent, à qui ma présence fournissait la parfaite excuse pour refuser l'invitation. Elle fait des miracles. Ce serait très impoli de sortir alors que j'ai une hôte.

Maria me présenta une main parfaitement manucurée.

— Ravie de faire votre connaissance, grimaça-t-elle comme si les mots peinaient à sortir. Évidemment, vous êtes également invitée.

Une expression indéfinissable traversa le visage de Vincent mais, après quelques instants, il hocha la tête, se tourna vers Tara qui examinait ses ongles d'un air boudeur.

— Ça ne t'ennuie pas de garder Jade ? De toute façon, tu es coincée ici jusqu'à ce que les routes soient dégagées.

— On pourrait tous manger ici, proposa Tara.

— Hors de question que je laisse mon fils tout seul ! Et puis j'ai prévu de cuisiner mes spécialités siciliennes, riposta Maria.

Vincent poussa un soupir ; les rapports à couteaux tirés entre les deux femmes devaient l'épuiser. Quelles étaient vraiment les relations entre Vincent et Tara ? N'étaient-ils qu'employée et employeur ?

— Qu'en pensez-vous ? me demanda-t-il. Ça vous tente, un dîner sicilien ?

Tous les regards étaient braqués sur moi.

— Heu…, bredouillai-je.

— Allez, dites oui. La cuisine de Maria vaut le détour.

— Alors, c'est d'accord, finis-je par accepter.

— Superbe ! s'exclama Maria en regardant Vincent. Je vous attends à 20 h 30.

— Je te raccompagne, s'empressa de lancer Tara, visiblement soulagée de la voir partir.

Lorsque la porte de la cuisine se referma sur les deux femmes, Vincent me décocha un regard contrit.

— Merci d'être venue à ma rescousse. J'espère que vous ne m'en voulez pas de vous entraîner chez Maria ce soir. Elle m'est tombée dessus hier quand je déblayais la neige et a insisté pour m'inviter.

Il me lança un sourire penaud avant d'ajouter :

— J'imagine que vous n'êtes pas en très grande forme avec ce coup que vous avez reçu à la tête, mais il faut quand même que vous vous nourrissiez, et c'est vraiment une cuisinière hors pair. J'espère que vous ne considérez pas ce dîner comme une corvée.

Je touchai le pansement sur ma tempe. La blessure ne me faisait pas souffrir et je l'avais oubliée.

— Ce sera amusant, dis-je de bon cœur, encore sur un nuage à l'idée que le chat que j'avais abandonné dans la neige était vivant. C'est le moins que je puisse faire.

— Vous avez déjà fait plus que votre part en aidant ma fille à retrouver la parole.

J'observai Jade, occupée à découper avec concentration les feuilles que son père avait apportées, sûrement dans le but de créer sa propre tempête de neige.

Comme si elle sentait les regards sur elle, elle leva la tête.

— Pourquoi Tara est agacée ?

— Ne t'inquiète pas pour ça, répondit son père en se levant précipitamment. Je dois retourner travailler, s'excusa-t-il.

Et il s'éloigna d'un pas rapide.

Je remarquai que sitôt la première question embarrassante posée, il fuyait. Inutile d'être expert en psychologie pour comprendre que, si c'était là le genre de réaction auquel elle avait été confrontée après le décès de sa sœur, il était normal qu'elle se soit tue.

— Pourquoi Tara est agacée? répéta Jade avant de marquer une pause. C'est quoi, une présence adulte?

Je soupirai en espérant que Vincent revienne pour me tirer d'affaire. Ce n'était pas mon rôle d'expliquer à cette enfant des choses que son père refusait d'aborder, mais je craignais qu'elle ne retombe dans le silence si on la laissait sans réponse.

— Je ne sais pas très bien pourquoi Tara est agacée, répondis-je prudemment. Mais, pour la présence adulte, je pense que Maria voulait dire qu'elle souhaitait parler à quelqu'un de son âge. On doit se sentir très seul quand on habite ici.

Elle considéra ma réponse un instant avant de répondre :

— Je ne me sens pas seule, dit-elle à voix basse sans détourner le regard. Je parle à Ambre.

Je me demandai si ses discussions avec sa sœur décédée avaient suffi à combler le vide que sa disparition avait laissé.

— J'ai le droit de parler avec Ambre? demanda-t-elle en posant un regard nerveux sur moi. Je ne crois pas que papa et Tara apprécieraient.

Elle avait sans doute raison. Avec son intuition d'enfant, elle avait compris qu'Ambre était un sujet tabou et, ne voulant contrarier ni son père ni Tara, elle s'était éloignée d'eux pour se retirer dans un lieu secret au fond d'elle-même, où elle pouvait vivre avec le souvenir de sa sœur.

Les coudes sur la table, je me penchai vers elle.

— Tu as le droit, et c'est tout à fait normal que ta sœur te manque. Penser à Ambre et continuer à lui parler montre simplement que tu l'aimes très fort. Une part d'elle-même sera toujours avec toi.

Jade se fendit d'un sourire. Je repoussai ma chaise et gagnai la fenêtre pour cacher les larmes qui perlaient à mes yeux. Dehors, l'étendue blanche scintillait sous un ciel bleu glacier. Le bonhomme de neige était toujours debout avec son bonnet et son écharpe colorée. La fillette s'approcha de moi et glissa sa petite main dans la mienne. Je la serrai doucement.

— Ambre dit qu'elle t'aime bien, déclara-t-elle.

— Regarde-moi ce bazar ! gronda Tara d'un ton irrité. Pourquoi ne prendrais-tu pas tes feutres, plutôt ? Je vais jeter tout ça.

— Non ! gémit Jade. Ce sont mes flocons de neige. C'est papa qui m'a montré comment les faire.

— Je n'arrive pas à croire que tu aies décidé de nous parler après tout ce temps, répliqua Tara en la fixant. S'il n'y a rien qui cloche chez toi, pourquoi n'as-tu pas parlé aux médecins, hein ?

Jade baissa la tête. Je fixai Tara, agacée par son manque de sensibilité.

— Et vous, ne me regardez pas comme si j'étais un monstre sans cœur, me lança-t-elle. Vous n'avez pas passé ces deux dernières années à essayer de déchiffrer son langage des signes. Vous ne savez pas ce que c'est de jouer à des foutues charades toute la journée. De, parfois, ne pas avoir la moindre idée de ce qu'elle veut. Et ça, en plus de tout ce que nous devions déjà gérer. Ça n'a pas été une partie de plaisir, je peux vous le dire.

— Je suis sûre que ça a été très difficile…, dis-je à voix basse pour que Jade n'entende pas.

— Vous n'avez pas idée !

Tara ramassa bruyamment les bols et les tasses et se dirigea vers le lave-vaisselle, me dissimulant son visage. Elle chargea la machine puis se retourna brusquement.

— Les médecins nous ont dit que le refus de parler de Jade était causé par l'anxiété. Apparemment, ça touche un enfant sur mille. Ce n'était pas qu'elle ne pouvait pas parler, non, c'était qu'elle refusait, et plus longtemps elle restait muette, plus dur ça allait être pour elle de parler à nouveau. Nous avons tout essayé, mais c'est une tête de mule. Elle tient ça de son père, c'est sûr.

Elle renifla et s'essuya le nez du dos de la main.

— Vous avez des enfants? poursuivit-elle.

Je restai silencieuse, réfléchissant à cette possibilité pour la seconde fois, fouillant les recoins de mon cerveau désespérément vide de souvenirs. C'était comme regarder un mur blanc. J'étouffai une soudaine vague de panique.

— Je ne crois pas, finis-je par dire.

Une lueur de sympathie éclaira le visage de Tara.

— Alors vous ne savez pas qu'ils sont capables de vous briser le cœur. Je travaillais déjà là quand Ambre était en vie, et j'aimais ces deux petites comme les miennes. Nous avons perdu Ambre, et puis sa mère est partie, et alors nous avons attendu…

Je jetai un œil sur Jade, effrayée par ce que Tara allait dire, mais celle-ci se contenta de secouer la tête et, après un nouveau reniflement, termina:

— … attendu que Jade reparle. Ç'a été difficile pour moi, et encore plus pour son père. Vous débarquez et, tout à coup, Jade décide de parler et Vincent joue avec sa fille pour la première fois en deux ans…

Elle se mordit la lèvre, refoulant ses larmes. Je restai immobile, ne sachant pas trop comment réagir. Au bout d'un moment, je me décidai à approcher pour poser un bras autour de ses épaules.

— Je vois bien à quel point ils comptent pour vous, tentai-je. Et je sais aussi que vous comptez pour eux. Ils n'auraient sans doute pas pu s'en sortir sans vous. Je suis là par hasard, et peut-être que Jade a choisi de parler simplement parce qu'elle était prête. Je suis sûre que ça n'a rien à voir avec moi.

— Ouais, peu importe, rétorqua-t-elle d'une voix étranglée avant de me repousser d'un haussement d'épaules. Jade, viens me faire un câlin, mon cœur.

Gênée, je pivotai vers la fillette qui abandonna la pile de flocons qu'elle tenait d'un air protecteur, glissa de sa chaise pour entourer de ses petits bras la taille de Tara.

Au-dessus du halo de cheveux dorés, Tara sourit à travers ses larmes. Je me détournai pour finir de débarrasser la table, mais Tara ne l'entendit pas de cette oreille.

— Vous êtes une invitée, insista-t-elle en se dégageant de l'étreinte de Jade pour me prendre les plats des mains. C'est mon travail, ça.

Je reculai dans un coin et j'observai Tara finir de remplir le lave-vaisselle. Histoire de ne pas prendre de risque inutile, Jade ramassa ses flocons et les posa au bord de la fenêtre avant de les regarder un par un dans la lumière.

— Ils sont magnifiques, dis-je.

Elle m'offrit un sourire radieux.

— Qu'est-ce qu'on fait, maintenant? demanda-t-elle.

Je me rendis compte que j'étais devenue la camarade de jeu d'une enfant de six ans. J'avais cependant des affaires d'adulte à traiter d'abord.

— Je vais demander à ton papa si je peux utiliser son téléphone, lui répondis-je. Il faut que j'appelle la police pour voir si je suis portée disparue.

— C'est drôle que tu penses que tu as disparu, gloussa Jade. Tu es juste là.

— Je n'en ai pas pour longtemps.

Je sortis de la cuisine et j'empruntai le couloir jusqu'au bureau de Vincent. Sur le point de toquer, je surpris un torrent d'injures derrière la porte entrebâillée. Je glissai un œil et vis Vincent qui fixait l'écran de son ordinateur avec consternation.

Je me raclai discrètement la gorge. Il pivota sur sa chaise, se levant à moitié avant de refermer d'un geste brusque son portable.

— Pas de réseau ! annonça-t-il en tentant de feindre l'indifférence. Pourtant, ça marchait très bien tout à l'heure. Comment suis-je censé rester en contact avec l'extérieur si Internet ne fonctionne pas ?

Il se renfonça dans son fauteuil en cuir et pianota avec agacement sur le couvercle, comme pour ranimer la machine.

— Les miracles ont une fin, ironisai-je.

— Quoi ? s'exclama Vincent d'un air renfrogné avant de comprendre. Je suis désolé. Je travaille sur un important dossier et, dans la finance, il peut se passer tout et n'importe quoi en quelques minutes. Ça a le don de m'énerver. Mais vous avez raison : comparé à Jade qui retrouve la parole après tout ce temps, c'est sans importance.

Il sembla se détendre pour de bon et, enfoncé dans son siège, se mit à pivoter de droite à gauche tout en m'observant d'un air curieux.

— Comment vous y êtes-vous prise ? s'enquit-il.

Prenant sa question comme une invitation à entrer dans son bureau, je m'approchai de lui et me plantai près de la table de travail.

— Je n'ai rien fait du tout, répondis-je en toute honnêteté. J'ignorais qu'elle ne parlait pas, du coup quand elle s'est adressée à moi, je me suis contentée de lui répondre.

— Vous avez dû éveiller quelque chose en elle, insista-t-il. Tara a passé ces deux dernières années à emmener Jade chez toutes sortes de spécialistes et aucun d'eux n'est parvenu à la faire parler. Ses professeurs ont arrêté d'essayer et la laissent tranquille en classe. Heureusement, ça ne semble pas avoir affecté sa capacité d'apprentissage, même si ça ne favorise pas ses aptitudes sociales.

Il se leva de son fauteuil, le seul siège du bureau, et me fit signe de m'y asseoir. Je refusai d'un signe de tête.

— Je venais juste vous demander si je pouvais utiliser le téléphone. Il faut que je contacte la police pour voir si quelqu'un a signalé ma disparition. On me cherche peut-être.

— Mais bien sûr! s'exclama-t-il en m'indiquant le téléphone. Allez-y, je vous en prie.

J'attrapai le combiné et le portai à mon oreille.

— Il n'y a pas de tonalité.

— Comment ça? Passez-le-moi.

Il se pencha, me prit le combiné des mains et le colla à son oreille.

— Génial! La ligne est coupée. C'est sans doute pour ça que je n'ai pas de réseau.

— Votre voisin le fermier ne vous a pas appelé ce matin? demandai-je, confuse.

— Si, Adam a téléphoné il y a une heure environ et ça marchait très bien à ce moment-là. Mince! Il doit y avoir de la neige sur les fils ou un autre problème de ce genre.

Dépitée, je le vis reposer le combiné sur son socle.

— Nous voilà coupés du monde! C'est bizarre de se sentir isolé comme ça, poursuivit-il.

Si nous étions bel et bien coupés du monde, je n'avais aucun moyen de découvrir qui j'étais ni d'où je venais. En plus d'être isolée du monde extérieur, j'étais coincée dans une maison inconnue avec rien d'autre que les vêtements que je portais sur moi.

— Et votre téléphone portable, il marche? demandai-je.

— Les portables ne passent pas, ici. Nous sommes dans une cuvette et il n'y a du réseau qu'en haut de la colline, près de la ferme des Jenkins, expliqua-t-il. Ça ne m'a jamais dérangé, parce que je dispose du téléphone fixe et de l'ordinateur à la maison.

Il y avait peut-être pire comme endroit pour être coincée, mais je me sentais quand même prise au piège. J'étais entièrement dépendante de lui, même pour les détails les plus insignifiants.

— Je n'ai même pas de brosse à dents, dis-je d'une voix que j'espérais pas trop tremblante.

— Je ne suis pas sûr que ce soit là une question de vie ou de mort, rétorqua-t-il avec un début de sourire. Tara va bien vous en trouver une. On dirait qu'elle vit dans la crainte de la fin du monde. Elle est prête à tenir un siège si jamais la société sombre dans le chaos.

— Tara semble être un membre à part entière de cette famille, avançai-je prudemment. Elle m'a dit qu'elle était là depuis que Jade est toute petite.

— C'est exact. Elle suivait une formation d'infirmière à l'époque et elle venait travailler pour nous quelques heures par semaine pour financer ses études. Cheryl a eu besoin de quelqu'un pour l'aider quand on s'est rendu compte que les deux petites étaient malades et, au fil du temps, nous nous sommes de plus en plus reposés sur Tara. Finalement, elle a quitté son école et son poste à l'hôpital pour travailler à plein temps chez nous. Elle n'est peut-être pas diplômée, mais nous n'aurions pas pu y arriver sans elle, malgré ses petites excentricités.

Vincent me décocha un sourire avant d'ajouter :

— Je lui demanderai si elle a une brosse à dents pour vous.

Je lui renvoyai son sourire, sentant un lien se créer avec lui. Il détourna immédiatement le regard et se retourna pour farfouiller dans ses papiers.

— Merci, dis-je.

Je me demandai vaguement pourquoi Tara ne m'avait pas proposé une brosse à dents la veille, si elle disposait effectivement de ce genre d'arsenal. Après réflexion, je ne la voyais pas se mettre en quatre pour moi. Je me rappelai avoir eu le sentiment que sa dévotion à cette famille transcendait le simple cadre de ses fonctions. Tara avait déjà avoué aimer Jade comme si c'était sa fille, et elle n'appréciait certainement pas que Maria ou moi tournions autour de Vincent. Elle avait sacrifié sa carrière d'infirmière qualifiée pour travailler dans cette maison. Plus vite je serais partie, mieux Tara s'en porterait, j'en étais sûre.

8

Je quittais le bureau de Vincent lorsqu'on frappa à la porte d'entrée. Je traversai le couloir à la hâte, m'attendant à voir Tara débouler en ronchonnant ou encore Jade rappliquer pour ouvrir. Mais personne. On frappa une nouvelle fois. Vincent avait refermé la porte de son bureau, comptant visiblement sur Tara pour s'occuper du visiteur. Au troisième coup, je tirai l'épais rideau de velours qui protégeait la porte et l'ouvris.

Un homme se tenait sur le seuil. Dans ses bras, une cage. La trentaine, grand, le visiteur était engoncé dans une veste noire molletonnée et portait un bonnet en laine enfoncé sur la tête, une écharpe autour du cou et d'épais gants. Il se balança sur ses pieds chaussés de bottes vertes comme pour les empêcher de geler. Le voisin qui habitait la ferme, sans aucun doute. Derrière lui se tenait un colley, gueule ouverte et haletant en dépit du froid.

L'homme me lança un sourire timide en me fixant de ses yeux d'un noir profond. Ses traits étaient agréables – en tout cas, ceux visibles sous le bonnet –, ses joues et son nez rosis par le froid. Sa mâchoire carrée était ombrée d'une barbe de quelques jours.

— Bonjour, dit-il en laissant échapper un nuage de vapeur. Je vous ai rapporté votre chat.

— Vous devez être… heu…

J'essayai de me rappeler le nom du fermier quand j'entendis derrière moi des pas marteler l'escalier.

— Désolée, je faisais les lits. Adam! s'écria Tara. Elle se précipita et m'écarta du chemin avant de jeter un œil soupçonneux à la cage qu'il transportait.

— Tu ne peux pas apporter ça ici! À quoi pensestu, bon sang? Je t'ai dit que Jade ne peut pas s'approcher des animaux. Ça lui donne de l'asthme.

Un silence embarrassé s'installa tout à coup. Les secondes s'étirèrent comme si nous étions soudain entrés dans une faille temporelle. Les lèvres serrées, Tara s'était plantée, en une posture de défi, dans l'embrasure de la porte comme pour garder l'accès de la maison. Sur le seuil, Adam continua à se balancer, indécis, d'un pied sur l'autre.

Jade apparut et se fraya un chemin entre Tara et moi pour regarder dans la cage. Elle tendit un doigt et le glissa entre la grille. Le chat renifla son doigt avant d'y frotter son petit museau rose.

Le sort fut rompu quand Tara tira Jade en arrière.

— Ne le touche pas! hurla-t-elle. Va te laver les mains et prends ton inhalateur dans la cuisine. Vite!

— Je suis désolé, Tara, j'avais oublié, s'excusa Adam en reculant de quelques pas. Je rapportais simplement son chat à ton hôtesse. Vincent m'a téléphoné et ça avait l'air plutôt urgent.

Mais Tara ne l'écoutait pas, elle suivait Jade dans la cuisine.

— S'il vous plaît, ne partez pas…

J'étais un peu perdue. Je ne savais pas comment me comporter avec cet inconnu qui avait à l'évidence parcouru Dieu sait combien de kilomètres dans la neige pour me rapporter ce chat. En tant qu'invitée de Vincent, je ne me sentais pas en position de lui offrir d'entrer, mais en même temps je ne pouvais pas le laisser repartir comme ça.

Par chance, Vincent arriva à cet instant. Il posa une main sur mon épaule, dans un geste possessif qui me déconcerta. Évidemment, il se sentait redevable envers moi mais je restais tout de même une étrangère. Je pivotai pour lui jeter un regard interrogateur. Se pouvait-il que lui aussi ait ressenti cette étrange connexion lorsqu'il m'avait portée jusqu'à la maison?

— Bonjour, Adam, dit Vincent. Je ne connais pas la cause du tohu-bohu qui règne dans la cuisine en ce moment mais, je t'en prie, entre et viens te réchauffer près du feu.

Il tendit les bras pour prendre la cage de la discorde avant de poursuivre.

— Ne t'en fais pas pour Tara. Tu sais à quel point elle protège Jade.

Lorsqu'il se pencha pour attraper la cage, je sentis la chaleur de son corps pressé contre mon dos. Il sembla s'attarder dans cette position quelques secondes de plus que nécessaire.

— Vous êtes sûr que nous pouvons faire entrer le chat? demandai-je, nerveuse à l'idée de reproduire mon erreur du matin, quand j'avais emmené Jade jouer dans la neige.

— Je vais le mettre dans le cagibi, dit Vincent. Jade n'aura qu'à se tenir à l'écart de cette partie de la maison.

Il s'écarta de moi et tourna les talons. Adam lui emboîta le pas et retira bottes, bonnet et gants.

Je le suivis du regard, tandis qu'il s'approchait du feu et levait ses mains rugueuses et musclées devant les flammes. Il sentait le foin et l'air frais. Ses cheveux, bruns et brillants, ondulaient sur le col de sa chemise. Il se frotta les mains puis pivota lentement avant de me détailler avec intérêt.

— Vincent m'a dit que vous ne vous rappeliez plus qui vous étiez, dit-il avec détachement. Un jour, j'ai lu un article à propos d'un homme qui avait été retrouvé en train d'errer sur une plage. Personne ne savait qui il était ni d'où il venait. Il ne parlait pas, un peu comme Jade.

— Cette femme accomplit des miracles: grâce à elle, Jade a retrouvé la parole! Tu te rends compte! intervint Vincent qui revenait dans le salon sans le chat.

— Vraiment? s'enquit Adam en m'observant avec une curiosité non dissimulée. Comment avez-vous fait?

Je haussai les épaules, ayant le sentiment d'une imposture.

— Elle m'a parlé, c'est tout.

— Elle a peut-être senti quelque chose de spécial en vous.

Adam avait prononcé ces mots d'une voix calme mais curieusement émue.

Vincent décida de jouer les hôtes attentionnés.

— Je t'offre une bière? Ou une tasse de thé?

— Je n'ai pas le temps, merci, répondit Adam en consultant sa montre. Lad et moi devons encore aller nous assurer qu'aucune bête ne s'est perdue. Elles ont un peu de mal avec toute cette neige, même si j'ai ramené le plus gros du troupeau dans le pré à côté de la ferme.

— Il fait trop froid pour qu'elles restent dehors, non? demandai-je.

— Les moutons sont étonnamment résistants, répondit-il rapidement. Tant que je peux apporter un peu de fourrage supplémentaire aux brebis, tout va bien. Ce qu'il faut que je surveille, ce sont les nouveau-nés repoussés par leur mère ou égarés. Ils succomberaient vite au froid. Du coup, par sécurité, j'ai regroupé dans la grange les brebis qui n'ont pas encore mis bas.

— C'est vraiment très gentil de votre part de m'avoir rapporté le chat alors que vous avez tant à faire, le remerciai-je.

Il haussa les épaules, comme si parcourir des kilomètres dans la neige et le froid lui était égal.

— J'ai eu l'impression que vous étiez plutôt inquiète à son sujet. J'ai pensé que vous aimeriez l'avoir avec vous. Et puis, qui sait, le chat vous aidera peut-être à retrouver la mémoire, expliqua-t-il avant d'ajouter : Ce n'est pas un problème. J'étais dans le coin de toute façon.

— Oui, eh bien, maintenant, c'est un problème, intervint Tara, revenue de la cuisine un torchon dans les mains. Nous ne pouvons pas garder ce chat ici avec l'asthme de Jade.

— Je vais le reprendre, alors, proposa gentiment Adam. Il ne me dérange pas. Il a dormi dans la cuisine cette nuit. Un des vieux chats reste aussi à la maison en ce moment, alors il y a déjà une litière et tout ce qu'il faut.

Tara attrapa le manteau d'Adam et le tint à bout de bras en faisant une grimace de dégoût.

— Ce truc est probablement couvert de poils de bêtes. Je vais le mettre dans le débarras, loin de Jade.

— Ne t'en fais pas, Tara, fit Adam. Je ne reste pas.

Vincent posa un regard d'acier sur sa gouvernante.

— Je sais que tu ne penses qu'au bien de Jade, Tara, mais le chat est enfermé à l'autre bout de la maison.

— Si Jade est prise d'une crise d'asthme, alors que les routes sont bloquées…

— Je vais chercher le chat, m'empressai-je d'intervenir puis, me tournant vers Adam : Vous êtes sûr que ça ne vous ennuie pas de le garder un peu plus longtemps ?

— Pas de problème ! m'assura-t-il.

Il me fixait toujours d'un regard contemplatif. Une jeune femme amnésique retrouvée errant dans la neige, il ne devait pas voir ça tous les jours. Je souris intérieurement. Je longeai le couloir jusqu'au cagibi et là, panique ! Assise sur le tapis élimé qui recouvrait les dalles du débarras, Jade tenait le chat dans ses bras. Elle me tournait le dos et murmurait à l'oreille de l'animal. J'entendis le nom d'Ambre mais ne compris pas le reste. Ma première impulsion fut de lui retirer le chat des bras mais, alors que je l'observais caresser la boule de poil, mon cœur fondit. Le chat ronronnait fort, Jade lui frottait le dos et lui parlait comme si elle n'avait jamais cessé de parler.

Un mouvement derrière moi me fit sursauter. Tara m'avait suivie, le manteau d'Adam toujours dans les bras. Un cri strident lui échappa. Elle laissa tomber le vêtement par terre et se précipita vers Jade et le chat.

— Pose tout de suite cette bête ! hurla-t-elle.

Jade prit un air coupable, et le chat bondit de ses bras puis déguerpit comme une fusée dans le couloir. Tara entraîna la fillette dans la cuisine où l'eau se mit à couler à flots. Pendant que Tara intimait à Jade, qui protestait, de mettre du savon sur ses mains, je tournai les talons et me précipitai à la suite du chat. Le temps que j'arrive dans le salon, Adam l'avait déjà dans ses bras.

— Jade l'a sorti de sa cage, expliquai-je. Elle le caressait et maintenant Tara est en train de la récurer.

Je jetai un regard penaud à Vincent qui avait pâli mais ne semblait pas pressé de rejoindre sa fille.

— Je suis navrée que ce chat ait causé tant d'agitation, mais Jade semble aller bien, vraiment.

Vincent posa une main sur le dos du canapé, ayant visiblement besoin de soutien, puis se passa l'autre sur le visage.

— C'est comme vivre au bord d'un précipice, confia-t-il. Nous ne savons jamais quand elle tombera malade. On craint les toux, les rhumes et tout ce qui peut affecter sa respiration.

Adam tenait toujours le chat. Je me demandai ce qu'il pensait de toute cette agitation.

— Puis-je récupérer la cage? demanda-t-il.

Sa voix était ferme et assurée et, pourtant, une intonation que je ne sus identifier me fit marquer un arrêt.

— Je vais le ramener à la ferme avant qu'il cause d'autres soucis, ajouta-t-il.

Je m'approchai et caressai le chat d'un geste tendre; mes doigts frôlèrent la main d'Adam.

— Le chat n'y est pour rien, c'est Jade qui l'a sorti de sa cage. Il n'y a pas eu de dégâts.

— Pas de dégâts? répéta Tara à l'entrée du salon, tirant une Jade en pleurs derrière elle. Vous imaginez ce qui se passera si elle a une crise, alors que les routes sont impraticables? Nous ne pourrons pas la conduire à l'hôpital et aucune ambulance ne viendra jusqu'ici avec cette neige.

— Tara, elle n'a pas eu de crise, l'interrompit Vincent d'un ton las. Si ça se trouve, elle n'est même pas allergique aux chats. Juste parce qu'Ambre…

— Ambre a dit que le chat ne me ferait pas de mal, intervint Jade, les bras croisés et une expression de défi sur le visage. On peut le garder?

— Ne sois pas ridicule! s'exclama Tara avant de s'en prendre à Adam: Pour l'amour de Dieu, vire-moi cette bête d'ici!

— Je vais chercher la cage, dis-je.

Je regagnai le débarras, heureuse de laisser derrière moi toute cette tension. Bientôt, le chat fut enfermé dans sa cage et Adam renfila ses bottes pour partir. Bizarrement, j'étais peu disposée à me séparer à nouveau de l'animal mais je tendis malgré tout la cage à Adam, qui promit de prendre soin du chat jusqu'à ce que je sois prête à le récupérer. Jade avait cessé ses supplications et tentait à présent sa chance avec des larmes.

— Tu pourras peut-être venir lui rendre visite? proposa gentiment Adam tandis qu'il se dirigeait vers la porte.

— Il faudra me passer sur le corps, murmura Tara. Même si elle n'est pas allergique aux chats, il y a toutes ces autres bêtes chez toi.

Adam l'ignora et se tourna vers moi.

— Vous pouvez venir voir le chat quand vous le désirez. Les lignes téléphoniques sont coupées, mais je suis sûr que la compagnie du téléphone va les rétablir dès qu'il aura cessé de neiger. Vous pourrez m'appeler ou juste passer me voir.

— Merci, parvins-je à murmurer.

Quelque chose chez lui me laissait sans voix, mais j'ignorais quoi.

Vincent se rappela soudain les bonnes manières, et raccompagna son voisin jusqu'à la porte.

— Je suis désolé que tu sois venu jusqu'ici pour rien.

Il regarda Adam s'enfoncer dans la neige, son chien ouvrant la marche.

— On se recontacte quand tout sera redevenu normal! cria-t-il.

Tandis que la porte se refermait sur le froid et la neige, je me frottai les mains, me demandant combien de temps prendrait pour moi un retour à la normale.

Et si la mémoire ne me revenait jamais?

9

Après le départ d'Adam, je passai le reste de la matinée à jouer au Monopoly avec Jade pendant que Tara s'affairait à la cuisine, s'occupait du ménage et veillait au traitement médical de la petite. La fillette semblait avoir sans cesse besoin de manger et Tara lui apporta des brownies et un milk-shake en guise d'en-cas avant de préparer un énorme repas pour le déjeuner, au cours duquel Jade devait en plus avaler des vitamines. Je proposai plusieurs fois à Tara de l'aider, mais elle persistait à rétorquer que c'était son travail, et que moi j'étais l'invitée.

Vincent s'était retiré dans son bureau. Apparemment, être coupé du monde extérieur ne l'empêchait pas de travailler.

Après le déjeuner – que Vincent prit dans son bureau –, Jade s'allongea sur le canapé pour regarder des dessins animés et j'insistai pour aider Tara à ranger la cuisine.

— S'il vous plaît, l'implorai-je. Je ne me mettrai pas dans vos pattes. Dites-moi simplement où vont les choses et je les rangerai.

Tara était debout devant l'évier, le dos tourné. Je crus qu'elle allait encore m'envoyer promener mais, à mon grand soulagement, elle accepta que j'essuie la vaisselle qui ne rentrait pas dans le lave-vaisselle. Plantée à côté d'elle, j'apercevais par la fenêtre le jardin et le bonhomme de neige que

Jade et moi avions fait. Malgré le soleil, le froid l'empêchait de fondre.

— Parlez-moi de la maladie de Jade, dis-je tout en essuyant une grosse casserole en inox. Pourquoi mange-t-elle autant? Elle ressemble à une brindille que le vent pourrait emporter.

— C'est le propre de la mucoviscidose.

Tara se pencha au-dessus de l'évier pour récurer un plat, donnant de vigoureux coups d'épaule, tandis qu'elle frottait.

— Son système digestif ne fonctionne pas correctement. Elle a un appétit de moineau et se nourrirait à peine si je ne lui proposais pas sans cesse de quoi grignoter. C'est une bataille sans fin que de maintenir son poids, car son pancréas est défaillant. La plupart de ce qu'elle mange n'est pas absorbé.

— Qu'est-ce qui cause la mucoviscidose? demandai-je en observant un écureuil traverser le jardin couvert de neige.

— C'est héréditaire, répondit Tara en soufflant des bulles de savon sur son poignet. Mais les deux parents doivent être porteurs du gène pour que l'enfant soit atteint de la maladie. Et alors, le risque que l'enfant soit malade est de vingt-cinq pour cent.

— Mais si la maladie a été diagnostiquée chez Ambre, il devait sûrement y avoir des moyens pour la détecter chez Jade pendant la grossesse?

Devant le silence de Tara, je me tournai vers elle.

— La maladie a été découverte très tard chez Ambre, finit-elle par répondre. Apparemment, bébé, elle allait très bien. Elle avait peut-être la respiration un peu sifflante de temps en temps et attrapait souvent des rhumes, mais elle n'avait pas autant de problèmes pour digérer que Jade. Elle avait plus d'un an quand Cheryl et Vincent l'ont emmenée chez le médecin et que son diagnostic est tombé. Cheryl était déjà enceinte de Jade à ce moment-là et elle n'a pas voulu faire d'amniocentèse de peur de provoquer une fausse couche. C'est là qu'ils m'ont demandé de venir travailler pour eux : pour que Cheryl puisse se concentrer sur le bébé et se reposer.

Tara marqua une pause, le tampon à récurer en l'air.

— Je pense qu'aucun d'eux ne se doutait que la mucoviscidose était une maladie si terrible, ni à quel point Ambre serait malade. Sinon, eh bien…

— Si c'est héréditaire, dis-je, comment se fait-il que ni Vincent ni sa femme n'aient su qu'ils l'avaient ? Un membre de leur famille devait sûrement en souffrir également.

— Un porteur sur trente et un ne présente aucun symptôme, expliqua Tara. On peut vivre toute sa vie sans savoir qu'on est porteur du gène.

Nous continuâmes nos tâches ménagères en silence, perdues dans nos pensées.

— Vous êtes très protectrice envers elle, avançai-je au bout d'un moment. Vous la considérez comme votre fille.

— Je suis tout ce qu'elle a, répliqua Tara en s'essuyant le front de la manche de son sweat-shirt. Et je me suis attachée à elle.

— Mais elle a son père. Et aussi une grand-mère, non ?

— L'un est un bourreau de travail et l'autre… enfin, vous ne pouvez pas savoir.

Je me rappelai la bouteille de gin trouvée dans la chambre. Je pris le dernier plat sur l'égouttoir et l'essuyai.

— Où est-ce que je range ça ?

Une fois la cuisine en ordre, Tara brancha la bouilloire. Elle apporta une tasse de thé à Vincent et revint s'asseoir à la cuisine avec moi.

— Ce n'est pas que Vincent n'aime pas Jade, lâcha-t-elle en prenant une gorgée du thé brûlant. Je crois qu'il l'aime trop et ne supporte pas l'idée de la perdre. Après Ambre, et ensuite Cheryl, il est devenu plus distant. C'est un bon patron, ne vous méprenez pas, mais il me laisse tout gérer et, parfois, la responsabilité est trop lourde.

Elle me décocha un petit sourire.

— C'est pour ça qu'il m'arrive d'exagérer, j'imagine. Je suis désolée de m'être mise en colère après vous à propos du chat.

Je lui rendis son sourire.

— Ne vous inquiétez pas. Si j'étais responsable de Jade, je me méfierais moi aussi de tout ce qui pourrait lui causer du tort.

Nous passâmes l'après-midi à fabriquer des fleurs en papier de soie, car Jade s'était lassée du Monopoly quand elle avait commencé à perdre. La fillette était douée pour plier le papier, le tenir serré et enrouler un fin fil de fer vert autour avant d'en déployer les différentes couches pour créer des œillets plus vrais que nature.

— On a appris à faire ça à l'école, déclara-t-elle, tandis que je bataillais avec des bandes de papier et que Tara cherchait un vase pour nos créations. J'aime bien l'école, mais c'est amusant de rester à la maison aujourd'hui. D'habitude, quand je suis à la maison, c'est que je suis malade, et alors je n'ai envie de rien faire.

La scène aurait pu être idyllique – nous trois assises autour de la table de cuisine, alors que les rayons du soleil pénétraient par la fenêtre derrière laquelle le jardin s'étirait, blanc et lumineux – s'il n'y avait eu un petit détail frustrant. Une autre famille était peut-être assise sous ce même soleil hivernal, en train de pleurer parce qu'elle ignorait ce qui m'était arrivé. J'étais dans les limbes, attendant que la mémoire me revienne, que la neige fonde ou qu'on vienne me chercher.

Je levai les yeux et vis Vincent appuyé contre le chambranle de la porte en train de nous observer, un sourire aux lèvres. J'allais le lui retourner lorsque je me rendis compte que Tara et Jade l'avaient également vu et lui souriaient, une expression d'amour profond sur leur visage. Mon cœur se déchira. J'étais une intruse, une étrangère qui n'avait pas sa place ici. Je me forçai à détourner les yeux et me concentrai sur les fleurs étalées devant moi en me jurant de ne pas m'impliquer. Ce n'était pas ma famille, pas mes problèmes. Pas ma maison. Je n'avais pas le droit de désirer des choses qu'il ne m'appartenait pas de convoiter.

Bientôt, il fut l'heure pour Jade d'aller au lit et pour moi de me préparer à accompagner Vincent chez la voisine. Après avoir trouvé une brosse à dents dans le placard à malices de Tara, j'allai prendre une douche.

Pendant de longues secondes, je fixai mon reflet dans le miroir, m'efforçant de détecter un détail familier dans ce visage, mais, finalement déprimée, j'abandonnai et entrai dans la cabine de douche. Quelle sensation agréable de laisser l'eau brûlante couler sur mon corps. Il m'était difficile de protéger le pansement à ma tempe de l'eau et, comme la blessure ne me faisait pas mal, je cessai rapidement de pencher la tête. Sous le jet brûlant, toutes mes émotions négatives se dissolvaient, me laissant détendue et revigorée. Je fermai les yeux, me mettant au défi de faire réapparaître comme par magie les sentiments que j'avais éprouvés lorsque j'étais dans les bras de Vincent, mais tout ce que je ressentis furent des vertiges et la sensation de quitter mon corps.

Comme il était facile de faire comme si je n'existais pas. Je m'abandonnais avec délice à cette sensation quand l'eau refroidit. Très vite, une cascade glacée s'abattit sur moi. Je tendis la main vers le robinet en me demandant, un peu coupable, si j'avais vidé le ballon d'eau chaude. Impossible de le fermer. Le souffle commença à me manquer sous les jets d'eau glacés et acérés.

Je plissai les paupières, tentant une nouvelle fois de tourner le robinet. L'eau me piqua les yeux, je les refermai et attrapai le robinet des deux mains. L'eau gelée envahit ma bouche et mes narines et, soudain, je m'étouffai. Je m'écartai du jet, appuyai de toutes mes forces sur le robinet pour le tourner, en vain. J'essayai alors de pousser la porte de la douche, mais elle aussi était bloquée. Avec horreur, je me rendis compte que la cabine se remplissait à présent d'une eau trouble et boueuse. Elle me lécha les chevilles, monta le long de mes jambes, m'enserra la taille avant de partir à l'assaut de mes bras que je levai et agitai frénétiquement.

Alors, je me mis à marteler la porte de la cabine de mes poings que le froid avait rendus blancs, et j'appelai au secours. Mais, en quelques secondes, l'eau gagna mes épaules et chercha à s'insinuer dans ma bouche. Je serrai les lèvres, tandis qu'elle continuait de monter, venant clapoter sur le haut de mon crâne. Alors, je m'étirai, levai le menton, et pris une dernière et profonde inspiration avant de sombrer dans l'obscurité trouble et humide.

Durant quelques secondes d'agonie, je frappai vainement la porte en verre de mes mains et de mes pieds gelés. Mes cheveux flottaient au-dessus de ma tête et mes poumons me brûlaient, réclamant désespérément de l'air. Alors, tout s'assombrit autour de moi.

— Non, non! hurlai-je.

Les mots sortirent en bulles rageuses de ma bouche avant d'éclater à la surface.

Mon dernier souffle expiré, je flottai mollement dans l'eau. À tout instant, désormais, mes poumons chercheraient une dernière inspiration et l'eau les envahirait, m'engloutissant. Comme je me préparais à l'inévitable, la porte de la douche s'ouvrit brusquement. L'eau se déversa comme un torrent furieux, je fus tirée hors de la cabine et posée sur le sol de la salle de bains où, étendue, je cherchai désespérément mon souffle.

Mon corps secoué de violents tremblements fut enveloppé dans une serviette chaude que des mains tinrent solidement. Une seconde serviette fut placée sous ma tête. Je restai là un moment, trop faible pour bouger.

— Tout va bien, maintenant, m'assura Tara d'une voix nerveuse. Vous avez dû faire couler de l'eau trop chaude et vous vous êtes évanouie. Je vais chercher un autre pansement pour votre blessure. Ne bougez pas, je reviens dans une minute.

Je restai étendue, à fixer le carrelage noir et blanc de la salle de bains, m'efforçant de donner un sens à ce que je venais de vivre en attendant que les forces me reviennent. Au bout d'un moment, je parvins à m'asseoir et resserrai la serviette autour de moi.

Tara revint à la hâte dans la salle de bains, une trousse de premiers secours à la main, et s'agenouilla près de moi avant de tamponner ma blessure pour y coller un nouveau pansement.

— Vous devriez faire attention à ça dans les jours qui viennent, me conseilla-t-elle. La plaie est assez profonde. Vous ne devriez pas la mouiller.

— Où est partie toute l'eau?

— J'imagine qu'elle s'est écoulée dans les canalisations.

— Il y en avait trop, marmonnai-je. La cabine était remplie jusqu'en haut.

Elle me dévisagea d'un air incertain.

— Le robinet était fermé quand je vous ai entendue crier. Je suis entrée et vous ai trouvée recroquevillée dans le bac de la douche. Heureusement que je sais ouvrir la porte quand elle est fermée de l'intérieur. J'ai toujours peur que Jade s'enferme dans la salle de bains.

— Vous n'avez pas vu toute l'eau qu'il y avait? demandai-je avec hésitation.

Elle secoua la tête.

— Je vous ai vue couchée sous le pommeau de douche et je vous ai sortie de la cabine. J'ai cru que vous aviez glissé ou que vous vous étiez évanouie. C'est une chance que vous ayez crié quand vous êtes tombée ou alors vous seriez restée là pendant des heures.

— Je suis dés…

— Ne vous excusez pas, me coupa-t-elle. Ça aurait pu arriver à n'importe qui. Calmez-vous, d'accord?

J'acquiesçai et la laissai m'aider à me relever tout en m'appuyant au lavabo de ma main libre.

— Je vais bien, maintenant, franchement.

— Vous ne devriez pas sortir ce soir, vous savez. Vous avez vraiment l'air… lessivée.

Son jeu de mots m'aurait fait sourire si je ne m'étais pas sentie aussi faible. Au lieu de quoi, je la laissai me reconduire dans ma chambre où je m'effondrai, reconnaissante, sur le lit.

— Vous avez besoin de quelque chose? hésita-t-elle sur le seuil de la porte.

Je secouai la tête.

— Ça ira mieux dans quelques minutes, merci.

Dès qu'elle eut quitté la pièce, je me tournai et me pelotonnai dans le dessus-de-lit pour essayer de réchauffer mon corps humide et tremblotant. Que s'était-il passé? Tout cela n'était-il qu'une affreuse hallucination causée par la chaleur de la douche ou ma blessure à la tête était-elle plus grave que je ne le croyais? Je fermai les yeux et me rendis compte que ce n'était pas la première fois que je me laissais emporter par mon imagination. D'abord, il y avait eu ce sentiment d'euphorie lorsque Vincent m'avait ramenée ici, puis les cauchemars la nuit dernière et maintenant ça…

Je me redressai d'un bond sur le lit, tandis qu'une autre pensée me venait. C'était exactement cette sensation de flottement désincarné ressentie auprès de Vincent que j'essayais de retrouver quand l'eau était tout à coup devenue si froide. La peur, comme une multitude de poignards acérés, me transperça. Ma perte de mémoire n'était-elle qu'un pan d'un mystère plus sinistre encore, et pour le moment incompréhensible?

Je me levai du lit et m'essuyai vigoureusement, rassurée par le contact rêche de la serviette. Je repoussai avec autorité mes inquiétudes dans un coin de mon esprit pour me concentrer sur ce qui m'attendait: me préparer pour ma sortie avec Vincent.

10

Malgré son instinct possessif, Tara avait déposé pour moi des vêtements, sans doute choisis dans la garde-robe de l'épouse de Vincent. J'enfilai des sous-vêtements en soie flambant neufs, je me glissai dans un élégant pantalon gris et boutonnai le chemisier qui complétait la tenue. Tara m'avait en outre fourni un eye-liner et un tube de rouge à lèvres que j'appliquai sur mon visage exsangue, bien décidée à ne pas me laisser miner par le sentiment de désespoir que l'épreuve de la douche avait insinué en moi.

Tara avait également trouvé un épais gilet que j'attrapai avant de descendre d'un pas rapide l'escalier au pied duquel Vincent m'attendait. Il était resplendissant dans sa chemise rayée bordeaux, une veste en daim négligemment jetée sur l'épaule.

Il consulta sa montre en or et me lança un sourire.

— Pile à l'heure. J'aime la ponctualité chez une femme.

Vincent me prit par le bras pour me conduire vers l'entrée.

— Tara m'a été d'une grande aide, dis-je en me tournant vers elle. Vous êtes très gentille, merci.

— Y a pas de quoi, répondit-elle d'un ton sec.

Vincent nous observait tour à tour avec perplexité. Sans doute avait-il senti l'hostilité sous-jacente qui électrifiait l'air entre nous sans comprendre d'où elle provenait. Cet homme ne se rendait-il pas compte que sa gouvernante était secrètement amoureuse de lui ?

Je boutonnai la veste de laine jusqu'au menton pendant que Vincent ouvrait la porte.

— Vous êtes sûre de toujours vouloir y aller ? demanda-t-il sur le seuil. Vous êtes un peu pâlotte.

— Je vais bien, l'assurai-je, tandis qu'il pivotait vers Tara plantée derrière nous.

— On ne devrait pas rentrer tard, lança-t-il.

— J'attendrai, répliqua-t-elle sèchement, alors que nous sortions dans la nuit glaciale.

Je m'accrochai fermement au bras de Vincent sur le chemin partiellement dégagé qui reliait les deux maisons. Heureusement, le trajet fut bref. Une ou deux fois, je glissai et manquai tomber ; Vincent dut me retenir pour m'empêcher de m'affaler sur la neige. Chaque fois qu'il me touchait, je m'attendais à ce qu'un frisson me parcoure, mais les seuls tremblements qui me secouaient étaient dus au froid mordant.

Une fois sous le porche, Vincent se tourna vers moi.

— Voulez-vous vous choisir un prénom avant qu'on entre ? demanda-t-il. Il va bien falloir qu'on vous appelle d'une manière ou d'une autre.

Une main posée contre le mur, je me mordillai la lèvre.

— Je ne sais pas..., commençai-je, tandis que des pas se dirigeaient vers la porte. Je ne...

Maria ouvrit la porte. Elle était vêtue d'une longue jupe de gitane, d'un chemisier bouffant d'un rouge profond et portait ses longs cheveux noirs détachés. À la lueur dans ses yeux et au rouge de ses joues, je compris qu'elle avait commencé la soirée sans nous. Son épaisse chevelure et son allure hautaine me firent penser à Catharina dans *La Mégère apprivoisée*, de Shakespeare.

— Vincenzo ! s'exclama-t-elle, comme surprise par notre arrivée. Et… hum ?

— Kate, répondis-je précipitamment en pensant encore à Shakespeare. Je m'appelle Kate.

— Entrez, entrez. Le dîner est presque prêt, nous annonça-t-elle en prenant le manteau de Vincent et ma veste. Je vous en prie, venez dans la salle à manger.

Nous la suivîmes dans un couloir, réplique exacte de celui de la maison voisine, passâmes au bas d'un escalier rappelant celui de Vincent, jusqu'à la salle à manger décorée de bougies et d'argenterie étincelante. Un grand saladier en bois trônait sur la table, à côté d'une corbeille à pain. La table était dressée pour quatre.

— Qu'est-ce que vous buvez ? demanda-t-elle en nous indiquant plusieurs bouteilles de vin alignées sur le buffet, qui supportait également un plateau de fromages variés et agrémenté de grains de raisin. Le blanc est excellent, mais je pense que le rouge est encore meilleur.

Elle disparut dans la cuisine et Vincent servit trois verres de rouge, tandis que je restais plantée, sans trop savoir quoi faire. Je me dirigeai vers la fenêtre, soulevai un coin du rideau pour scruter l'obscurité derrière la vitre. Maria revint, un immense plat en verre dans les bras, qu'elle plaça au centre de la table. L'odeur qui s'en échappait était délicieuse.

— Michael ! appela-t-elle. Nos invités sont là.

Elle se débarrassa des maniques et s'installa en bout de table. D'un geste de la main, elle nous invita ensuite à prendre place. Je tirai une des lourdes chaises et m'assis, me demandant à quoi ressemblait le fils.

La porte s'ouvrit et un garçon aux cheveux bruns aussi grand que Maria entra dans la pièce. Il était plutôt mignon avec ses grands yeux en amande, son visage à l'ovale parfait qui requérait déjà la lame d'un rasoir. Je lui donnai environ treize ans, sûre qu'il allait briser des cœurs, plus tard.

— Bonsoir, lança Vincent.

— Salut, parvint à répondre Michael.

Son visage s'empourpra. À l'évidence, il aurait préféré être ailleurs que dans le salon à distraire les invités de sa mère.

— Michael, passe-moi les plats, intima Maria. J'espère que vous avez faim ! Tiens, Vincenzo. Remplis-toi l'estomac pendant que ta maigrichonne de gouvernante a le dos tourné. Kate, comment avez-vous connu Vincenzo ? me demanda-t-elle en me tendant le plat de pâtes aux boulettes de viande.

— Je me suis perdue pendant la tempête de neige. Vincent m'a très gentiment offert un abri.

— Mais votre famille doit être morte d'inquiétude ! Et les lignes téléphoniques qui sont coupées. Avez-vous réussi à prévenir quelqu'un de votre présence ici ?

Je pris ma fourchette et jouai avec la nourriture dans mon assiette, mon appétit soudain envolé.

— Je ne suis pas sûre d'avoir une famille, avouai-je.

— Je sais exactement ce que vous ressentez, approuva Maria en levant les mains au ciel. J'ai pour ainsi dire perdu ma propre famille. J'ai épousé un Anglais et mon Italien de père m'a reniée. Et puis, il y a presque deux ans, ma mère a supplié mon père de m'autoriser à revenir pour une courte visite. Jusqu'alors, mes parents n'avaient jamais vu leur petit-fils ! Maintenant que je suis toute seule avec Michael, ils voudraient que je retourne vivre là-bas, mais je ne suis pas sûre que ce serait bien pour

Michael. Sa vie est ici et il voit son père un week-end par mois, ce qui serait impossible si nous rentrions en Sicile.

Maria poussa le saladier vers moi et soupira.

— C'est primordial, la famille. Dans la nôtre, le premier fils de chaque génération se prénomme Michele, poursuivit-elle en tapotant avec fierté la main de son fils. Je voulais maintenir la tradition, mais mon mari ne voulait que des prénoms anglais. Michael est la traduction anglaise de Michele. C'est un bon compromis, pas vrai? Je te ressers du vin, Vincenzo?

Maria marqua une pause pour remplir nos verres avant qu'on ait eu le temps de répondre.

— Servez-vous de la salade. En Sicile, nous mangeons toujours la salade en premier, mais il fait si froid dehors qu'il m'a semblé plus judicieux de commencer par le plat chaud. Michael, mange un peu, tu es tellement maigre, réprimanda-t-elle son fils avant de se tourner vers moi: Les jeunes d'aujourd'hui se nourrissent à peine. D'après moi, c'est la faute des stars de cinéma, ils sont tous maigres comme des coucous.

Michael semblait ravi de laisser sa mère faire la conversation et nous mangeâmes, tandis que Maria babillait tout en nous resservant du vin. Après le plat principal et la salade, elle posa le plateau de fromages devant nous. Je pris un morceau de roquefort et j'eus un haut-le-cœur. Le fromage était très appétissant mais, maintenant que je l'avais en bouche, je me rendais compte que je n'en aimais pas du tout le goût.

J'avalai avec difficulté et fus frappée par la signification d'une telle découverte. Une petite part de la personne que j'étais réellement venait de se révéler à moi.

— Je n'aime pas le fromage, murmurai-je d'un ton victorieux à Vincent, alors que Maria partait chercher le café. Je n'aime pas le fromage !

Il arqua un sourcil.

— C'est la première chose que j'apprends sur moi, lui expliquai-je. Quel que soit mon nom et d'où que je vienne, je n'aime pas le fromage.

Un sourire étira les lèvres de Vincent.

— Dieu merci, vous aimez les boulettes de viande et n'êtes pas végétarienne ! Je vous avais dit que Maria était un cordon-bleu.

— Vous aviez raison ! approuvai-je avec un gémissement de délectation. Et j'en ai bien profité ! Je ne crois pas que je pourrai manger avant plusieurs jours.

— À moins que les routes ne soient dégagées, je crois qu'aucun d'entre nous ne remangera avant plusieurs jours, déclara Maria en posant le plateau de café sur la table. Le seul commerce accessible à pied est le marchand de journaux et je nous vois mal survivre à l'hiver avec des bonbons et des chips.

Je blêmis à l'idée d'avoir vidé les réserves de nourriture de Maria quand elle aurait dû les rationner.

— Ne vous sentez pas coupable ! s'esclaffa-t-elle en me tapotant la main. La neige aura fondu avant qu'on meure de faim. Je plaisantais.

Elle versa l'épais café noir dans de minuscules tasses qu'elle posa ensuite sur des dessous-de-verre. Michael, qui s'était pendant tout le repas révélé l'archétype de l'ado au discours monosyllabique, se leva et entreprit de débarrasser. Je proposai de l'aider mais Maria ne voulut rien entendre. Bientôt, il n'y eut plus rien sur la table, pas même la nappe, découvrant un plateau en noisetier poli sur lequel Michael réinstalla les dessous-de-verres pour le vin, les tasses à café et une grosse bougie blanche dans un chandelier en argent.

Maria se pencha vers nous, les yeux brillants, et demanda à brûle-pourpoint :

— Dis-moi, Vincenzo, n'as-tu jamais senti la présence d'un fantôme dans cette grande maison que nous partageons ?

Les doigts de Vincent se crispèrent autour de son verre, son regard se fixa sur la bougie. Je tournai des yeux soupçonneux vers notre hôtesse quand elle lâcha un petit rire.

— Pourquoi me demandes-tu une chose pareille ? s'enquit Vincent d'une voix percée d'une pointe d'inquiétude, sans quitter la bougie des yeux.

— Je me disais que, pendant que nous sommes coupés du monde et détendus par le vin, nous pourrions nous raconter des histoires à faire peur. Rien de tel pour s'amuser après un bon dîner !

Elle pivota vers le buffet et en sortit un bâton d'encens, qu'elle alluma d'un geste théâtral avant de se rasseoir, nous gratifiant d'un immense sourire.

Décidée à ne pas me laisser entraîner sur ce terrain, je vidai ma tasse de café et lançai un regard appuyé à Vincent, espérant qu'il saisirait le message.

— Nous ne devrions pas faire attendre Tara, dis-je.

Vincent but une nouvelle gorgée de vin, les yeux cette fois rivés sur Maria.

— Tara est sûrement couchée à cette heure-ci. J'aimerais bien entendre ce que Maria a à dire.

Il posa son verre sur la table. Son corps tout entier suintait l'anxiété. Il était comme résigné à l'inévitable. Les lèvres de Maria s'étirèrent en un sourire entendu. Elle remplit une nouvelle fois le verre de Vincent et reversa du café dans ma tasse.

— J'ai des devoirs, maman, annonça Michael en se levant de table.

J'eus plutôt l'impression qu'il connaissait par cœur les histoires de fantômes de sa mère. Il quitta la pièce, éteignit le plafonnier en partant. La flamme vacillante de la bougie créa une étrange atmosphère qui donna soudain à la scène un air angoissant.

— Cheryl et moi nous retrouvions souvent autour d'une bouteille de vin, les soirs où tu rentrais tard du travail ou quand tu étais en déplacement, commença Maria, brisant le silence. C'était une très bonne amie. Elle me manque, tu sais.

— Quel rapport avec les histoires de fantômes?

— On avait l'habitude de s'en raconter. Je pense que ça lui faisait du bien de laisser les enfants à la gouvernante de temps en temps et de se rappeler qu'elle n'était pas que la mère de deux petites filles malades.

Elle plissa les yeux. Était-ce une pointe d'accusation que je percevais derrière ces paroles légères?

— Cheryl était de très bonne compagnie. Il nous arrivait de dire que la maison était hantée, à cause du plancher qui craquait et de la tuyauterie qui couinait. Nous imaginions un esprit solitaire passer d'une maison à l'autre, traverser les murs comme s'ils n'existaient pas. Mais, dernièrement, poursuivit Maria, des objets ont commencé à disparaître. Je les pose à un endroit et les retrouve ailleurs un peu plus tard. Hélas, Cheryl n'est plus là pour cogiter avec moi.

Immédiatement, je repensai aux cauchemars qui m'avaient tourmentée cette nuit et me demandai à quoi ressemblait cette maison quand elle n'était encore qu'une seule et même demeure.

— Je ne savais pas que Cheryl croyait aux fantômes, dit Vincent d'une voix creuse mais nerveuse.

— Il y a des choses que tu ne savais pas à son sujet, répliqua Maria, ses yeux noirs étincelant sous la lueur de la bougie. D'après mon expérience, les hommes n'écoutent jamais vraiment ce que leur disent leurs épouses.

Vincent se raidit mais garda le silence. Je saisissais à présent sans ambiguïté l'accent accusateur dans la voix de Maria et me demandai pourquoi Vincent restait assis sans rien dire à écouter cette femme sous-entendre qu'il n'avait pas été un bon mari. Je lui donnai un petit coup de coude, le suppliant intérieurement pour que nous rentrions. J'étais fatiguée, ma tête commençait à me lancer et je n'avais aucune envie d'être entraînée dans une étrange dispute entre des gens que je connaissais à peine. Je me sentis soudain encore plus seule et perdue que jamais. Ce monde n'était pas le mien et ces gens restaient des inconnus. Je voulais me lever et m'en aller.

Vincent sembla enfin sentir mon malaise et recula sa chaise.

— Je n'ai aucune envie de parler de ma femme ni de ma fille. C'était il y a longtemps. Inutile de remuer le passé.

La riposte de Vincent n'arrêta en rien Maria.

— Parfois, on doit s'occuper comme il faut du passé pour pouvoir envisager le futur.

Elle se rapprocha de Vincent et posa ses doigts comme des serres sur son bras. La gêne me gagna quand elle plongea ses yeux dans les siens, comme si j'assistais à une scène intime et lourde de significations, une scène dans laquelle je n'avais pas ma place.

Vincent se pétrifia et je retins ma respiration, tandis qu'ils se toisaient du regard. Soudain, la bougie vacilla de plus belle, comme taquinée par un invisible courant d'air, et les appliques murales s'éteignirent brusquement, rompant le sort qui semblait posséder Vincent et Maria. Un bref instant, la pièce fut plongée dans l'obscurité. Mais la flamme de la bougie se stabilisa, seule lueur dans les ténèbres. Maria retira sa main du bras de Vincent

— Ce doit être une coupure de courant, déclara-t-il.

Il sembla reprendre ses esprits et se leva pour s'engager dans le tunnel obscur qu'était le couloir.

— Les lumières sont éteintes ici aussi.

Maria sembla se ressaisir. Elle actionna les interrupteurs au mur, en vain, avant de prendre une deuxième bougie dans le buffet. Elle l'alluma à la flamme de l'autre avant de déclarer :

— Je vais l'apporter à Michael.

Nous la suivîmes dans le couloir et l'attendîmes au bas de l'escalier, pendant qu'elle rassurait son fils et lui donnait la bougie.

À son retour, elle nous tendit nos manteaux. Tremblante, je boutonnai jusqu'au cou ma veste en laine, m'interrogeant une nouvelle fois sur les tours du destin qui m'avait menée dans ce lieu où tant de courants invisibles semblaient s'agiter sous la surface.

— Ce qui est bizarre, annonça Maria d'une voix qui résonna étrangement dans l'obscurité tandis qu'elle nous conduisait à la porte et la déverrouillait comme si de rien n'était, c'est que Cheryl se confiait tout le temps à moi et que jamais elle ne m'a parlé de te quitter.

11

Accrochés l'un à l'autre, Vincent et moi regagnâmes sa partie de la maison. Tandis que nous traversions à pas prudents le jardin verglacé, j'essayai de me rappeler quelle quantité de vin j'avais absorbée au cours de la soirée et me demandai dans quelle mesure elle avait contribué à l'étrange impression que j'avais eue.

— L'électricité est coupée ici aussi, déclara Vincent d'une voix résignée, tandis que nous approchions. Nous avions laissé la lampe extérieure allumée, non?

Il fouilla un moment dans sa poche, peinant à trouver ses clés, que ce soit à cause du froid, de l'obscurité ou du vin italien. Finalement, il ouvrit la porte et entra. Avec une certaine appréhension, je le suivis dans la maison plongée dans le noir.

— Tara? appela-t-il à voix basse. Nous sommes rentrés.

Une lueur rougeoyante émanait des braises qui se mouraient dans la cheminée. Une silhouette se découpa, la forme se levant du canapé. Je me collai contre Vincent, les histoires de fantômes de Maria encore dans la tête.

— Déjà de retour? demanda Tara, brisant le silence.

— J'aurais préféré ne pas y aller, marmonna Vincent tout en se dirigeant vers le canapé à pas incertains.

— Je t'avais prévenu !

Tara attrapa une bougie et une boîte d'allumettes sur la table du salon. Après l'avoir allumée, elle me la tendit.

— Tu sais comment est Maria, reprit-elle. Elle t'invite chez elle depuis que son mari est parti. Tu es comme une proie pour elle.

Elle se fendit d'un petit sourire en coin, visiblement satisfaite d'avoir eu raison de nous déconseiller de nous y rendre.

— Maria est un cordon-bleu, c'est certain, mais elle semble avoir une idée derrière la tête, reconnus-je tout en retirant l'épais gilet.

— Ça, c'est sûr ! Son plan est clair comme de l'eau de roche, renchérit Tara. Je vous proposerais bien un dernier verre, mais j'imagine que vous avez eu votre compte.

— Je ne serais pas contre un brandy bien tassé, en fait, déclara Vincent en ôtant son manteau qu'il jeta sur le dossier du canapé.

Il s'affala d'un air las sur le sofa. Peut-être était-ce dû au rougeoiement tamisé des braises ou aux ombres vacillantes auxquelles ma bougie donnait vie, mais il avait l'air pâle et fatigué. Impression à l'évidence partagée par Tara, qui lui versa rapidement un verre.

— Moi, je vais me coucher, annonça-t-elle d'un ton plus inquiet que taquin à présent. À demain matin. Avec un peu de chance, le courant sera revenu.

— Je monte aussi, dis-je à la hâte. On y verra mieux avec deux bougies.

Pieux mensonge ! Je n'avais aucune envie d'avouer que j'avais toujours les nerfs en pelote et la frousse de monter seule dans le noir de cette maison inconnue.

Tara et moi grimpâmes l'escalier côte à côte. L'idée de laisser Vicent seul en bas à ruminer m'inquiétait un peu. Visiblement, je n'étais pas la seule. Arrivée en haut, Tara se tourna vers moi.

— Sa femme et sa fille lui manquent terriblement, me confia-t-elle. Il ne dit jamais rien, mais je suis sûre que c'est pour ça qu'il s'éclipse dès qu'il le peut. Le travail n'est qu'une excuse pour s'échapper sans pour autant nous quitter.

Je notai l'utilisation du pronom «nous» avec un pincement au cœur. Pourtant, je n'avais pas le droit de ressentir autre chose que de la gratitude envers Vincent.

— Vous pensez qu'il arrivera un jour à tourner la page?

— Je n'en sais rien, répondit Tara en frottant ses yeux fatigués. Je n'aurais pas cru qu'il était du genre à broyer du noir, mais chacun surmonte le deuil à sa manière.

Nous longeâmes le couloir côte à côte, marquant un arrêt devant la porte de Jade pour nous assurer qu'elle respirait sans difficulté, et nous souhaitâmes bonne nuit au seuil de ma chambre. Tenant la bougie à bout de bras devant moi, je poussai la porte et me faufilai à l'intérieur.

Il ne me fallut pas longtemps pour me glisser entre les draps glacés. Une fois couchée, je soufflai la bougie et scrutai les ténèbres, me repassant le film de la soirée dans la tête. D'abord, il y avait eu l'épisode de la douche. Avais-je réellement perdu connaissance et rêvé ma noyade? Et ensuite, cette scène bizarre chez Maria. Que s'était-il vraiment passé entre Vincent et elle? Avait-elle bel et bien laissé entendre que Vincent était responsable du départ précipité de son épouse? Ou cette impression n'était-elle que le fruit de mon imagination, le résultat combiné de la coupure de courant, des effets du vin et de l'atmosphère lourde d'encens?

Il faisait encore nuit quand je me réveillai. Malgré mes efforts, impossible de me rendormir. Mon esprit bouillonnait d'images de gens et de lieux que je ne reconnaissais pas. J'étais incapable de déterminer si les silhouettes vagues qui allaient et venaient dans ma tête appartenaient à ma vie ou si elles n'étaient que des projections imaginaires de Cheryl et d'Ambre. Au bout de vingt minutes à me retourner dans mon lit, je décidai de descendre boire un verre de lait. J'enfilai la robe de chambre, attrapai la bougie puis me dirigeai vers le palier. Après avoir vérifié que le courant n'était pas revenu, je descendis l'escalier plongé dans l'obscurité.

Évidemment, il faisait tout aussi noir dans la cuisine. La grosse bougie ne diffusait qu'un petit cercle de lumière. Je la posai sur la table pour ouvrir la porte du frigo avec l'étrange impression d'une présence dans la pièce. Sans bouger un muscle, je scrutai l'obscurité. Mon imagination devait encore me jouer des tours! Alors j'entendis clairement une respiration régulière. Je n'avais pas rêvé! Un cri s'échappa de ma gorge. Un juron fusa et une silhouette se dressa. Tout à coup, je me retrouvai nez à nez avec Vincent.

— Bon sang, j'ai failli avoir une crise cardiaque… Je vous ai prise pour un fantôme!

— Vincent?

— Kate? Que faites-vous ici?

Il se tourna vers la table et alluma une lampe de poche, dirigeant le faisceau vers ma figure. Je clignai des yeux, et repoussai la torche qui éclaira alors le mur opposé. Je ne parvenais à distinguer que sa silhouette mais, sur la table, je remarquai un album photos ouvert.

— Je n'arrivais pas à dormir, répondis-je dans un souffle.

— Quelle heure est-il ? J'ai dû piquer du nez.

— Il est 2 heures passées. Il fait un froid glacial ici.

— Je sais, la chaudière est arrêtée. J'espère que Tara a mis suffisamment de couvertures sur le lit de Jade.

— Je suis sûre qu'elle y aura pensé, lui assurai-je en resserrant la robe de chambre autour de moi. Elle prend grand soin d'elle.

— Tara est une sainte, approuva Vincent. Sans elle, nous n'aurions pas pu nous en sortir.

J'étouffai un bâillement en me frottant les yeux.

— Je descendais simplement prendre un verre de lait. J'espère que ça ne vous ennuie pas ?

— Bien sûr que non !

Il ouvrit le frigo et en sortit une brique de lait. Il me tendit ensuite la torche pour attraper deux verres dans le placard. Je m'assis à la table, dirigeant la lampe de poche sur l'album. Les photos représentaient une femme brune tenant un bébé dans ses bras. Je reconnus Vincent sur quelques-uns des clichés – un Vincent plus jeune et plus insouciant, le bras autour des épaules de la femme, les yeux brillant de fierté baissés sur son enfant.

Il s'approcha et referma l'album dans un claquement sec. Je levai un regard désolé sur lui et remarquai une nouvelle fois à quel point il était séduisant. Je repoussai cette pensée au loin, essayant de maîtriser les battements de mon cœur.

— J'aimais ma femme, vous savez, lâcha-t-il doucement en prenant son verre. À en croire Maria, j'étais un mauvais mari. Peut-être n'étais-je pas suffisamment présent aux côtés de Cheryl après qu'on a appris la maladie d'Ambre. Je travaillais sans doute trop, mais je l'ai toujours aimée, jusqu'à la fin.

Qu'est-ce que je pouvais bien répondre à ça? À mon avis, cette introspection n'avait pas été provoquée par les piques de Maria. Elle était plutôt due à la fin du mutisme de Jade, qui avait évoqué Ambre sans tabou. Peut-être le mur protecteur qu'il avait érigé autour de lui s'était-il fendillé, l'incitant à se poser des questions.

Je scrutai son visage dans la pénombre.

— Avez-vous consulté quelqu'un depuis qu'Ambre a disparu?

Il secoua la tête, brusquement en colère.

— Qu'est-ce que ça changerait? Personne ne peut les ramener.

— Les? demandai-je, interloquée, avant de penser qu'il devait parler du départ de sa femme en plus de la disparition de sa fille.

Il semblait énervé.

— Je voulais dire «la». Je parlais d'Ambre. Personne ne peut la ramener, pas vrai? Alors quel intérêt d'aller voir une bonne âme qui ne la connaissait pas? Personne ne sait ce que c'est de se lever tous les matins et de penser, pendant une fraction de seconde, que tout est comme avant: que mon enfant est endormie dans son lit, ma femme allongée à côté de moi. De croire que le monde ne s'est pas effondré…

Même dans la faible lueur dispensée par la lampe de poche, je distinguai la douleur et la colère dans ses yeux.

— J'étais censé prendre soin d'elles, bon Dieu! C'était moi le père, l'époux. Je devais les protéger et j'ai été incapable de les aider.

Je secouai la tête d'un air à la fois compréhensif et désolé.

— Je ne sais même pas si j'ai un enfant ou un mari quelque part…, commençai-je, brièvement traversée par une pointe de panique à cette idée, mais je sais qu'on ne peut pas supporter une telle perte tout seul. Vous avez besoin de l'aide d'un professionnel.

— Vous parlez comme Tara, soupira-t-il, toute colère envolée. Elle a essayé de nous traîner chez son frère quand Ambre... C'est une sorte de psychanalyste, mais Cheryl a repoussé tout le monde et, quand elle n'a plus tenu, elle m'a quitté aussi. Je dois leur demander pardon.

Au tremblement dans sa voix, je compris qu'il était sur le point de lâcher prise et d'ouvrir les vannes de ses émotions refoulées ces deux dernières années.

— Je ne désire rien de plus au monde que d'avoir Ambre devant moi un instant pour lui dire à quel point je suis désolé de ne pas avoir pu prendre soin d'elle.

Il se tut, mais sa respiration haletante m'apprit qu'il luttait toujours contre ses sentiments.

— Quand Maria m'a demandé si j'avais déjà senti la présence d'un fantôme dans ma partie de la maison, j'avoue que j'ai réfléchi à la possibilité que la demeure soit hantée. Je me suis demandé – je l'ai espéré même – si c'était l'esprit de ma petite fille que Maria avait senti.

Il prononça ces mots d'une voix si basse que je les devinai plus que je ne les entendis.

Cet étrange aveu me surprenait et me mettait un peu mal à l'aise. Jusqu'à présent, j'avais considéré Vincent comme un pragmatique.

Je me penchai en avant et plaçai doucement ma main sur la sienne, posée à plat à côté de son verre. Tout à coup, les doigts de Vincent serrèrent les miens et il leva ma main à hauteur de son visage, l'amenant à ses lèvres. Les paupières fermées, il embrassa ma main.

— J'ai besoin qu'on me pardonne, Kate, murmura-t-il. Je n'étais pas là pour ma fille quand elle a eu le plus besoin de moi et je ne supporte pas l'idée qu'il soit trop tard pour y remédier.

— Il est peut-être trop tard pour Ambre, chuchotai-je, gardant ma main immobile. Mais on vous a offert une seconde chance avec Jade. Vous avez encore une petite fille.

Il leva sur moi un regard torturé et me dévisagea durant de longues minutes. Puis, comme s'il se rendait compte tout à coup du contact physique entre nous, il relâcha brusquement ma main et hocha la tête d'un geste sec. Avant même que la moindre parole ait pu franchir mes lèvres, il avait saisi la lampe de poche et quitté la pièce. Je me retrouvai seule dans la cuisine d'un inconnu, plongée dans l'obscurité au beau milieu d'une nuit glaciale.

12

De retour dans la chaleur de mon lit, je restai éveillée longtemps à réfléchir aux paroles de Vincent. S'était-il confié à moi parce que j'étais une inconnue? Un peu à la manière de Jade, qui m'avait choisie pour rompre son vœu de silence deux jours plus tôt? Pour aller mieux, Vincent devait admettre qu'il avait besoin d'aide et accepter celle d'un professionnel. J'étais prête à l'écouter, bien sûr, mais je n'avais pas les qualifications requises pour le conseiller. Je n'étais guère qu'une étrangère de passage qui s'était retrouvée par hasard au beau milieu de leur tragédie.

En tout cas, c'était ce dont j'essayai de me convaincre en sombrant dans un sommeil agité.

Au matin, la neige tombait de nouveau en abondance. En bas, je trouvai Tara en train de s'échiner à allumer le feu dans le salon. Elle craquait allumette après allumette sous le regard de Jade, blottie sur le canapé.

— Laissez-moi essayer, proposai-je en lui prenant la boîte.

Je m'agenouillai à côté d'elle face au foyer. Je craquai une allumette qui s'enflamma sans difficulté et m'empressai de l'approcher du papier journal froissé dont elle avait enveloppé le petit bois. Alors, je contemplai la flamme prendre de la vigueur.

— Quel est le problème? demandai-je.

— Il fait un froid de canard, voilà le fichu problème! rétorqua-t-elle.

Elle avait beau porter son manteau par-dessus son jean et son pull de la veille, ses lèvres étaient bleues de froid.

— Il faut garder Jade au chaud et je ne peux même pas faire bouillir de l'eau pour lui faire un thé.

Je jetai un œil sur la fillette qui nous observait sans un bruit, emmitouflée dans des couvertures. Effectivement, elle paraissait encore plus pâle que d'habitude, et un frisson de frayeur me remonta l'échine. Si cette enfant était trop fragile pour jouer dehors dans la neige, clairement, elle allait souffrir dans une vieille maison froide et humide. L'inquiétude féroce – voire fanatique – de Tara était contagieuse.

— Où est Vincent?

— Pas ici. Je voulais lui parler de Jade, mais je ne l'ai trouvé nulle part, expliqua-t-elle d'une voix anxieuse. Je ne comprends pas.

Le feu grossissait à présent, de fines langues embrasées léchaient le petit bois et chauffaient les bûches disposées avec soin par Tara.

— Viens t'asseoir sur le tapis devant le feu, invita Tara en s'adressant à Jade. Qu'on essaie de te réchauffer.

Pour qu'elle n'ait pas à sortir de ses épaisses couvertures, nous la transportâmes devant la cheminée. Le mouvement provoqua une quinte de toux des plus inquiétantes.

— Je viens juste de finir sa kiné, expliqua Tara en s'accroupissant à côté d'elle avec angoisse pour lui frictionner les mains. Ses bronches sont très encombrées, ce matin.

— Est-ce qu'on peut refaire des anges? me demanda Jade d'une voix croassante, tandis que je m'installais en me tortillant à côté d'elle.

— Après le petit-déjeuner, peut-être, répondis-je, d'un air inquiet.

Je me faisais du souci pour Vincent. La nuit dernière, il s'était ouvert pour la première fois depuis qu'il avait perdu sa fille et que sa femme l'avait quitté. Et maintenant, il avait disparu. Après avoir refusé pendant deux ans de reconnaître la profondeur de son chagrin, il voyait toutes ses émotions ressurgir et exploser comme des bulles de savon. Des émotions à l'état brut et au poids écrasant. Pourvu qu'il n'ait rien commis de stupide !

— J'ai déjà petit-déjeuné, répondit Jade. J'ai mangé des sandwichs au beurre de cacahuète.

— Miam ! m'écriai-je en forçant l'enthousiasme dans ma voix. Tu m'en as laissé un peu, j'espère ?

— Il y a des céréales et du lait sur la table de la cuisine, intervint Tara, frottant toujours les mains de Jade. Servez-vous.

Je me dirigeai vers la cuisine où je me servis un bol de céréales et restai à le fixer d'un air abattu. À cause de ma blessure à la tête ou du vin de la veille, je me sentais un peu nauséeuse. Au bout d'un moment, je décidai tout de même d'avaler quelque chose. Je versai le lait, aussi froid que s'il sortait tout droit du frigo.

Je me sentis beaucoup mieux après avoir mangé, même si j'aurais volontiers bu une tasse de café ou de thé bien chaud. Une fois la table débarrassée, je me dirigeai d'un pas rapide vers le bureau de Vincent dans lequel je passai la tête. Tara avait déjà regardé, mais je voulais vérifier par moi-même qu'il n'était pas occupé quelque part, trop gêné par notre conversation de la nuit pour me faire face. Je regardai partout mais il restait introuvable. Je revins sur mes pas, entrai dans la salle à manger plus froide qu'un glaçon – et pour le coup peu accueillante – et finis par monter l'escalier au pas de course pour essayer de me réchauffer.

Je vérifiai chaque pièce qui flanquait le couloir. D'abord, la chambre de Tara dans le grenier, à laquelle on accédait par quelques marches irrégulières. De la porte, je découvris une pièce vide sous le toit pentu, meublée simplement d'un lit une place. Je vérifiai la salle de bains, ma chambre, celle de Jade. Dans chaque pièce, une lumière bleutée émanait des fenêtres, reflet de la neige qui tombait au-dehors. Au seuil de la chambre d'Ambre, je m'arrêtai et tendis l'oreille. Si le processus de deuil s'était enfin mis en marche, il était tout à fait probable de le trouver ici. En outre, Tara n'aurait sans doute pas pensé à vérifier dans cette pièce. D'un geste délicat, je tournai le bouton de la porte et passai la tête.

C'était une jolie chambre de petite fille, palette harmonieuse de roses – papier peint, parure de lit, petit tabouret devant la coiffeuse – où les cœurs s'affichaient partout: motifs des rideaux, forme des coussins disposés çà et là. Avec un sourire, je remarquai que même le placard, blanc, disposait de poignées roses en forme de cœur. Les peluches, serrées les unes contre les autres sur le lit, et les élastiques à boules roses qui attendaient sur la coiffeuse donnaient l'impression que l'occupant n'allait pas tarder à rentrer. C'était peut-être l'effet recherché, pensai-je avec tristesse. La chambre d'Ambre était devenue un autel.

Pour autant, Vincent ne s'y trouvait pas et je commençai à craindre le pire. Il n'était certainement pas sorti par ce temps: la neige rendait tout trajet quasiment impossible. Je refermai doucement la porte de la chambre d'Ambre et traversai le couloir jusqu'à celle de Vincent. Il ne pouvait être que là, en déduisis-je. Je frappai à la porte, n'obtins aucune réponse.

Je tournai la poignée et entrai dans la chambre à la tapisserie rouge et crème. Hélas, elle était vide. Je fis malgré tout le tour de la pièce. Le lit n'était pas défait, comme si personne n'y avait dormi. Je remarquai une porte que je n'avais pas vue la première fois et découvris une salle de bains qui abritait une baignoire sur pied à la robinetterie en cuivre et une cabine de douche dont le rideau était tiré.

Je restai un moment, indécise, à observer le rideau le cœur battant. Et si Vincent était étendu là ? Je repoussai cette pensée avant qu'elle prenne forme dans ma tête et fis un pas décidé vers la douche pour tirer d'un geste sec le rideau. Elle était vide.

— Où êtes-vous, Vincent ? demandai-je à la pièce déserte.

Je tournai les talons pour partir quand je remarquai l'armoire à pharmacie et sa porte entrebâillée. J'étudiai les étagères du placard : un dentifrice, une bouteille de bain de bouche, un rasoir, un tube de ce qui semblait être des cachets contre le mal de tête et un flacon de déodorant. Nerveuse à l'idée d'être prise en flagrant délit de fouille intempestive dans des endroits on ne peut plus privés, je refermai l'armoire à pharmacie et m'apprêtai à partir quand, sur un coup de tête, je me dirigeai vers le dressing. Pendant un instant, je me contentai de fixer le papier peint puis me décidai à ouvrir la porte sur la garde-robe de mon hôte et de son épouse.

Je restai clouée sur place, les yeux rivés sur les rangées de vêtements et de chaussures. Avec précaution, j'ouvris un tiroir, tout comme je l'avais fait le jour de mon arrivée, quand Vincent m'avait proposé de me servir des affaires de sa femme. Mais deux jours plus tôt, je n'étais qu'une âme perdue, reconnaissante de se voir prêter des habits chauds pour dormir. Aujourd'hui, tandis que mon regard courait sur les T-shirts parfaitement pliés, les chemises et les vestes, je compris avec un frisson de terreur que cette penderie était une triste réplique de la petite chambre d'Ambre.

Ce n'était pas là les affaires éparses laissées par une femme pressée de partir, mais sa garde-robe tout entière, attendant d'être portée par quelqu'un qui ne reviendrait pas.

Après avoir jeté un coup d'œil par-dessus mon épaule, j'ouvris un autre tiroir et trouvai collants et sous-vêtements, le genre d'habits dont une femme a besoin tous les jours. Et puis, tout au fond du tiroir du bas, une découverte me glaça le sang. Je sortis un sac à main en cuir noir avec une boucle en argent. Le cuir était souple et usé. Il ne s'agissait pas d'un sac à la mode comme ceux rangés sur l'étagère du haut. Non, c'était un sac à main plus banal, de ceux qu'on utilise tous les jours. Je le retournai dans mes mains, me mordillant la lèvre, et, au prix d'un effort surhumain, l'ouvris.

Je regardai rapidement à l'intérieur puis renversai sur le dessus-de-lit le contenu que je frôlai du bout des doigts, le souffle coupé. Un rouge à lèvres, un petit tube de crème pour les mains, un paquet de mouchoirs, un peigne, quelques bouts de papier, un stylo, et, à ma consternation, un portefeuille en cuir plein à craquer.

Après un rapide coup d'œil vers la porte, j'ouvris le portefeuille et y trouvai une cinquantaine de livres en liquide ainsi que des cartes de crédit et un permis de conduire au nom de Cheryl James.

Je fis un pas en arrière, me couvrant la bouche pour étouffer mon cri. Si je devais quitter ma maison, je savais que j'emporterais mon portefeuille. Les mains tremblantes, je tirai la fermeture éclair de la poche extérieure du sac et sentis sous mes doigts un petit carnet. Je le sortis et m'assis lourdement sur le bord du lit, les yeux rivés sur le passeport que je tenais en main. Une femme aux cheveux noirs me fixait. Sous la photo d'identité était inscrit « Cheryl James ».

L'estomac noué, je me rendis compte que, sans son passeport, la mère de Jade n'avait pu s'enfuir à l'étranger.

Dans ce cas, où était-elle?

13

Au terme d'un déjeuner aussi froid que lamentable, Tara, Jade et moi nous blottîmes devant le feu et jouâmes au rami. Dès que Tara eut distribué les cartes, je m'aperçus avec joie que je connaissais les règles et passai la partie à scruter les cartes pour combiner des paires et à me creuser les méninges pour retrouver dans quelles circonstances j'avais déjà joué. La découverte du sac à main de Cheryl avait ravivé en moi l'envie pressante de retrouver mes souvenirs. Mon esprit vagabonda et s'attarda sur un fait déconcertant : j'avais beau considérer comme extrêmement troublant que la femme de Vincent soit partie sans son passeport et ses affaires personnelles, j'avais apparemment agi de même. Je me retrouvais au sein de cette famille sans aucun bien ni pièce d'identité.

Je tripotai mes cartes et regardai Jade étaler d'un air triomphant une suite de cœurs sur le tapis, quand on frappa avec insistance à la porte d'entrée. Tara lâcha précipitamment ses cartes qui se répandirent au sol.

— Ce doit être Vincent !

Elle sauta sur ses pieds et se précipita pour ouvrir, tirant le lourd rideau censé garder la chaleur à l'intérieur. Je posai mes cartes en attendant son retour. Mon estomac était noué d'un mélange de sentiments : le soulagement de savoir qu'il n'était pas blessé et la peur en repensant àce qu'il avait pu advenir de son épouse. Mais ce ne fut pas Vincent qui apparut aux côtés de Tara.

L'inconnu talonna Tara dans le salon, apportant avec lui un souffle glacé. Un peu plus grand qu'elle, il présentait la même allure fine, presque lutine, que Tara et possédait la même chevelure brune. Il retira ses bottes, saupoudrant le parquet de neige sale, puis un épais anorak que Tara lui prit des mains pour le poser sur la rampe d'escalier.

Jade lui décocha un regard nonchalant depuis le canapé avant de se retourner pour disposer ses cartes en éventail. L'homme se dirigea à grands pas vers la cheminée et s'installa dos au feu en soufflant sur ses mains, qu'il frottait pour les réchauffer. Je lui lançai un sourire qu'il me retourna. Derrière ses lunettes sans monture, je remarquai des yeux bleu-vert. Il avait le même regard pénétrant que Tara.

Je me levai pour me présenter :

— Bonjour. Je m'appelle… je crois que je m'appelle Kate.

— Je suis Colin, le frère aîné de Tara, répondit-il en me tendant la main avec une expression dubitative. Vous *croyez* que vous vous appelez Kate ? Vous n'en êtes pas sûre ?

— Elle a perdu la mémoire, expliqua Tara après avoir balayé dans l'entrée la neige que son frère avait apportée avec lui. Kate – ou quel que soit son nom – s'est égarée dans la tempête de neige et Vincent l'a ramenée ici et invitée à rester.

Je notai la pointe de désapprobation dans sa voix. Son frère aussi, apparemment, car il tourna vers elle un regard interrogateur avant de reporter son attention sur moi.

— Je t'offrirais bien une tasse de thé, Colin, poursuivit Tara en s'agenouillant pour récupérer ses cartes pendant qu'il s'asseyait sur une chaise toute proche, mais, évidemment, il n'y a pas d'eau chaude.

— C'est pour ça que je suis venu, expliqua-t-il. À cause de la panne d'électricité. Je m'inquiétais pour Jade et pour toi. Comme tu n'es pas rentrée et n'as pas appelé, j'en ai conclu que Vincent était retenu à Londres à cause du temps et que tu avais dû rester ici. Je savais que tu étais en sécurité mais, quand le courant s'est coupé, j'ai pensé que tu aurais besoin d'aide.

— C'est gentil de ta part, reconnut Tara avec affection. Heureusement, Vincent a écouté la météo et est resté à la maison le jour de la tempête. Mais, maintenant, il est introuvable et je me fais un sang d'encre. Je ne vois pas du tout où il aurait pu aller par ce temps, mais à part ça tout va bien. Tant qu'on reste près du feu.

— Il y a une sacrée épaisseur de neige, là dehors, nous apprit Colin. Il m'a fallu plus d'une heure pour venir depuis le village et je n'ai vu aucune trace. J'ai écouté la radio avant de sortir et, apparemment, ils ont commencé à déblayer certaines des routes principales, mais la plupart des voies secondaires sont impraticables.

— Où est-il passé, alors? s'enquit Tara en posant dans un claquement ses cartes sur la table du salon.

Colin répondit d'un haussement d'épaules, comme si les allées et venues de Vincent ne le concernaient pas outre mesure.

— Vincent est solide. Je suis persuadé qu'il va bien.

— Quelles sont les nouvelles à l'extérieur? demandai-je avec hésitation en croisant les doigts pour qu'il ait raison au sujet de Vincent. Nous sommes vraiment coupés du monde ici, sans électricité ni téléphone.

— Telles qu'on peut s'y attendre, répondit Colin, en tendant ses pieds vers la cheminée pour les réchauffer. Les automobilistes ont dû abandonner leurs véhicules dans le blizzard. Quelques personnes âgées ont été transportées à l'hôpital par hélicoptère. Cette vague de froid est générale. Il est conseillé de rester chez soi et d'attendre.

Il ignora le regard réprobateur de sa sœur et m'observa de longues minutes avant de céder à la curiosité.

— Dites-moi tout, Kate. Que vous rappelez-vous?

— Pas grand-chose. Je me souviens m'être réveillée sur le bord de la route, dans la neige, et avoir marché pendant des heures avant que Vincent me trouve. J'ignore qui je suis et ce que je faisais là-bas. C'est affreux de ne pas savoir.

— Avez-vous pu découvrir quoi que ce soit avant que les lignes téléphoniques soient coupées? demanda-t-il en se penchant en avant, un intérêt croissant brillant dans ses yeux. Êtes-vous portée disparue?

Je secouai la tête.

— Non, le téléphone ne fonctionnait déjà plus quand j'ai pensé à appeler la police.

Il regarda sa sœur qui roula des yeux.

— Je sais à quoi tu penses, grogna-t-elle.

— Ça ne peut pas faire de mal, répliqua-t-il. Si je peux l'aider à se rappeler qui elle est, elle pourra rentrer chez elle dès que les routes seront dégagées.

Tara afficha tout à coup une mine réjouie et pleine d'espoir. Le frère et la sœur se connaissaient parfaitement. Colin avait tout de suite senti que ma présence contrariait Tara et elle avait compris sur-le-champ ce qu'il comptait faire pour y remédier.

— L'un de vous deux va-t-il me dire de quoi il s'agit? demandai-je, angoissée.

— Colin est hypnothérapeute, expliqua Tara. Il possède un doctorat en psychologie et en hypnothérapie. Les gens viennent le voir pour toute sorte de problèmes. Grâce à l'hypnose, il les fait régresser dans leur enfance où, d'après lui, tous nos problèmes adultes trouvent leur origine. C'est bien ça, Colin? demanda-t-elle en se tournant vers son frère.

— Dans les grandes lignes, oui, répliqua-t-il avec un sourire avant de se tourner vers moi. Si vous me laissez vous hypnotiser, je pourrais probablement déverrouiller la porte que votre esprit a refermée. Vos souvenirs vous reviendront et vous pourrez reprendre votre vie là où vous l'avez laissée.

Je le regardai avec suspicion. Bien sûr, je voulais me rappeler ma vie. Plus vite je pourrais quitter cette maison et ses mystères, mieux ce serait. Pourquoi alors avais-je si peur de me faire hypnotiser?

— Si vous êtes capable de déverrouiller les portes de l'esprit, pourquoi n'avez-vous rien fait pour sortir Jade de son mutisme?

— Parce que ce n'est pas mon domaine, répondit-il, apparemment imperturbable face à mon scepticisme. Ma spécialité, c'est de ramener mes patients dans le passé et de les confronter à leur enfance perturbée. Par définition, les enfants ne sont généralement pas des candidats à ce genre d'expérience. Et, de toute façon, ni Vincent ni Cheryl ne voulaient en entendre parler.

— Vous pensez que l'hypnose va pouvoir m'aider?

— Je ne vois pas pourquoi ça ne marcherait pas.

Je réfléchis un moment à cette drôle de proposition, pendant que Colin et Tara échangeaient des nouvelles.

Qu'est-ce que j'avais à perdre? Je n'avais aucun souvenir antérieur à mon arrivée dans cette maison, rien ne pouvait être pire que ce sentiment de solitude et d'indifférence. S'il y avait la moindre chance qu'il m'aide à recouvrer la mémoire ou ne fasse même que ressurgir quelques souvenirs, ça valait le coup d'essayer, non?

— Quels sont les effets secondaires? demandai-je quand ils interrompirent leur bavardage.

— À ma connaissance, il n'y en a pas, répondit Colin.

— Sûrement parce que les gens ne se rappellent pas ce qui les a dérangés quand tu as fini de jouer avec leur esprit, commenta Tara.

Devant ma mine déconfite, elle décocha un petit sourire.

— Je plaisante, ajouta-t-elle. Colin a beaucoup d'expérience.

— Tu effraies cette pauvre fille, se plaignit-il en adressant une grimace à sa sœur.

— Désolée, concéda Tara avec un haussement d'épaules. Écoutez, si vous voulez savoir qui vous êtes, alors Colin est celui qu'il vous faut. C'est le meilleur.

— En quoi cela consiste-t-il? demandai-je après une hésitation.

— Comme nous ignorons quel traumatisme a causé votre amnésie, il serait sans doute plus sûr de vous ramener à un souvenir d'enfance où vous étiez heureuse et vous sentiez en sécurité, puis de faire notre chemin jusqu'au présent.

Colin avait du mal à contenir son excitation, tandis qu'il m'expliquait le processus.

— Je n'arrive pas à croire que je suis en train d'envisager de me laisser hypnotiser, dis-je avec un frisson. Je ne vous connais même pas.

— Je vous promets que je suis qualifié, fit-il en plongeant son regard dans le mien. Franchement, je sais ce que je fais.

— Il est doué, insista Tara. J'ai essayé de convaincre Vincent et Cheryl d'aller le voir après qu'Ambre… vous savez. Mais ils refusaient et puis Cheryl a pris la clé des champs. S'ils avaient parlé à Colin, peut-être les choses se seraient-elles passées différemment.

Une fois encore, je m'interrogeai sur le sort de Cheryl et me demandai si Colin et Tara croyaient sincèrement qu'il n'y avait rien d'anormal dans sa disparition, malgré ce que Tara venait de dire. En même temps, je ne voyais pas en quoi l'hypnose leur aurait été bénéfique.

— Ni Vincent ni Cheryl n'avaient de problème remontant à l'enfance, remarquai-je. Ils savaient exactement ce qui n'allait pas.

J'essayai un instant d'imaginer ce que c'était de perdre un enfant, mais l'énormité de la chose me dépassait.

— Je suis qualifié, répéta Colin. Et ce que Tara vous a expliqué est un condensé de mes nombreuses années d'études et de pratique. Je suis sûr que j'aurais été en mesure de les aider s'ils m'en avaient laissé la possibilité.

Je le fixai, étudiant ses traits avec minutie. Il avait un visage amical et délicat. Même sa voix était douce, et mon instinct m'invitait à lui faire confiance.

— Si je vous laisse m'hypnotiser, négociai-je, Tara peut-elle rester avec nous?

— En général, je n'accepte pas de spectateur pendant une séance, car je pense qu'il est plus difficile pour le patient de se laisser aller s'il se sait écouté et regardé. Mais, dans les circonstances actuelles, si vous souhaitez que Tara soit présente et qu'elle est d'accord, je peux faire une exception.

L'honnêteté me forçait à admettre que je commençais à me sentir mal à l'aise et à m'inquiéter pour ma propre sécurité dans cette maison. La proposition de Colin m'apparaissait comme une bouée de sauvetage.

— Et quand débuterions-nous?

— Eh bien, je ne sais pas pour vous, mais je suis plutôt disponible là, tout de suite, plaisanta-t-il en me décochant un grand sourire. Et au vu de votre main, vous n'êtes pas près de gagner aux cartes.

— Nous jouions en attendant Vincent et le retour du courant, répliqua Tara. Et pour essayer de ne pas penser au froid. C'est comme si nous étions dans les limbes.

— Je comprends ce que vous voulez dire, fis-je avec sincérité. C'est un peu l'impression que j'ai depuis que je suis ici.

— Alors laissez-moi vous aider à retrouver la mémoire, insista Colin, d'une voix doucement persuasive.

— Et si je n'aime pas ce que je me rappelle? demandai-je avec inquiétude. Si j'avais bloqué ces souvenirs exprès?

— Ce sera peut-être le cas, mais si vous n'essayez pas, vous ne saurez jamais.

Je me tournai vers Tara.

— L'avez-vous déjà laissé vous hypnotiser?

Elle secoua la tête et me lança un sourire malicieux.

— Inutile. Je suis une personne tout à fait posée et sensée. Je n'ai pas besoin qu'on me trifouille le ciboulot.

— Ne faites pas attention à Tara, s'excusa Colin.

Je pris une profonde inspiration. Je devais être complètement folle. Folle à lier. Cependant, la découverte des affaires de Cheryl m'avait perturbée. Je ne savais plus quoi faire et, même si j'ignorais où cela se trouvait, j'avais envie de rentrer chez moi. Si l'hypnose m'offrait une chance de recouvrer la mémoire, je devais la saisir. Je me mordis la lèvre et regardai Tara puis Colin.

— OK, je suis partante.

14

Il faisait trop froid dans le reste de la maison pour quitter le salon et la proximité du feu, aussi Tara installa-t-elle Jade dans un fauteuil situé sur l'un des côtés de la cheminée en lui donnant des devoirs pour s'occuper. Je m'allongeai sur le canapé enveloppée dans les couvertures dont Tara m'avait recouverte lorsque j'avais réchappé de la tempête, deux jours auparavant. Ma tête reposait sur deux oreillers qui embaumaient la lavande. Tara prit place dans le second fauteuil et Colin s'assit près de moi, sur une chaise au haut dossier.

— On va commencer par des exercices tout simples de respiration et de relaxation, m'expliqua Colin d'une voix soporifique. Quand vous vous sentirez à l'aise, nous irons plus loin, mais uniquement si vous êtes prête. Votre rythme cardiaque va probablement ralentir et votre tension baisser. C'est pour ça que nous vous avons emmitouflée dans des couvertures, pour que vous n'ayez pas froid. Si, à un moment ou à un autre, vous voulez me demander quoi que ce soit, levez votre main droite, entendu ?

Je hochai la tête avec raideur, les poings serrés le long du corps mais, tandis que j'écoutais sa voix, mon corps se détendit peu à peu et mes paupières se firent lourdes. Suivant les indications de Colin, j'exécutai des exercices de relaxation, contractant et relâchant certains muscles et laissant apparaître des images apaisantes dans ma tête. Le silence régnait dans la pièce, à peine entrecoupé du bruit des flocons touchant les fenêtres, de Jade tournant les pages de son livre ou de Tara reniflant de temps en temps. Je me sentais vraiment bête, étendue comme ça, emmitouflée dans les couvertures sur le canapé, et l'objet de toutes les attentions dans une maison par ailleurs silencieuse.

— Je ne peux pas, dis-je en ouvrant les yeux. Je me sens complètement stupide.

Colin cligna des yeux derrière ses lunettes, mais sa voix me parvint, calme et imperturbable.

— Dans votre esprit se trouve l'image de la personne que vous êtes réellement, murmura-t-il. Fermez les yeux et regardez au plus profond de votre âme.

Et, lentement, alors que je fixais l'obscurité derrière mes paupières, je sentis mon corps entier se détendre comme s'il flottait sur un lit de coton. Mon esprit erra, comme à la lisière du sommeil, et je me sentis bien, au chaud, et étrangement en sécurité.

— Je veux que vous retourniez à l'autre jour, déclara-t-il. Il neige et vous êtes en voyage. Dites-moi si vous êtes à pied ou en voiture.

— Je ne me rappelle pas, murmurai-je. Il n'y a rien. Juste une brume blanche qui tourbillonne. J'ai l'impression d'être dans un nuage.

— Tout va bien, Kate, vous vous en sortez très bien, ronronna la voix dans ma tête. Nous allons revenir un petit peu en arrière. Lorsque vous étiez une toute jeune femme. Imaginez une agréable journée d'été. Vous êtes heureuse et en sécurité. Votre famille vous entoure. Dites-moi ce que vous voyez.

— Rien que du blanc, répondis-je avec une pointe de consternation en scrutant le néant. Des tourbillons de blanc, et le vide.

— D'accord, Kate. Je veux que vous plongiez plus profondément dans votre esprit. Imaginez une porte qu'il vous faut franchir. De l'autre côté, vous vous verrez enfant, à une époque où vous étiez heureuse et détendue. Lorsque vous en aurez franchi le seuil, décrivez-moi ce que vous voyez.

— Je n'arrive pas à ouvrir la porte. Je ne peux pas entrer.

— À quoi ressemble cette porte, Kate? Est-elle en bois? En verre?

— Il s'agit plutôt d'un épais rideau blanc. Il a l'air lourd et doux. Mais je ne peux pas le toucher ni l'attraper, ma main passe au travers.

Une vague de panique m'envahit. Je ne pouvais pas traverser le rideau et le blanc qui m'entourait me rappelait celui de ma vie. J'étais perdue dans le vide, seule, coincée entre ma vie réelle et celle-ci. Tout à coup, j'eus réellement peur.

— Calmez-vous, Kate. Respirez profondément et nous allons retenter d'ouvrir la porte.

— C'est quoi son problème? demanda la voix distante de Tara.

J'entendis Colin la rassurer et alors le rideau réapparut devant moi. J'essayai de me concentrer sur ce qui se trouvait de l'autre côté.

— Je veux que vous ouvriez ce rideau avec votre esprit, Kate. Tirez-le jusqu'à ce que vous puissiez passer de l'autre côté. Vous n'avez rien à craindre. Vous êtes une enfant à nouveau, vous êtes détendue et heureuse.

— Il bouge… un peu comme une épaisse cape en velours, dis-je d'une voix soulagée et excitée. Je crois que je peux passer.

— Dites-moi ce que vous voyez.

— Je saute à la corde sur les pavés de la cour, devant l'école.

— C'est très bien, très bien… Pouvez-vous me dire l'heure qu'il est, à peu près?

— C'est le petit matin. Le soleil brille et chauffe mes longs cheveux.

— Votre respiration s'accélère de nouveau, Kate. Êtes-vous essoufflée à cause de la corde à sauter?

— Je compte mes sauts. La corde siffle dans les airs et je compte. Et j'aime qu'on m'appelle Kitty. Tout le monde m'appelle Kitty.

— Très bien, Kitty. Décris-moi l'école.

— Elle fait partie d'une rangée de vieilles habitations en brique rouge. Elles se ressemblent toutes avec leurs jardins qui donnent sur la rue pavée. Entre chaque jardin, il y a une barrière en bois délabrée avec des mauvaises herbes qui poussent entre les poteaux ou un muret en brique rouge.

— Que vois-tu d'autre?

— De la fumée grise s'élève en volutes de la plus haute cheminée. Elle tourbillonne sur moi et m'empêche de respirer.

Je me mis à tousser, fronçant le nez tout en continuant à sauter à la corde.

— Oh, non!

— Que se passe-t-il?

— Des morceaux de charbon noir sont en train de tacher ma blouse blanche toute propre. Maman sera en colère si je la salis.

— Qu'est-ce que tu portes en dehors de la blouse?

— Eh bien, sous ma blouse, j'ai une robe en coton, évidemment, et j'ai coincé les deux dans mon long caleçon gris pour qu'elles ne se prennent pas dans la corde. J'ai des chaussettes et mes bottines, bien sûr.

— Hormis ta crainte de te salir, es-tu heureuse, Kitty?

— Oh oui! J'adore le petit matin quand la rosée scintille sur les pavés et que l'air est encore pur. Avant que les voisins allument leur feu et que l'air ne s'emplisse de cette désagréable odeur de charbon.

— Est-ce que tu dois te lever de très bonne heure pour pouvoir jouer comme ça?

— Je me lève en même temps que maman. Je dors dans la chambre au-dessus de la salle de classe. En général, je me lave les mains et le visage à la vasque en faïence installée dans le placard et je m'habille.

— Qui d'autre habite au-dessus de l'école, à part ta mère?

— Ma sœur, Alice, et mon petit frère, Arthur.

Je laissai retomber la corde et m'arrêtai pour lever les yeux vers la fenêtre du haut.

— Qu'est-ce que tu regardes, Kitty?

— Maman me fait signe. Je crois qu'elle veut que je rentre.

— Pourquoi ton frère et ta sœur ne jouent-ils pas avec toi?

— Je suis bien plus vieille qu'eux. Je dois travailler toute la journée, aussi maman m'autorise-t-elle à jouer le matin de bonne heure.

— Quel âge as-tu, Kitty?

— Je suis grande, j'ai douze ans.

— Où se trouve ton père?

Une boule se forma dans ma gorge, mon cœur se serra à ce souvenir.

— Il est mort.

— Je suis navré d'apprendre ça, Kitty. Peux-tu me raconter comment c'est arrivé?

Tenant la corde à sauter d'une main, je levai les yeux vers le ciel, me rappelant le jour de sa mort. Un coup pressant frappé à la porte de notre cottage. J'avais ouvert et découvert mon père inconscient dans les bras de nos voisins. Sa tête ensanglantée pendait mollement sur le côté. Maman avait poussé un cri de douleur.

— Ils ont rapporté à maman que papa sortait du pub et rentrait à la maison quand un cheval emballé avait dévalé la rue. Sans réfléchir, il avait bondi et essayé d'attraper les rênes de l'animal. Le cheval, effrayé par le brusque mouvement, s'était cabré sur ses pattes arrière et avait rué sur mon père, le frappant au crâne d'un coup de sabot.

— Que s'est-il passé ensuite?

— Ils l'ont allongé sur la table de la cuisine et maman s'est penchée sur lui et a posé sa joue contre la sienne, toute froide et recouverte de sang. Elle m'a dit qu'il respirait toujours. Elle avait les yeux écarquillés et était sous le choc. Je me sentais impuissante. Je ne pouvais rien faire et les hommes ont couru chercher le médecin.

— Tu veux bien me dire ce qu'il s'est passé ensuite?

— Papa a repris connaissance puis s'est de nouveau évanoui. Maman a appliqué des cataplasmes de fleurs de camomille et de houblon sur sa blessure pour soulager la douleur, ainsi que le lui avait conseillé le médecin en redingote, mais papa est mort une semaine après l'accident. Il a été acclamé en héros pour avoir essayé d'arrêter ce cheval, mais ma pauvre mère était folle de chagrin et désespérée, seule avec trois bouches à nourrir. La crainte de finir à l'orphelinat nous tenaillait tout au long de la journée.

— De quoi parle-t-elle? demanda la voix de Tara quelque part dans ma tête.

— Je ne sais pas, lui répondit celle de Colin, perplexe, alors qu'une vague de terreur m'emplissait. Continue de me parler, Kitty. Qu'est-ce que tu vois maintenant?

Le chuchotement de sa voix semblait provenir d'un coin reculé de mon esprit.

— Maman est à nouveau à la fenêtre de l'école. De la main, elle me montre cinq doigts, ce qui veut dire que j'ai encore droit à cinq minutes de liberté.

— À quoi penses-tu en regardant ta mère?

— Je l'imagine en train de se préparer pour sa journée. Elle va lisser les plis de sa longue robe de deuil et coiffer ses cheveux en un chignon sévère sur sa nuque, l'attacher avec une pince, comme je l'ai vue le faire des milliers de fois. Elle va utiliser le tire-bouton qui est posé sur le napperon en dentelle du buffet en acajou pour attacher les lacets en cuir de ses bottines. Le buffet nous sert de table à manger, de commode et de table de toilette.

— Est-ce que tu vois encore ta mère, Kitty?

Je regardai vers la fenêtre, mais maman était partie.

— Non, elle descend l'escalier comme tous les matins pour allumer le poêle dans la salle de classe, pendant que les petits sont encore endormis dans la pièce au-dessus, entortillés dans leurs couvertures sur les matelas de la chambre.

— Ça ne va pas, dit la voix de Tara. Qu'est-elle en train de se rappeler? Je crois que tu devrais la faire revenir, Colin.

Je repris ma corde à deux mains en tentant de refouler cette voix agaçante dans ma tête. Je sautai et comptai encore pendant cinq minutes et m'apprêtais à poser ma corde quand je me rendis compte que je n'étais pas seule dans la cour.

Au début, je crus que cela avait un rapport avec la voix dans ma tête mais, faisant volte-face, je me trouvai nez à nez avec un garçon de mon âge aux yeux bleu acier. Il avait des cheveux de jais et me fixait sans vergogne depuis l'autre côté de la barrière qui séparait nos deux jardins.

Rougissant jusqu'à la pointe des cheveux, je tirai sur mes jupes pour les sortir de mon caleçon et courus dans la maison.

— Kitty, dis-moi ce que tu fais à présent, m'ordonna la voix.

— Je rentre, partez !

— Très bien. Kate, je vais compter de dix à un et vous allez revenir dans le temps jusqu'à vous retrouver dans le présent avec moi. À votre réveil, vous vous souviendrez de tout ce que vous avez vu et vous vous sentirez calme et reposée.

J'entendis quelqu'un compter à l'envers pendant que mon esprit voyageait à travers ce qui me parut un long et lumineux tunnel.

— Trois, deux, un. Ouvrez les yeux, Kate.

J'ouvris les paupières sur Colin et Tara qui me fixaient, une expression de perplexité sur le visage. J'essayai de m'asseoir mais la tête me tournait.

— Que s'est-il passé ? demandai-je en m'appuyant, tremblante, sur une épaule.

— Vous rappelez-vous quoi que ce soit de ce que vous venez de nous raconter ?

Les yeux de Colin étaient brillants et ses joues roses d'excitation. Repensant au rêve à la frappante réalité que je venais de faire, je fronçai les sourcils, m'efforçant de donner un sens à tout ça.

— Oui, je me souviens. Mais qu'est-ce que je me suis rappelé exactement ?

— Je ne sais pas trop, répondit doucement Colin. Mais je crois – et ce n'est qu'une hypothèse car je n'ai jamais été confronté à ce cas de figure –, je crois que je vous ai fait revivre une vie antérieure.

— C'est une blague ? m'exclamai-je, incrédule.

— Ce que vous nous avez décrit ressemblait fortement à une scène de vie de l'époque victorienne.

Colin s'efforça de dissimuler son excitation, mais ses yeux brillaient d'une intensité non feinte derrière les verres de ses lunettes.

— Les vêtements, l'utilisation d'un tire-bouton, les soins médicaux apportés à votre père… Tout cela correspond au mode de vie victorien.

15

— N'importe quoi! s'exclama Tara en sautant sur ses pieds tant pour s'approcher du feu que pour s'éloigner de moi.

Elle se frotta les mains devant la cheminée et se tourna vers son frère, une expression consternée sur le visage.

— Ça n'a rien de ridicule, Tara, expliqua Colin avec patience. En fait, de nombreux hypnothérapeutes se spécialisent dans la régression et font revivre à leurs patients des expériences de vies antérieures. Tu as sûrement regardé ces émissions à la télé dans lesquelles des célébrités sous hypnose racontent leurs vies passées. C'est une pratique tout à fait courante à notre époque.

— Oui, d'accord, admit Tara en s'agenouillant sur le tapis pour remuer un peu les bûches de la pointe du tisonnier. Mais là, tu cherchais à aider Kate à se rappeler son enfance dans cette vie! Qu'est-ce que tu as fabriqué? Tu l'as embarquée dans le mauvais wagon?

— J'ignore pourquoi c'est arrivé si spontanément à Kate, répondit Colin en me fixant, les yeux plissés. Il est possible qu'elle ait subi un traumatisme si douloureux que, dans un état de profonde relaxation, elle soit retournée à une époque où elle était plus heureuse, qui se trouve simplement appartenir à une vie antérieure.

— Ou peut-être est-ce sa blessure à la tête? avança Tara en s'approchant de Jade pour voir comment elle allait.

Je jetai un regard dubitatif à Colin.

— Vous ne trouvez pas ça un peu bizarre, dis-je encore tremblante après ce que je venais de vivre, que le prénom que j'ai adopté ici rappelle celui que j'avais dans ce souvenir? Kitty est un dérivé de Kate, non?

— Il me semble bien. Pourquoi avez-vous choisi Kate? s'enquit-il les yeux brillants.

— Ça m'est venu comme ça, répondis-je en toute franchise. Vincent et moi sommes allés dîner chez sa voisine et il m'a fallu trouver un nom. L'allure si théâtrale de Maria m'a rappelé Catharina dans *La Mégère apprivoisée*. J'ai pris le diminutif et me suis présentée ainsi sans vraiment y penser.

— Ah! les voies de l'inconscient..., murmura Colin avec révérence. Si seulement nous utilisions davantage notre inconscient, nous serions des êtres extrêmement puissants.

— Mais qu'est-ce que ça signifie?

— Je ne sais pas trop, encore.

Colin retira ses lunettes et se mit à en essuyer les verres sur son T-shirt.

— J'aimerais recommencer, pour voir ce que vous vous rappelez d'autre, reprit-il avant de marquer une pause devant mon expression horrifiée. Mais ça peut attendre; pour le moment, ça suffit, je crois.

Il me jeta un regard de côté et choisit de changer de sujet pour contrer mon refus.

— Comment s'est déroulé le dîner chez la voisine? Il m'a toujours semblé que la charmante Maria portait un intérêt particulier à Vincent.

— Tu ne penses pas qu'il est chez elle, si? demanda Tara par-dessus son épaule tout en ouvrant un paquet de cookies au chocolat qu'elle tendit à Jade. C'est le genre d'endroit où il pourrait se rendre sans attraper la mort en chemin.

— Qu'est-ce qu'il irait faire là-bas ?

Je me rendis compte, au moment où ces mots franchissaient mes lèvres, de la naïveté de ma question. Elle fut accueillie par un haussement de sourcils de la part de Colin et une grimace amère de Tara.

— Il était d'humeur bizarre en rentrant du dîner hier soir, déclara Tara, rompant le brusque silence. Que s'est-il passé ?

— Maria a parlé de Cheryl, répondis-je avec prudence, hésitant à partager mes inquiétudes au sujet de la disparition de la jeune femme. Elle a commencé par vouloir nous raconter une histoire de fantômes mais a fini par dire que Cheryl et elle étaient très proches et qu'elle était surprise que son amie soit partie sans prévenir personne.

— Une histoire de fantôme ? répéta Colin en se levant pour s'approcher à son tour du feu et s'y réchauffer. Maria m'a toujours semblé cartésienne. Elle est un peu extravertie, certes, mais je ne pensais pas qu'elle croyait à ce genre de fadaises.

— Comment se fait-il que vous soyez prêt à croire que je viens de vivre une expérience de vie antérieure et en même temps vous montrer sceptique au sujet de l'existence de fantômes ? demandai-je en basculant mes jambes hors du canapé.

J'étais bien contente qu'il se soit arrêté sur le sujet des esprits et autres incarnations fantasmagoriques, plutôt que sur le fait que Maria avait accusé Vincent de… de quoi, au juste ? La veille, j'avais cru qu'elle se plaignait qu'il n'ait pas prêté assez attention au chagrin de son épouse. Aujourd'hui, après la découverte des affaires de Cheryl, je ne savais plus trop ce que Maria avait cherché à dire, finalement.

— Les vies antérieures et l'existence des fantômes sont deux phénomènes complètement différents, répliqua Colin en prenant un biscuit. Si vous croyez que les gens peuvent avoir plusieurs vies – et, comme je viens de le dire, de nombreuses personnes on ne peut plus normales assurent en avoir fait l'expérience –, alors, vous pouvez aussi penser que de temps en temps un esprit s'attarde dans notre monde après la mort de son enveloppe terrestre. Par exemple, une âme peut être complètement perturbée par sa mort soudaine et brutale et refuser de passer tout de suite dans l'au-delà. Quand cela arrive, les âmes tourmentées peuvent être perçues comme des fantômes par les vivants. Une âme récemment décédée pourrait même essayer d'entrer en contact avec les membres de sa famille ou des amis en apparaissant dans leurs rêves ou en faisant sentir sa présence.

Il croqua un bout du gâteau avant de poursuivre.

— Mais la plupart des âmes passent paisiblement de l'autre côté et ne viennent pas nous hanter comme veulent nous le faire croire les histoires d'horreur.

Je haussai les épaules.

— Je ne sais pas. J'ai toujours pensé – enfin, il me semble – que, quand on est mort, on est mort. Je crois que je m'intéresse plus aux faits historiques qu'aux histoires de fantômes, dis-je avec un petit rire. Bien sûr, c'est nouveau pour moi.

— Tout est nouveau pour vous, remarqua Tara. C'est comme si vous étiez née avant-hier.

J'allais rétorquer quand on frappa bruyamment à la porte. Tara se précipita. J'attendis, le cœur au bord des lèvres.

C'était bien Vincent, cette fois. Il entra accompagné d'une rafale de vent froid et, à l'instar de Colin, brossa la neige de ses épaules et tapa ses bottes. Tara s'élança vers lui les bras tendus et je crus qu'elle allait le serrer contre elle. Elle parut soudain reprendre ses esprits et recula d'un pas, rougissant comme une pivoine. Je compris à cet instant qu'elle avait craint, tout comme moi, qu'il ne soit blessé.

— Du calme, Tara! lança une voix derrière Vincent.

Adam, le fermier qui habitait la propriété voisine, se tenait, mal à l'aise, sur le seuil, les mains enfoncées dans les poches de son manteau.

— Où étais-tu? demanda Tara, pendant que les deux hommes entraient dans le salon.

Elle claqua la porte derrière eux, histoire d'appuyer son mécontentement.

— Je suis allé chercher de l'aide, expliqua Vincent en retirant son manteau.

Il remarqua Colin près du feu et s'avança à la hâte vers lui, la main tendue.

— Salut Colin, qu'est-ce que tu fais là?

— Je suis venu voir si Jade et Tara allaient bien, tu sais, avec la coupure de courant et tout. Je te croyais coincé à Londres, répondit Colin en lui serrant la main.

— C'est très gentil de ta part, remercia Vincent avant de s'expliquer: Jade a beaucoup toussé cette nuit. Je m'inquiétais pour elle et n'arrivais pas à dormir. Alors, je me suis rappelé qu'Adam et ses grands-parents avaient un générateur à la ferme. Je suis donc allé chez eux pour leur demander leur aide... J'espérais qu'il y aurait de l'eau chaude et du chauffage là-bas et que Jade pourrait y rester jusqu'à ce que le courant revienne.

— Nous possédons une cuisinière à feu continu, intervint Adam. Le générateur permet d'avoir de la lumière dans la maison et les dépendances, et grâce à cette cuisinière nous pouvons cuisiner et nous chauffer.

— Adam a gentiment accepté d'accueillir Jade, et toi aussi, Tara, pour que tu t'occupes d'elle, jusqu'à ce qu'on reprenne un cours de vie normal. Vous pouvez y aller aussi, Kate, si vous le voulez.

Il me contemplait d'un regard étrange, comme s'il me mettait au défi de prendre une décision. Un frisson me parcourut. Je n'avais aucune envie de quitter ce havre de paix, mais je n'avais pas suffisamment confiance en cet homme pour rester seule avec lui. D'accord, il m'avait secourue, et je lui devais probablement la vie, mais la découverte des affaires abandonnées de sa femme et les accusations voilées de Maria m'avaient rendue nerveuse.

— Comment allons-nous faire pour nous rendre là-bas ? avançai-je. Vous avez dû mettre des heures pour y aller à pied.

— Ça m'a pris un moment, reconnut Vincent avec un haussement d'épaules au souvenir de son épreuve. Comme Adam avait réussi à venir jusqu'ici hier avec le chat, je me suis dit que ça ne devait pas être si terrible comme trajet. Je suis parti aux petites heures du jour, mais j'ai appris à mes dépens que les fermiers sont bien plus robustes que les financiers, fit-il avec un clin d'œil à Adam. Je devais ressembler à l'abominable homme des neiges quand je suis arrivé. Il m'a fallu deux bonnes heures et un repas chaud pour m'en remettre. Nous avons pris le tracteur d'Adam pour revenir. La cabine est chauffée et il y a un siège passager.

— Nous ne pouvons pas emmener Jade dans cette ferme avec tous ces animaux. Pense aux allergènes qui doivent flotter partout ! s'exclama Tara, horrifiée. Et si elle a une crise d'asthme ?

Dans le fauteuil près du feu, Jade se mit à tousser, les bronches encombrées. Vincent répondit d'un haussement d'épaules.

— Il faut prendre le risque. Jade a besoin de prendre des repas chauds et de dormir dans un endroit sec et chaud. Ça s'est bien passé hier avec le chat, peut-être en sera-t-il de même avec les autres animaux…

Jade fut prise d'une nouvelle quinte de toux, et dut cracher dans un mouchoir. Tara pâlit.

— Il faut que je lui fasse un peu de kiné, dit-elle en se précipitant auprès de la petite. Ensuite, on verra.

— C'est tout vu, décréta Vincent. Je suis désolé, Tara, je sais que tu ne veux que son bien, mais je suis son père et je dis qu'elle sera mieux à la ferme.

Je me forçai à croiser le regard de Vincent et ne pus retenir un sourire. Non parce qu'il venait de tenir tête à Tara, mais plutôt parce qu'il semblait avoir assimilé ce que je lui avais rappelé au cours de la nuit. Il avait encore la possibilité de prendre soin de Jade et il avait parcouru des kilomètres dans la neige et le froid pour lui trouver un lieu sûr. Il avait pris le contrôle de la situation, enfin. J'étais heureuse pour lui, en dépit de mes craintes concernant sa femme.

Tara se détourna sans un mot et installa Jade de façon à pouvoir lui taper dans le dos. Attentifs, nous l'observâmes exécuter les gestes qui soulageaient la fillette.

— J'y vais aussi, annonçai-je, ayant pris ma décision. Si Adam a une chambre pour moi. Je pourrais aider Tara à s'occuper de Jade, si vous êtes d'accord, Tara?

— Ouais, pourquoi pas? répliqua celle-ci sans prendre la peine de nous regarder. Vous pouvez commencer à préparer ses affaires. Il y a des sacs sous mon lit.

Sa capitulation hâtive me surprit. Mais, tout bien réfléchi, si Vincent ne venait pas avec nous, peut-être préférait-elle m'avoir à l'œil plutôt que de me savoir seule dans la maison avec lui?

— Est-ce que ça vous ennuierait si je venais également? demanda Colin avec douceur. J'ai débuté un travail avec Kate et j'aimerais être là pour suivre ses progrès.

— Comment ça, un travail avec Kate? demanda Vincent en lui décochant un regard soupçonneux.

— J'essaie de l'aider à retrouver la mémoire, afin qu'elle puisse rentrer chez elle quand le temps le permettra.

— Depuis quand?

Je perçus la note possessive dans la voix de Vincent et lui jetai un regard sévère.

— Je l'ai hypnotisée tout à l'heure et elle s'est souvenue de détails vraiment intéressants, répondit Colin avec un sourire.

— Oui, Kate a régressé dans une vie antérieure, intervint Tara avec une pointe de sarcasme. Elle s'est rappelée être une gamine de douze ans à l'époque victorienne! Mais aucun souvenir de sa vie d'aujourd'hui! Tu y crois, toi? C'est vrai, c'est bizarre, quand même.

— C'est parce que Kate n'est pas vraiment là, déclara Jade entre deux tapes de Tara. Ambre dit qu'elle nous rend visite du paradis pour arranger les choses, c'est tout.

Bouche bée, je dévisageai Jade. Lorsque je tournai la tête, tous les regards étaient braqués sur moi.

D'un raclement de gorge, Colin brisa le silence gênant qui s'était installé.

— C'est le rêve de tout psychanalyste, souffla-t-il avec un large sourire aux lèvres. Je ne sais pas ce qui est le plus intéressant: que Jade ait décidé de parler ou ce qu'elle a choisi de dire.

16

Après avoir préparé un sac pour Jade, j'ouvris la garde-robe de Cheryl et empruntai ce dont je pensais avoir besoin pour un jour ou deux.

Je voyageai sur le siège passager du tracteur, Jade sur mes genoux et deux sacs bourrés à craquer à mes pieds. La cabine étant trop petite pour que nous y entrions tous. Tara fit partie d'un premier voyage, coincée contre son frère, pour être à la ferme avec l'inhalateur, le décongestif et tout l'appareillage nécessaire aux soins médicaux de Jade lors de notre arrivée.

Vincent, à mon grand soulagement, décida de ne pas se joindre à nous. Il préféra rester pour maintenir le feu dans le salon et veiller sur la maison. Avant notre départ, sur l'ordre d'Adam, il se rendit dans la maison voisine pour voir comment Maria et Michael s'en sortaient et leur proposer de nous accompagner. Ils préférèrent rester chez eux, persuadés que le courant allait bientôt être rétabli, assurant que leur poêle suffirait à les chauffer.

Tandis que le tracteur cahotait sur le chemin inégal recouvert de neige, je ne pus m'empêcher de penser à Vincent. À part l'étrange sentiment ressenti lorsqu'il m'avait portée jusque chez lui, il n'y avait plus eu la moindre étincelle entre nous… Il était bel homme, pas de doute, mais il y avait Tara, si clairement amoureuse de lui. Sans parler de sa femme disparue…

Adam conduisait avec une prudence extrême, ses mains robustes agrippées au volant, mais ça n'empêcha pas Jade de tanguer sur mes genoux et de pousser des petits cris aigus chaque fois que les énormes pneus du tracteur passaient dans une ornière ou butaient contre un obstacle non identifié dissimulé sous l'épaisse couche de neige. Je risquai un coup d'œil furtif à notre chauffeur et remarquai, à sa mâchoire carrée fermement serrée, la farouche détermination qui émanait de tout son être tandis qu'il se concentrait sur la route.

À l'intérieur de la cabine, une agréable chaleur régnait, contrant la tempête qui faisait rage au-dehors. Les essuie-glaces du tracteur balayaient avec acharnement les flocons de neige sitôt qu'ils se posaient sur le pare-brise. L'intérieur du tracteur était comme une petite île protégée dont nous étions tous les trois les seuls habitants. Malgré les incessants soubresauts du véhicule et le silence de notre chauffeur, je me sentais étrangement à l'aise et en sécurité. Jade elle-même avait cessé de se tortiller et reposait sagement, blottie contre moi.

Lorsqu'une vieille ferme en pierre entourée de dépendances apparut à travers les flocons, je m'aperçus, surprise, que j'étais déçue de voir notre trajet arriver à son terme. Je me sentais réticente à l'idée de retrouver Tara et Colin. D'une part, à cause des tensions qui existaient entre nous ; de l'autre, car il voudrait de nouveau sonder mon inconscient.

— On peut rester là ? murmura Jade, se faisant l'écho de mes sentiments, tandis qu'Adam arrêtait le tracteur dans la cour. J'aime bien être ici avec Adam et toi.

— Moi aussi, reconnus-je. Mais il faut que nous entrions.

Je pivotai vers Adam pour le remercier. Il nous fixait, une drôle d'expression sur le visage.

— Vous ne voulez pas sortir ? nous demanda-t-il.

— Pas vraiment, Jade et moi répondîmes à l'unisson.

Nous nous esclaffâmes et je la serrai plus fort dans mes bras.

Adam descendit de la cabine et en fit le tour en secouant la tête. Il vint nous ouvrir la portière et aida Jade à descendre puis la porta jusqu'à l'entrée de la ferme, où Tara l'attendait avec impatience. J'avais récupéré nos sacs et je réfléchissais à la manière dont j'allais m'y prendre pour sortir de la cabine quand Adam revint et me tendit la main pour m'aider. Je regardai ses yeux calmes, sa main tendue, et le monde s'arrêta, comme la première fois où je l'avais vu, sur le seuil de la maison de Vincent, la cage du chat dans les bras. Pendant une fraction de seconde, nous étions seuls au monde. Je me repris et lui passai les sacs avant de descendre maladroitement les marches de la cabine. Adam me lança un regard perplexe avant de porter les affaires dans la maison.

Je demeurai un instant dans la cour déserte, à contempler la ferme biscornue avec sa petite porte d'entrée bordée d'une glycine dépouillée. Des dépendances coiffées de blanc me parvenaient le bêlement des agneaux.

— C'est magnifique, soufflai-je dans le froid. C'est presque dommage de devoir s'enfermer.

— Vous pouvez rester dehors et geler sur place si ça vous tente, lança Adam, de retour. Moi, j'ai du travail.

Il tourna les talons et se dirigea vers l'une des granges. J'eus tout juste le temps d'apercevoir des balles de foin soigneusement entassées jusqu'au plafond avant que la porte se referme sur lui. Je me détournai de la grange et j'avançai vers la maison. Pour la forme, je toquai à la porte avant de la pousser. À l'intérieur, la brusque pénombre me fit plisser les yeux.

Les murs du vestibule étaient recouverts de panneaux de bois foncé, dont la découpe rappelait celle des panneaux du couloir chez Vincent. Il faisait cependant trop sombre pour distinguer les motifs des gravures. Je me dirigeai vers le fond du couloir, où de la lumière filtrait sous une porte derrière laquelle des voix murmuraient. Je la poussai et pénétrai dans la cuisine.

À l'intérieur, les occupants, assis autour d'une table ronde en pin au plateau usé et poli, offraient une image accueillante. Tara et Colin avaient pris place d'un côté, Jade coincée entre eux deux. Parfaitement à l'aise, elle buvait un verre de lait et dévorait des yeux ce qui semblait être un clafoutis à la cerise. En face était installé un frêle petit bout de femme aux cheveux blancs qui s'affairait avec une théière en faïence brune, un pot de lait et un plateau de tasses.

— Du thé? demanda-t-elle.

— Avec grand plaisir, répondis-je en réfléchissant à la meilleure façon de me présenter. Je m'appelle Kate, au fait.

Les quatre convives installés à table n'étaient pas les seules personnes présentes dans la cuisine. Dans un fauteuil installé devant la large cuisinière couleur crème qui occupait tout un pan de mur, un vieil homme était recroquevillé, une couverture écossaise sur les genoux et un chat ronronnant par-dessus. Dans le coin le plus reculé de la cuisine, dans une petite alcôve formée par la cuisinière et les placards, se trouvait un enclos de fortune, dans lequel deux minuscules agneaux étaient pelotonnés dans la paille.

Je contournai la table pour me présenter à l'homme, sourire aux lèvres.

— C'est vraiment très gentil de votre part de nous accueillir ainsi.

L'homme leva les yeux.

— Pardonnez-moi si je ne vous serre pas la main, fit-il. Elles ne fonctionnent pas comme je le voudrais ces derniers temps.

Je baissai les yeux sur ses mains puis sur le chat, me demandant si c'était celui qu'Adam avait amené la veille.

— Il a l'air tout à fait à son aise, dis-je en le caressant.

— Mon petit-fils l'a trouvé près du champ et l'a ramené ici, expliqua le vieil homme en caressant le chat qui ronronna de plus belle. Il est sacrément plus amical que les autres matous de la ferme. De toute évidence, il appartient à quelqu'un qui l'a traité avec soin.

— Je crois que c'est le mien.

Je m'accroupis près du fauteuil pour regarder de plus près le chat en espérant un déclic.

— Vous n'en êtes pas sûre?

Il me dévisagea et, avant que je puisse expliquer, ses yeux chassieux trouvèrent le pansement collé sur mon front.

— Ah! Vous êtes la jeune fille qui a perdu la mémoire. Adam nous a parlé de vous. C'est un chat adorable, dont on a pris grand soin. S'il vous appartient, vous pouvez en être fière.

— Ne laisse pas ton thé refroidir, Bill, aboya soudainement la vieille femme.

— Tu ne me l'as pas encore servi, vieille folle, répondit-il d'un ton affectueux.

— J'ai préparé un clafoutis aux cerises, poursuivit la femme comme si elle ne l'avait pas entendu. C'est idéal avec une tasse de thé.

Bill me décocha un sourire.

— Servez-moi une tasse, jeune fille, voulez-vous? Avec tout ce monde, Betty est encore plus perdue que d'habitude.

Je me levai, pris la tasse que me tendait Tara puis restai plantée sans trop savoir comment la donner au vieil homme.

— Posez-la sur cette table, fit-il avec un geste de la tête en direction d'un guéridon qui aurait sans problème trouvé sa place dans une salle de réception.

Il était à moitié dissimulé par le fauteuil mais quasiment à la hauteur du visage de l'homme. Dessus, se trouvait une boîte remplie de pailles. Je posai la tasse sur le guéridon et glissai une paille dedans, l'inclinant pour qu'elle atteigne la bouche du vieil homme. Je le regardai aspirer une longue goulée et se renfoncer, satisfait, dans son fauteuil.

— Voulez-vous une part de gâteau, également? proposai-je avec hésitation.

Je me demandai comment ce couple s'en sortait tous les jours; lui était diminué physiquement et son épouse souffrait à l'évidence de pertes de mémoire dues à son âge.

— Le clafoutis est délicieux, alors mangez-en, intervint Betty en coupant de grosses parts qu'elle plaça sur des assiettes. Nous avons des invités, alors j'ai fait un gâteau.

— Oui, Betty, mon amour, je sais, répliqua Bill avec patience. Mais on a le temps de mourir de faim pendant que tu le coupes.

Jade ricana et Tara lui donna un petit coup de coude. Je pris une assiette que je posai près de la tasse de Bill. Il l'attrapa des deux mains et le porta à sa bouche.

— Du thé? me demanda Betty, tandis que je prenais place à côté de Colin.

— Avec plaisir, merci, répétai-je en espérant que cette fois elle me servirait.

Elle me tendit une tasse, me scrutant avec un froncement de sourcils.

— Qui êtes-vous, déjà, ma chère?

— Kate, répondis-je avec un sourire en saisissant la tasse.

— Voulez-vous une autre part de gâteau? Nous avons des invités, alors j'ai fait de la pâtisserie.

— Volontiers. Merci beaucoup, Betty.

Le clafoutis était absolument délicieux. En écoutant les conversations, je compris que Betty était une cuisinière-née. Il suffisait à Bill de rappeler à Betty que l'heure du repas approchait pour qu'elle se mette aussitôt aux fourneaux. Je mangeai ma part de gâteau pendant que Tara, qui était arrivée une heure plus tôt et avait déjà fini la sienne, aidait la vieille femme à préparer le dîner.

À en juger par la facilité avec laquelle elle se mouvait dans la maison, ce n'était pas la première fois que Tara venait ici. Jade, qui avait fini de picorer son gâteau, se retrouva bientôt assise devant un saladier, à mélanger de la graisse de rognon avec de la farine pour préparer des boulettes sous l'œil expert de Betty.

Colin et moi nous portâmes volontaires pour la vaisselle. Devant le vieil évier en émail de l'arrière-cuisine aux murs blanchis à la chaux, nous écoutâmes les bavardages qui flottaient depuis la cuisine. Je plongeais tasses et assiettes dans l'eau savonneuse et Colin essuyait. Je lui tendis la dernière assiette, consciente de son regard posé sur moi.

— Me laisserez-vous vous hypnotiser une nouvelle fois? demanda-t-il en essuyant vigoureusement l'assiette. J'aimerais essayer une autre technique de régression.

Je le regardai avec suspicion, me demandant s'il prévoyait de se servir de moi comme d'un rat de laboratoire, mais son regard était sincère.

— Je vais y réfléchir.

— Je ne vous oblige à rien, se hâta-t-il de répondre. Ça doit venir de vous, de toute façon. Je me disais simplement que vous voudriez peut-être réessayer pour découvrir votre identité ou au moins pour rendre visite à Kitty.

Avec un sourire, il ajouta :

— Vous devez reconnaître que c'est plutôt intrigant.

— En fait, c'est plutôt effrayant, répliquai-je en m'essuyant les mains au torchon. OK, c'est aussi très intrigant.

— Trouvons un endroit calme où nous pourrons nous installer.

J'acquiesçai, me demandant une nouvelle fois si j'avais perdu la tête. Me faire hypnotiser ! Au moins, cette fois, je savais où je mettais les pieds.

Je le suivis dans la cuisine au moment où la porte s'ouvrait derrière nous. Adam entra en soufflant sur ses mains rougies par le travail et le froid.

— Le bétail est rentré pour la nuit ? demanda Bill, tandis qu'Adam prenait place à table. Ça a l'air plutôt mauvais là-dehors.

— J'ai mené la plupart des agnelles dans le pré derrière l'étable, lui répondit Adam en attrapant la théière. Celles qui ont mis bas ces deux derniers jours et celles encore pleines sont dans la grange.

Il jeta un œil sur les deux agneaux orphelins debout sur leurs pattes dans le coin de la cuisine.

— Quelqu'un les a déjà nourris ?

— Betty leur prépare des biberons, répondit Bill. Je parie que la petite Jade aimerait en nourrir un.

— Je ne crois pas que ce soit une bonne idée, intervint aussitôt Tara. Je ne veux pas qu'elle s'approche trop des animaux.

— C'est un peu tard pour se préoccuper de ça, observa Adam.

Nous pivotâmes vers Jade, qui était penchée sur l'enclos, les bras autour d'un agneau.

— Oh, mon Dieu! s'exclama Tara en se précipitant vers Jade, qu'elle tira sèchement en arrière. Ces bêtes vont te provoquer une crise d'asthme!

— Ambre dit que non! s'écria Jade en se débattant dans les bras de Tara. Je veux donner le biberon aux agneaux!

— Arrête tes bêtises avec Ambre! haleta Tara en essayant de contenir la petite qui s'agitait vigoureusement. Tu ne dois pas t'approcher des agneaux.

— Mais je veux les nourrir! hurla la petite en se débattant de plus belle. Tu es méchante! Laisse-moi!

— Ils vont te rendre malade, Jade, soupira Tara en la soulevant.

— Je ne suis pas malade! Pourquoi tout le monde croit que je vais mourir? sanglota Jade, se débattant toujours.

Livide, Tara libéra Jade qui vint s'étaler sur les genoux de Bill. Le chat bondit avec un miaulement de surprise et le vieil homme rattrapa maladroitement la fillette dans ses bras osseux, la serrant contre son torse.

— Là, là. Ne pleure plus. Chut.

Jade se calma mais ne cessa pas pour autant ses gémissements, le visage enfoncé dans le gilet vert de Bill. Les agneaux bêlaient, alléchés par l'odeur du lait que Betty avait posé sur la table. Adam, qui avait sursauté quand Jade s'était écroulée sur les genoux de son grand-père, avait renversé et cassé une tasse. Tara pleurait, les coudes sur la table, la tête dans les mains. Colin s'approcha d'elle et passa un bras autour de ses épaules.

Adam grimaça devant le tohu-bohu. Il se tourna vers moi et nous échangeâmes un regard impuissant. Tout à coup, la voix tremblotante de Betty s'éleva, fendant le vacarme ambiant. Elle s'était installée sur une chaise et regardait Adam avec un sourire bienveillant tout en versant du thé dans une nouvelle tasse. Ils auraient tout aussi bien pu être les deux seules personnes présentes dans la pièce.

— J'ai préparé un clafoutis aux cerises. Tu en veux une part avec une tasse de thé, chéri?

17

Tara sécha les larmes de Jade. À grand renfort de reniflements sonores, elle déclara à la fillette qu'elle pouvait faire ce que bon lui semblait, mais qu'on ne vienne pas ensuite l'accuser de quoi que ce soit s'il y avait un problème. Je m'agenouillai près de Bill et caressai la chevelure de Jade pour la calmer en lui expliquant que Tara ne voulait que son bien. Jade essuya son visage barbouillé de larmes sur la manche de son gilet et trottina vers Tara pour l'embrasser.

Jade nourrit donc les agneaux et je lui donnai un coup de main. Adam nous montra la façon de tenir les biberons avant de nous laisser nous débrouiller. En dépit de leur allure fragile, les agneaux tétaient avec vigueur. Ils tiraient sur les tétines pour accroître le flux de lait tout en remuant de plaisir leur petite queue qui ressemblait à une chenille.

Une fois terminé, Jade ajouta qu'Ambre avait eu raison : elle n'avait pas eu de crise d'asthme.

— Y a-t-il un endroit calme où Colin et moi pourrions nous isoler pour… euh… discuter ? demandai-je à Adam en sortant avec Jade de l'arrière-cuisine un instant plus tard, les biberons lavés dans les mains.

— Vous pouvez aller dans le petit salon près de l'entrée, mais il n'y fait pas très chaud. La seule pièce correctement chauffée est la cuisine.

La tête penchée, il m'observa avec curiosité.

— Qu'espérez-vous obtenir avec cette histoire d'hypnose ?

Bien sûr, il était dans le salon avec Vincent quand Tara avait expliqué à celui-ci l'expérience que Colin tentait.

— J'essaie de découvrir qui je suis, et vous pensez peut-être que c'est n'importe quoi, mais je vous assure qu'il est terrifiant de ne rien savoir sur soi.

Il plongea la main dans sa poche et en sortit un téléphone portable.

— Je ne voulais pas dire ça. Pourquoi ne pas appeler la police et voir si quelqu'un a signalé votre disparition ? Ce sera peut-être plus simple pour découvrir votre identité que d'avoir quelqu'un qui ausculte votre esprit.

Il se mit à composer le numéro.

— Tenez, fit-il en me tendant le téléphone. Si ça se trouve, une personne disparue depuis quelques jours correspondra à votre description.

Je pris le portable et me rendis dans le couloir plongé dans l'obscurité mais plus calme, avec l'impression d'être une parfaite idiote. Je parlais d'hypnose comme de la chose la plus naturelle au monde, alors que je n'avais qu'à passer un coup de fil. Vincent m'avait pourtant bien dit qu'ici les portables fonctionnaient.

Une voix de femme énergique me répondit dès la première sonnerie. Après s'être enquise de l'objet de mon appel, elle me passa un agent qui me demanda mon nom.

— Eh bien, c'est justement ça le problème. J'ai perdu la mémoire et j'ignore qui je suis. J'espérais que quelqu'un aurait signalé la disparition d'une femme, et que je serais cette femme.

— Où vous trouvez-vous ? demanda le policier.

Je ne connaissais pas l'adresse. Je passai la tête dans la cuisine et fis signe à Adam de me rejoindre.

— Ils veulent l'adresse, lui appris-je en lui tendant le téléphone.

Je me tins à l'écart pendant qu'Adam donnait l'adresse de la ferme puis expliquait qu'on m'avait trouvée en bordure de son champ deux jours plus tôt et que, à part une coupure à la tempe, je n'étais pas blessée. Il écouta un moment puis se tourna et me détailla de haut en bas.

— Elle mesure environ un mètre soixante-huit. Elle est mince. Elle a les cheveux ondulés, châtain avec des mèches blondes ; ils lui arrivent aux épaules. Euh, je n'en sais rien, attendez…

Il me fit signe d'approcher et plongea son regard dans le mien.

— Verts tachetés de marron.

Il garda le silence quelques instants. J'étais comme hypnotisée, incapable de détacher mes yeux des siens. Les minutes s'étirèrent.

— Quoi ? Oh, pardon ! s'exclama-t-il tout à coup en détournant le regard. Elle a le teint clair, avec quelques taches de rousseur peut-être. Je crois qu'elle portait un jean.

Il éloigna le portable de sa bouche et m'interrogea sur les vêtements que je portais quand on m'avait trouvée avant de répéter l'information.

— Oui, oui, bien sûr. Non, je comprends.

Je l'écoutai donner deux numéros de téléphone, puis il referma le portable.

— Ils ne peuvent envoyer personne tant que la météo ne s'est pas améliorée. Tous leurs services sont débordés par les urgences. Je leur ai assuré que nous nous occuperions de vous en attendant. Ils vont entrer votre description dans la base de données des personnes disparues et nous informeront s'ils ont une correspondance.

— Merci.

— En attendant, on dirait que votre seule chance, c'est Colin, dit-il avec un sourire. Si vous découvrez de nouveau que vous avez douze ans et que vous vivez à l'époque victorienne, l'ordinateur de la police va sans aucun doute faire chou blanc…

— Vous êtes aussi négatif que Tara.

Son expression se radoucit.

— Désolé. Je dois reconnaître que vous tenez remarquablement bien le coup, compte tenu des circonstances.

Adam alluma un feu dans le petit salon et empila près de la cheminée des bûches récupérées sous le porche. Dehors, la nuit était déjà tombée. Il tira ensuite d'épais rideaux devant les fenêtres à petits carreaux pour repousser le froid nocturne pendant que Tara allait chercher une couette à l'étage, dans laquelle elle m'enveloppa. J'étais convaincue que sa bonne volonté découlait de son espoir secret de me voir retrouver la mémoire et disparaître de sa vie.

— On dîne dans une heure environ, annonça-t-elle en quittant le boudoir. Pendant que vous planerez, je préparerai les lits et j'aiderai Betty pour le repas.

— Je vous aiderai à faire les lits après le dîner, lui criai-je.

Mais elle était déjà partie, me laissant encore une fois avec un sentiment de culpabilité.

— Ne faites pas attention à elle, dit Colin. Tara adore s'occuper de tout.

Il s'installa dans le fauteuil en velours d'un marron délavé qui jouxtait le canapé où il m'avait invitée à m'allonger.

— Maintenant, fit-il en adoptant un ton professionnel, je veux que vous fermiez les yeux et que vous vous détendiez. Prenez une longue et profonde inspiration, videz votre esprit, décontractez votre corps.

Colin me guida à travers les mêmes exercices de relaxation qu'en début d'après-midi. Et soudain, comme par enchantement, j'étais de nouveau Kitty.

— Dites-moi ce que vous faites, demanda Colin de sa voix soporifique.

— Je suis allongée sur un matelas dans la chambre au-dessus de l'école, soufflai-je à voix basse pour ne pas réveiller ma sœur, Alice, et mon frère, Arthur, qui ronflaient doucement à côté de moi.

— Où se trouve ta maman?

— Elle est descendue chercher une cruche d'eau pour la toilette. Il est très tôt. Je ne suis pas censée être déjà réveillée.

— Peux-tu me parler de ta mère?

— Que voulez-vous savoir?

— Tout ce que tu peux m'apprendre.

— Maman est issue d'une bonne famille, annonçai-je avec fierté. Grand-père s'est assuré qu'elle reçoive une bonne éducation, ce qui est assez inhabituel pour une jeune femme. Mais grand-père l'adorait; il lui offrait tout ce qu'elle désirait... En tout cas, jusqu'à ce qu'elle rencontre papa.

— Quel était le problème avec ton père?

— Grand-père ne le trouvait pas assez bien pour maman. Il était représentant pour une société de cire à reluire.

— Quoi d'autre? m'encouragea la voix.

— Maman était folle amoureuse de papa. Elle a défié grand-père en refusant de mettre un terme à leur relation. Quand elle s'est mariée, grand-père lui a coupé les vivres. C'est pour cela que nous n'avons jamais rencontré nos grands-parents maternels.

— Parle-moi de ton enfance, Kitty.

Je poussai un soupir.

— Papa buvait beaucoup. Déjà lorsque j'étais petite, il arrivait de plus en plus tard chaque soir. Je voyais maman se tordre les mains pendant qu'elle l'attendait dans l'obscurité. Elle avait peur d'utiliser les réserves d'huile pour les lampes, au cas où papa aurait encore dépensé toute sa paie en boisson. Il n'y avait pas beaucoup de nourriture pour nous à la maison. D'après maman, presque tout son salaire passait dans des chopes de bière brune ou des verres de gin pendant que nous autres nous nourrissions de pain dur et de fromage.

Mes paroles déclenchèrent une alarme dans un autre recoin de mon esprit. Je me concentrai, m'efforçant de déterminer de quoi il s'agissait. Était-ce un élément de ma vie réelle ?

— Kitty, tu es toujours là ?

La voix de Colin me ramena dans le passé et j'acquiesçai d'un hochement de tête. J'aurais aimé me pencher davantage sur les souvenirs confus de mon vrai moi, mais Kitty prenait le dessus.

— Ta maman ne s'est jamais plainte des absences de ton père ?

— Papa prétendait que, s'il passait autant de temps au pub, c'était pour le travail, parce qu'il était fréquenté par toutes les couches sociales et que donc c'était l'endroit idéal pour exercer ses talents de vendeur. Mais maman répondait que, la plupart du temps, il buvait tellement qu'il oubliait de vendre quoi que ce soit. Parfois, maman se privait et gardait l'estomac vide pour qu'Alice, Arthur et moi ayons à manger. Malgré tout, je sais qu'elle aimait papa de tout son cœur et que lui aussi l'adorait.

— Maintenant, je voudrais que tu retournes à un autre moment important de ta vie, me souffla la voix.

Mon esprit chancela, tiraillé entre deux types de souvenir. Ne m'étais-je pas vu offrir une chance récemment? Mais Kitty faisait des pieds et des mains pour attirer l'attention sur elle et mon esprit se concentra sur le jour où le pasteur nous avait rendu visite.

— Raconte-moi ce qui se passe, exigea la voix.

— Nous avons enterré papa il y a plusieurs jours. Maman semble anéantie par le chagrin et la consternation. Elle fait les cent pas dans notre minuscule maison, son mouchoir en dentelle pressé contre le visage. On dirait qu'elle n'entend même pas Alice et Arthur sangloter. Je fais de mon mieux pour l'aider. J'ai préparé du thé et j'effectue toutes les corvées. À présent, maman est assise tranquillement dans son fauteuil. Elle pleure.

— Continue de me parler, Kitty. Décris-moi tout ce que tu vois.

— Maman est toujours en larmes. Elle me demande ce que nous allons faire. Elle ignore ce qu'il va advenir de nous.

— Tout va bien, Kitty. Calme-toi. Raconte-moi ce qui se passe ensuite, c'est tout.

— On frappe à la porte. C'est le pasteur qui a officié aux funérailles de papa. La lumière a décliné dans la pièce. C'est le soir, la nuit est tombée.

— Où te trouves-tu, Kitty?

— Je suis allongée sur ma couche, dans la chambre. La porte est ouverte et je peux voir le salon. Maman a invité le pasteur à entrer et ils sont installés près du feu.

Je me redressai et regardai le pasteur enrobé siroter un petit verre de ce qu'il restait du meilleur madère de papa, baigné par la lumière tamisée que diffusait une lampe à huile à la flamme vacillante.

— Il y a un grand besoin en éducation dans tout le pays, ma chère, disait gentiment le pasteur à maman en tapotant les fines mains qui serraient le mouchoir sur ses genoux. Vous êtes une femme instruite et vous pourriez faire bon usage de ce que vous avez appris dans les livres. La paroisse possède une maison dans un district pauvre non loin d'ici. Je pense que ce serait l'endroit idéal pour une école.

Un intérêt sincère se peignit sur le visage de maman et mon cœur s'emballa. Tout valait mieux que l'asile des pauvres. Je restai immobile, l'oreille tendue pour écouter le vieil homme exposer son projet.

Nous devions, selon lui, vendre tout ce que les huissiers nous laisseraient une fois les dettes de papa épongées. Avec l'argent, nous pourrions ouvrir une salle de classe pour les familles ouvrières de la région disposées à payer quelques pièces pour l'éducation de leurs enfants. Nous vivrions dans la chambre au-dessus de la salle de classe. Nous serions à l'étroit, mais au moins nous disposerions d'un toit et d'un revenu. Soudainement, l'espoir envahit tout mon être et un sourire de soulagement étira mes lèvres.

Éducation… J'avais suivi de longues études. Mais dans quel établissement? Et quelles étaient mes matières de prédilection? Si seulement je pouvais me rappeler…

— Que vois-tu, Kitty? Es-tu toujours Kitty? Parle-moi.

Cette voix, encore. Omniprésente et pressante. Je secouai la tête, essayant de me rappeler ce que je faisais et où je me trouvais.

— Où es-tu maintenant? demanda la voix enjôleuse.

— Dans la salle de classe, répondis-je en jetant avec soulagement des regards autour de moi sur le décor familier. Nous avons emménagé ici il y a quelques semaines et ouvert nos portes à six enfants. Ils vont bientôt arriver pour que maman leur apprenne à lire et à compter.

— Que vois-tu?

— Maman a enfilé sa coiffe. Elle est assise dans l'unique fauteuil et prépare sa leçon du jour en feuilletant un livre écorné en cuir relié. Oh, non!

— Que se passe-t-il, Kitty?

— Je viens de voir que le seau à charbon est presque vide.

Je le pris dans une main et me précipitai vers la porte de derrière. Je parcourus le chemin dallé jusqu'à la réserve à charbon qui se trouvait à côté des latrines et commençai à remplir le seau de grandes pelletées de charbon. Nous avions de la chance d'avoir du charbon, j'en étais consciente. Notre petite école se portait bien. Je jetai un œil sur la porte des toilettes qui s'ouvrait et vis Arthur en sortir précipitamment en remontant sa culotte courte. Il me décocha un sourire tout en rebroussant chemin vers la chaleur de la maison. Je le suivis du regard, un sourire protecteur aux lèvres. La situation aurait été bien différente si le gentil pasteur ne nous avait soufflé l'idée de l'école.

Une fois le seau rempli, j'allais le traîner vers la maison quand une voix m'arrêta dans mon élan. Je reposai le lourd baquet et levai les yeux. Le garçon aux cheveux noirs qui habitait la maison voisine était encore là, à me sourire par-dessus le petit muret.

— Bonjour, dit-il. Je suis désolé de t'avoir effrayée l'autre jour.

Je sentis le rouge me monter aux joues. J'étais gênée car il m'avait vue dans une situation des plus ridicules avec ma robe glissée dans ma culotte.

— Tu as emménagé récemment? demandai-je, me rappelant un peu tard mes bonnes manières.

Le garçon, qui devait avoir mon âge, baissa les yeux au sol comme s'il rechignait à l'admettre, mais finit par acquiescer.

— Nous n'allons pas rester longtemps, se hâta-t-il de préciser. Mon père a eu de nombreuses dettes à payer quand la mine d'étain que nous possédions s'est tarie. Nous avons dû quitter la Cornouailles et les temps ont été difficiles, mais il va vite se remettre sur pied et nous retournerons bientôt chez nous.

— Ce n'est pas si mal ici, lui assurai-je. Nous n'y habitons pas non plus depuis très longtemps mais les voisins sont gentils.

— C'est ta mère qui tient l'école? demanda le garçon en posant les bras sur le haut du muret.

Je hochai la tête avec fierté.

— Maman est très intelligente.

Les yeux du garçon s'agrandirent. Il parut réfléchir quelques instants puis déclara d'un air solennel:

— Je vais faire fortune et, quand je serai riche, je construirai une magnifique maison à la campagne. Alors, je reviendrai et je t'épouserai.

18

— Je vais compter de dix à zéro et vous allez revenir dans le présent, ordonna la voix dans ma tête.

— Allez-vous-en, murmurai-je, effrayée à l'idée que maman ne m'entende.

— Dix, commença la voix avec fermeté. Neuf, huit…

J'écoutai la voix compter à rebours, l'esprit entraîné dans un tourbillon de lieux et d'époques, jusqu'à ce que j'ouvre les paupières. J'étais allongée sur le canapé face au feu de la cheminée. Colin posait sur moi des yeux brillants.

— Vous vous en êtes remarquablement tirée, Kate, dit-il. J'avais l'impression d'être là-bas avec vous.

— Qu'est-ce qui m'arrive, bon sang? m'écriai-je en me redressant, écartant les cheveux de mon visage. D'où viennent ces souvenirs?

— Comme je l'ai déjà dit, je pense que vous faites l'expérience d'une vie antérieure.

Je secouai la tête, toujours à demi incrédule. Pourtant, je ne voyais absolument pas d'où ces souvenirs de Kitty pouvaient provenir.

— C'est tellement bizarre. Je ne croyais pas vraiment que ça se produirait une seconde fois.

— Les détails que vous donnez de la vie de Kitty sont fascinants. Même votre voix prenait un accent différent.

Je me frottai les mains pour tenter de les réchauffer un peu.

— Mais qu'est-ce que ça signifie? demandai-je en scrutant avec inquiétude son visage. Pourquoi est-ce que je me rappelle être cette Kitty? Quel rapport sa vie a-t-elle avec ce que je suis aujourd'hui?

— C'est ce que nous allons tenter de découvrir, répondit Colin en peinant à dissimuler son excitation.

Je passai tout le dîner d'humeur morose. Du bout de ma fourchette, je goûtai à peine la daube de bœuf aux carottes, mon appétit envolé. Je m'interrogeai sur les rouages de mon inconscient.

D'une oreille distraite, j'écoutai Colin s'intéresser au fonctionnement du tracteur avec ces températures extrêmes. Adam piqua un morceau de viande et, entre deux bouchées, livra une longue et tortueuse explication. Bill venait d'intervenir sur les mérites de l'antigel et l'intérêt de préserver une batterie chargée quand Tara, qui n'avait cessé de nous dévisager tour à tour, Colin et moi, ne put se retenir plus longtemps.

— Alors? s'enquit-elle. Vous allez nous dire ce qui s'est passé?

— Je suis tenu par le secret professionnel, déclara Colin d'un air hautain. Mais, ajouta-t-il en arquant un sourcil à mon attention, si Kate désire vous en parler, c'est son choix.

— Vous ne me croyez pas, de toute façon, répondis-je d'un air abattu en jouant avec ma purée de pommes de terre.

— Que je croie ou non que Colin vous ait fait régresser dans une vie antérieure n'a aucune importance. Je vois en revanche que quelque chose vous perturbe. Vous avez à peine touché à votre assiette, remarqua-t-elle avant de se pencher en avant, le regard fermement posé sur moi. Ça vous soulagerait sans doute d'en parler.

Je notai avec cynisme que, Vincent absent, Tara se montrait bien plus courtoise envers moi. À dire vrai, elle semblait réellement inquiète de mon bien-être. Elle et moi pourrions-nous un jour être amies?

Tous les regards étaient tournés vers moi. Même Betty tenait sa fourchette suspendue dans les airs, à quelques centimètres de la bouche de son mari, dans l'attente de ma réponse. Jade était la seule à ne pas me fixer. Elle observait les agneaux recroquevillés dans leur petit enclos, une expression de sérénité sur le visage.

— Il ne s'est pas passé grand-chose, déclarai-je en repoussant mon assiette. J'étais encore Kitty, c'est tout.

Je n'avais aucune envie de raconter que Kitty avait été demandée en mariage par un beau garçon dont la présence me faisait frissonner de plaisir.

— Et? insista Tara. Qu'est-ce que Kitty a dit ou fait pour vous troubler à ce point?

— Ce ne sont pas tant les faits que l'impression de réalisme de tout cela, expliquai-je, mal à l'aise. J'étais Kitty, je vivais sa vie, et cette vie me paraît bien plus réelle que celle que je mène à présent. Au moins quand je suis elle, je sais qui sont mes parents et comment je m'appelle.

Je regardai tour à tour chacun de leurs visages étonnés.

— Ma vie est un mystère. Je ne sais pas qui je suis, d'où je viens ni où je vais.

— Vous êtes en train de dire que vous préféreriez rester dans ce monde imaginaire plutôt que de revenir dans le monde réel? demanda Tara en se penchant vers moi, les coudes posés sur la table.

Je refoulai une vague d'auto-apitoiement et haussai les épaules, perdue.

— Je ne sais plus trop ce qui est réel et ce qui ne l'est pas.

— Ces derniers jours ont été très éprouvants pour vous, intervint Colin en me prenant la main. Vous avez de toute évidence subi un traumatisme et enfoui profondément vos souvenirs pour y échapper. Ne soyez pas trop dure envers vous-même.

Je me demandai de façon peu charitable si Kitty ne stimulait pas Colin au point qu'il en oublie ma quête d'identité. À plusieurs reprises, au cours de la séance d'hypnose, j'avais touché du doigt des souvenirs appartenant sûrement à ma vie actuelle mais, chaque fois, Colin m'avait ramenée auprès de Kitty.

— Tu as peur qu'elle refuse une nouvelle séance d'hypnose, c'est tout, l'accusa Tara avec sa perspicacité habituelle. Je suis sûre que c'est le cas le plus fascinant de ta carrière.

— Évidemment que c'est fascinant, reconnut Colin. Mais c'est pour le bien de Kate que j'agis. Si elle ne veut pas recommencer, c'est son droit.

— Mais? insista Tara.

— Mais je pense qu'elle doit aller au bout de cette expérience, termina Colin, se radossant à sa chaise en pressant ses doigts les uns contre les autres. Son inconscient veut qu'elle se rappelle cette vie antérieure. Et peut-être que ça l'aidera à guérir.

— Ou peut-être que tu vas la rendre folle! lâcha sèchement Tara en reculant bruyamment sa chaise pour se lever. Le temps que quelqu'un vienne la chercher, elle aura complètement perdu la boule et ne sera plus bonne qu'à être enfermée à l'asile.

Nous nous dévisageâmes dans un silence embarrassé que la voix tremblotante de Betty rompit.

— Tu ne permettras pas ça, Bill, n'est-ce pas? De tels endroits achèvent les gens.

— Non, non, ne dis pas de bêtises, s'empressa de répondre son mari. Personne ne va être envoyé à l'asile, pas tant que je respirerai.

Il lui caressa le bras. C'était un geste si intime que je dus détourner le regard, me sentant comme une intruse.

Ils étaient comme les deux parties abîmées d'un ensemble parfait. Aucun des deux ne fonctionnait pleinement sans l'autre. Trouverais-je un jour un être qui serait ma moitié perdue ? L'avais-je déjà trouvé ? L'image du garçon aux cheveux noirs m'observant par-dessus le muret longeant le jardin de Kitty vacilla dans mon esprit. Je pensai ensuite avec une pointe de culpabilité que j'entretenais peut-être une relation sérieuse dans ma vie réelle et l'avais oubliée, avec le reste.

Quant à Betty, je savais exactement à quel point elle se sentait vulnérable. Je connaissais cette peur qui vous enveloppait quand vous oubliiez en un instant ce que vous vous apprêtiez à dire, cette dépendance des gens qui vous entouraient.

Ma contrariété devait se lire sur mon visage, car Adam, qui s'était jusqu'à présent contenté de manger stoïquement, repoussa soudain son assiette et se leva.

— Je vais voir les brebis, annonça-t-il. Deux d'entre elles vont sans doute agneler cette nuit.

Il posa le regard sur moi.

— Voulez-vous m'accompagner ?

J'acquiesçai d'un hochement de tête, reconnaissante qu'il m'offre une occasion de m'échapper. Il attrapa son manteau accroché derrière la porte et me tendit une paire de vieilles bottes en caoutchouc appartenant à sa grand-mère. Je le suivis dans l'arrière-cuisine et nous sortîmes par la porte de derrière. Nous contournâmes la maison pour atteindre la cour.

La neige avait enfin cessé de tomber, mais l'allée était encore recouverte d'un épais tapis blanc. J'eus du mal à tenir la cadence tant Adam marchait d'un pas décidé. Une seule lampe éclairait la cour mais, dès qu'il eut ouvert la porte de la grange, une lumière jaune se déversa sur la neige fraîchement tombée.

— Pendant combien de temps fonctionne le générateur? demandai-je alors que nous nous faufilions à l'intérieur et qu'il refermait la porte derrière nous.

— J'ai fait le plein d'essence et l'ai allumé juste avant la tombée de la nuit. Il devrait tenir toute la soirée.

Il jeta un coup d'œil à sa montre et poursuivit:

— Il doit être éteint et refroidi pour que je puisse de nouveau le remplir. Donc, une fois qu'il sera à sec, nous ne pourrons pas le réutiliser avant demain matin. Mais, avec un peu de chance, il nous reste quelques bonnes heures avant que la maison, la cour et la grange soient plongées dans l'obscurité.

Je lui emboîtai le pas, fascinée par la vue de ces petits agneaux étendus contre le flanc de leur mère. Certaines des brebis étaient si rondes qu'elles paraissaient prêtes à exploser. Je regardai un agneau téter sa mère, tirant sur la mamelle comme les deux petits orphelins avaient tété goulûment leurs biberons.

La grange embaumait la paille, les animaux et le fourrage. Les brebis bêlaient, les agneaux gémissaient et, prise dans ce tourbillon, j'en oubliai tous mes problèmes.

— Les agneaux orphelins ne doivent-ils pas être nourris bientôt?

— Grand-mère est sans doute en train de s'en occuper en ce moment, répondit Adam. J'imagine que Jade va l'aider, si Tara ne l'a pas encore envoyée au lit.

— Y a-t-il une chambre suffisamment chauffée pour elle? demandai-je, alors qu'il s'arrêtait devant un enclos et ouvrait la cloison en métal pour se faufiler à l'intérieur. Elle tousse quand l'air ambiant est trop froid.

Il s'agenouilla à côté d'une grosse brebis, couchée sur le flanc, les yeux exorbités.

— Elle va dormir sur un lit de camp dans la cuisine. La cuisinière est allumée jour et nuit et chauffe correctement la pièce.

— C'est une chance que son asthme n'empire pas au contact des animaux si elle dort avec eux, observai-je.

— J'ai déjà dit à Tara qu'elle devrait faire passer des examens à Jade, continua-t-il en regardant l'arrière-train de l'animal. Ce n'est pas parce que sa pauvre sœur était malade que Jade l'est également. Tara la surprotège.

Il se lava les mains avec du désinfectant dans un seau.

— Vous avez l'air de bien connaître Tara, avançai-je, fascinée par le spectacle.

Deux petits sabots fendus sortaient de la brebis.

— Il est coincé? demandai-je.

— Apparemment, elle est en plein travail depuis un moment, murmura Adam en tirant doucement sur les sabots. Oui. Tara, Colin et moi passions nos vacances ensemble quand nous étions enfants. Ma mère a déménagé et j'ai changé d'école, mais je revenais ici pendant les vacances d'été pour aider à la ferme. Nos familles ont vécu ici toute leur vie. Nous ne sommes pas des immigrants, comme Vincent James et ses semblables.

— Est-ce que je peux vous aider à quelque chose?

— Vous pouvez la calmer pendant que j'essaie de retourner le bébé. Il a la tête en arrière et quand la brebis se contracte, elle l'étrangle.

Je me glissai dans l'enclos et m'assis dans le foin, près de la tête de la brebis. Adam s'occupa de l'agneau, plongeant le bras à l'intérieur de la mère de façon à bien l'orienter. L'opération prit du temps, la brebis se contractait régulièrement, ruinant le travail d'Adam. Il était en nage quand l'agneau fut enfin dans la bonne position.

— C'est bien, encourageai-je la brebis qui haletait.

— Allez, tu peux pousser maintenant!

La brebis fournit un dernier effort pendant qu'Adam tirait en même temps sur les pattes du petit. Je regardai, captivée, une paire de petits sabots et une tête apparaître. L'agneau glissa brusquement dans le monde et resta étendu, encore tout chaud, dans la paille pendant que sa mère tournait la tête pour découvrir le fruit de son labeur.

— Il ne respire pas! s'exclama Adam.

Il ramassa une pleine poignée de paille et frictionna avec vigueur la laine humide de l'animal.

Nous attendîmes quelques instants, puis je vis avec méfiance Adam attraper l'agneau par les pattes arrière, se redresser et faire tourner la fragile créature autour de lui.

— Qu'est-ce que vous faites? m'écriai-je.

Il reposa au sol l'agneau qui, dans un soubresaut, prit une longue inspiration.

— Ça marche la plupart du temps, fit-il avec un sourire. Ça fait circuler le sang.

Il poussa l'agneau vers sa mère, qui se dressa maladroitement sur ses genoux et donna des coups de tête à son bébé pour l'inviter à se tenir sur ses pattes tremblantes. Un sourire m'étirait irrésistiblement les lèvres. Nous restâmes un moment assis dans la paille humide à regarder la mère et son petit s'apprivoiser. Elle le léchait de sa langue rose pour le laver, le faisant vaciller. Finalement, elle réussit à se redresser complètement et le petit s'avança sous son flanc, s'accrocha à son pis gonflé de lait et prit son premier repas.

— Ça m'émerveille chaque fois, déclara doucement Adam, les yeux rivés sur les deux bêtes. J'ai beau avoir assisté à des centaines de naissances, c'est toujours un petit miracle.

Je tins compagnie à Adam pendant qu'il effectuait sa ronde, s'assurant que les autres bêtes et leurs nouveau-nés se portaient bien. Nous étions à mi-chemin dans la cour lorsque les lumières s'éteignirent brusquement dans la grange derrière nous. Je lâchai un hoquet de stupeur, surprise par la soudaine obscurité. Je m'apprêtai à saisir le bras d'Adam quand quelque chose m'arrêta à la dernière seconde. Être si près de lui toute la soirée m'avait semblé naturel et, pourtant, un contact physique me paraissait inapproprié.

— Ne vous inquiétez pas, j'ai une lampe torche, dit-il en l'allumant.

Il balaya de son faisceau le sol devant nous, illuminant notre chemin jusqu'à la porte de derrière. La cuisine était plongée dans l'obscurité, mais je parvins tout de même à distinguer un étroit lit de camp devant la cuisinière et la silhouette de Jade dedans.

— Le temps est passé si vite, murmurai-je. Merci de m'avoir invitée à venir avec vous.

— Je vais vous montrer votre chambre. Vous la partagez avec Tara, chuchota-t-il à son tour. Suivez-moi.

À la lueur de la lampe de poche, Adam me conduisit à travers la maison endormie. Nous gravîmes l'escalier que j'avais repéré plus tôt puis longeâmes un couloir avant de nous arrêter devant une porte entrebâillée. Il dirigea la lampe à l'intérieur de la pièce.

— Tara vous a laissé le lit près de la porte.

Sur le seuil de la chambre, je plongeai les yeux dans son doux regard moqueur. Brusquement, j'eus l'impression qu'une lumière s'allumait dans les tréfonds de mon âme. Où avais-je déjà croisé ce regard? Une vague de chaleur m'envahit. Il avait réussi à faire disparaître mes soucis pendant un moment et je lui en étais extrêmement reconnaissante. Nous restâmes immobiles un instant, ne souhaitant ni l'un ni l'autre mettre un terme à cette incroyable soirée. Finalement, il me tendit la lampe et tourna les talons.

— Bonne nuit, murmurai-je, tandis que l'obscurité l'engloutissait.

— Bonne nuit, Kate, me répondit sa voix étouffée.

19

Je me réveillai au petit matin, blottie sous une épaisse couette remplie de plumes qui sentait la naphtaline. Je portais encore mes vêtements. Il faisait trop froid au moment de me coucher pour que j'enlève autre chose que mon manteau et mes chaussures avant de me glisser sous les draps. J'étais allongée, l'oreille tendue vers les bruits de la vieille ferme, me demandant ce que cette nouvelle journée allait apporter.

Le lit voisin du mien était vide. De la cuisine située au-dessous me parvenaient des bruits de vaisselle et des voix étouffées. Je pris mon courage à deux mains et posai les pieds sur le parquet froid. Je récupérai par terre mon manteau et l'enfilai dans le couloir.

La cuisine bourdonnait de mille bruits. Sept couverts étaient dressés sur la table autour d'une impressionnante assiette de toasts, de pots en faïence remplis de beurre, de confiture et de miel, de l'énorme théière brune, d'une cruche de lait, d'un sucrier, d'œufs à la coque et de plusieurs bols de porridge. Bill était penché sur l'un d'eux, une cuillère tenue précairement entre ses doigts tordus.

Assis en face, Colin attaquait avec enthousiasme son porridge, pendant que Tara préparait un biberon sous le regard attentif de Jade. Elle leva les yeux à mon arrivée et me sourit.

— Oui, je sais, fit-elle. Mais elle n'a pas eu de crise d'asthme, alors à quoi bon?

— Vous allez les nourrir ensemble? demandai-je, heureuse de les voir réconciliées.

Tara s'échinait tellement à veiller sur la santé de la petite qu'elle en oubliait de passer du bon temps avec elle.

— Non, vous pouvez vous en occuper avec Jade, répondit-elle avec un frisson. Je n'ai pas une passion folle pour les animaux.

Elle me tendit un biberon, l'autre à Jade. Nous déplaçâmes les caisses pour nous asseoir avec les agneaux.

En un rien de temps, les biberons furent vides. Nous caressâmes quelques minutes les petites bêtes en nous émerveillant. Appelée par Tara pour son petit-déjeuner, Jade fila se laver les mains pendant que je remettais les caisses en place. J'allais lui emboîter le pas quand je sentis une douce caresse contre ma cheville. Le mystérieux chat m'était de toute évidence très attaché. Je le pris dans mes bras et le caressai, enfouissant son petit museau dans mon cou. Il s'étira, ferma les yeux et se mit à ronronner.

— Qui suis-je? lui demandai-je à voix basse. Si seulement tu pouvais parler!

Je pris place à table après m'être à mon tour lavé les mains et j'acceptai de bon cœur le bol de porridge que m'offrait Betty. Bill était toujours en butte avec le sien. De grosses gouttes constellaient la table devant lui. Je comprenais pourquoi Betty l'avait aidé la veille.

— Voulez-vous un coup de main? proposai-je timidement.

Peut-être allais-je heurter sa fierté?

— Je ne dis jamais non aux propositions d'une jolie jeune fille, répondit-il avec un sourire. Si vous pouviez juste coincer correctement cette cuillère dans ma main, je pourrais persévérer en attendant que Betty ait un moment.

Je pris la cuillère, en essuyai le manche avec une serviette en papier et la glissai entre ses doigts.

— Ça va mieux comme ça?

Il plongea la cuillère dans le bol et poussa un soupir de soulagement quand il la ressortit, remplie de porridge.

Tara me passa une tasse de thé que je portai à mes lèvres.

— Où est Adam? demandai-je en balayant la pièce du regard.

— Il est debout depuis des heures, répondit Tara. Il était déjà sorti pour aller voir les bêtes quand je suis descendue pour faire la kiné de Jade.

Un sanglot croassant éclata soudain près de la cuisinière. Betty s'essuyait les yeux avec un torchon.

— Que se passe-t-il, Betty chérie? s'inquiéta Bill, arrêtant ses plongeons incertains vers le bol. Viens t'asseoir et manger un peu.

— J'ai oublié, expliqua Betty en prenant place près de son mari.

— Tu n'as rien oublié du tout. Tu as préparé le petit-déjeuner pour tout le monde. Tu t'es débrouillée comme une chef, la rassura-t-il d'une voix douce.

— Pendant une minute, j'ai oublié où j'étais, dit-elle en reniflant. Je ne me rappelais pas où j'étais ni ce que j'étais censée faire. Je me suis sentie si seule tout à coup.

— Bois une tasse de thé et ça ira mieux.

— Tenez.

Je servis à Betty une tasse et passai le bras autour de ses épaules osseuses avant de la serrer dans mes bras.

— Je sais exactement ce que vous ressentez. Vous avez l'impression de vous débattre seule, parce que vous n'avez plus la sécurité des souvenirs pour vous maintenir dans la réalité.

Betty hocha la tête et se pencha vers son mari.

— Parfois, je n'ai devant moi qu'un mur blanc. Je n'arrive plus à me rappeler qui je suis ni où je suis.

Bill déposa un baiser sur ses cheveux. Le geste affectueux provoqua une douleur sourde en moi. Cette fois, ce ne fut pas le visage du garçon aux cheveux noirs qui m'apparut à l'esprit, mais le souvenir d'être, en pleine tempête, dans des bras forts et protecteurs. Je me demandais comment s'en sortait Vincent, tout seul dans cette grande et froide maison. Une pointe de culpabilité surgit: j'avais à peine pensé à lui depuis mon arrivée chez les Jenkins.

— Je me demande comment va Vincent, lança Tara, faisant écho à mes pensées. Il n'a jamais été adepte des boîtes de conserve.

— J'aimerais bien que papa me voie nourrir les agneaux, déclara Jade qui avalait ses œufs à la coque et ses mouillettes. J'aimerais qu'on habite dans une ferme et qu'on ait des moutons à nous, et un chat, et j'aimerais pouvoir dormir dans la cuisine avec eux tout le temps. Vivre dans une ferme, c'est bien plus amusant.

— Ne parle pas la bouche pleine, Jade, répliqua machinalement Tara.

Elle avait le regard dans le vague, l'esprit à cent lieues de là. Je pensais savoir exactement où.

— Il ne neige pas ce matin, remarquai-je. Les routes seront peut-être dégagées et nous pourrons rentrer à la maison.

Tara me regarda en plissant les yeux. Mon emploi du mot « maison » la contrariait. Colin me sauva la mise.

— Voudriez-vous tenter une nouvelle séance d'hypnose, Kate? demanda-t-il en posant sa cuillère.

Je pense que nous allons rester ici un moment, alors autant occuper notre séjour utilement.

— Je ne sais pas…

— Vous devriez en profiter, m'encouragea Tara. D'habitude, il fait payer une fortune pour ça.

Quel mal y avait-il, après tout? En plus, Colin avait raison: au pire, ça faisait passer le temps.

— D'accord, alors, acceptai-je. Tant que vous me faites crédit jusqu'à ce que je me rappelle qui je suis et où se trouve mon porte-monnaie.

Colin sourit à la plaisanterie, mais je vis qu'il avait hâte de commencer.

— Nous n'avons jusqu'à présent pas trouvé dans l'enfance de Kitty d'événements suffisamment traumatisants pour expliquer pourquoi votre inconscient y retourne, commenta Colin. Le décès de son père a eu un gros impact sur sa vie, bien sûr, mais elle semble s'adapter à sa nouvelle existence.

Il se frotta pensivement le menton puis reprit:

— Ce qu'il nous faut donc découvrir, c'est l'événement ou la personne qui a affecté de façon si tragique la vie de Kitty que son âme perdure dans votre inconscient et prend le pas sur votre personnalité actuelle.

— Si ça se trouve, c'est juste un coup sur la tête qui l'a rendue zinzin, observa Tara avant de rouler des yeux devant l'air renfrogné de Colin. Quoi?

— Je croyais que tu voulais que Kate se rappelle qui elle est.

— Oui, mais elle doit se rappeler les bons souvenirs, non? J'imagine que Kitty ne va pas savoir où se trouve le porte-monnaie de Kate.

— Allons-y, fit Colin, sans prendre la peine de répondre à sa sœur.

Il me tendit la main, tandis que j'avalais une dernière bouchée de porridge avant de repousser mon bol.

— Ne t'en va pas.

Jade leva les yeux du dessin qu'elle finissait de colorier. Elle avait le teint un peu pâlot. Une vague d'inquiétude déferla en moi, amplifiée par ses paroles suivantes.

— J'ai mal au ventre.

Tara fut immédiatement sur le pont.

— Où ça exactement, Jade? Tu as envie de vomir?

La petite était blanche comme un linge. Tara posa une main sur son front et fronça les sourcils.

— Je dois aller aux toilettes…

— Viens, fit Tara en lui prenant la main.

— Non, je veux Kate, répondit-elle en retirant sa main.

Le visage de Tara s'assombrit et je retins ma respiration, ne sachant comment réagir.

— Tu devrais y aller avec Tara, tentai-je. Si tu ne te sens pas bien, il vaut mieux qu'elle s'occupe de toi.

Jade descendit de sa chaise avec difficulté, comme si elle souffrait le martyre, mais au lieu de se rendre aux toilettes, elle vint poser sa tête contre mon bras et leva vers moi ses yeux bleus implorants.

— Je ne veux pas que tu t'en ailles, dit-elle d'une voix émue.

Je la serrai dans mes bras.

— Je ne vais nulle part pour l'instant, Jade. Juste dans la pièce d'à côté avec Colin. Va avec Tara et je serai revenue avant que tu ne t'en rendes compte.

Je posai un baiser sur son front humide. Je passai la langue sur mes lèvres et les trouvai étonnamment salées.

Tara m'observait avec attention; son air renfrogné s'effaça quand elle comprit ce qu'il se passait.

— C'est à cause de la mucoviscidose, m'apprit-elle, visiblement fière de dispenser ses connaissances à l'intruse que j'étais. Ça rend sa peau très salée.

Jade fit une petite moue.

— J'ai encore mal au ventre.

— Allez, viens.

Tara lui prit la main avec autorité et elles quittèrent la pièce. Qu'y avait-il chez cette enfant qui me donnait à ce point envie de la protéger?

J'attendis le retour de Jade quelques minutes plus tard pour accompagner Colin dans le petit salon. Elle avait bien meilleure mine. Elle me lança un sourire avant de suivre Tara dans l'arrière-cuisine, où elle grimpa sur un tabouret pour l'aider à faire la vaisselle.

Un feu crépitait déjà dans la cheminée du salon et la couette était pliée sur le canapé. Mon esprit passa de Jade à Adam. Avait-il allumé ce feu pour nous avant de sortir? Il faisait bon dans la pièce, mais je m'enveloppai quand même dans la couette. Je fermai les yeux et forçai mon esprit à s'éloigner d'Adam, tandis que Colin commençait les exercices de relaxation.

La voix de Colin était douce et en même temps autoritaire et professionnelle, ce qui était nécessaire. Pour permettre à cet homme d'accéder aux tréfonds de mon âme et aux recoins les plus intimes de mon inconscient, je devais avoir confiance en lui. Dans cet endroit où il m'emmenait, ma sécurité reposait sur lui.

En un instant, j'étais détendue. J'entendais toujours Colin me parler, mais sa voix semblait étouffée et lointaine. Et il me sembla que, sitôt les yeux fermés, je les rouvrais sur d'autres lieux et d'autres temps.

— Dites-moi qui vous êtes, demanda Colin de sa voix ronronnante.

— Je suis Kitty.
— En quelle année sommes-nous?
— 1900.
— Quel âge as-tu, Kitty?
— Treize ans. J'en aurai quatorze en décembre.
— As-tu revu le garçon qui habite à côté?
— Oui. Il s'appelle Garrett, répondis-je d'une voix rêveuse. Je l'ai vu plusieurs fois ces derniers mois.
— Que sais-tu de lui?
— Il va à l'école de garçons à plusieurs kilomètres d'ici. En dépit de la baisse de leurs revenus, ses parents font de gros sacrifices pour lui assurer une bonne éducation. Il est leur seul enfant.
— Que ressens-tu quand tu le vois?
Mon visage s'empourpra.
— Au début, j'étais nerveuse et je ne trouvais pas mes mots. Maintenant, je suis beaucoup plus à l'aise. Je pense que ses parents sont des gens très froids et réservés. Ils se croient meilleurs que tous les autres habitants de la région, alors ils ne se mêlent pas à nous.
— As-tu toujours le temps de jouer le matin?
Je secouai la tête.
— Je suis trop vieille pour jouer à la corde à sauter, maintenant. J'aide maman pour l'école.
— Tu as bien un peu de temps pour toi?
— L'école fermera quelques semaines pendant l'été et Alice, Arthur et moi allons rendre visite à des parents pendant que maman rangera la salle de classe. Ce sont les seuls membres de la famille de maman qui lui parlent encore après qu'elle a désobéi à mon grand-père et épousé papa. Maman leur a écrit et ils ont accepté de nous accueillir chez eux, dans leur maison au bord de la mer.
— Pourras-tu dire au revoir à Garrett avant de partir?

Mes yeux s'emplirent de larmes et je secouai la tête.

— Je ne sais pas.

— Nous sommes à présent le jour de ton départ pour la côte. Dis-moi ce qui se passe.

— Le charretier est là pour nous emmener mais pas Garrett. J'espérais le voir avant qu'on parte.

— Comment te sens-tu maintenant que le départ approche?

— Je suis vraiment excitée!

Alors que je prononçai ces paroles, mon esprit courut ailleurs, vers d'autres au revoir. Mes parents m'adressaient un signe de la main depuis le seuil de la porte. Je n'étais plus avec Alice et Arthur devant notre maison, nos affaires empaquetées dans du papier brun retenu par de la ficelle, mais devant un pavillon moderne, une voiture attendant dans l'allée goudronnée derrière moi. Le couple affichait des expressions mitigées de fierté et d'angoisse. Je me tournai pour leur décocher un sourire rassurant et me dirigeai vers la voiture.

— Continue de me parler, Kitty.

Je secouai la tête et retournai à contrecœur en 1900.

— Le charretier attend avec le vieux cheval pendant que nous embrassons notre mère. Elle sent la lavande et la lessive.

Je me perdis dans mes pensées et regardai Alice se mettre sur la pointe des pieds pour enrouler ses bras autour de la taille de notre mère. Une autre fille attendait dans l'ombre; elle me fit un geste de la main. J'eus le sentiment étrange que c'était ma sœur – pas celle d'Alice. Je clignai les yeux pendant que maman embrassait rapidement Alice et Arthur. Lorsque je scrutai de nouveau l'ombre, la fille avait disparu. Alors, je poussai les enfants à l'arrière de la charrette et plaçai les paquets aux pieds d'Arthur. Tandis que je grimpais à leurs côtés, je risquai un dernier coup d'œil, espérant revoir la fille si étrangement familière, et surtout Garrett. Mais, à ma grande déception, ni l'un ni l'autre n'était visible.

— Parle-moi du voyage, Kitty.

Voyage. J'étais partie en voyage, récemment, non? Les sourcils froncés, j'essayai de me rappeler le but de ce voyage. Où me rendais-je? Pourquoi quittais-je la maison?

Je serrai fermement les paupières et tentai de visualiser l'endroit d'où je venais, mais tout ce que je sentais, c'était les roues de la charrette qui butaient sur le chemin cahoteux.

— La charrette est inconfortable et le trajet agité. Les roues font des embardées et tanguent dans chaque ornière. Arthur pleurniche en réclamant maman. Je l'ai pris sur mes genoux car le frottement du banc en bois irrite ses petites jambes nues.

— Es-tu heureuse, Kitty?

Je réfléchis à la question. Oui, j'étais excitée à l'idée de quitter la ville, ses bâtiments fumants et affreux. Je hochai la tête.

— Es-tu bientôt arrivée?

— Oui! Regardez! Je peux voir au loin une grande étendue vert-bleu; ce doit être la mer! C'est la plus belle chose au monde! Et je peux la sentir aussi. C'est salé et frais.

— Avançons de quelques minutes. Tu es arrivée à destination. Que se passe-t-il?

— On nous arrête devant une maison ornée de magnifiques rosiers grimpants. Quelqu'un sort pour nous accueillir, une domestique, je crois, parce qu'elle est vêtue d'une blouse grise et d'un tablier blanc et elle porte une charlotte sur la tête.

Je reposai Arthur, endormi, pendant qu'Alice descendait tant bien que mal de la charrette. Mes jambes et mon dos étaient douloureux après ce trajet mouvementé. J'allais récupérer les bagages à l'arrière et je vis la domestique tendre quelques pièces au charretier. Il souleva son chapeau en guise de remerciement avant d'ordonner au cheval fatigué de repartir. Nous restâmes dans l'allée poussiéreuse, les paquets bruns à mes pieds, tandis que le cheval et la charrette s'éloignaient, le conducteur aussi silencieux qu'il l'avait été pendant tout le trajet.

— Entrez, maintenant, ordonna la domestique d'un ton amène. Madame vous attend.

Couverts de saleté, nous suivîmes la bonne et passâmes une grande porte en bois qui nous mena dans un couloir sombre. J'ôtai mon bonnet et aplatis sur mon crâne quelques mèches rebelles. J'attendis que mes yeux s'accoutument à l'obscurité, puis regardai autour de moi les murs décorés d'aquarelles dont les cadres dorés étaient parfaitement alignés. Un somptueux escalier s'élevait vers l'étage. Je passai une main sur la pomme en bois poli, m'émerveillant de sa douceur et de sa chaleur. À son contact, des frissons me parcoururent le dos. Un jour, me dis-je, je vivrai dans une maison semblable. Je serai la maîtresse de maison et j'aurai un fils à moi. Un fils qui ressemblera trait pour trait à Garrett.

20

— Je vais compter de dix à un et vous vous réveillerez, retentit la voix dans ma tête.

J'écoutai le décompte mais je secouai la tête, résistant de toutes mes forces. Je ne voulais pas quitter cet endroit. Dans cette maison au bord de la mer, j'étais heureuse. Et, enfoui au plus profond de mon être, j'avais le sentiment que cet environnement m'était familier.

— Kate, vous devez revenir vers moi maintenant ; vous vous sentez calme et reposée. Ouvrez les yeux.

— Non. J'aime être au bord de la mer. Je veux rester ici.

Un événement s'était produit dans ma vie. J'avais emballé mes affaires pour démarrer une nouvelle vie. J'avais un secret à percer, un mystère à élucider…

— Je vais recommencer le décompte et cette fois vous allez revenir dans le présent jusqu'à moi. Dix, neuf, huit…

Je secouai la tête avec vigueur et serrai fermement les paupières.

— Non, je ne veux pas partir ! Laissez-moi tranquille !

Je concentrai mes forces et mon énergie pour rester là où j'étais et, peu à peu, la voix se fit plus étouffée et lointaine.

La domestique, Tilly, tourna au coin sur le palier et j'attendis pendant qu'elle ouvrait l'une des portes peintes en blanc.

Le plafond bas et l'immense lit donnaient à la chambre un aspect douillet. Je me précipitai à la fenêtre et regardai le jardin et les petites collines avec, au loin, au-delà des sommets, la mer. Les yeux brillants, je pivotai vers mon frère et ma sœur.

— Je me demande si tante Maude nous autorisera à nous rendre à la plage.

— Chaque chose en son temps, jeune fille, lança Tilly depuis le seuil de la chambre. Vous avez tout l'été pour explorer les environs. Maintenant, débarbouillez-vous le visage et descendez dans le jardin de derrière. Votre tante n'aime pas qu'on la fasse attendre.

Au jardin, tante Maude versa le thé dans de délicates petites tasses en porcelaine sur la table recouverte d'une nappe blanche. Avec le thé, nous eûmes droit à du pain, des scones accompagnés de confiture et des tranches de cake aux fruits. Nous mangeâmes avec voracité notre petit-déjeuner depuis longtemps oublié. Je surveillai d'un œil nerveux Arthur, craignant qu'il ne renverse quelque chose sur le lin étincelant. Notre oncle George nous rejoignit. C'était un homme plaisant, au visage rond et aux joues roses. Je l'observai attentivement, me remémorant les fois où père rentrait à la maison les joues roses lui aussi après une soirée de beuverie. Mais oncle George semblait plutôt sobre et responsable, assis à l'ombre dans sa veste et son gilet brodé, sa cravate nouée avec soin autour de son large cou.

Une fois les présentations faites, oncle George s'inquiéta de la santé de notre mère. Je bus une gorgée du thé léger et leur assurai que maman se portait comme un charme, préférant passer sous silence les conditions difficiles et l'environnement exigu dans lesquels nous vivions, ainsi que le dur travail dont elle s'acquittait. Ces formalités accomplies, oncle George nous offrit de nous rendre quand bon nous semblerait dans sa bibliothèque.

— Il ne faut pas sous-estimer l'importance d'une bonne éducation, dit-il entre deux bouchées de gâteau en tapotant le genou d'Alice. Même vous, jeunes filles, devriez apprendre à lire et à écrire. À quoi bon posséder des livres de cuisine si l'on ne peut pas lire les recettes, n'est-ce pas, ma chère?

— En effet, répondit notre tante en saisissant la théière. Encore un peu de thé, très cher?

Nous allâmes nous coucher, exténués par le voyage. Après avoir gigoté et tourné quelques minutes, chacun de nous trouva sa place dans le grand lit et se pelotonna sous l'épais couvre-lit, savourant l'incroyable douceur du matelas.

Tante Maude avait exigé d'Arthur qu'il dorme dans une chambre séparée, pas plus grande qu'un placard à balais, mais, sitôt Tilly partie, il s'était glissé dans notre lit et endormi entre nous deux, ainsi qu'il l'avait toujours fait.

Tilly nous réveilla de bonne heure le lendemain matin et nous tendit nos blouses fraîchement lavées, ainsi que la chemise et la culotte courte d'Arthur qu'elle avait ramassées la veille au soir.

— Vos vêtements étaient encore un peu humides, dit-elle en les posant sur la commode. Le feu de la cuisine s'est éteint avant qu'ils soient complètement secs, mais je les ai repassés ce matin après avoir rallumé le feu.

— Merci, Tilly. C'est très gentil.

J'essayai de dissimuler la tête d'Arthur sous la couverture pour que la domestique ne s'aperçoive pas qu'il avait quitté sa chambre.

— Descendez à la cuisine quand vous serez habillées, poursuivit-elle en tirant d'un coup sec les rideaux pour faire entrer à flots le soleil matinal. J'ai préparé du porridge.

Elle tourna les talons et se dirigea vers la porte. Sur le seuil, elle lança avec un clin d'œil :

— Et amenez avec vous ce petit gigoteur que vous cachez sous les draps.

Sitôt le petit-déjeuner terminé, nous sortîmes explorer le jardin. Un chemin pavé courait depuis la porte de derrière entre les carrés de pelouse flanqués de parterres débordants de phlox, lupins, pavots et autres plantes aux fleurs colorées.

Nous le suivîmes jusqu'à un mur de brique rouge qui abritait un potager. Je m'arrêtai à l'entrée, retenant mon souffle. Juste à côté de l'arche, un banc en bois était installé contre le mur, au soleil, entouré de lavande parfumée et de plantes aux longues feuilles.

On aurait dit le jardin d'Éden. Je m'assis sur le banc et fermai les yeux, humant les senteurs des herbes et des fleurs. J'étais au paradis.

— Kate ! Kate !

Quelqu'un me tapotait les joues, des petites claques sèches qui me firent froncer les sourcils et tendre la main pour repousser le perturbateur.

— Arrête, Arthur !

— Kate, écoutez-moi. Trois, deux, un. Kate, ouvrez les yeux.

Je luttai de toutes mes forces pour obéir et, lorsque finalement mes paupières se soulevèrent, je découvris que ce n'était pas mon petit frère qui me harcelait. Je clignai les yeux, désorientée.

— Où suis-je ?

Colin posait sur moi un regard anxieux. Il tenait mon poignet dans sa main, me prenant le pouls.

— Vous allez bien ?

De ma main libre, j'agrippai Colin. La lumière se fit dans mon esprit, apportant avec elle une peur sourde.

— Je suis désolée. Kitty ne voulait pas me laisser revenir.

Colin avait la main moite et semblait inquiet, mais il se reprit rapidement.

— Asseyez-vous.

— S'il est vrai qu'un hypnotiseur ne peut forcer son patient à faire ce qu'il ne veut pas, murmurai-je en me redressant tant bien que mal, que se serait-il passé si je ne vous avais pas obéi ?

Je tremblais sous la couette, effrayée par l'emprise que Kitty avait eue sur moi. J'avais besoin que Colin me confirme qu'il pouvait me ramener quoi qu'il arrive.

— L'hypnose vous permet d'explorer votre inconscient dans un état de profonde relaxation, mais ça reste votre esprit. En fin de compte, le sujet garde le contrôle de ses actes. Et jamais un sujet n'a refusé de sortir de son état de transe.

— Kitty pourrait-elle m'empêcher de revenir ? demandai-je avec nervosité.

— Seulement si *vous* ne voulez pas revenir, j'imagine, dit-il en poussant un long soupir. Tant que vous souhaiterez revenir, vous en serez capable. N'oubliez pas que Kitty n'est qu'un souvenir enfoui. Vous êtes la vraie Kate, qui existe ici et maintenant.

— Je suis frigorifiée, murmurai-je, pas totalement convaincue par ses paroles. Je n'arrive pas à me réchauffer.

— Vous avez eu peur, expliqua-t-il en me serrant dans ses bras pour me réconforter. Ça va aller, ne vous inquiétez pas.

J'avais l'impression qu'il était lui-même encore sous le choc de ne pas avoir pu maîtriser totalement la situation. Qu'aurait-il fait si j'avais refusé de revenir la seconde fois où il avait essayé de me réveiller ? Malgré tout, son étreinte était confiante et rassurante, et je repris des forces au contact de son corps chaud.

— C'est bizarre de penser que vous voyez à l'intérieur de ma tête.

Le lien mental qui nous unissait semblait encore plus intime que ce contact physique.

— Mais vous me cachez encore beaucoup de choses !

J'avais beau ne pas voir son visage, je savais qu'il souriait.

— Il y a encore des couches à explorer dans votre inconscient, reprit-il. Nous n'avons pas encore approché la vraie Kate. Est-ce que vous vous réchauffez un peu ?

J'acquiesçai. La porte s'ouvrit brusquement sur Adam, un tas de bûches dans les bras. Il s'arrêta net en nous voyant serrés l'un contre l'autre sur le canapé.

— Je ne voulais pas vous interrompre.

Colin se sépara de moi et secoua la tête.

— Tu n'interromps rien du tout. Nous avions fini.

— Je me suis dit que vous deviez avoir froid, expliqua Adam en posant sur moi un étrange regard. Je passais juste prendre quelque chose dans la maison et j'ai voulu vérifier que le feu ne mourait pas.

— Merci, dis-je. J'avais froid et Colin essayait de me réchauffer.

— C'est ce que je vois, répliqua-t-il sèchement.

Je regardai Adam se pencher et lâcher les bûches sur celles déjà entassées près de la cheminée. Il portait encore son manteau. Il s'empara de deux billots de bois et les jeta dans l'âtre. À l'aide du tisonnier, il remua les braises. Le feu se mit à crépiter et des flammes s'élevèrent. Le geste me parut familier et je m'efforçai de me rappeler où je l'avais déjà vu.

Quand Tara avait attisé le feu chez Vincent, bien sûr. Ou bien était-ce une tâche que j'avais l'habitude d'accomplir moi aussi, une corvée quotidienne de Kitty dans la vieille école?

Lorsque le feu fut suffisamment vif à son goût, Adam se redressa.

— J'ai pensé que ça vous intéresserait de savoir que Vincent est ici. Il est dans la cuisine avec Tara.

J'essayai de dissimuler ma perplexité tout en m'extirpant de la couette pour me mettre debout.

— Ça n'a pas dû être une partie de plaisir de venir à pied jusqu'ici, avec toute cette neige! m'exclamai-je.

— Il y a visiblement ici des gens qui lui manquent.

Je me sentis rougir sous le regard scrutateur d'Adam. Il parlait de Jade, évidemment. Moi, j'étais une étrangère. Vincent n'était certainement pas venu pour moi.

Adam repartit vers le couloir sous le regard appuyé de Colin.

— Quelle perspicacité, murmura-t-il, alors que la porte se refermait derrière notre hôte. Il n'est pas le fermier bourru qu'il prétend être.

Assis dans la cuisine, une tasse de thé entre les mains, Vincent contemplait sa fille en train de jouer avec les agneaux. Elle avait escaladé les caisses et s'était installée dans la paille, un agneau sur les genoux, auquel elle essayait patiemment d'enfiler un chapeau de poupée tandis que la pauvre bête se débattait.

— Bonjour! lançai-je en tirant une chaise pour m'asseoir près de lui à la table. Je vous croyais chez vous, à maintenir une température correcte dans la maison.

— J'ai deux bonnes heures devant moi avant qu'il y gèle. J'ai laissé un feu couvert et mis le pare-feu, répondit-il en tournant ses yeux bleus vers moi. Comment vous en sortez-vous tous, ici?

— Très bien, intervint Tara depuis le bout de la table où elle épluchait des légumes. Jade ne tousse pas trop.

— Elle semble… détendue, observa-t-il. Je ne l'ai pas vue si heureuse depuis des lustres.

— En général, tu n'es pas là pour la voir, de toute façon, lui rappela Tara.

Vincent l'ignora.

— Vous lui faites du bien, me dit-il. Elle a changé depuis votre arrivée; et je ne parle pas uniquement du fait qu'elle a retrouvé la parole.

— C'est surtout grâce à Tara, m'empressai-je de répondre. Elle fait tout pour garder Jade en bonne santé. Si elle n'était pas là pour sa kiné et s'assurer qu'elle mange comme il faut, Jade ne serait peut-être pas en mesure de jouer ainsi.

— Tara ne l'aurait jamais laissée approcher des animaux.

Il prit une gorgée de thé sans me quitter des yeux.

— Elle s'inquiétait pour son asthme, fis-je remarquer avant de me tourner pour inclure Tara dans la conversation. Vous avez préparé les biberons des agneaux pour qu'elle les nourrisse?

Tara hocha la tête, mais je compris que les commentaires de Vincent avaient heurté ses sentiments. Elle continua sans un mot à couper les légumes, le claquement du couteau sur la planche à découper devenant plus sec.

— Je voudrais que vous rentriez à la maison avec moi, déclara Vincent.

Il semblait être le seul à ne pas avoir remarqué la montée en puissance du bruit du couteau.

— Mais il n'y fera pas assez chaud pour Jade…

— Je ne parlais pas de Jade. Elle peut rester ici au chaud encore un jour ou deux, si les Jenkins n'y voient pas d'inconvénient. Et Tara doit rester ici pour veiller sur elle. Je parlais de vous.

— Vous voulez que moi je rentre avec vous?

Vincent posa sa tasse sur la table et attrapa ma main.

— Je dois vous parler. Je n'aurais jamais dû vous laisser venir ici avec les autres.

— Comment ça? demandai-je en retirant ma main et en lui décochant un regard suspicieux.

Vincent jeta un coup d'œil à Tara et secoua la tête.

— Vous n'êtes pas encore remise et je me sens responsable de vous. Je me sentirais mieux avec vous à la maison, c'est tout.

Il tourna de nouveau le regard vers Tara avant de demander à voix basse:

— Colin vous a-t-il encore hypnotisée?

— Pourquoi cette question?

— Je me demandais juste à quoi ça servait, c'est tout.

Je perçus la nervosité derrière ses paroles. De quoi avait-il peur? Se sentait-il réellement responsable de moi ou s'inquiétait-il de ce que je pourrais me rappeler au cours d'une séance d'hypnose avec Colin?

Devant mon silence, Vincent s'empara de sa tasse, s'adossa à sa chaise et but une nouvelle gorgée de thé.

— Maria m'a de nouveau invité chez elle hier soir.

— Ça ne m'étonne pas, grommela Tara dans son coin. Vu que tu es tout seul…

— Elle se montrait simplement amicale, répondit sèchement Vincent. D'après elle, on économise bougies et nourriture en passant la soirée ensemble.

Tara répliqua d'un grognement bruyant.

— Nous avons surtout parlé de Kate, poursuivit-il à la hâte.

— Est-ce l'idée de Maria de venir me chercher?

— En quelque sorte.

Il baissa encore la voix; je dus me pencher vers lui pour saisir ses paroles.

— Maria et moi pensons que vous serez mieux à la maison, avec moi.

Il me fixait de son regard ensorcelant. L'insistance que je perçus dans ses yeux me fit frissonner.

— Vous serez mieux chez moi. Kate, je vous demande de me faire confiance sur ce point.

21

J'avais beau m'être réchauffée depuis la séance d'hypnose, je tremblais comme une feuille. Pour quelle raison Vincent souhaitait-il si ardemment que je retourne chez lui?

— Alors, qu'en dites-vous? demanda-t-il. Allez-vous rentrer avec moi?

Je balayai la cuisine du regard, m'attardant sur l'imposante cuisinière qui chauffait si agréablement la pièce, Jade qui jouait dans un coin, Bill et Betty qui restaient silencieux et Tara qui me lançait des éclairs hostiles. Je voulais rester ici, mais étais-je en position de refuser? Vincent m'avait sauvée d'une mort probable et je lui étais redevable.

— Je... je ne sais pas, marmonnai-je. Je suis bien ici.

— Je vous en prie, insista-t-il en posant sa main sur la mienne.

— Je dois vous avouer que je n'ai pas très envie de côtoyer Maria. J'ai déjà bien assez de problèmes comme ça.

— Que se passe-t-il? s'enquit Colin, faisant soudain irruption sur le seuil et ressentant la tension palpable dans la pièce.

— Je suis venu chercher Kate, expliqua Vincent d'une voix sans appel.

— Et Jade, et Tara? demanda Colin en s'asseyant à table.

— Juste Kate.

— Je peux te demander pourquoi?

— En fin de compte, Maria n'aime pas trop être coupée à ce point des autres, déclara Vincent d'un ton adouci. Il se passe des phénomènes étranges chez elle et elle pense que la présence de Kate sera bénéfique.

— Il y a des gens ici qui pourraient penser la même chose, fit remarquer Colin en posant sur moi un regard pénétrant. Voulez-vous partir?

— Je préférerais rester ici, répondis-je en évitant le regard de Vincent. Et je crois aussi que je devrais poursuivre la thérapie.

— Tu n'essaies pas encore de l'hypnotiser, Colin? Kate est assez perturbée comme ça sans que tu lui embrouilles la tête.

— Tu penses que l'entraîner dans ta maison glaciale est mieux pour elle? rétorqua Colin d'un ton égal.

— Vous êtes tous complètement cinglés, si vous voulez mon avis.

Tara s'empara du couteau qu'elle avait brièvement reposé pour suivre l'échange entre les deux hommes.

— Elle serait bien mieux à l'hôpital, à recevoir les soins appropriés, termina-t-elle.

Nous étions pour l'instant coupés du monde, des services de police, des médecins, mais, dès que les routes seraient dégagées, les choses changeraient. Même si j'avais peur de quitter cet endroit où je me sentais protégée. Tous attendaient ma décision.

— Excusez-moi, dis-je en repoussant ma chaise. J'ai besoin de réfléchir.

J'attrapai mon manteau et je me dirigeai vers la porte de derrière sans un regard pour eux. Après avoir enfilé des bottes en caoutchouc, je sortis et refermai la porte derrière moi. Je m'y appuyai quelques instants pour me reprendre, avant de m'enfuir sur le chemin enneigé qui contournait la maison. Je glissai et dérapai sur la neige mais réussis tout de même à gagner la cour où je restai plantée, soufflant de gros nuages blancs. Je sentais l'odeur des animaux et les entendais remuer dans la grange. Ils étaient insouciants, eux. Ils n'avaient pas à s'inquiéter de qui ils étaient, d'où ils venaient, de ce qui allait leur arriver. Tout ce qui comptait pour eux, c'était manger, donner naissance et assurer la survie des plus jeunes.

La porte de la grange s'ouvrit et Adam sortit dans la cour. À ma vue, il s'arrêta, coupé dans son élan. Une étrange expression traversa son visage, entre le froncement de sourcils et le sourire. Malgré son affreux bonnet en laine, il était séduisant avec son teint hâlé. Il portait une salopette bleue qui dissimulait son corps mince et élancé. À la main, il tenait un sac qu'il dissimula dans son dos devant mon regard interrogateur.

— Qu'est-ce que c'est? demandai-je en m'approchant de lui.

— Un petit qui ne s'en est pas sorti.

— Un agneau?

— Oui. Ça arrive.

— Qu'allez-vous en faire?

— Le mettre dans la remise en attendant le dégel. Alors je l'enterrerai ou le brûlerai.

Il prononçait ces paroles d'une voix égale, factuelle, mais je sentais la tristesse émaner de lui.

Je marchai avec lui jusqu'à un appentis qui ressemblait plus à un abri pour voiture qu'à une vraie remise. À l'intérieur se trouvaient une Land Rover et des engins agricoles. Un établi était posé contre l'un des deux murs, sur lequel il plaça le sac, à côté de deux autres. Le chien d'Adam, Lad, sortit de nulle part et posa sa tête contre le genou de son maître.

Il poussa un long gémissement qui me donna à penser qu'il pouvait ressentir la tristesse qu'Adam essayait de me dissimuler.

— Que lui est-il arrivé? demandai-je.

— Il est mort-né.

— La brebis va bien?

— Oui, elle se rétablira.

— Je suis désolée, dis-je doucement.

— Ce sont des choses qui arrivent.

Nous restâmes un moment à regarder les sacs sans prononcer un mot. Je ressentais le besoin irrésistible de lui prendre la main, de lui dire que je comprenais et qu'il n'avait pas à cacher ses émotions ni prétendre ne pas être ému par la perte de cette petite vie.

— Vincent veut que je rentre chez lui, annonçai-je à la place.

— Quand? demanda-t-il, étonné.

— Le plus tôt possible.

— Il vous a dit pourquoi?

— D'après lui, il se sent responsable de moi, répondis-je d'un ton léger mais le cœur lourd.

— Voulez-vous y aller?

La voix d'Adam était douce. Il contempla mon visage de ses yeux d'un brun profond.

— Pas vraiment. Je ne sais pas.

— Vous n'êtes même pas ici depuis vingt-quatre heures, soupira-t-il. Vous pouvez rester, vous savez. Grand-père vous aime bien; vous êtes gentille avec lui. Il peut parfois se montrer ronchon et fier, alors s'il vous a laissée l'aider il y a une raison.

— Vous êtes incroyablement prévenant avec eux, répliquai-je en enfonçant mes mains dans mes poches. Comment pouvez-vous faire tourner cette ferme et vous occuper d'eux en même temps? La plupart des gens auraient mis Bill et Betty en maison de retraite.

— Je ne pourrais pas tenir cet endroit sans eux.

Il pivota et se dirigea vers la grange. Je lui emboîtai le pas. Il ouvrit la porte, jeta une botte de foin sur son épaule et reprit sa marche. Je le suivis en trottinant.

— Où sont vos parents? Ils ne voulaient pas reprendre la ferme?

Adam traversa la cour à grandes enjambées et se dirigea vers un pré clos de fil. Ici aussi, la neige avait été déblayée. Dans le champ, une vingtaine de brebis, toutes accompagnées d'un ou deux agneaux, se pressaient autour de l'auge et de la paille éparpillée. Adam ouvrit le portail et posa la balle par terre. De la poche de son manteau, il sortit un couteau et coupa d'un mouvement sec la ficelle, libérant ainsi le foin. Il sortit du pré et ensemble nous observâmes les brebis se rassembler pour mâchonner les brins de paille pendant que les agneaux gambadaient autour.

— Mes grands-parents ont eu trois enfants, deux filles et un garçon.

Il était appuyé sur le barreau supérieur du portail. En dépit du froid mordant, il affichait un air satisfait.

— Les deux filles ont fini par se marier et déménager en ville. Jim, le cadet, a grandi en maudissant la ferme. Il est devenu mécanicien. Je suis le fils aîné de Lizzy, la fille aînée. J'ai passé la plupart de mes vacances scolaires à apprendre auprès de mon grand-père. J'adore cet endroit. Je suis allé à la fac et j'ai décroché un diplôme d'agriculture et de management. Lorsque l'arthrite de grand-père a empiré, il n'a plus été capable de s'occuper de la ferme, alors il me l'a confiée. J'en suis le propriétaire officiel désormais. Oncle Jim assure l'entretien des machines et j'ai deux aides agricoles qui viennent du village. Grand-mère veille sur grand-père et s'occupe de la cuisine et de la lessive, comme elle l'a toujours fait. Ça peut sembler une vie difficile, mais c'est ce qu'ils ont toujours connu, et voulu.

— Et la vie continue, commentai-je à voix basse.

Il se détourna des moutons et posa sur moi un long regard pénétrant.

— Le présent, voilà ce qui est important. Je ne dis pas que nous ne devons pas tenir compte du passé et de l'avenir mais, si vous voulez mon avis, Vincent a fui un passé qu'il ne pouvait pas supporter. Le passé le hante et le futur l'effraie. Quant à Colin, il vous fait remuer le passé parce que c'est sa marotte. Vous êtes la seule à pouvoir décider ce qui est bon pour vous.

Je le fixai, surprise. Pour un homme que je pensais réservé, il était d'une perspicacité étonnante envers ses voisins. Le fait qu'il ait obtenu un diplôme et décidé de s'occuper de la ferme de son grand-père contredisait aussi ma première impression. Il n'avait rien d'un modeste fermier. La vie qu'il avait choisie était dure mais ordonnée et, en dépit des tâches quotidiennes et répétitives, du froid et du travail physique, il faisait ce qu'il aimait. À l'évidence, il était intelligent et semblait moins naïf que nous tous réunis.

— Donc, selon vous, j'ai le choix entre ruminer le passé, envisager l'avenir ou apprécier le présent?

Il secoua la tête en signe de négation.

— Ce n'est pas tant un choix. Inutile de nier que les trois sont connectés. Ce n'est qu'un cercle, un éternel recommencement, comme les saisons. Si je ne récolte pas suffisamment de foin pendant l'été, le bétail meurt de faim l'hiver suivant. Si je ne passe pas l'hiver à réparer les barrières, les moutons s'échappent quand ils broutent dans le pré au printemps. Si je n'avais pas veillé à l'entretien du tracteur cet automne, il ne marcherait pas en ce moment.

Je le fais, sans m'interroger sur ce qui est passé et ce qui est futur. J'apprends de mes erreurs et j'avance.

Adam rendait les choses simples.

— Merci.

Si je suivais son conseil, alors je devais continuer la thérapie par l'hypnose pour m'assurer que je n'avais laissé aucune barrière métaphorique à réparer dans le passé de Kitty. Et peut-être devais-je retourner chez Vincent pour essayer de l'aider à résoudre certains problèmes avec son propre passé, pour qu'il puisse commencer à envisager un avenir moins sombre avec Jade. Je lui devais bien ça.

— Mais si vous décidez de retourner chez Vincent, ajouta Adam, je ne pourrai pas vous y emmener aujourd'hui. Je dois garder l'œil sur deux brebis qui ont déjà eu des accouchements problématiques.

— Oui, bien sûr, me hâtai-je de répondre.

Je me rendis compte, tandis que nous rebroussions chemin, qu'Adam me consacrait déjà un temps précieux. La période était chargée et ses ouvriers agricoles étaient coincés au village. Devant la grange, nous nous arrêtâmes et Lad me sauta dessus, posant ses grosses pattes couvertes de boue sur mon manteau en essayant de me lécher le visage.

— Descends de là ! ordonna Adam.

Le chien retourna, obéissant, au côté de son maître.

— S'il ne se remet pas à neiger ce soir, annonça-t-il, je pourrai vous emmener demain dans la Land Rover.

— Merci, dis-je avec un sourire.

Je tournai les talons pour reprendre le chemin conduisant à l'arrière de la maison. Devant la porte, je redressai les épaules, pris une profonde inspiration et me préparai à entrer dans l'arène.

22

— Alors? s'enquit Tara quand je regagnai la chaleur de la cuisine. Vous vous êtes décidée?

Elle était nonchalamment installée à la table de la cuisine, un magazine ouvert devant elle. C'était la première fois qu'elle me semblait si détendue, bien qu'une certaine tension émanât d'elle. Betty était assise près de Bill, devant la cuisinière sur laquelle une casserole dispensait un doux arôme. Jade était perchée sur l'accoudoir du fauteuil de Betty. Elle tenait une pelote de laine et de longues aiguilles. Apparemment, Betty apprenait à tricoter à Jade. Bill sommeillait, le chat sur ses genoux, et dans leur coin les agneaux dormaient. Vincent et Colin n'étaient nulle part. Je tirai une chaise et m'assis à côté de Tara.

— Je crois que je vais rentrer chez Vincent, dis-je à voix basse pour ne pas perturber la tranquillité de la scène. Mais pas aujourd'hui.

— Quand, alors? fit Tara en se raidissant.

Je la dévisageai. Je savais que sa crainte de perdre Vincent la dévorait de l'intérieur.

— Peut-être demain. Il faut d'abord que je vous demande quelque chose.

Percevant mon trouble, elle aussi baissa machinalement la voix.

— Quoi donc?

— Vous ne trouvez pas bizarre que Cheryl ait laissé tant d'affaires personnelles quand elle est partie?

Elle baissa instantanément les yeux.

— Pas vraiment.

— Quand je cherchais des vêtements pour venir ici, j'ai trouvé son sac à main, dis-je en étudiant attentivement sa réaction. Aucune femme ne partirait sans son sac à main, vous ne croyez pas?

— Qu'est-ce que vous voulez dire? siffla Tara, méfiante.

— Rien en particulier. Je me demandais juste si vous l'aviez vue partir.

Tara haussa les épaules d'un air dédaigneux. Elle reporta son attention sur son magazine, simulant l'indifférence, puis baissa encore la voix pour que Jade n'entende pas.

— Elle était encore là quand je suis partie le vendredi soir. À mon retour le lundi matin, Vincent m'a appris que Cheryl avait fait ses valises et les avait quittés. Elle ne pouvait pas vivre dans une maison qui lui rappelait Ambre à chaque seconde. Apparemment, elle avait filé discrètement pendant la nuit en lui laissant un mot. Selon lui, elle ne pouvait pas revivre tout ça avec Jade. Elle partait à l'aéroport avec Jack, un vieil ami de la famille.

— Vous le connaissez, ce Jack?

— Je n'avais jamais entendu parler de lui, mais je n'étais pas présente les week-ends quand ils recevaient leurs amis.

— Vous avez passé toute la semaine avec Cheryl, la pressai-je. Est-ce qu'elle vous a paru sur le point de quitter sa famille? Vous a-t-elle semblé différente le dernier jour?

— Elle était brisée, riposta Tara. Elle venait de perdre son enfant et elle était convaincue que son autre fille allait aussi mourir. Qu'est-ce que vous croyez?

— Je suis navrée, fis-je en jetant un coup d'œil sur Jade. Je veux dire, le dernier jour où vous l'avez vue, est-ce qu'elle a eu un comportement différent des jours précédents?

— Cheryl n'a plus jamais été la même du moment où ils sont revenus de l'hôpital, après le décès d'Ambre. Elle déambulait dans la maison comme un zombie. Elle ne pleurait pas, elle évoluait au ralenti. Comme si elle cherchait son chemin dans un tunnel obscur. Elle ne dormait plus, mangeait à peine. Elle était incapable de s'occuper de Jade, ni même de jouer avec elle. Quand Vincent m'a appris qu'elle était partie, j'avoue, j'ai été surprise. Vous savez, planifier un départ demande de l'énergie et elle semblait tellement au bout du rouleau. Mais, d'un autre côté, cela semblait logique. Elle ne pouvait plus continuer à vivre au sein de sa propre famille, alors elle s'en est échappée.

Je me mordillai la lèvre en réfléchissant à ses paroles. Pour moi, ça n'avait rien de logique.

— La grand-mère de Jade vous a-t-elle déjà parlé du départ de Cheryl?

— Je la vois rarement. Dempsey – c'est son nom – arrive en général le vendredi après mon départ ou le samedi matin. Vincent va la chercher à la gare quand elle ne vient pas en voiture. Et elle repart le dimanche soir.

— Si je retourne chez Vincent, demain, dis-je doucement, hésitant encore à me retrouver seule avec lui, vous croyez que Colin viendrait aussi? Nous pourrions continuer les séances d'hypnose là-bas. Qu'en pensez-vous?

Le visage de Tara s'illumina. Visiblement, l'idée que Vincent et moi ayons un chaperon lui plaisait.

— C'est une excellente idée!

— Où sont-ils, tous les deux? demandai-je en balayant la cuisine du regard.

— Dans le petit salon. Je crois qu'ils jouent aux échecs.

Je longeai le couloir plongé dans la pénombre et poussai la porte du boudoir. Vincent et Colin étaient assis, raides comme des piquets, devant la cheminée, la tête penchée au-dessus de la table basse sur laquelle fumaient deux tasses de café. L'échiquier en bois sculpté, posé entre eux, était comme une zone sinistrée. Au nombre de prises, je compris que Colin menait. Les deux hommes se mesuraient du regard. Vincent souleva l'une de ses pièces et la déplaça. Colin joua son coup à son tour.

— Échec, lança-t-il d'un ton triomphant en se radossant à son fauteuil.

Vincent leva les yeux sur moi, une expression sérieuse sur le visage.

— Vous avez pris une décision? demanda-t-il.

— Oui. Je vais rentrer avec vous.

Vincent baissa les yeux sur l'échiquier, déplaça sa reine d'un geste théâtral et décocha un grand sourire à son adversaire.

— Échec et mat!

— Mais j'espérais que vous viendriez aussi, Colin. Comme ça, nous pourrions poursuivre nos séances d'hypnose, ajoutai-je précipitamment. Seulement, Adam ne pourra nous emmener que demain.

Vincent sembla se liquéfier.

— On dirait que je vais avoir droit à ma revanche, lança Colin à Vincent avec un sourire.

Vincent l'observa comme s'il mesurait ses options.

— D'accord, finit-il par lâcher. Et que le meilleur gagne.

Vincent souhaitait rentrer chez lui avant la tombée de la nuit. Il m'assura que le trajet à pied était bien plus facile, maintenant que le tracteur avait tracé un chemin dans la neige. Il partit sitôt le repas achevé.

Je l'accompagnai à la porte. Il me prit la main et plongea un regard pénétrant dans le mien.

— Promettez-moi que vous viendrez bien demain.

— C'est promis. À moins d'une tempête ou d'une urgence.

— Je me sentirai beaucoup mieux quand vous serez avec moi à la maison. Je pourrai garder un œil sur vous jusqu'à ce que la mémoire vous revienne ou au moins que les secours arrivent.

Il tendit la main et repoussa une mèche de mon visage. Le geste, d'une tendre simplicité, me rappela Bill et Betty. Je restai immobile et silencieuse, étudiant l'expression de son visage avec appréhension. Lentement, il se pencha vers moi, les yeux rivés aux miens.

Une nervosité inexplicable et une pointe de culpabilité envers Tara s'emparèrent de moi. Je reculai d'un pas, l'arrêtant net dans son élan. Il plissa les yeux, comme cherchant à comprendre mes intentions.

— Vous devriez y aller, dis-je. On se voit demain.

Il pivota brusquement et s'éloigna dans la cour, silhouette solitaire emmitouflée dans un anorak de ski bleu et des bottes. Au portail, il se retourna et m'adressa un signe de la main avant de disparaître sur le chemin.

Je regagnai la cuisine, pensive. En me voyant, Colin sauta sur ses pieds et tira une chaise pour moi. Bill et Betty somnolaient dans leurs fauteuils, le calme régnait.

— Que diriez-vous d'une nouvelle séance ?

À l'évidence, il attendait le départ de Vincent pour me faire cette proposition. La séance du matin avait beau me laisser encore un sentiment de malaise, je devais reconnaître que j'avais très envie de découvrir ce qui était arrivé à Kitty et à ses frère et sœur.

J'acceptai avec joie la tasse de café que m'offrit Tara, bien plus détendue maintenant que Vincent était parti. Je la dégustai en réfléchissant aux conséquences d'une nouvelle hypnose. Jade grimpa sur la chaise à côté de moi et plaça une feuille et des crayons devant nous. Je la regardai dessiner une silhouette, sa petite langue pointée entre ses lèvres en signe de concentration extrême. Pour une enfant de six ans, elle dessinait bien, remarquai-je avec un sourire. Le corps et la tête de son personnage étaient proportionnés. Dans le cercle qui représentait la tête, elle dessina un grand sourire. Elle ajouta des cheveux orange ondulés puis, plus bas, une robe rose et deux traits qui se croisaient dans le dos et rappelaient des ailes. Son dessin terminé, elle l'étudia d'un air appréciateur.

— Devine qui c'est, dit-elle.

Je regardai le dessin avec un soupir, tout à coup mal à l'aise. J'étais quasiment sûre qu'il s'agissait d'une représentation de sa sœur décédée.

— Euh… c'est toi?

Jade secoua la tête, les yeux brillants, apparemment ravie de mon erreur.

— Alors, c'est un ange?

— Non. Essaie encore.

Je pris une profonde inspiration, évitai le regard de Tara.

— C'est Ambre?

Tara leva la tête, une grimace de désapprobation sur le visage.

— Non, ce n'est pas Ambre, répondit tranquillement Jade.

— Qui est-ce alors? demandai-je, étonnée.

— C'est toi! lança Jade le visage rayonnant de m'avoir trompée. C'est toi en tant que Kitty. C'est ta corde à sauter, là. Tu vois, tu sautes à la corde.

J'en restai bouche bée. Ce que j'avais pris pour des ailes étaient en fait la corde à sauter au-dessus de la tête du personnage.

— Comment sais-tu pour…

Mais je me rappelais aussitôt qu'elle avait assisté à ma première séance d'hypnose.

— Franchement ! Les idées que Colin et vous mettez dans la tête de cette petite ! gronda Tara en donnant à Jade un verre de lait.

Colin m'observa avaler la dernière gorgée de mon café. Lorsque je reposai la tasse, il me scruta plein d'espoir.

— Alors ?

— Allons-y, dis-je gonflée d'une nouvelle détermination. Mais promettez-moi de me ramener dès que vous pensez que ça suffit.

— N'ayez crainte.

Étendue sur le canapé, les yeux fermés, je compris qu'il devenait de plus en plus facile de gagner les tréfonds de mon âme. Colin procéda aux exercices de relaxation, prononça quelques mots clés et, en un rien de temps, j'étais partie, remontant le temps comme une enfant pressée d'aller jouer dehors après l'école.

— Raconte-moi ce qui se passe, Kitty.

Cela faisait une ou deux semaines que nous étions arrivés dans la maison du bord de mer.

— Nous avons demandé à notre tante et à notre oncle l'autorisation de nous rendre à la plage. C'est à peine à trois kilomètres. Nous marchons le long d'un chemin poussiéreux qui ondule entre les champs de maïs et mène à de petites falaises de craie qui dominent la mer. C'est une journée d'été magnifique. Alice et Arthur ouvrent la marche.

— Décris-moi tout ce que tu vois, Kitty.

— Alice et Arthur transportent du pain et du fromage emballés dans un torchon pour notre déjeuner, et les poches de la culotte d'Arthur sont déformées à cause des pommes qu'on a ramassées dans le jardin. Je porte la lourde cruche en faïence fermée par un bouchon en liège et remplie de jus de pommes que Tilly nous a donnée.

Je me tus et regardai Arthur se pencher puis pousser du pied un gros escargot sur le bas-côté. Une vague d'affection pour mon petit frère déferla. C'était un beau petit garçon. Ses cheveux étaient plus foncés que ceux d'Alice et que les miens, mais, au soleil, on distinguait tout de même les nuances de roux. Alice et moi portions un chapeau pour protéger nos pâles figures couvertes de taches de rousseur. À travers le léger coton de ma robe, je sentais déjà le soleil chauffer mon dos.

Bientôt, nous ne vîmes qu'un horizon infini. Excités, nous allongeâmes le pas avant de nous arrêter, au bord du vide, le souffle coupé devant la vaste étendue d'eau bleu-vert scintillante.

— Que vois-tu, Kitty ? Continue de me parler.

— La mer s'étale devant nous. C'est immense. C'est magnifique. Elle s'étire à l'infini. Des mouettes volent dans le ciel en poussant des cris, elles descendent en piqué dans l'eau. Nous sommes au sommet de la falaise. Oh, mon Dieu ! C'est très haut !

— Ensuite ?

— Nous suivons le chemin le long de la falaise, à la recherche d'un passage pour descendre. Voilà. Nous empruntons un petit sentier couvert de pierres qui mène à une plage en contrebas. J'aimerais que cette cruche ne soit pas si lourde !

Nous nous assîmes sur le sol accidenté et ôtâmes bottines et chaussettes. Mon frère et ma sœur sur les talons, je clopinai sur les galets jusqu'au bord de l'eau, dans l'attente de la prochaine vague qui viendrait lécher mes pieds nus.

L'eau était délicieusement froide, mais les pierres écorchaient mes pieds. Au bout d'un moment, je revins sur la plage et m'assis puis entrepris de classer par taille les galets qui m'entouraient. Ensuite, Alice et moi ramassâmes des coquillages que nous enfouîmes dans les poches de nos tabliers. Alors que je faisais tourner un coquillage dans ma main, une étrange impression de déjà-vu me saisit. Pourtant, c'était la première fois que je voyais la mer. Pourquoi avais-je ce sentiment d'avoir déjà vécu près de la mer?

— Que fais-tu à présent, Kitty? N'oublie pas de me parler.

— Nous allons déjeuner, dis-je en repoussant l'étrange souvenir. Nous mangeons le pain et le fromage, puis les pommes. La cruche est presque vide. Elle sera plus facile à porter au retour.

L'après-midi s'étira. Lorsqu'un nuage sombre passa au-dessus de nos têtes, je me rendis compte à quel point le soleil avait décliné. La marée montait et une petite brise se leva. Nous nous dépêchâmes de rassembler nos affaires et de renfiler nos chaussures pour repartir. La température avait chuté et rapidement les premières gouttes de pluie s'écrasèrent sur ma joue.

Arthur et Alice se mirent à escalader le chemin de pierres par lequel nous étions arrivés, mais la pluie le rendait glissant. À peine faisaient-ils un pas qu'ils dérapaient de plusieurs. Je savais que nous nous étions trop attardés, nous allions être en retard et notre oncle et notre tante s'inquiéteraient.

Je poussai Arthur dans le dos pendant qu'Alice grimpait laborieusement devant nous. Je jetai un regard derrière moi et vis que la marée avait encore monté ; à présent, l'eau affluait sur le banc de galets que nous venions de quitter.

— Tout va bien, Kitty. Respire et calme-toi. Continue de me raconter.

— J'ai peur. Nous avons du mal à remonter sur la falaise. Le sol est boueux et je crains qu'ils ne glissent et tombent. S'il leur arrive quoi que ce soit, ce sera ma faute. Ma tante et mon oncle comptent sur moi pour veiller sur eux. Pour la première fois de ma vie, je ne suis pas sûre d'y arriver. Les vagues sont de plus en plus grosses, et juste derrière nous, maintenant.

Arthur se mit à pleurer, tandis qu'il cherchait un endroit sûr où poser son pied. De temps à autre, des morceaux de craie, des pierres et de la boue envoyés par Alice nous tombaient dessus. Je laissai tomber la cruche vide pour libérer mes mains, posai les pieds sur une roche saillante et poussai Arthur de toutes mes forces.

Ma vision se troubla, brouillée par la pluie, les larmes et les gouttes de transpiration qui coulaient de mon front. La brume marine qui avait accompagné le début de l'averse nous entourait désormais, rendant plus difficile encore notre ascension.

— Détends-toi, Kitty. Continue de me parler. Tout ira bien.

— Je ne me pardonnerai jamais s'il leur arrive malheur à cause de moi.

Nous continuâmes laborieusement notre ascension pendant ce qui me sembla une éternité avant qu'Alice arrive enfin en haut de la falaise. Elle tendit le bras à Arthur pour l'aider. Quand je me hissai à mon tour dans l'herbe, la pluie cinglait nos vêtements et nos cheveux. Nous restâmes un instant étendus sur la lande, à bout de souffle, le cœur battant à tout rompre sous le coup de l'effort et de la peur. Alors, un grondement aussi tonitruant qu'inquiétant retentit au-dessous de nous et le sol parut trembler sous nos corps. Je tirai Alice et Arthur loin du bord à l'instant où un morceau de la falaise se détachait puis s'écrasait sur la plage dans un nuage de boue, d'herbe et de pierres.

Au bout d'un moment, nous rampâmes vers le nouveau bord déchiqueté pour regarder en contrebas. Arthur tremblait de tous ses membres, mais Alice contemplait la scène d'un regard étrange, presque serein.

— Éloigne-toi, Alice !

Un mauvais pressentiment me nouait l'estomac. Je la tirai par le bras, mais elle semblait étrangement réticente à détourner son regard de l'eau tourbillonnante.

— Viens, c'est dangereux. Nous devons rentrer.

— Elle m'appelle, murmura-t-elle penchée au-dessus du bord morcelé. J'ai l'impression que si je glisse, la mer me rattrapera et je serai en sécurité.

— Arrête !

Je tirai plus fort sur son bras et elle tomba en arrière sur l'herbe mouillée. Je la serrai contre moi ; son corps mince tremblant dans ses vêtements trempés accentua l'angoisse qui m'étreignait. Il fallait que je ramène les enfants à la maison le plus vite possible.

— Parle-moi, Kitty. Que fais-tu à présent ?

— La falaise s'est effondrée. Nous sommes encore trop près du bord, c'est dangereux.

— Vous allez tous bien ?

— Oui, oui.

Avec soulagement, je me rendis compte que c'était la vérité. Nous étions indemnes. En revanche, le mauvais pressentiment de tout à l'heure me hantait toujours, aussi sûrement que le vent glacial fouettait la falaise.

23

Lorsque je revins à moi, Colin me tendit un mouchoir. Assis à côté de moi sur le canapé, il me tapotait la main. Je posai mon visage contre son épaule, complètement vidée. Nous restâmes ainsi quelques instants avant de regagner la cuisine.

À notre entrée, Tara me dévisagea tout en posant la bouilloire sur la cuisinière.

— Que s'est-il passé ? s'exclama-t-elle, visiblement inquiète.

Je m'assis à la table et lui relatai l'épisode. J'avais conscience qu'elle ne croyait pas un mot de ce que je disais, mais je ressentais un besoin irrépressible de tout lui raconter. Un frisson me secoua à l'évocation de la falaise s'effondrant sous les pieds des enfants.

— Nous aurions tous pu mourir, murmurai-je.

Tara fit le tour de la table et vint s'asseoir près de moi. À l'instar de son frère un peu plus tôt, elle prit ma main dans les siennes et plongea son regard dans le mien.

— Vous savez que ce n'est pas la réalité ! J'ignore d'où vous tenez cette histoire… D'un livre, d'un film… Ce n'est pas réellement arrivé, Kate. Vous n'étiez pas vraiment là-bas.

La bouilloire se mit à siffler et Tara me prépara une tasse de thé bien sucré. J'avalai lentement le breuvage, laissant sa chaleur se diffuser dans mon corps.

— Je ne sais pas quoi penser, mais d'après Colin, ce que je vois est vrai. N'est-ce pas, Colin?

Il acquiesça.

— Je suis convaincu que nous avons accédé à l'une de vos vies antérieures. Les détails du mode de vie victorien sont extrêmement précis. Vous êtes peut-être ferrue d'histoire, mais la plupart des gens ne seraient pas capables de décrire la vie de Kitty comme vous le faites. Et je crois que les émotions que vous éprouvez quand vous êtes Kitty sont elles aussi bien réelles.

— Tu lui embrouilles la tête, l'accusa Tara en sortant du four un cake qu'elle démoula et posa sur la table. Regarde dans quel état elle est! Je croyais que l'hypnose devait aider les gens à se sentir mieux, pas le contraire.

— Parfois, une personne a besoin de revivre une expérience négative pour pouvoir la comprendre. Elle doit aller au bout de ce qui lui est arrivé pour pouvoir avancer émotionnellement.

— Mais on parle d'accidents réels, de problèmes réels survenus dans l'enfance, poursuivit Tara. Kate se remémore des souvenirs qui ne sont pas les siens, et toi tu lui fais croire qu'ils sont la réalité!

— Je suis persuadé que ces souvenirs sont réels, insista Colin. Je suis d'accord pour admettre qu'ils lui reviennent à cause de l'accident qui a temporairement effacé sa mémoire, mais je suis prêt à parier ma réputation là-dessus: ce sont d'authentiques souvenirs d'une vie antérieure.

Ils se mesurèrent du regard quelques instants, pendant que je me recroquevillais sur ma chaise, serrant la tasse entre mes mains pour les réchauffer. Je n'aimais pas être la cause de leur désaccord.

Betty confectionnait une pelote avec la laine verte qu'elle déroulait d'une bobine coincée entre les doigts de Bill. Le vieux couple était dans son monde pendant que la laine se déroulait puis s'enroulait avec une régularité de métronome. Jade avait abandonné son tricot et brossait à présent les longs cheveux blonds de sa poupée en jetant de rapides coups d'œil à Colin et à Tara. Je me demandais ce que son petit esprit futé comprenait de tout ça. La porte de derrière s'ouvrit à la volée sur Adam, qui entra d'un pas lourd dans la cuisine, laissant derrière lui des brins de paille et des traces de boue, un agneau tout juste sorti du ventre de sa mère dans les bras.

Il s'arrêta et nous gratifia d'un regard interrogateur. Betty enfonça sa pelote de laine entre les coussins du fauteuil et se leva avec peine. Elle tendit ses bras rachitiques et Adam y déposa le triste agneau. À la vue de la petite bête, Jade quitta sa chaise comme une fusée et trépigna auprès de la vieille femme.

— Qu'est-ce qu'il a ? demanda la fillette, en collant son nez tout près de la tête de l'agneau.

— Sa mère a eu des triplés, répondit Adam en s'asseyant pour retirer ses bottes. Elle pourra peut-être en nourrir deux, mais le troisième est trop faible pour s'imposer et avoir sa ration de lait.

— Je peux l'avoir ? demanda Jade en tournant vers Adam des yeux suppliants. Rien que pour moi ? Je promets de le nourrir toutes les deux heures et de prendre soin de lui.

Tara vint se poster près de Jade pour regarder de plus près le petit animal. Elle posa une main sur l'épaule de l'enfant.

— Ne dis pas de bêtises, Jade. Nous rentrons à la maison dès que le courant sera revenu.

— Voilà ce que je te propose, intervint Adam. On va dire que cet agneau est à toi et que tu dois en prendre soin le temps que tu restes ici. Quand tu rentreras chez toi, grand-père et moi nous occuperons de lui. Ensuite, Tara et toi viendrez lui rendre visite chaque fois que possible. D'accord? demanda-t-il en regardant Tara.

— Pourquoi pas, répondit-elle avant de s'accroupir pour être à hauteur du visage de Jade. Tu ferais mieux de lui trouver un nom, alors.

Jade jeta ses bras autour du cou de Tara et l'embrassa sur la joue.

— Merci! Je vais l'appeler Pelote.

À voir Jade communiquer avec Tara, je me rendis compte que leur relation avait beaucoup évolué en quelques jours. Tel un couple depuis longtemps marié, elles s'étaient enfoncées dans une routine sans éclat. Maintenant que la petite parlait, de nouvelles émotions surgissaient, qu'il fallait identifier et nommer. La veille, Jade avait exprimé sa colère envers Tara; aujourd'hui, elle la regardait les yeux emplis d'amour. C'était comme un nouveau tour de montagnes russes pour elles deux.

— Je ferais bien de préparer un biberon pour ce petit, fit Tara en plissant le nez. Viens, Jade, tu vas m'aider.

Adam avait le regard rivé sur Jade et Tara, une expression étrange sur le visage. Affection? Regret? Il avait l'air fatigué et vidé. Il s'était levé à l'aube, avait sauté le petit-déjeuner et n'avait avalé qu'un frugal déjeuner.

— Vous semblez épuisé. Puis-je faire quelque chose? lui proposai-je. Désirez-vous une tasse de thé?

Il s'arracha à sa contemplation et posa les yeux sur moi.

— Vous aussi, vous avez l'air lessivée. Je prendrais volontiers une tasse de thé, accepta-t-il avant de se tourner vers Colin. Qu'as-tu fait à cette pauvre fille? On dirait qu'on l'a passée à l'essoreuse.

Colin lui raconta notre séance. Au terme du récit, Adam tourna vers moi un regard interrogateur.

— Quoi? lui demandai-je.

Il secoua la tête et saisit sa tasse.

— Rien. Je crois que je suis juste vanné. L'histoire de Colin me fait froid dans le dos, c'est tout.

Le lendemain matin, Adam était déjà sorti quand je descendis pour aider à la préparation du petit-déjeuner. Tara et Betty m'avaient de nouveau devancée et la table était déjà dressée, croulant sous les victuailles. Du coup, je pris place près de Bill qui avait lâché sa cuillère dès mon entrée.

— Merci, jeune demoiselle, dit-il, tandis que je remettais la cuillère dans sa main.

Il se pencha vers moi avec un air de conspirateur.

— Si vous êtes décidée à rentrer chez Vincent avec le jeune Colin, promettez-moi de ne pas vous laisser abuser par ces deux-là. Je suis contre le fait de remuer le passé. Mais vous êtes une femme sensée, déclara-t-il avant de me regarder droit dans les yeux pour s'assurer de mon attention. Rappelez-vous juste que vous êtes la bienvenue ici.

— Merci. Ça ira, j'en suis sûre.

Je lui souris avec plus d'assurance que je n'en ressentais.

Après le petit-déjeuner, Adam passa la tête par la porte de la cuisine et annonça qu'il était prêt à me conduire chez Vincent.

— Le chemin est praticable ce matin, nous apprit-il. Et la neige est en train de fondre. D'après la radio, la plupart des routes principales ont été rouvertes. Avec un peu de chance, ils répareront rapidement les lignes électriques et le courant reviendra bientôt.

Je fus alors parcourue d'un long frisson. La vie réelle attendait juste de l'autre côté. Bientôt, je découvrirais qui j'étais et quitterais cet endroit et ces gens.

Adam prononça à peine deux mots pendant le trajet. C'était beaucoup plus confortable et rapide qu'avec le tracteur, mais la Land Rover cahotait quand même sur le chemin couvert de neige fondue et creusé d'ornières. Colin, à mon étonnement, demanda à être déposé à l'entrée du chemin pour parcourir à pied le reste du trajet menant chez Vincent.

— D'habitude, je fais une petite marche revigorante chaque jour, dit-il en sautant du véhicule. J'ai besoin d'exercice après être resté cloîtré si longtemps. Ne vous inquiétez pas, j'arrive toute de suite. Je marche vite.

Alors qu'Adam redémarrait, je me tournai pour regarder Colin respirer de grandes bouffées d'air frais tout en étirant d'une drôle de manière ses bras au-dessus de sa tête.

— Faut de tout pour faire un monde, commenta Adam d'un ton sec. Des fois, je me demande si les psys ne doivent pas être un peu cinglés pour comprendre leurs patients.

Lad, assis à côté de moi, arrêta de baver sur mon épaule et aboya en signe d'assentiment.

Le cottage paraissait différent, maintenant que la neige fondue laissait apparaître un jardin parfaitement entretenu. Alors que la Land Rover s'arrêtait dans un dérapage, j'attrapai le sac posé à mes pieds puis je sortis sur le sol glissant de l'allée pavée. J'avais l'impression de voir la maison pour la première fois. Elle était ancienne, avec des linteaux saillants et des poutres apparentes. Les portes d'entrée identiques et la petite haie que nous avions enjambée de nuit, Vincent et moi, étaient les seuls indices montrant que la propriété était à présent divisée en deux parties. Je remerciai Adam, mais il avait déjà fait demi-tour pour rentrer chez lui. Je ravalai ma déception et fis courir mon regard sur la façade en pierre des Cotswolds, les fenêtres à petits carreaux et l'étroite porte en chêne. De la neige amassée à droite de la porte attira mon attention. Je la brossai pour découvrir une plaque en bois sur laquelle était gravé « Kigarjay ».

Je prononçai le mot à voix haute, décidant que c'était un nom charmant, quand la porte s'ouvrit soudainement. Vincent se tenait sur le seuil, le visage rayonnant.

— Vous êtes venue.

— J'avais promis, répondis-je en le suivant à l'intérieur.

— Pas de Colin? s'enquit-il en jetant un regard derrière moi.

— Il a décidé de marcher un peu.

Plantés l'un en face de l'autre, nous nous dévisagions, mal à l'aise.

Mon bon Samaritain était vêtu de manière décontractée. Ses cheveux blonds étaient coiffés en arrière comme s'il venait juste de les peigner après la douche. Je portais un pantalon de sa femme et une veste en laine sur un pull léger. Je me demandai si Cheryl et lui s'étaient déjà retrouvés dans ces vêtements en même temps, à se fixer du même air scrutateur. Lui faisais-je penser à elle?

Il passa une main dans ses cheveux.

— Je ne vous attendais pas si tôt. Je viens juste de descendre. J'ai voulu tenter une douche glacée avant le petit-déjeuner.

Penser à la douche me fit frissonner. Le souvenir de ce qu'il m'était arrivé quelques jours plus tôt me remplit de terreur. Des visions de torrents d'eau chaude, suivis d'un déluge glacé et de mon évanouissement remplirent mon esprit.

Il dut remarquer mon tremblement, car il me questionna du regard.

— Tara vous a raconté le petit problème que j'ai eu avec les robinets de la douche, j'imagine?

— Comment ça?

— Eh bien, apparemment, le robinet de la douche est inversé. Alors que je croyais augmenter l'eau chaude, elle est devenue glacée.

Il fronça les sourcils, une expression perplexe sur le visage.

— J'avais dit à Tara de vous prévenir. Elle ne l'a pas fait?

24

Je revis l'expression paniquée sur le visage de Tara quand elle m'avait sortie de la douche. Sa jalousie avait failli me coûter cher. Mieux valait laisser tomber.

— Il n'y a pas eu de problème la dernière fois que je me suis douchée, assurai-je avec un haussement d'épaules.

Vincent parut soulagé et changea de sujet.

— Je n'ai pas encore allumé le feu, déclara-t-il en allant s'accroupir devant la cheminée. Je m'en occupe tout de suite. Avez-vous faim?

— J'ai déjà pris un petit-déjeuner.

Il fourra des feuilles de papier journal en boule au milieu du petit bois.

— Lorsqu'il aura pris, j'irai jusqu'à l'épicerie acheter du café et des sandwichs. D'après Maria, les Patel ont mis en place un coin repas dans leur magasin en attendant que le courant revienne.

Je m'assis sur le canapé froid et humide et observai Vincent entasser du petit bois dans l'âtre. Une fois que le feu eut pris, il se leva et partit chercher son manteau et ses bottes.

— J'ai promis à Maria de leur rapporter, à Michael et à elle, de quoi petit-déjeuner. J'avais espéré être revenu à votre arrivée. Seulement, je ne veux pas courir le risque de prendre la voiture tant que les routes ne sont pas complètement dégagées, mais je vais faire aussi vite que possible. Je ne devrais pas en avoir pour longtemps. Ça ira pour vous, toute seule, ici ?

Moins de dix minutes après le départ de Vincent, on frappa à la porte. Sur le seuil, Colin me lança un sourire joyeux.

— Voilà ce que j'appelle une marche revigorante ! lança-t-il.

Les verres de ses lunettes étaient embués. Il tapa des pieds en balayant du regard la maison vide.

— Où est Vincent ?

— Parti chercher le petit-déjeuner. Il revient tout de suite.

Il retira ses bottes en clignant des yeux.

— Mais nous l'avons déjà pris.

— Vincent, non, et apparemment, Maria et Michael non plus. Il ne s'attendait pas à ce qu'on arrive si tôt.

Colin s'avança jusqu'au feu et tendit les mains pour les réchauffer. Je le rejoignis et, lorsqu'il tourna la tête vers moi, il me décocha un grand sourire plein d'espoir. Je savais exactement ce qu'il allait me proposer.

Je poussai un long soupir et le regardai droit dans les yeux.

— Je dois découvrir qui je suis vraiment, Colin. Ces séances d'hypnose n'ont remonté à la surface que des souvenirs de Kitty, et on ignore qui elle est : une incarnation précédente de mon âme ou un souvenir résiduel d'une histoire que j'aurais entendue. Mais, dans tous les cas, nous devons essayer de la contourner et trouver quelque chose me concernant. Vous pensez pouvoir y parvenir ?

Alors que ces mots franchissaient mes lèvres, je me rendis compte que j'espérais qu'il n'en serait pas capable. La vie de Kitty m'avait envoûtée et, à l'instar d'un rêve inachevé, les sentiments qu'elle avait suscités en moi me hantaient.

— Je ferai de mon mieux, répondit Colin avec un sourire.

— Nous n'avons sans doute pas beaucoup de temps. Vincent ne devrait pas tarder à revenir.

Colin avait déjà gagné le canapé, arrangeant les coussins et dépliant les couvertures restées là.

— Vous devenez une experte, ça ne prendra pas longtemps de vous mettre en état d'hypnose. Je vous ramènerai à temps pour que vous puissiez reprendre vos esprits avant le retour du maître des lieux.

Colin avait raison. Je m'étendis sur le canapé, les couvertures et nos deux manteaux étalés sur moi, l'odeur du feu de cheminée m'enveloppant, et, tout à coup, je fus ailleurs.

— Dites-moi qui vous êtes, demanda la voix dans ma tête.

Je parcourus du regard le décor familier de la salle de classe.

— Je suis Kitty, bien sûr!

— Y a-t-il quelqu'un avec toi, Kitty? Une personne que je n'aurais pas encore rencontrée?

Je balayai la petite salle du regard, me remémorant les années heureuses que j'avais vécues ici et les enfants qui avaient franchi ses portes. Je repensai aux heures passées à ranger les bobines de fil pour le cours de couture et à effacer les chiffres tracés sur les ardoises pour les leçons de calcul; à la course le matin pour se lever et s'habiller, allumer le feu et remplir le seau de charbon. L'endroit bourdonnait habituellement comme une ruche. Maman écoutait les enfants réciter leurs leçons; Alice récupérait notre bouteille quotidienne de lait tiède auprès du laitier dont la charrette débordait, et la rangeait dans une alcôve fraîche du mur nord. Même Arthur accomplissait ses corvées, qui consistaient à remplir le baquet de charbon et à alimenter le feu.

— Il n'y a personne. Je suis toute seule, aujourd'hui.

— Je dois parler à quelqu'un d'autre, Kitty. Quelqu'un qui vit plus près de toi dans le temps. Regarde au fond de ton esprit et dis-moi qui tu vois.

— Je me vois moi, la fille de l'enseignante. Il n'y a personne d'autre. C'est moi qui conduis les enfants dans la cour les jours de beau temps. C'est moi qui les fais se mettre en file pour utiliser les latrines, qui arbitre leurs jeux puis les rassemble pour rentrer écouter une histoire.

— Pourquoi es-tu toute seule dans la classe aujourd'hui?

— Maman a emmené Arthur et Alice faire des courses. C'est mon anniversaire. Je crois qu'elle a voulu m'offrir un peu de temps à moi.

— Quel âge as-tu?

— Seize ans.

— Eh bien, bon anniversaire, Kitty. Dis-moi maintenant ce que tu éprouves.

Je sens mes joues rougir.

— Je suis tout excitée parce que j'attends quelqu'un.

— Qui ça?

— Garrett. Il vient chaque année passer Noël dans sa famille et il me rend toujours visite le jour de mon anniversaire. Je suis un peu nerveuse. Cela fait un an que je ne l'ai pas vu. Peut-être a-t-il décidé de ne pas venir.

— Je veux que tu avances un peu dans le temps. Disons qu'on frappe à la porte. Qui vois-tu?

— C'est Garrett… en tout cas, il me semble. Il est si grand à présent et il porte un costume gris anthracite et une cravate que je n'avais jamais vus. Ses cheveux sont peignés sur le côté. Il a l'air inquiet.

Je marquai une pause, détaillant timidement ce nouveau Garrett, devenu adulte.

— Parle-moi, Kitty. Raconte-moi ce qui se passe.

— Garrett se tient devant moi, les mains dans le dos, et il semble mal à l'aise. J'ai peur qu'il ne soit venu me dire qu'il ne veut plus de moi. Il me lance un sourire nerveux.

— Joyeux anniversaire, Kitty. Je t'ai apporté un cadeau, dit-il en me tendant un petit paquet enveloppé de papier kraft.

Je lui souris, les yeux rivés aux siens. Ce que je voulais le plus au monde, ce que j'avais toujours désiré, c'était qu'il me prenne dans ses bras et enfouisse son visage dans mon cou, me couvre de baisers comme les héros des romans de la bibliothèque de mon oncle. Je voulais qu'il me dise que je lui avais manqué et qu'il m'aimait plus que la vie elle-même.

L'espace d'un bref instant, je discernai dans son regard une flamme briller, mais elle disparut rapidement lorsqu'il se rappela les bonnes manières.

— Vas-tu l'ouvrir?

Je baissai les yeux sur le paquet avec intérêt. Jamais encore je n'avais reçu un présent si bien emballé.

— C'est pour moi, vraiment?

— Bien sûr, idiote. C'est ton anniversaire.

— Parle-moi, disait la voix. Tu dois me décrire ce que tu vois et ce que tu ressens.

J'ignorai la voix et remerciai Garrett, les yeux brillants.

Il hocha la tête et se tint avec raideur pendant que je défaisais la ficelle et retirais le papier pour faire apparaître un somptueux camée.

— Oh ! c'est magnifique ! soufflai-je.

La broche était chaude dans ma main. D'une délicatesse exquise, le bijou représentait le profil d'une jeune femme en ivoire sur une pierre d'ambre. Le tout était bordé d'une torsade dorée.

— Il est dans ma famille depuis des années. Je veux que tu l'aies, Kitty.

Je levai les yeux sur son visage plein d'espoir et me rendis compte qu'il s'agissait là d'un présent on ne peut plus spécial. Si j'acceptais ce cadeau, je l'acceptais, lui. Enfant, il m'avait fait une promesse. Aujourd'hui, j'avais seize ans, j'étais une femme, et il venait me demander ma main.

— Kate ! insista la voix au loin. Que se passe-t-il ?

— Je m'appelle Kitty, murmurai-je irritée. Je viens de découvrir le cadeau de Garrett. C'est un magnifique camée.

Garrett me prit par la main pour me conduire vers le banc où les élèves s'asseyaient pour leurs leçons. L'un d'eux y avait abandonné une ardoise, le morceau de craie encore attaché à sa ficelle. Avant que Garrett l'enlève pour nous faire de la place, je remarquai la date écrite par une main d'enfant hésitante dans le coin supérieur droit. 13 décembre 1902. Mon anniversaire.

Le moment était venu, pensai-je en prenant place sur le banc. Il allait me dire qu'il m'aimait et me demander de l'épouser. La chaleur de ses mains se propagea dans mon corps et je plongeai des yeux pleins d'espoir dans son regard envoûtant. Mon cœur battait à tout rompre, la moindre parcelle de mon corps se languissait de son baiser à venir.

— Promets-moi de m'attendre, Kitty, dit-il. J'essaierai de revenir pendant les vacances d'été.

— Tu… essaieras ?

— J'ai été accepté en apprentissage dans une entreprise de Londres. C'est la chance que j'attendais.

Tu dois promettre de m'attendre. Je t'écrirai aussi souvent que je pourrai.

— Bien sûr que je t'attendrai, jurai-je, sentant les larmes me monter aux yeux.

Je serrai sa main, craignant de ne plus jamais le revoir si je la lâchais.

— J'attendrai toute ma vie, s'il le faut.

Garrett prit délicatement la broche dans ma main tremblante et l'épingla avec une infinie douceur sur le col en dentelle de ma robe. Il plongea son regard dans le mien et, une fois encore, je crus qu'il allait m'embrasser. Un court instant, il laissa ses doigts effleurer la peau de mon cou et je manquai exploser de désir à son contact. Alors il retira sa main, l'air embarrassé, et tira une montre à gousset de la poche de sa veste.

— Ta mère sera bientôt de retour, dit-il en se levant. Ta réputation serait ruinée si elle me trouvait ici. Je dois y aller.

— Te reverrai-je avant ton départ?

Il secoua la tête.

— Mes parents souhaitent que nous passions Noël avec les membres de la famille qui m'ont trouvé ce poste, et chez qui je vais séjourner les deux prochaines années. Je suis navré, Kitty, mais nous devons nous quitter… pour l'instant.

En larmes, je le regardai franchir la porte. Une rafale de neige fondue s'engouffra dans la pièce, tandis que sa silhouette disparaissait dans le froid après-midi de décembre. La porte se referma derrière lui et je me retrouvai seule dans la salle de classe avec une unique broche pour me réchauffer le cœur.

— Kitty, continue de me parler, exigea la voix. Pourquoi es-tu si bouleversée?

— Garrett est parti. Il n'a pas précisé pour combien de temps. Deux ans, au moins. Mais il va lui falloir des années pour faire fortune comme il le souhaite. Même s'il m'a demandé de l'attendre.

— Tout va bien se passer, déclara la voix rassurante. Kate, je vais compter de dix à zéro et vous reviendrez dans le présent avec moi.

J'acquiesçai d'un hochement de tête résigné. Pourtant, je n'avais aucune envie de partir, car je savais désormais, au plus profond de mon cœur, qu'au cours d'infimes moments, en d'autres temps et d'autres lieux, j'avais trouvé l'amour de ma vie.

J'ouvris les paupières. Colin m'observait avec inquiétude.

— Vous allez bien?

Je clignai des yeux, m'étirai et m'assis.

— Je crois, oui.

— Alors, qu'est-ce que vous en pensez? demanda-t-il.

Frissonnant, je resserrai le manteau autour de mes épaules sous les couvertures.

— Que voulez-vous dire?

— Vous ne croyez pas que Garrett se moque de Kitty? Si ça se trouve, il n'a aucune intention de l'épouser un jour.

Je lui jetai un regard suspicieux.

— En tant que psy, vous n'êtes pas censé éviter de me mettre ce genre d'idées en tête et attendre que j'arrive toute seule à mes propres conclusions?

Il eut la décence de paraître vexé.

— Oui, c'est un manque de professionnalisme de ma part que d'essayer d'interpréter vos souvenirs à votre place, mais nos séances n'ont rien de conventionnel. J'ai l'impression d'être un détective temporel enquêtant avec vous sur la vie de Kitty et essayant de déterminer son rapport avec votre vie actuelle.

— Je dois admettre, dis-je en souriant intérieurement, que je me suis posé la même question au sujet de Garrett. Il semble tellement résolu à améliorer sa condition sociale, à retrouver le monde de richesses et de privilèges auquel il appartenait avant la faillite de ses parents. Mais Kitty est très forte, non? J'ai le sentiment qu'elle est capable d'attendre longtemps l'homme qu'elle aime.

— Alors vous croyez que Kitty existe?

— J'avoue que j'aimerais le croire..., répondis-je en remontant les couvertures sous mon menton. Vous pensez sincèrement que ces souvenirs sont vrais, Colin? Que j'étais Kitty avant de devenir... qui je suis aujourd'hui?

— D'où tireriez-vous ces souvenirs, sinon?

— Tara pense qu'ils proviennent d'histoires que j'aurais enregistrées dans mon inconscient. Et si elle avait raison?

Colin haussa les épaules.

— Dans le pire des cas, quand vous retrouverez la mémoire, vous vous rendrez compte que ce n'était qu'un film que vous m'avez décrit avec ferveur en le prenant pour argent comptant et vous en rirez avant d'oublier toute cette histoire. L'autre scénario : nous découvrons ce que Kitty essaie de nous dire et aidons son âme à reposer en paix.

— Et si cette âme se révèle être la mienne?

— Alors, avec un peu de chance, elle sera en paix et vous pourrez redevenir cette incarnation-ci sans que les problèmes de Kitty interfèrent plus. Ainsi que je l'explique à mes patients, lorsqu'ils s'interrogent sur la pertinence de fouiller leur passé et de déterrer d'anciens traumatismes, c'est en se rappelant les événements et en les admettant que l'on y met un terme, qu'on les surmonte et qu'on avance, libéré de ce bagage émotionnel. C'est le processus de guérison.

— Vous rendez les choses si simples.

— Oui, enfin, dans votre cas, nous avons un problème supplémentaire, à savoir que ce n'est pas dans cette vie que vous avez subi un traumatisme. Mais vous avez raison, c'est simple. Nous devons juste espérer que Kitty continue de nous laisser libre accès à ses souvenirs jusqu'à ce que nous découvrions la vérité.

— Donc, nous devons encore creuser, lançai-je en me redressant pour poser les pieds sur le sol gelé. Nous devons découvrir ce qui est vraiment arrivé à Kitty, ses frère et sœur, et à Garrett, pour comprendre ce qu'elle essaie de nous dire.

— Ce qui signifie qu'il nous faut quelques séances supplémentaires, approuva Colin. Et ça va être difficile avec Vincent dans les parages. J'ai l'impression qu'il n'apprécie pas vraiment.

Un nouveau frisson me secoua, si intense que Colin passa son bras autour de mes épaules. Toute cette conversation au sujet des âmes et des réincarnations me secouait. Je m'appuyai contre lui, cherchant la chaleur de son corps qui me prouverait que j'étais bien en vie et non pas une âme solitaire et perdue. Dans un silence enveloppant, je me rappelai avoir eu ce même sentiment deux jours plus tôt. Ne pas connaître ma véritable identité m'obsédait et me donnait l'impression que je n'étais personne.

Une clé tourna dans la serrure de la porte d'entrée. Colin et moi pivotâmes, l'air coupable. Le rideau dissimulant la porte s'ouvrit, apportant une bouffée d'air frais.

— C'est la dernière fois que je conduis dans des conditions pareilles ! s'écria une voix de femme énervée.

Elle claqua violemment la porte et s'extirpa du rideau à reculons, nous offrant une vue imprenable sur un large postérieur moulé dans un jean. Elle tirait une valise à roulettes qui grinça sur le parquet.

Les yeux de la femme s'écarquillèrent quand elle nous découvrit.

— Qui êtes-vous, bon sang?

25

— Je m'appelle Kate, me présentai-je, tandis qu'elle nous mitraillait de regards soupçonneux. Et voici Colin, le frère de Tara.

— Qu'avez-vous fait à mon fils et à ma petite-fille?

— Vincent est parti chez l'épicier, répondit Colin en se précipitant pour l'aider avec sa valise avant qu'elle ruine complètement le parquet. Ça m'étonne que vous ne l'ayez pas croisé en chemin.

Ses épaules s'affaissèrent et elle sembla vidée de toute énergie.

— J'ai fait un voyage affreux!

Elle lâcha sa valise, passa devant moi en coup de vent et s'effondra sur le canapé. Elle retira ses escarpins abîmés et se massa les pieds.

— J'ai effectué ce trajet des tas de fois, reprit-elle, et pourtant, aujourd'hui, c'était méconnaissable. Jamais plus on ne m'y reprendra. Vincent n'aura qu'à embaucher une nounou à plein temps.

— Puis-je vous débarrasser de votre manteau? demanda poliment Colin.

La femme baissa les yeux sur son manteau en laine rouge vif, comme surprise de constater qu'elle l'avait toujours sur le dos.

— Oui, d'accord, fit-elle en l'ôtant pour le lui tendre.

Le pull bleu clair qu'elle portait et le foulard en soie de la même teinte noué autour de son cou rappelaient le bleu de ses yeux. Son regard, bien qu'un ton plus pâle et entouré de quelques légères rides, était le même que celui de Vincent et de Jade. Elle devait avoir environ cinquante-cinq ans et ses cheveux blonds coupés court la rajeunissaient.

— Donc, si Vincent est parti en mission, où est Jade ?

— Chez les Jenkins, lui appris-je en m'asseyant près d'elle. Vincent craignait que la maison ne soit trop froide pour elle, donc il l'a envoyée avec Tara à la ferme jusqu'à ce que le courant revienne.

— Une ferme ? Ma Jade ? Avec son asthme ?

— Elle n'a pas eu de crise. Les animaux ne semblent pas affecter son asthme.

Je me demandai si Jade avait jamais eu de crise d'asthme à cause des volutes de parfum de sa grand-mère. La fragrance doucereuse qui emplissait la pièce me faisait tourner la tête.

— Oh ! mon Dieu, je n'avais pas besoin de venir, alors ! s'exclama-t-elle en s'enfonçant dans le canapé, les yeux fermés. Je me suis imaginé Vincent coincé ici, seul avec Jade. Je n'ai pas pu le joindre, les lignes sont coupées, alors je suis partie de bonne heure et j'ai bravé les intempéries. Je suis arrivée à bon port uniquement grâce au chasse-neige que j'ai suivi, en tout cas jusqu'à ce que je quitte la route principale et là, la voiture a presque immédiatement été bloquée.

La porte d'entrée s'ouvrit et Vincent entra d'un pas lourd, un sac isotherme à la main. Il n'aurait pas affiché une mine plus fière et ravie s'il était revenu avec du gibier chassé par ses soins sur l'épaule.

— J'ai à manger…, annonça-t-il avant de s'arrêter net. Maman ! Qu'est-ce que tu fais là ?

— On est samedi, répliqua-t-elle sèchement. Je viens tous les week-ends.

— Mais les routes…

— Sont un vrai cauchemar, termina-t-elle pour lui. Mais je ne voulais pas te laisser en plan et j'avais envie de voir Jade, alors j'ai oublié toute prudence et me voilà !

Vincent se ressaisit et lui déposa un baiser sur la joue.

— Je suis épaté que tu aies réussi à venir, dit-il, toute exubérance disparue. Les routes principales viennent juste d'être rouvertes. À la radio, ils recommandent encore aux gens de se déplacer le moins possible. Je n'ai pas vu ta voiture, dehors.

— Cette foutue bagnole est au fond d'un fossé quelque part, répliqua-t-elle. Tu habites vraiment un trou perdu, tu sais. J'ai dû faire à pied le dernier kilomètre en tirant ma valise. J'ai les pieds en compote, et en plus tu devais sûrement être encore à l'épicerie quand je suis passée devant !

Vincent jeta un regard blasé sur les petites chaussures à talons de sa mère puis nous lança, à Colin et à moi, un sourire contrit.

— Vous avez fait les présentations ?

— Oui, oui, répondit sa mère. Le frère de Tara, Calvin, et sa copine, Kate, c'est ça ? Je m'appelle Dempsey, au fait.

— Colin, corrigea celui-ci.

— Et je ne suis pas sa petite amie, fis-je remarquer rapidement devant le sourcil haussé de Vincent. Je me suis perdue dans la tempête et votre fils m'a porté secours. Il m'a invitée à rester quelque temps.

Tout à coup, je me dis que si les routes étaient à présent suffisamment praticables pour permettre à la mère de Vincent de venir jusqu'ici – même si pour cela elle avait dû suivre un chasse-neige –, alors j'allais bientôt pouvoir m'en aller. Bizarrement, cette pensée ne m'enchantait pas plus que ça. Je n'avais pas envie de mettre un terme à mon séjour, pas tout de suite en tout cas.

Vincent dut remarquer l'expression de panique qui avait traversé mon visage, car il m'invita d'un signe de la tête à l'accompagner dans la cuisine.

— Vous voulez bien m'aider à préparer du café? J'ai une Thermos remplie d'eau chaude et des sandwichs. Maman, j'imagine que tu accepteras volontiers une boisson chaude.

Je le suivis, soulagée de m'éloigner du regard scrutateur de sa mère. À peine arrivé dans la cuisine, il posa le sac sur la table et referma la porte derrière moi.

— Vous n'êtes pas obligée de partir juste parce que les routes sont rouvertes, fit-il en prenant mes mains dans les siennes. J'étais sincère quand je vous ai proposé de rester aussi longtemps que vous le souhaitiez. Vous avez une bonne influence sur nous, Kate. Et ne vous en faites pas pour ma mère, sous ses aspects revêche, elle n'est pas méchante. Elle sera aux anges quand elle saura que Jade s'est remise à parler.

— Vincent, je ne sais pas…

Il posa un doigt sur mes lèvres pour m'empêcher de terminer.

— Ne gâchez pas tout, Kate. Je suis plus heureux aujourd'hui que je ne l'ai été pendant deux ans. Jade parle et semble avoir repris goût à la vie. Tara est beaucoup plus détendue avec elle. Et moi, je me sens… différent. C'est comme si vous aviez prononcé une formule magique. Je sais que c'est incroyablement égocentrique, mais je ne veux pas que vous découvriez qui vous étiez avant. J'aimerais que vous restiez ici avec nous.

— J'ai l'impression d'être un imposteur, murmurai-je. Je n'ai rien fait du tout. Vous ne me devez rien.

J'ai simplement débarqué ici et les événements se sont produits, sans que j'y sois pour rien. Je n'ai rien fait de particulier.

— Au contraire! fit-il avec un sourire. Depuis que vous êtes là, rien n'est comme avant. Vous êtes spéciale et, même si j'ignore pourquoi, je sens que votre place est ici.

Il me lâcha la main et pivota pour prendre des tasses dans le placard. Un plateau dans les mains, je le suivis ensuite dans le salon.

Colin et Vincent poussèrent le canapé et les fauteuils près de la cheminée pour nous rapprocher de la chaleur. Je distribuai alors les sandwichs au bacon qui étaient encore tièdes. Vincent versa du café soluble dans les tasses et sortit la Thermos ainsi qu'un paquet de lait en poudre du sac. Le réfrigérateur avait depuis longtemps dégivré et le lait, en dépit du froid ambiant, avait tourné.

Lorsque je m'emparai de la Thermos, un déclic se produisit. Je dévissai le bouchon lentement, me rappelant avoir exécuté ce même geste peu de temps auparavant. Je versai l'eau chaude sur les granulés de café dans chaque tasse et j'ajoutai un peu de lait en poudre avant de me rasseoir.

L'image d'un pare-brise de voiture traversa mon esprit. Je me concentrai, essayant de retenir ce fugace souvenir avant qu'il m'échappe et disparaisse dans les profondeurs de mon esprit. J'étais assise dans une voiture, sur une aire de repos, et j'observais le temps qui tournait. Qu'est-ce que je fichais là? Où me rendais-je?

— Tout va bien? s'inquiéta Colin, la bouche pleine de pain graisseux. On dirait que vous venez de voir un fantôme.

Le souvenir se dissipa aussi vite qu'il était venu.

— Ce n'est rien, répondis-je.

Mais, tout à coup, le goût du café au lait dans ma bouche fut remplacé par celui, fadasse, du café resté trop longtemps dans le plastique. Et aux oreilles me sifflait le miaulement plaintif d'un chat.

26

Vincent profita du repas pour apprendre à sa mère que Jade avait retrouvé l'usage de la parole.

Au début, Dempsey se montra sceptique, puis elle plaqua une main contre sa bouche, les yeux brillant de joie et s'exclama :

— Comment est-ce arrivé ? Pourquoi s'est-elle décidée à reparler ?

— Kate y est pour beaucoup. Je l'ai recueillie ici pendant la tempête et Jade lui a simplement adressé la parole.

— Comment avez-vous réussi ? m'interrogea Dempsey.

— Je n'en sais rien, franchement, fis-je avec un haussement d'épaules. J'ignorais qu'elle ne parlait plus.

Dempsey insista encore un peu pour connaître mon secret puis abandonna et se renfonça dans le canapé en me dévisageant avec intérêt.

— Eh bien, quoi qu'il se soit passé, je vous remercie du fond du cœur.

Au cours de l'après-midi, j'appris à connaître Dempsey. Une chose était certaine : c'était une vraie pipelette. Vincent et Colin, emmitouflés dans des vêtements chauds, étaient partis vérifier l'état de la voiture de Dempsey. Pendant leur absence, elle me régala d'anecdotes sur son passé d'infirmière dans un hôpital universitaire de Londres, et sur sa vie depuis que son mari, un chirurgien de renom, les avait quittés, quand Vincent avait treize ans. Je ne pouvais qu'admirer la façon dont elle avait maintenu les choses à flot et avait élevé Vincent seule.

Presque deux heures plus tard, Colin et Vincent nous apprirent que l'intervention d'une dépanneuse serait nécessaire pour sortir la voiture de Dempsey du fossé. Ils retournèrent près du feu où ils tapèrent des pieds et soufflèrent sur leurs mains en attendant de se réchauffer.

Dempsey nous enseigna un jeu de cartes dont les règles rappelaient celles du rami. Nous nous assîmes autour de la table basse, nos cartes tenues devant nous comme des éventails, et jouâmes au son des récits colorés de la vie de Dempsey.

— J'ai été donnée à l'adoption bébé. Mon père, un militaire américain, a planté ma mère biologique devant l'autel pour rentrer aux États-Unis en 1949, raconta Dempsey en distribuant les cartes d'une main experte.

— Que faisait-il encore en Angleterre à cette époque? demanda Colin.

— Ils se sont rencontrés pendant la guerre, alors qu'il était en poste à Cambridge. Ils sont tombés amoureux, il lui a promis de revenir et de l'épouser. Il a tenu parole. Quatre ans après la fin de la guerre, il est revenu. Ils sont sortis ensemble quelque temps et tout allait bien mais, apparemment, il avait le mal du pays. D'après ce que m'a raconté ma mère adoptive, le jour du mariage il a paniqué et il a abandonné ma mère biologique à l'église dans sa robe de mariée.

— C'est affreux, murmurai-je en prenant mes cartes.

— Quoi? Mon père quittant ma mère ou votre jeu? demanda Dempsey avec un sourire. Ma mère était enceinte de quelques semaines. Elle ne le savait probablement même pas quand mon père l'a quittée.

— Pourquoi vous a-t-elle fait adopter?

— À cette époque, les filles «bien» n'avaient pas d'enfant en dehors du mariage. Elle n'avait personne pour l'aider, pas d'allocations. Il lui fallait travailler et elle ne pouvait pas me garder. C'est aussi simple que ça.

— Avez-vous essayé de prendre contact avec elle? demanda Colin, en étudiant son jeu avec concentration.

— Elle est morte, répondit-elle en me regardant poser une série de cartes. Tout ce qu'il me reste de mes ancêtres, c'est le nom de mon père. Il s'appelait Dempsey. Malgré sa fuite, ma mère n'a jamais cessé de l'aimer et m'a appelée comme lui.

— Avez-vous tenté de le retrouver?

— J'ai construit ma propre vie, répliqua Dempsey avec un haussement d'épaules. Mes parents adoptifs m'ont élevée avec amour et m'ont soutenue pendant mes études d'infirmière. Si mon père biologique n'a pas pu s'engager auprès de la femme qu'il pensait aimer, qu'aurait-il pu m'apporter?

Vincent, qui visiblement n'en était pas à sa première partie, posa une main de quatre rois et trois as, jeta sa dernière carte et se rassit, fier comme un pape. Il ne prêtait au récit de sa mère qu'une oreille distraite, l'ayant sans nul doute déjà entendu de nombreuses fois.

Colin poussa un grognement et compta les points de ses cartes. Dempsey et moi en fîmes autant et elle nota les résultats sur la feuille.

— Donc vous avez rencontré le père de Vincent quand vous étiez infirmière? relança Colin.

— Exact. Mais mes parents ne l'ont jamais apprécié, répondit Dempsey en coupant les cartes. Vous connaissez cette blague : quelle est la différence entre Dieu et un chirurgien ?

— Dieu ne se prend pas pour un chirurgien, répondit Colin. Sachez que, en tant que détenteur d'un doctorat, je pourrais m'offenser d'une telle plaisanterie.

Dempsey s'esclaffa.

— Ce brave médecin en a rapidement eu marre d'être un mari et un père. Je crois que nous le gênions et, au fil des années, il n'a plus pris la peine de dissimuler ses nombreuses aventures. Quand il m'a quittée pour une version de moi plus jeune, j'aurais pu laisser tomber et retourner chez mes parents avec Vincent, mais j'étais trop fière.

Elle rangea ses cartes dans sa main et attendit que je commence à jouer avant de reprendre.

— J'ai quitté mon poste d'infirmière et trouvé du travail dans une galerie d'art. Il s'avère que je suis plutôt douée pour la vente.

Je voulais bien le croire, avec sa personnalité pétillante. Elle nous raconta ensuite comment elle avait réussi à percevoir un salaire important et de gros pourcentages sur les ventes. Cependant, sa capacité à subvenir à leurs besoins toutes ces années ne lui avait pas permis de s'épanouir personnellement. Elle avait eu plusieurs brèves aventures depuis que Vincent s'était marié et avait quitté le nid, mais n'avait jamais trouvé à remplacer son mari.

Je l'observai par-dessus mes cartes et ne pus m'empêcher de la comparer à la mère de Kitty, qui elle aussi avait subitement dû prendre seule sa vie en main.

— Je me suis rendue dans des bars pour célibataires, me confia Dempsey avec un regard entendu, pendant que son fils et Colin se concentraient sur leur jeu. Mais la plupart des hommes sont si jeunes, et les plus âgés ont tous un truc qui cloche. Inutile de se voiler la face, si à la cinquantaine bien tassée ils sont sur le marché, c'est que quelque chose ne tourne pas rond.

Elle posa ses cartes sur la table et ricana comme une petite fille.

— Je suis même sortie avec un policier, mais j'ai découvert qu'il était marié, alors je l'ai envoyé paître. Je n'avais aucune envie d'être une aventure d'un soir ou, pire, « l'autre femme ». Mais, apparemment, c'est ce que recherchent la plupart d'entre eux.

C'était à moi de jouer et je tirai une carte, essayant d'éviter le regard embarrassé de Vincent, mais Dempsey n'en avait pas terminé. Elle se pencha vers moi et baissa la voix.

— Je ne sais même pas si la machinerie fonctionne encore, si vous voyez ce que je veux dire. Ça fait si longtemps.

— Maman ! s'écria Vincent. Pour l'amour de Dieu !

— Tout ce que je dis, c'est que je recherche une relation honnête, rétorqua-t-elle, sur la défensive. Il n'y a rien de mal à ça.

— Je m'étonne que vous n'ayez rencontré personne dans votre milieu professionnel, tentai-je. Il doit bien y avoir quelques bons partis.

— Ils sont mariés, célibataires endurcis ou divorcés avec de lourds bagages – du genre enfants adultes programmés pour vous détester sur-le-champ. Ou encore, ce sont des types bizarres qui ne parlent que du dernier logiciel qu'ils ont installé sur leur ordinateur ou du nombre de trains qu'ils collectionnent depuis leurs douze ans.

Je m'esclaffai, mais ni Vincent ni Colin ne sembla comprendre.

— Il doit bien y avoir quelqu'un qui vous conviendrait ? intervint Colin. Quelque part se trouve sûrement un type bien dont la femme est décédée avant l'heure et qui cherche quelqu'un pour recommencer sa vie.

Du coin de l'œil, je vis la mère et le fils échanger un bref regard. Vincent évita ensuite soigneusement le mien. Dempsey posa violemment son jeu de cartes et déclara qu'elle montait ses bagages dans sa chambre.

— Je vais t'aider, s'empressa Vincent.

Ils attrapèrent sac et valise et disparurent à l'étage.

— Qu'est-ce que j'ai dit? demanda-t-il en ramassant les cartes pour les ranger dans le paquet.

— Soit Dempsey est mauvaise perdante, soit vous avez touché un point sensible.

Après un instant d'hésitation, je décidai de partager mes doutes avec Colin.

— Je me demande si ça n'aurait pas un rapport avec la disparition de la femme de Vincent.

— Comment ça?

— Eh bien, dis-je en baissant le ton, vous avez vu leur réaction quand vous avez mentionné une épouse décédée avant l'heure? Cheryl est prétendument partie après la mort d'Ambre. Sauf que tous ses vêtements et ses affaires personnelles sont encore là.

— Peut-être voulait-elle recommencer de zéro, ne rien garder de son ancienne vie? Certaines personnes ne parviennent pas à faire face au chagrin et préfèrent se débarrasser de tout ce qui pourrait leur rappeler ce qu'ils ont perdu. Évidemment, ce n'est pas la bonne solution, mais sur le coup ils ne peuvent pas s'en empêcher.

— Mais elle n'aurait tout de même pas laissé ses cartes de crédit et son passeport. Si elle s'apprêtait à démarrer une nouvelle vie, il lui fallait de l'argent. Et impossible de quitter le pays sans passeport.

— Vous êtes sûre qu'elle a laissé tout ça?

— Je les ai vus.

Nous échangeâmes un long regard silencieux, mesurant la signification d'un tel élément.

— Vous ne suggérez pas seulement que Vincent ment sur l'endroit où se trouve sa femme, mais que sa mère est au courant, fit-il remarquer au bout d'un moment. Pensez à ce que cela signifierait pour Jade si l'on apprenait que son père et sa grand-mère sont impliqués d'une manière ou d'une autre dans la disparition de sa mère. Cette enfant a déjà connu suffisamment d'épreuves comme ça.

— Je sais. C'est bien pour ça que je n'ai rien dit jusqu'à présent, mais je suis inquiète. Devons-nous intervenir?

— Je crois que vous vous laissez emporter par votre imagination.

— Maria aussi a laissé entendre que la disparition de Cheryl n'était pas claire, poursuivis-je. Elle était étonnée que son amie ne se soit pas confiée à elle avant de quitter Vincent. Et puis, ajoutai-je dans un souffle, Vincent a réagi vraiment bizarrement quand Maria lui a demandé s'il pensait que la maison était hantée. Au début, je me suis dit qu'il espérait peut-être que l'esprit de sa fille errait dans les lieux. Maintenant, je me demande s'il ne pensait qu'à Ambre.

— Kate, voulez-vous monter dire à ma mère ce qu'elle doit faire de vos affaires? lança Vincent, apparu soudain derrière nous.

Colin et moi sursautâmes. Il en lâcha le jeu de cartes. Mes joues s'empourprèrent.

— Bien sûr, répondis-je en m'efforçant de maîtriser les tremblements de ma voix.

Je le suivis avec appréhension dans l'escalier, me demandant ce qu'il avait entendu, craignant que Dempsey ne m'attende sur le palier, une corde ou une seringue remplie d'un produit létal à la main.

S'ils avaient fait disparaître Cheryl, alors peut-être étais-je la suivante? Je réprimai mon angoisse et tentai de réprimer mon imagination. Ce genre de scène n'arrivait que dans les films…

— Je ne sais pas trop comment nous allons nous organiser pour le couchage, dit Vincent en grimpant l'escalier devant moi. Ma mère voulait changer les draps et je me suis rappelé que vous aviez vos affaires dans sa chambre.

— Ce ne sont pas vraiment mes affaires, je les ai empruntées à Cheryl, vous vous souvenez? dis-je en regrettant presque immédiatement d'avoir mentionné le nom de sa femme. Je n'ai rien à moi, en dehors des vêtements que je portais quand vous m'avez trouvée.

— Il me semblait bien avoir reconnu ce pull.

Arrivé sur le palier, Vincent se retourna et me regarda attentivement.

— Vous lui ressemblez, vous savez, même si elle avait les yeux gris et les cheveux plus foncés.

Je notai son emploi du passé.

— J'imagine que vous avez fouillé dans mes affaires?

Je me retournai et découvris Dempsey, qui m'observait d'un air accusateur depuis le seuil de la chambre d'amis. Je me rappelai la bouteille de gin dissimulée entre les vêtements.

— Bien sûr que non. Vincent m'a proposé d'emprunter les vêtements de Cheryl; je n'ai pas eu besoin de chercher ailleurs.

Je bredouillais, commençant à me sentir fautive, attendant l'exécution. Cette impression m'était familière, je l'avais ressentie récemment. Ce souvenir traversa mon esprit comme un éclair, mais je ne pus le retenir.

27

— Vous allez bien ? Vous semblez nerveuse.

Vincent me contemplait d'un air étonné.

Je me demandai ce qui m'avait effrayée. Était-ce le souvenir à demi oublié d'un épisode terrifiant de ma vie ou le simple fruit de mon imagination ?

— Je vais bien.

Ma voix me parut hachée et trop aiguë.

Le regard de Vincent passa de mon visage livide à celui de sa mère, puis revint se poser sur moi.

— Maman, tu veux bien nous laisser une minute ?

Dempsey haussa les épaules et rentra dans sa chambre.

— Que se passe-t-il ? me demanda-t-il en accentuant sa pression sur mon épaule.

— Rien.

Sa main quitta mon épaule et vint prendre la mienne. Il me conduisit dans sa chambre et referma la porte derrière nous. Il se tourna pour me faire face.

— Pourquoi êtes-vous si nerveuse, tout à coup ?

— Je ne suis pas nerveuse.

Il poussa un soupir et alla s'asseoir sur le lit. Il leva sur moi des yeux étonnés.

— Je vois bien que quelque chose vous tracasse.

— Je me sens encore un peu perdue, c'est tout, dis-je en venant m'asseoir à côté de lui. Ça fait quatre jours que j'ignore qui je suis. J'ai rencontré de nouvelles personnes et dormi dans deux maisons différentes. On m'a hypnotisée et je ne suis pas sûre que le passé dont je me souviens m'appartienne.

Je n'ajoutai pas que l'éventualité qu'il ait tué sa femme parce qu'il ne supportait pas l'idée de la voir partir avec un autre me trottait dans la tête. Sans doute parce que je n'y croyais moi-même qu'à moitié.

— Ma pauvre, dit-il. Quel insensible je fais ! Je suis désolé. Nous sommes tous tellement obnubilés par nos propres problèmes que nous avons oublié ce que vous deviez ressentir. Je pensais chaque mot que je vous ai dit tout à l'heure dans la cuisine. Vous pouvez rester aussi longtemps que vous le souhaitez. Mais je ne veux surtout pas me montrer égoïste, alors si vous préférez reprendre le cours de votre vie, découvrir qui vous êtes, je vous soutiendrai et vous aiderai de mon mieux.

— Merci.

Assise à côté de Vincent qui semblait prendre mes sentiments en considération, je me sentis stupide de l'avoir soupçonné de la disparition de sa femme.

— Je crois que je me suis laissé emporter par mon imagination, dis-je alors. Tara avait peut-être raison en disant que c'était parce que je n'avais plus aucun souvenir tangible. J'avais besoin de remplir le vide.

— Tara a presque toujours raison, approuva-t-il en me prenant la main. Et je ne suis pas convaincu que ces séances d'hypnose soient d'une grande aide. Comment être sûr que Colin ne vous fourre pas toutes ces idées en tête ?

Je lui jetai un regard méfiant.

— Pourquoi ferait-il ça ?

— Je n'en sais rien. Il écrit peut-être une thèse…

— C'est peu probable.

— Ce qui est peu probable, c'est que vous vous rappeliez l'incarnation passée d'une enfant à l'époque victorienne, et pourtant vous y croyez.

Nous gardâmes le silence quelques instants. Mieux valait ne pas aborder le sujet de sa femme disparue pour le moment. Pourtant, je ne pouvais m'empêcher de penser qu'il souffrait toujours d'avoir failli à son devoir envers Cheryl et Ambre.

— Vous vous rappelez ce que vous m'avez dit l'autre soir dans la cuisine, commençai-je. À propos d'Ambre, et du fait que vous n'avez pas été là pour elle?

— J'ai parlé plus que je n'aurais dû.

— Je pense toujours que vous devriez consulter quelqu'un. Vous ne pouvez pas passer votre vie à vous en vouloir pour le décès de votre enfant.

— Pourquoi pas, après tout? Je suis en partie responsable.

Sa repartie fut si agressive que je sursautai. Je regrettais d'avoir abordé ce sujet, mais il était trop tard.

— Ce n'était pas votre faute. Ambre était atteinte de mucoviscidose.

— Transmise par mes gènes.

— Mais vous ne pouviez pas le savoir. Tara m'a expliqué qu'au moins un malade sur trente ne présente aucun symptôme et ignore être porteur du gène.

— Cheryl et moi le lui avons transmis, et nous ne pouvons rien y changer, lâcha-t-il d'un ton monocorde.

— Ce n'est pas comme si vous l'aviez fait exprès! fis-je remarquer.

Il tourna vers moi un regard à l'expression hantée.

— Mais nous le savions quand nous avons eu Jade, pas vrai?

Je le regardai réprimer avec difficulté ses émotions qui transparaissaient sur son visage.

— Je crois que nous n'avons même jamais voulu reconnaître à quel point l'état d'Ambre était sérieux.

Ses symptômes n'étaient pas aussi sévères que ceux de Jade. Elle n'avait pas besoin d'exercices de kiné respiratoire. Ambre avait plus de problèmes avec son système digestif. Elle ne tolérait que peu de nourriture et était bien trop maigre mais, en dehors de ça, c'était une petite fille normale et heureuse. Et puis elle a attrapé un mauvais rhume, qui s'est transformé en pneumonie. Cheryl l'a emmenée à l'hôpital et le temps que j'arrive, elle était partie, souffla-t-il d'une voix rauque. Nous avons perdu une enfant, et nous en avons condamné une autre. Nous ne nous rendions pas compte avant d'avoir perdu Ambre de la vie à laquelle on les destinait. Après, il était trop tard. Quel genre de parents étions-nous?

— Je suis sûre que si vous posez la question à Jade, elle vous dira qu'elle est très heureuse. C'est une enfant pleine de vie.

— Une enfant qui n'a pas prononcé un mot pendant deux ans, rétorqua-t-il.

— Elle a peut-être décidé de se taire parce qu'elle ressentait la même chose que vous: qu'elle n'avait pas su être là pour sa sœur ou pour vous. Ça n'a sans doute pas aidé que sa mère renforce cette impression en l'abandonnant de la sorte.

J'observai son visage attentivement en quête d'une réaction, mais il se contenta de pousser un soupir.

— Cheryl a choisi la facilité. Pour un peu, j'aurais agi de même. Sauf que je ne pouvais pas abandonner Jade au moment où elle avait le plus besoin de moi.

— Vous êtes un bon père, lui assurai-je. Et le fait qu'Ambre ne soit plus là ne signifie pas que vous n'êtes plus son papa. Dans votre cœur, elle demeurera votre fille à jamais. Et vous serez le père de Jade pendant encore de nombreuses années. Avec Tara, rien ne lui arrivera. J'ai le sentiment que votre fille aura une longue et heureuse vie.

Il tourna vers moi un visage pour la première fois empreint d'espoir.

— Vous le croyez vraiment?

J'acquiesçai vigoureusement de la tête.

— Je sens une force de vivre inébranlable chez cette enfant. Elle se battra, croyez-moi.

— Je comprends pourquoi Jade vous aime tant, dit-il avec un début de sourire. Aucune maladie n'oserait s'attaquer à elle avec vous dans les parages pour veiller au grain.

Il se pencha en avant et m'embrassa délicatement sur les lèvres. Je fermai les yeux, m'attendant à retrouver la magie ressentie lorsqu'il m'avait secourue, mais son baiser ne provoqua rien de particulier en moi. Il avait plutôt le goût d'un geste d'amitié entre deux amis. J'ouvris les yeux. Il me souriait et alors, tout à coup, peu importait que ce baiser n'ait pas déclenché de feu d'artifice. Vincent semblait de nouveau heureux et je n'avais plus peur de lui. Quoi qu'il soit arrivé à Cheryl, j'étais à présent plus gênée qu'autre chose d'avoir pu penser qu'il avait joué un rôle là-dedans. Je regrettai également d'avoir fait part de mes soupçons à Colin.

On frappa à la porte et Dempsey passa la tête par l'entrebâillement. Elle haussa un sourcil interrogateur en nous voyant assis côte à côte sur le lit.

— Désolée de vous déranger, dit-elle, mais je me demandais si vous vouliez bien m'aider à changer les draps du lit dans la chambre du grenier. Comme je suis là, Tara n'aura pas besoin de dormir à la maison et vous vous pourrez utiliser sa chambre.

— Nous arrivons dans une minute, lança Vincent.

Elle ressortit et ferma la porte derrière elle. Vincent se fendit d'un sourire.

— Voilà qui va lui donner matière à réflexion pendant quelques jours. Elle me dit toujours qu'il faut que je me remarie et trouve une nouvelle maman à Jade.

— Je me demande si elle raconte la même chose à Jade, avançai-je. Le jour de mon arrivée, votre fille m'a dit qu'Ambre l'avait prévenue qu'elle allait avoir une nouvelle maman. Elle m'a demandé si c'était moi. Qu'elle ne prononce pas une parole pendant deux ans ne signifie pas qu'elle n'a pas entendu tout ce qui se disait autour d'elle.

Il s'approcha un peu plus de moi encore.

— Qu'avez-vous répondu à Jade?

— Que je ne pouvais pas être sa mère, mais que je voulais bien être son amie.

— Vous croyez qu'Ambre lui a parlé? demanda-t-il d'un air songeur.

— Je pense que Jade y croit. Elle parle à sa sœur pour la garder en vie. Les gens ne nous quittent pas quand ils meurent, pas si nous les gardons dans notre cœur.

— Vous ne pensez pas que... Après tout, c'est impossible que Jade voie sa sœur, pas vrai?

Mon cœur se serra.

— Un fantôme, vous voulez dire?

Il évita mon regard, se concentrant sur les motifs du dessus-de-lit, comme paralysé.

— Je... Je me réveille la nuit, parfois, et j'ai l'impression qu'elle est dans la chambre, qu'elle me regarde. Je sais que c'est complètement ridicule. Mon désir de la voir est peut-être si fort que je rêve qu'elle est présente.

De la main, je soulevai son menton pour le forcer à me regarder.

— Vous avez raconté cela à quelqu'un?

— Non. À personne. Jamais, dit-il en secouant la tête d'un air malheureux.

— Est-ce qu'elle vous parle?

— Non. Je sens sa présence, mais je ne l'entends jamais. Parfois, j'ai l'impression de percevoir un murmure mais, lorsque je tends l'oreille, il n'y a rien d'autre que le vent sifflant dans les cheminées et les craquements de la maison.

— C'est une vieille maison, approuvai-je en repensant aux bruits qui m'avaient moi-même effrayée lors de ma première nuit.

— Oublions ça ! s'exclama-t-il brusquement en me prenant par la main pour m'aider à me relever. Allons-y, sinon ma mère va se demander ce qu'on fabrique ici.

28

Quelques minutes plus tard, dans la pittoresque chambre du grenier, Dempsey et moi changions les draps du petit lit pendant qu'elle me questionnait sans relâche sur ma relation avec Colin. Elle nous avait trouvés collés l'un à l'autre à son arrivée et venait de me surprendre aux côtés de son fils. Sans surprise, elle voulait s'assurer de mes sentiments pour lui. J'avais beau lui répéter que Colin et moi étions seulement amis, elle persistait dans ses questions. Alors qu'elle retirait la taie d'oreiller et que je sortais la couette de sa housse, je changeai de sujet.

— Ça m'étonne que vous ne l'ayez jamais rencontré. C'est le frère de Tara, après tout.

— En général, je ne suis jamais là en même temps que Tara et, pour autant que je sache, elle n'invite pas les membres de sa famille ici quand elle travaille.

— Colin est un hypnothérapeute, expliquai-je en glissant la couette dans sa housse toute propre. Il me suit pour m'aider à recouvrer la mémoire. Il s'occupe habituellement de patients dont les problèmes émotionnels trouvent leur origine dans un traumatisme de l'enfance, poursuivis-je. Jevenais juste de me réveiller d'une séance d'hypnose quand vous nous avez vus. Je me sentais encore un peu faible.

— Un hypnothérapeute? répéta-t-elle en laissant échapper un petit rire. Je me suis toujours demandé comment c'était de se faire hypnotiser.

Elle tira sur les coins de l'oreiller et le tapota avant d'ajouter :

— Quel âge a-t-il, d'après vous ?

— C'est le frère aîné de Tara, alors j'imagine qu'il a environ trente-cinq ans.

— Et c'est un bel homme, rétorqua Dempsey avec un regard entendu. Il a de beaux yeux bleu-vert et cet air doux un peu rêveur, vous ne trouvez pas ?

Après réflexion, j'admis qu'elle avait raison. Il dégageait une incroyable douceur et, derrière ses lunettes, ses yeux étaient envoûtants. Je dissimulai mon trouble en secouant vigoureusement la couette. Je ne savais pas trop ce que je ressentais pour Colin ; les séances d'hypnose m'avaient rapidement rapprochée de lui, obligée que j'étais de lui accorder mon entière confiance. Je me rappelai le baiser que Vincent venait de me donner et me sentis rougir. Les deux hommes – pourtant deux personnalités très différentes – semblaient avoir une certaine emprise sur moi.

J'acquiesçai et je choisis mes mots avec soin.

— Je pense que c'est le propre du travail de Colin d'être doux et gentil. Il doit gagner la confiance de ses patients.

Le lit fait, Dempsey et moi descendîmes retrouver Vincent. Il avait allumé plusieurs bougies dans le salon. Ajoutées à la lueur vacillante du feu de cheminée, elles donnaient une atmosphère étrange à la pièce. Colin lisait à la faible lumière d'une des bougies. Il ferma son livre à notre arrivée.

— Je ne sais pas comment les gens faisaient pour lire le soir avant l'invention de l'électricité, dit-il. Ce n'est pas bon pour les yeux.

— C'est d'un sinistre, ici, fit Dempsey en se laissant tomber à côté de lui. Ça ne me surprendrait pas qu'un esprit se matérialise juste devant nous.

Devant le silence qui accompagna sa remarque, elle balaya la pièce du regard.

— Quoi? Qu'est-ce que j'ai dit?

— Nous sommes allés dîner chez Maria l'autre soir et elle nous a raconté que Cheryl et elle pensaient que la maison était hantée, expliquai-je en évitant le regard de Vincent.

Dempsey éclata de rire puis nous observa d'un air interrogateur.

— Vous lui avez dit qu'elle était folle, j'imagine?

— Bien sûr, répondit doucement Vincent en me lançant un rapide coup d'œil. Je suis sûr qu'elles plaisantaient toutes les deux et aimaient se raconter des histoires qui font peur.

— Je croyais que Maria était catholique, remarqua Dempsey en caressant un coussin du canapé. Ça m'étonne qu'elle croie à ce genre de balivernes.

— Avez-vous déjà vu ou ressenti une présence lors de vos week-ends ici? demandai-je d'un ton léger.

— Je n'ai rien remarqué, mais il faut dire que je suis en général occupée avec Jade. Je ne verrais même pas une armée de zombis traverser la cuisine. Il y a le petit-déjeuner et la kiné, puis le casse-croûte et les vitamines. Ensuite, il faut déjà penser au déjeuner.

— En parlant de repas, fit Vincent en regardant sa montre, il y a des conserves si quelqu'un est tenté par des raviolis ou des haricots froids.

— Je n'arrive pas à croire que vous ayez passé trois jours sans électricité! s'exclama Dempsey. Si j'avais su, j'aurais apporté de la nourriture. Ça ne m'étonne pas que ta voisine recherche un peu de compagnie. C'est vrai, qu'est-ce qu'il y a d'autre à faire toute la soirée sans télé ni lumière ni chauffage?

— Et sans ordinateur, ajouta Vincent.

— Je comprends pourquoi tu as envoyé Jade à la ferme, approuva Dempsey. Même jouer aux cartes va se révéler difficile avec si peu de lumière. Mais il reste des choses que l'on peut faire sans courant, bien sûr, ajouta-elle en battant des cils à l'attention de Colin.

Comme ce dernier ne sembla pas remarquer son œillade, elle enchaîna :

— Que diriez-vous alors de prendre un verre ? Pas besoin d'électricité pour ouvrir une bonne bouteille. Qu'est-ce que tu nous proposes, Vincent ?

Celui-ci se leva et se rendit dans la salle à manger. Je lui emboîtai le pas. Il examinait le contenu du buffet quand il s'aperçut de ma présence.

— J'ai rêvé ou ma mère vient juste de faire des avances au frère de ma gouvernante ?

— Vous n'avez pas rêvé, répondis-je avec un sourire.

Vincent étudia l'étiquette d'une bouteille de vin avant de poursuivre son inventaire. Il avait beau me tourner le dos, quand il reprit la parole, je savais qu'il faisait grise mine.

— Si je ne me trompe pas, Colin et vous prévoyez une nouvelle séance d'hypnose.

— Comment avez-vous deviné ?

— Colin affiche de nouveau son petit air suffisant. Ça ne me plaît pas beaucoup qu'il trifouille votre esprit, Kate.

— Je pense que c'est à moi de décider si j'ai envie de laisser quelqu'un trifouiller mon esprit.

— Dans ce cas, fit-il en se retournant pour me regarder d'un air sceptique, j'espère que ça ne vous ennuiera pas si ma mère et moi y assistons. De toute façon, il fait trop froid dans le reste de la maison pour nous exiler.

Je réfléchis à cette idée. Voulais-je mettre mon âme à nu devant Vincent et sa mère? Tara et Jade avaient assisté aux premières séances mais, sans que je sache pourquoi, c'était différent.

— D'accord, finis-je par accepter. Je ne peux quand même pas vous expulser de votre propre salon! Si Colin n'est pas contre, ça me va.

Puis, ressentant le besoin de m'expliquer, j'ajoutai:

— Il y a tant de choses au sujet de Kitty que je ne comprends pas. Je sais qu'elle n'est sans doute pas réelle mais, pour mon bien, j'ai besoin de savoir ce qu'elle essaie de me montrer.

— C'est votre esprit, fit-il en reportant son attention sur les bouteilles. Heu… il y a autre chose.

— Quoi donc?

— J'ai annoncé à Maria que vous rentriez et elle nous a invités à prendre un verre à 20 heures. Comme je pensais que nous ne serions que tous les deux, j'ai accepté.

J'étais étonnée que Maria désire me revoir. J'avais eu l'impression que son plan – quel qu'il fût – concernait uniquement Vincent.

— Vous pensez qu'il serait inconvenant d'y aller et de laisser ma mère et Colin seuls ici? poursuivit-il.

Un rire nerveux m'échappa.

— Je pense que Dempsey sera ravie de passer la soirée seule avec Colin.

Vincent me rendit mon sourire, pourtant je voyais bien qu'il se sentait toujours mal à l'aise.

— Pauvre Colin.

Nous retournâmes dans le salon munis de deux bouteilles de vin et expliquâmes nos projets à Dempsey. Avec un haussement de sourcils curieux, elle prit place dans l'un des fauteuils pour que je puisse m'allonger sur le canapé. Vincent ouvrit la première bouteille pendant que Colin s'assurait que j'étais confortablement installée.

— Vous êtes sûre que ça ne vous dérange pas qu'ils écoutent? me chuchota-t-il.

— Comment ça marche, alors? demanda Dempsey en s'enfonçant dans le fauteuil, un verre à la main.

— Vous devez rester tranquille et ne pas dire un mot, lui répondit sèchement Colin.

— Vous êtes sûre de vouloir? me demanda Vincent une nouvelle fois.

— Parfaitement. Au moins, là où je vais, j'ai des souvenirs et un passé.

Colin commença les exercices de relaxation et rapidement sa voix ronronna dans ma tête. Je contractai mes muscles puis laissai mes membres se détendre, de la pointe des pieds jusqu'aux épaules.

— Réveille-toi, Kitty.

Mes paupières se soulevèrent et mes yeux se posèrent sur Garrett qui me fixait d'un air que je ne parvins pas à déterminer. Je regardai autour de moi. De l'eau brunâtre ondulait autour de nous, scintillant sous les rayons du soleil de l'après-midi. Mes mains étaient à présent agrippées au rebord d'une petite barque.

— J'ai aperçu un endroit pour amarrer par là-bas, annonça Garrett en continuant de pousser à la perche l'embarcation vers le rivage. C'est sauvage, mais il me semble avoir vu une bande de pelouse où nous pourrons pique-niquer.

C'était un chaud après-midi d'été et les abeilles bourdonnaient au bord de la rive. Un ragondin nagea entre les racines d'un arbre qui s'enfonçaient dans la vase.

L'impression était des plus étranges. J'étais Kitty et en même temps j'étais Kate en train d'observer

Kitty. Je voulais me pincer pour voir si je rêvais, mais les doigts de Kitty refusaient de m'obéir. Je me sentais comme un visiteur, un auditeur libre, autorisé à regarder et à écouter mais certainement pas à participer.

Je m'efforçai d'organiser mes pensées. Étais-je simplement en transe ou était-ce un rêve étonnamment réaliste ?

Kitty glissa timidement une mèche de cheveux sous son chapeau de soleil. Je sentis son regard s'attarder sur son fiancé. Il était élégamment vêtu d'un blazer bleu marine et d'un pantalon large. L'élan de fierté ressenti par Kitty à la pensée qu'il serait bientôt son mari m'envahit également. Ma conscience s'insinua dans les méandres de son cerveau comme un courant d'énergie pure, jusqu'à ce que nous ne soyons plus qu'une, un seul être, observant d'un même regard Garrett pousser avec agilité la barque vers le rivage herbeux avant d'attraper une branche qui pendait. Je me levai en vacillant dans le bateau qui tangua dangereusement et, saisissant ma jupe d'une main, sautai sur la berge. Des ronces s'accrochèrent à mes bas. Garrett me jeta la corde que j'attrapai au vol. Il descendit de la barque, reprit la corde et l'enroula autour des branches d'un jeune saule.

Je suivis Garrett sur le rivage recouvert d'un épais tapis d'orties et de cerfeuil sauvage. Oubliant ma timidité, j'attrapai la main de Garrett avec enthousiasme.

— C'est magnifique ! J'aimerais tant habiter ici !

Nous restâmes silencieux quelques instants, chérissant ce moment. Trois canards cancanèrent paresseusement depuis la rivière ; un martin-pêcheur plongea comme une flèche dans l'eau brune et en ressortit une seconde après, un poisson argenté frétillant dans le bec. Je bouillonnai d'excitation à l'idée d'avoir trouvé l'endroit parfait ; même les traits pourtant sévères de Garrett s'adoucirent.

— Remontons ce chemin, nous verrons ce qu'il y a au sommet de cette côte.

Il partit en tête et je le suivis en avançant péniblement, soulevant ma jupe pour la tenir éloignée des ronces et des chardons.

Nous poursuivîmes notre route à travers le pré avant d'atteindre des bâtiments agricoles. Dans le lointain, on apercevait un village qui se révéla charmant. Il abritait une magnifique petite église construite en retrait de la route poussiéreuse. Des cerisiers parsemaient le cimetière, diffusant leur ombre et une tonalité paisible sur les pierres tombales. Nous passâmes devant un pub puis remarquâmes une grappe de petits cottages nichés derrière un muret. À part un cheval qui nous dévisageait depuis un champ voisin, le village paraissait désert. L'après-midi était chaude, et sans doute les habitants se reposaient-ils au frais dans leur maison.

Je souris à Garrett et glissai ma main dans la sienne.

— Cet endroit est parfait.

Avec un geste inhabituellement tendre, il repoussa une mèche de cheveux de mon visage et la coinça avec délicatesse sous mon chapeau. Mes cheveux n'en avaient jamais fait qu'à leur tête et des mèches ne cessaient de s'échapper du chignon tressé que je portais désormais serré sur la nuque. Je pressai sa main contre ma joue et sentis une vague de chaleur déferler en moi.

Garrett s'immobilisa, plongeant son regard dans le mien.

— Est-ce bien ce que tu souhaites, Kitty ?

Je hochai la tête. J'avais vingt ans et il ne m'avait encore même jamais présentée à ses parents, mais il allait devenir mon mari et mon corps brûlait sous ses caresses. Il m'attira dans une étable remplie de foin odorant et nous restâmes à nous regarder, tremblant devant l'acte que nous nous apprêtions à accomplir.

Mon corps me picota, tandis que sa bouche venait à la rencontre de la mienne. Ses mains tâtonnèrent, s'enfoncèrent dans les plis de ma robe et une émotion nouvelle me submergea. Au contact délicat de sa main sur ma cuisse, je frissonnai de plaisir. Alors, doucement, il me coucha sur une botte de paille et se glissa à côté de moi.

J'attrapai sa main que je serrai contre mon cœur.

— Dis-moi que tu m'aimes.

— Je t'aime, jolie Kitty, murmura-t-il. Promets-moi d'être toujours mienne.

— Pour toujours et à tout jamais, soufflai-je, tandis qu'il se serrait contre moi.

— Kate!

Une voix insistante explosa dans ma tête, alors que je rajustai à la hâte mes jupes.

— Partez! marmonnai-je. Laissez-moi tranquille!

— Kate, est-ce que ça va? demanda la voix inquiète. Où étiez-vous?

Quelqu'un me secouait et me donnait de petites claques sur les joues. J'essayai d'ouvrir les yeux, mais mes paupières étaient lourdes et comme collées.

— Qu'est-ce qui lui arrive? demanda une voix de femme, nerveuse. Kate, vous m'entendez?

Je m'aperçus que mon corps n'obéissait pas à ma tête. J'eus un instant de panique.

Mon esprit explorait diverses images. J'avais eu des petits amis avant. Où et quand, impossible de m'en souvenir, mais je savais avec certitude qu'aucune de ces brèves relations n'avait fonctionné. Maintenant que j'avais expérimenté l'amour avec

Garrett, je savais que ce n'était pas ma faute. Aucune liaison n'aurait pu égaler ce que Kitty et Garrett avaient partagé.

Avant de pouvoir approfondir cette réflexion, j'entendis une sonnerie perçante siffler dans mes oreilles. Des images de personnes à demi oubliés clignotèrent dans mon esprit et le monde autour de moi devint subitement blanc.

29

J'ouvris les yeux. Colin et Vincent étaient tous deux penchés au-dessus de moi. Sans doute n'était-ce que le fruit de mon imagination mais j'eus l'impression d'être le premier prix d'une compétition qu'ils menaient et, l'espace d'un instant, les souvenirs à demi enfouis d'inconnus sortis d'un passé que je ne parvenais pas à saisir me remplirent de terreur.

— C'est la chose la plus bizarre à laquelle j'aie jamais assisté. Qu'est-ce qui s'est passé, nom d'un chien?

Dempsey était agenouillée à côté de moi et m'enserrait une main dans les siennes.

Je secouai la tête, refusant de partager le tumulte provoqué par le moment de passion avec le prince charmant de Kitty, puis la peur qu'avait entraînée le second souvenir consumant le premier. La peau de ma gorge frissonnait encore de la caresse des lèvres de Garrett, mes joues étaient encore humides des larmes de joie que Kitty avait versées.

— J'ai envie de dormir, dis-je, tremblant de froid et désorientée.

Le monde de Kitty m'avait paru tellement réel que j'avais du mal à revenir sur terre et à accepter que Garrett n'existe peut-être que dans ma tête.

— Essayez de rester éveillée, conseilla Dempsey en me frictionnant vigoureusement les mains. Vous êtes avec nous maintenant et vous allez vite vous réchauffer.

Elle jeta un regard accusateur à Colin avant d'ajouter :

— Je n'ai jamais rien vu de tel. Vous savez ce que vous faites, au moins ?

— Je dois admettre que c'est la première fois que je fais régresser un sujet dans une vie antérieure, avoua-t-il. Lors de la première séance, j'essayai d'aider Kate à recouvrer la mémoire et c'est Kitty que nous avons trouvée.

— Vous vous servez d'elle pour vos expériences ! s'écria Dempsey, écœurée.

Elle vociférait de plus en plus violemment. Je me forçai à sortir de ma torpeur pour l'observer plus attentivement. Sur la table basse derrière elle, une bouteille de vin vide trônait au milieu d'emballages colorés de chocolats.

— Combien de temps suis-je partie ?

— Presque une heure, répondit Vincent. Les exercices de relaxation ont duré une éternité et après vous vous êtes comme éloignée. C'était très étrange à voir.

— Et ce n'était pas une expérience, fit remarquer Colin en remontant ses lunettes sur son nez. Je veux bien reconnaître qu'on joue un peu avec le feu, là, mais je ne me sers pas de Kate pour des recherches. Avant tout, c'est un service que je lui rends. Vous êtes tous deux aussi fascinés que moi par le récit qu'elle fait de la vie de Kitty.

Il se tourna vers moi pour confirmation :

— Vous étiez d'accord, Kate ? Je ne vous ai pas forcée ?

— Bien sûr que non, assurai-je.

Je me sentais un peu mieux, maintenant que le souvenir se dissipait. Je m'assis, me tenant à l'écart de tout contact avec Colin ou Vincent.

— Et je vais sans doute recommencer. C'est à la fois enivrant et effrayant, mais j'ai l'impression d'y passer tellement peu de temps. Je me sens flouée chaque fois que je reviens ici parce qu'il y a tant de choses que je veux découvrir sur la vie de Kitty.

— Je ne suis pas sûre que ce soit très sain, commenta Dempsey en m'observant d'un air dubitatif. Vous êtes déjà très fragile mentalement avec votre amnésie et tout le reste. Vous pourriez finir avec de sérieux problèmes psychologiques si vous continuez ces voyages dans le temps.

— On croirait entendre Tara, lâcha Colin.

— Donc je ne suis pas la seule à penser que c'est malsain et contraire à la déontologie !

— Je ne pense pas que vous soyez la mieux placée pour juger de ce qui est sain ou pas, remarqua Colin. Vous avez bu une bouteille de vin à vous toute seule et dévoré deux tablettes de chocolat.

— Il me faut plus d'une pauvre bouteille de vin pour m'enivrer, rétorqua Dempsey, en lui décochant un sourire provocateur. Vous rouleriez sous la table avant que je commence à bégayer.

— Je n'en doute pas, répondit sèchement Colin.

Vincent jeta un coup d'œil hâtif à sa montre et se leva.

— Kate et moi sommes attendus chez la voisine à 20 heures. Vous devriez monter vous reposer, me dit-il en m'aidant à me lever.

— Tu ne vas pas me laisser toute seule ici avec le Dr Jekyll ? s'écria Dempsey en feignant la terreur.

Son attirance pour Colin semblait oubliée.

— J'ai bien peur que si, répondit Vincent en me soutenant. J'ai promis à Maria que nous viendrions.

— Je pourrais vous accompagner, proposa Dempsey, une lueur dans les yeux.

Vincent sembla hésiter, mais mon humeur s'égaya subitement à cette idée. Je craignais une redite de la pénible soirée passée la première fois.

— J'adorerais que vous nous accompagniez, lançai-je en prenant le bras de Dempsey.

Elle posa un regard bleu pénétrant sur son fils qui capitula.

— J'imagine que tu peux venir, mais promets de bien te tenir.

La différence entre mère et fils me frappa. Les rôles étaient inversés, c'était lui qui essayait de contenir la nature extravertie de sa mère. Dempsey était dotée d'une exubérance qui semblait faire défaut à Vincent, plus collet monté. J'avais l'impression que celui-ci préférait garder ses sentiments sous contrôle et carburait plus au sens du devoir qu'à la passion. Même l'amour qu'il portait à sa fille paraissait contenu, comme s'il craignait de l'aimer totalement. Ce que je pouvais comprendre, étant donné les circonstances. J'avais déjà remarqué qu'il se réfugiait dans son travail à la première question un peu difficile de Jade. C'était également de cette manière qu'il avait géré le décès de sa fille et la disparition de sa femme. La pauvre enfant avait en quelque sorte perdu son père en même temps que sa sœur et sa mère. Au cours des deux années les plus difficiles de sa vie, il n'avait fait qu'acte de présence, refusant de s'impliquer émotionnellement.

— Je ferai de mon mieux pour ne pas t'embarrasser devant la voisine. Je serai sage, c'est promis.

— Nous devrions manger un morceau avant d'y aller, déclara Vincent, pragmatique comme toujours, ignorant la plaisanterie de sa mère. Vous avez fait votre choix? Haricots ou raviolis en conserve? Sinon, nous pouvons ouvrir une boîte de thon.

— Miam! s'exclama Dempsey. J'ai hâte.

Nous traversâmes tous les quatre la cour pour nous rendre chez Maria. Évidemment, Colin n'avait pas voulu manquer l'animation de la soirée et il aurait été grossier de l'abandonner tout seul dans la maison glaciale.

En fin de compte, Dempsey et moi avions refusé les conserves, préférant finir le pain en mangeant des tartines de beurre de cacahuète et de confiture. Nous avions dîné à la lueur des bougies devant le feu de cheminée. L'atmosphère était douillette et pourtant je m'inquiétais pour la soirée à venir. Une fois ou deux, je jetai un regard à Vincent qui paraissait pâle. Il jouait avec sa nourriture du bout de la fourchette en consultant sans cesse sa montre. Peut-être que cette invitation chez Maria n'était pas seulement un acte de bon voisinage. Ou alors il n'appréciait pas les raviolis froids.

À mesure que nous approchions, mon estomac se nouait inexplicablement. Vincent parut ressentir mon appréhension et me pressa la main d'un geste rassurant.

— Ne vous inquiétez pas, chuchota-t-il, tandis que des pas se rapprochaient de l'autre côté de la porte. Maria a peut-être joué la provocation l'autre soir, mais elle ne mord pas.

— Vous voilà !

Maria nous accueillit d'un sourire rayonnant et ouvrit la porte en grand pour nous laisser entrer. Son regard passa sur chacun d'entre nous en s'agrandissant de surprise.

— Vous avez amené du renfort?

— J'espère que ça ne t'embête pas, murmura Vincent avant de présenter sa mère et Colin.

Maria observa Dempsey d'un air incertain.

— Nous nous sommes déjà rencontrées. Ta mère et moi avons bavardé quelques fois par-dessus la barrière, expliqua-t-elle avant de poser ses yeux noirs sur Colin. Vous devez être le célèbre hypnothérapeute.

Une expression que je ne pus définir voila un instant le visage de Maria et un frisson me parcourut lorsque Colin tendit le bras pour lui serrer la main.

— Vous êtes trop gentille. J'ignore ce que Vincent vous a dit, mais je ne suis pas célèbre.

Maria plissa les yeux avec une expression qui démentait son sourire. Malgré tout, elle nous embrassa, tandis que nous avancions en procession devant elle. Cette fois, elle ne prit pas nos manteaux: la maison était glaciale. Maria était emmitouflée dans un pantalon et un épais pull. Elle nous conduisit directement au salon où un feu crépitait dans la cheminée.

— Michael, tu veux bien apporter à nos invités un peu de mon punch maison, s'il te plaît?

L'adolescent était allongé près du feu avec un livre. Il se leva péniblement et se déplaça avec maladresse, comme s'il ne maîtrisait pas encore tout à fait son corps en pleine mutation, son jean baggy lâche sur ses hanches fines.

— Sans électricité pour l'ordinateur ou sa X-Box, Michael s'est mis à dévorer tous les livres de la maison, expliqua Maria. C'est le bon côté d'une panne de courant. Mon mari aimait les romans policiers et il a laissé la plupart de ses livres quand il est parti. Je suis bien contente de ne pas avoir trouvé le temps de les jeter.

Elle prit un verre sur le plateau que Michael lui présenta.

Le garçon fit le tour des invités et quitta la pièce, préférant visiblement le froid de sa chambre à la compagnie des adultes. Je ne pus m'empêcher de comparer le fils de Maria avec le beau garçon de treize ans qu'était Garrett la première fois que Kitty l'avait rencontré, dans la cour de l'école. L'un était plein d'assurance et loquace, alors que l'autre était nerveux et réservé. Je pris une gorgée de punch et regardai la porte se fermer derrière lui.

Les verres se succédèrent au long de la soirée, entrecoupés d'anecdotes et de réminiscences de Maria et de Dempsey. Les deux femmes, semblait-il, avaient beaucoup en commun, dont un mari qui les avait abandonnées avec un fils à élever seule. Tandis que je laissai une nouvelle gorgée de punch s'attarder dans ma bouche, mon esprit dévia de nouveau vers le jeune Garrett et sa détermination à devenir quelqu'un, à regagner la gloire perdue de sa famille. L'image d'une femme au nez pointu vêtue d'une robe prune m'apparut.

— Je ne vous laisserai pas gâcher sa vie, siffla-t-elle à mon oreille. Il ne saura pas pour cet enfant, vous m'entendez?

— Qu'est-ce que vous voulez dire?

Je me redressai brusquement sur le canapé en cuir, ouvrant grands mes yeux qui s'étaient fermés sous l'effet de la chaleur et de l'alcool. Dans ma précipitation, je donnai un coup de coude à Dempsey, qui ne sembla pas le remarquer.

— Qui a dit ça? demandai-je en balayant la pièce du regard.

Maria, assise dans un fauteuil, les jambes par-dessus l'accoudoir, me dévisagea, livide.

— Qu'avez-vous entendu? demanda-t-elle dans un souffle.

— Je disais simplement qu'on ne doit pas sous-estimer l'amour maternel, dit Dempsey.

Elle marmonnait, agitant son verre de punch à quelques centimètres de mon visage.

— Un homme est peut-être capable de tourner le dos à ses res… ponsabilités, mais une mère prendra soin de son enfant quoi qu…

Mon esprit, qui s'était laissé aller à battre la campagne, était tout à coup alerte. Dempsey était perdue dans le passé, relatant comment elle avait été abandonnée et avait dû élever son fils toute seule, comme Maria le faisait à présent. Mais qu'en était-il de sa belle-fille, Cheryl ? Une mère pouvait-elle réellement abandonner une petite fille malade comme Jade pour fuir, sans doute avec un autre homme ?

Le visage de Vincent avait perdu toute couleur. Remarquant mon regard insistant, il se leva maladroitement, s'approcha de sa mère et lui ôta son verre des mains.

— Je crois que tu as assez bu pour ce soir. Il est temps de rentrer.

Il tendit la main pour aider sa mère à se lever.

— Mais la soirée ne fait que commencer…

— Maman !

Dempsey se pétrifia au ton de la voix de son fils et le laissa l'aider. Elle regarda nerveusement autour d'elle tout en brossant des grains de poussière imaginaires de son pantalon.

— Oui, oui, tu as raison. Maria, merci pour votre accueil si chaleureux.

Colin, qui était en train d'engloutir un bocal d'olives, leva les yeux, surpris.

— Nous partons ?

— Il me semble bien, oui, répondis-je.

Maria affichait un air aussi perplexe que Colin ; elle se donna une contenance en ramassant les verres pendant que nous renfilions les manteaux que nous avions enlevés au cours de la soirée.

— Un instant, dit-elle, tandis que nous avancions dans le couloir obscur.

Nous attendîmes qu'elle réapparaisse, offrant un sourire bienveillant à ses hôtes sur le départ.

Elle se pencha pour m'embrasser sur la joue et en profita pour glisser discrètement dans la poche de mon manteau un morceau de papier.

— Regardez ça quand vous serez seule, chuchota-t-elle à mon oreille.

Je la contemplai, étonnée, mais à nouveau elle souriait, comme si de rien n'était. Nous nous enfonçâmes dans la nuit noire et glacée. Je suivais d'un pas lent Colin et Vincent qui soutenaient une Dempsey chancelante. Alors que nous traversions la cour pour regagner la maison de Vincent, je m'interrogeai : que venait-il exactement de se passer chez Maria ?

30

Je me réveillai le lendemain matin avec un mal de tête lancinant. Je soulevai les paupières avec précaution, mais même la faible lumière filtrant entre les rideaux de la petite chambre du grenier me fit plisser les yeux et tourner la tête. Je restai quelques instants allongée dans le lit étroit, à tenter de me rappeler ce qu'il s'était passé, mais la soirée de la veille demeurait obstinément floue.

J'avais la bouche sèche et j'aurais donné n'importe quoi pour un verre d'eau. L'odeur de lessive habituellement agréable qui émanait des draps me donna la nausée. Je me redressai et tentai de trouver le courage de descendre à la salle de bains quand Dempsey passa la tête par la porte.

— Ah ! Vous êtes réveillée ! Comment vous sentez-vous ?

— J'ai l'impression d'avoir été passée au rouleau compresseur, dis-je d'une voix rauque. Que s'est-il passé ?

— De quoi vous souvenez-vous ?

Le ton de sa voix me fit hésiter. Je me rappelai notre départ précipité de chez Maria, mais pas tout ce qui avait été dit. Et ensuite, le trou noir. Aussi décidai-je de feindre l'ignorance totale tant que je n'aurais pas l'occasion de réfléchir plus profondément à tout ça.

— De pas grand-chose. Je me revois assise sur le canapé… Nous avons beaucoup bu. Oh, je ne sais plus.

— On dirait que vous avez un peu trop forcé sur le punch de Maria.

Dempsey vint s'asseoir au bord du lit. Elle posa une carafe d'eau sur la table de chevet et attendit que je prenne quelques gorgées salvatrices.

— Et nous avons tous bu trop de vin, ajouta-t-elle.

— Vous ne paraissez pas avoir la gueule de bois, fis-je remarquer.

— J'ai plus d'expérience que vous, ma chère. Et puis, vous souffrez sans doute encore des effets de l'accident qui a provoqué votre amnésie. Il faut se ménager pour passer la ligne d'arrivée.

— À vous écouter, la vie est un jeu.

— Qui sait? C'est peut-être le cas.

— Eh bien, je ne suis pas sûre d'aimer la tournure que prend ce jeu-là, répliquai-je en frottant mes yeux douloureux. Si la mémoire ne me revient pas bientôt, je vais devenir folle.

Dempsey me tapota la main d'un geste réconfortant, comme avec un enfant qui ferait un caprice.

— Allez, prenez donc un bon bain chaud pendant que je vous prépare une tasse de thé. Vous vous sentirez bien mieux après, et Vincent pourra alors vous montrer ce qu'il a trouvé sur son ordinateur concernant des personnes disparues.

— Bain chaud? Ordinateur?

Dempsey me décocha un grand sourire ravi; elle se leva et se dirigea vers l'interrupteur près de la porte. D'un geste théâtral, elle le poussa et le lustre du plafond s'illumina.

— Le courant est revenu! m'écriai-je. Depuis quand?

— Deux heures environ, répondit Dempsey en éteignant la lumière. Vincent nous prépare une omelette pour fêter ça. Je vais vous faire couler un bain. Descendez quand vous serez prête.

Elle sortit et bientôt j'entendis l'eau au loin. Je déglutis avec difficulté. J'avais l'estomac noué et la tête douloureuse comme si je l'avais cognée contre un mur. Raison de plus pour se laisser chouchouter. Dempsey était gentille et pragmatique. Je me glissai hors du lit et m'assis, le temps que mon haut-le-cœur se dissipe. L'eau s'arrêta de couler et je me levai. C'était bon d'être vivante, me dis-je avec un sourire triste. Être vivante ici et maintenant était sans aucun doute une chose à apprécier.

Je descendis les quelques marches branlantes jusqu'à la salle de bains et me glissai dans l'eau fumante. Peu à peu, l'impression cotonneuse se dissipa.

Alors, une pensée me vint. Si la vie reprenait son cours, je pourrais sans doute aller à l'hôpital pour y passer des examens.

— Ah ! vous voilà ! s'exclama Vincent quand j'entrai dans la cuisine en chancelant, vêtue d'un T-shirt, d'un jean de sa femme et d'une polaire. Je vous prépare une omelette.

— Bon Dieu ! Vous avez une mine effroyable ! bredouilla Colin entre deux bouchées avant de tirer une chaise pour que je m'assoie. Je crois que nous avons tous un peu trop bu, hier soir.

— Je sais, répondis-je en me demandant, à la vue de Colin et de son plat, si manger était une bonne idée finalement. Rappelez-moi de ne plus jamais boire.

— Vous êtes la seule à en souffrir autant, murmura Dempsey. La faute à votre blessure à la tête, à mon avis.

— Vous devriez être plus prudente, conseilla Colin en me détaillant de haut en bas. Il faut que vous ayez les idées claires si nous voulons rendre une nouvelle visite à Kitty.

— Oh! non! fis-je en me cachant le visage dans les mains. Je ne suis pas sûre d'en avoir envie aujourd'hui.

Je revis la femme dans sa robe prune et poussai un soupir. Je n'étais pas sous hypnose quand elle m'était apparue, mais le punch devait être plus fort que je ne pensais. Cela dit, je n'étais pas pressée de la revoir.

— Laissez-la tranquille, décréta Dempsey en posant une tasse de thé fumant devant moi. Elle souffre assez comme ça sans que vous en rajoutiez.

— Qu'est-ce que vous voulez dire? demanda Colin, en levant brusquement la tête.

— Que vous devriez faire plus attention à elle. Nous avons tous oublié qu'elle a reçu un coup sur la tête. Nous aurions dû surveiller ce qu'elle buvait et je ne crois pas que la mettre sous hypnose une nouvelle fois soit une bonne idée. En quoi est-ce que ça l'aiderait dans sa situation actuelle?

Vincent vint poser une assiette devant moi.

— Mangez, ça vous fera du bien. Je n'ai pas mis de fromage dans votre omelette.

J'attrapai ma fourchette et poussai doucement les œufs onctueux, surprise qu'il se soit souvenu que je n'aimais pas le fromage.

— Je ne savais pas que vous cuisiniez.

J'étais soulagée que les sujets de ma mémoire défaillante et des excès de la veille soient mis de côté. Vincent prit place en face de moi et, les coudes sur la table, m'observa.

— Ma mère m'a appris à faire cuire les œufs et à ouvrir les boîtes de conserve quand j'étais ado.

Il accompagna ses paroles d'un hochement de tête à l'attention de Dempsey. Il semblait lui aussi ravi du changement de sujet, et la façon dont il l'avait poussée vers la porte la veille me revint en mémoire.

— C'était utile quand elle travaillait et que je devais préparer à manger en rentrant de l'école. Les omelettes sont vite devenues ma spécialité, fit-il avec une grimace. Et puis on est un peu à court d'aliments. Tout ce qui était dans le congélateur et le frigo s'est perdu.

— Tara pensait que vous seriez incapable de vous occuper de vous-même, commentai-je en prenant une bouchée.

— Ce qui prouve qu'elle ne sait pas tout sur moi, répliqua-t-il en se radossant à sa chaise. Après tout, quel est l'intérêt d'avoir une gouvernante si je dois faire la cuisine?

Je lui lançai un regard perçant, me demandant comment il pouvait être aussi aveugle aux sentiments que Tara lui portait.

— J'ai regardé sur Internet les personnes portées disparues, poursuivit-il.

Je me redressai d'un bond.

— Et?

— *A priori* personne ne correspondant à votre description. Mais je jetterai de nouveau un œil tout à l'heure pour en être sûr. Si vous voulez, on peut s'y mettre dès que vous avez fini de manger.

J'acquiesçai et le remerciai. Pourtant, le besoin de connaître mon identité s'était atténué. Je me rendis compte avec surprise que j'étais heureuse d'avoir été adoptée par cette famille, et que la bulle dans laquelle je vivais à présent exploserait dès lors que je serais renvoyée à ma vie d'avant.

— La soirée s'est terminée soudainement, vous ne trouvez pas? remarqua Colin. Un instant, on parle d'amour maternel et celui d'après on nous pousse vers la porte. De quoi s'agissait-il? demanda-t-il en se tournant vers Vincent.

— Aucune idée, répondit celui-ci en se tortillant sur sa chaise.

— Vous n'avez pas trouvé ça bizarre? insista Colin, s'adressant à moi cette fois.

Je poussai un soupir et j'éloignai mon assiette. J'avais beau penser la même chose, je ne me sentais pas prête à émettre une opinion sur le sujet.

— Je ne me rappelle pas grand-chose de la soirée.

— Tiens, reprends un peu de thé, Vincent, proposa Dempsey.

Elle semblait nerveuse, comme si elle craignait qu'il ne s'en prenne à elle pour avoir baissé la garde et trop parlé. Elle devait certainement se douter qu'il l'avait crue sur le point de livrer des révélations concernant la disparition de sa femme. Ou alors, je m'emballais et prêtais aux paroles et aux gestes de chacun une signification que moi seule voyais.

Dempsey souleva la théière et versa du thé dans la tasse de Vincent et dans la mienne. Le bruit du liquide qui coulait était le seul qui emplissait la pièce.

— On se sent tous un peu faibles, ce matin, dit-elle.

— J'ai du travail, répliqua Vincent en repoussant violemment sa tasse de thé. Je serai dans mon bureau.

La théière trembla dans la main de Dempsey lorsqu'elle la reposa. Vincent sortit d'un pas lourd, nous laissant, Dempsey, Colin et moi, nous observer d'un regard embarrassé.

31

— Je crois que je vais reprendre un toast, annonça Colin pour briser le silence. Je ne m'étais pas rendu compte à quel point j'appréciais les repas chauds avant ces derniers jours.

— Tara et Jade vont pouvoir revenir maintenant, non?

Je m'efforçai d'afficher une humeur joyeuse pour appuyer la tentative de Colin d'adoucir l'atmosphère. La douleur de Vincent se reflétait dans les yeux de sa mère. Je me demandai combien de fois par le passé il s'était retiré dans son bureau lorsque la conversation devenait embarrassante pour lui.

— J'imagine que Jade vous manque, dis-je en m'adressant à Dempsey.

— Oui, évidemment, murmura-t-elle.

Puis elle ajouta, l'esprit toujours préoccupé par Vincent:

— Je crois que ce n'est pas plus mal que Jade ne soit pas là, alors que son père affronte enfin son chagrin. Je ne l'ai jamais vu aussi bouleversé, même après le décès d'Ambre et la disparition de Cheryl. Il semble toujours tellement maître de lui.

— Tout le monde doit effectuer son deuil à un moment ou à un autre, déclara Colin. L'empêcher ne fait que retarder l'inévitable voyage.

— Le voyage? répéta Dempsey. Comment ça?

— Faire le deuil de quelqu'un est comme avancer dans un tunnel obscur. Pensez à un train composé de plusieurs wagons communiquant entre eux. Chaque wagon représente une émotion vive qu'il faut maîtriser avant de pouvoir passer à la suivante et avancer dans la vie.

— Je sais ce qu'est le chagrin, merci bien, rétorqua Dempsey d'une voix monocorde.

Le toast de Colin sauta du grille-pain. Il le récupéra et le tartina de beurre et de confiture.

— Dans ce cas, vous devriez vous autoriser à effectuer ce voyage, dit-il. L'abandon entraîne un lourd chagrin à surmonter aussi. Et il n'est pas bon de trop attendre avant d'emprunter cette route.

Dempsey accordait à présent toute son attention à Colin, les yeux rivés aux siens avec une expression étonnée. Même si le père de Vincent l'avait quittée depuis longtemps, son départ était encore vif pour elle. En plus de ça, elle avait perdu une petite-fille et avait dû voir son fils, sa belle-fille et son autre petite-fille souffrir de cette perte.

— En niant la douleur, poursuivit Colin avant de croquer un bout de sa tartine, on reste simplement en gare, à attendre le prochain train. Ce voyage doit être entrepris, de toute façon, car les ravages du déni peuvent se révéler irréparables.

Je retins mon souffle. À tout moment, j'en étais sûre, Dempsey pouvait craquer, se mettre à hurler, crier à Colin de se mêler de ses affaires, au mieux quitter la pièce sans un mot. Mais elle resta impassible, les épaules légèrement affaissées sous le poids d'un fardeau invisible.

— C'est pour ça que Jade ne parlait plus? finit-elle par demander, la voix cassée. Parce que Vincent, Cheryl et moi n'étions pas assez forts pour entamer notre voyage et que Jade ignorait comment faire le sien?

— C'est une possibilité, répondit Colin. Mais vous ne devez pas vous sentir coupable. Vous aviez votre propre chagrin à surmonter et il n'est pas toujours évident d'aider les autres quand on est soi-même en train de lutter dans l'obscurité.

Dempsey se leva lentement, se soutenant au dossier de la chaise. Elle resta un instant immobile, comme pour se reprendre, et quitta la pièce.

— Ne devrions-nous pas la suivre? demandai-je à Colin avec un regard implorant.

Il secoua la tête en signe de dénégation.

— Elle a besoin d'être un peu seule.

— Mais elle vit toute seule. Et elle a passé deux ans à refouler ses sentiments.

— Allez-y si vous pensez qu'elle vous parlera, fit Colin avec un haussement d'épaules.

Je me précipitai dans le couloir, regardai dans le salon – désert – et gravis l'escalier. La chambre de Dempsey était également vide, mais je savais où la trouver. Assise sur le lit d'Ambre, le regard perdu, elle sembla à peine me remarquer quand je pris place à côté d'elle.

— Perdre Ambre est la pire épreuve qui me soit jamais arrivée, marmonna Dempsey.

Derrière le calme apparent de son visage pointaient les larmes. Elle se couvrit les yeux des mains et laissa échapper un unique sanglot étranglé.

Je me penchai et passai un bras autour de ses épaules.

— Ne pleurez pas, dis-je, impuissante.

Je pouvais presque entendre Colin me chuchoter qu'il était sain de pleurer, que c'était le début du processus de guérison. Aussi restai-je assise en silence pendant que les larmes coulaient sur ses joues. Au bout d'un moment, je tentai de reprendre là où s'était arrêté Colin.

— Vous devriez peut-être entamer ce voyage dont parlait Colin.

— Vous ne comprenez pas, lâcha-t-elle entre deux sanglots. Tout est ma faute. J'ai été adoptée et du coup personne ne connaît mes antécédents médicaux. Je porte sans doute le gène responsable de la maladie, et je l'ai transmis à Vincent, et à Ambre et à la pauvre petite Jade. Oh! bon sang, j'ai besoin d'un verre.

— Non, murmurai-je avec douceur. Ça ne fera que rendre les choses plus floues et le voyage prendra plus de temps.

— Je m'en tape de ce foutu voyage! aboya brusquement Dempsey en levant ses yeux gonflés de larmes vers moi. Je mérite de souffrir comme Ambre a souffert. Tout est ma faute!

— Vous pensez que boire vous aidera?

— Bien sûr. Je pourrai oublier que je suis un monstre.

— Si vous pensez que vous méritez vraiment de souffrir et devez ressentir la douleur, alors vous devriez arrêter de prendre cet analgésique.

Dempsey me dévisagea comme si je venais de la gifler. Ses larmes se tarirent aussi brusquement qu'elles s'étaient mises à couler.

— Vous n'y allez pas de main morte, dites donc.

Je la pris dans mes bras et m'efforçai de lire l'expression de son regard.

— Vous êtes prête à monter à bord?

— Je ne sais pas si je suis assez forte pour ça.

— Vous avez été suffisamment courageuse pour survivre à l'abandon de votre mari et pour élever seule un enfant. Vous y arriverez. Et, avec un peu de chance, je serai dans les parages pour vous aider, si vous le voulez.

— Vous ne m'aiderez pas. Personne ne reste près de moi.

Je me tus, me demandant si je ne faisais pas une promesse impossible à tenir, compte tenu des circonstances.

Elle tira un mouchoir de sa poche et se moucha bruyamment. Je me sentais un peu mieux maintenant que nous avions parlé, et quand nous retournâmes au rez-de-chaussée, Dempsey semblait s'être quelque peu ressaisie. Elle remit de l'eau à chauffer pour le thé. La bouilloire se mit à siffler au moment même où l'on frappait à la porte.

Je me levai pour aller ouvrir.

La tête me tourna, réminiscence de ma gueule de bois. Mais Vincent avait eu raison de me pousser à manger car, malgré tout, je me sentais mieux qu'à mon réveil. Je jetai au passage un coup d'œil vers son bureau. Soit il n'avait pas entendu frapper, soit il se moquait de savoir qui lui rendait visite.

Je tirai le rideau et j'ouvris la porte.

— Bonjour ! lança Tara avec un sourire forcé. Nous sommes rentrées !

— Kate ! s'écria Jade, rayonnante.

Elle jeta ses bras autour de ma taille et je la serrai contre moi. Elle me relâcha puis courut dans la cuisine, où j'entendis Dempsey pousser un cri de joie. Tara se faufila devant moi en me demandant où se trouvait Vincent. Je le lui dis et elle se précipita vers son bureau.

Dans l'allée, la Land Rover verte était garée. Adam en sortait les sacs de Tara et de Jade.

— Bonjour ! lançai-je, tandis qu'il apportait les bagages vers la maison.

— Bonjour ! me répondit-il avec un chaleureux sourire. Comment allez-vous ?

— Bien. C'est génial d'avoir à nouveau de l'électricité. Nous venons juste de prendre le petit-déjeuner.

Je m'écartai pour le laisser entrer dans la maison.

— Je ne reste pas, dit-il en s'arrêtant sur le seuil.

— La grand-mère de Jade est ici. Elle va l'entendre parler pour la première fois depuis deux ans.

— Transmettez-lui mes amitiés, dit Adam en se tournant pour repartir. Dempsey est quelqu'un de bien.

— J'ignorais que vous la connaissiez.

— Elle se promène avec Jade le week-end, lorsque le temps le permet, expliqua-t-il. Quand je me rends aux champs, je les croise parfois. Il nous arrive de discuter un peu, voire de refaire le monde.

— Voudriez-vous entrer prendre une tasse de thé? proposai-je avec un sourire.

Je n'avais aucune envie qu'il s'en aille, reconnus-je étonnée. L'avoir ici était comme retrouver le monde normal.

— Ce ne serait pas de refus mais grand-mère m'attend pour 11 heures. Sa journée va être toute chamboulée si je ne respecte pas la routine.

— Comment va Betty, aujourd'hui? Et Bill?

— Comme d'habitude, répondit-il en tournant les talons.

Il s'arrêta à mi-chemin.

— J'imagine que vous ne voulez pas venir avec moi pour leur rendre visite? Je sais que vous n'êtes partie qu'hier, mais grand-père n'a pas arrêté de parler de vous. Ils seraient tous deux ravis de vous voir, j'en suis sûr.

Je jetai un coup d'œil par-dessus mon épaule, vers les profondeurs de la maison.

— Vous savez quoi? Je pourrais bien accepter. Ça ne vous ennuie pas d'attendre un moment que je prévienne les autres?

— Pas du tout.

Je passai la tête par la porte de la cuisine. Jade était recroquevillée sur les genoux de sa grand-mère et lui racontait qu'elle s'était occupée d'un agneau.

— Qui l'eût cru? marmonna Dempsey en caressant les boucles blondes de Jade.

Colin était attablé, les jambes étendues, une tasse de thé à la main. Il n'avait visiblement aucune intention de rentrer chez lui, même si le courant était revenu et que la météo était plus clémente.

— Désolée de vous interrompre, dis-je. Je retourne à la ferme avec Adam voir Betty et Bill, si ça ne vous dérange pas.

— Bien sûr, allez-y, répondit distraitement Dempsey.

— J'avais envisagé une nouvelle séance cet après-midi, lança Colin en se redressant. Vous revenez tout à l'heure, n'est-ce pas?

— J'espère bien que vous allez revenir, dit Vincent, faisant écho à la requête de Colin. Je pensais que nous allions chercher sur Internet les listes des personnes portées disparues.

Tara errait aux côtés de Vincent. Il semblait avoir retrouvé son sang-froid et affichait une expression contrite.

— Je croyais que vous aviez envie de découvrir votre identité.

Il me fixa d'un regard si intense que j'hésitai à m'en aller.

— Désolée, dis-je. J'avais oublié.

— Comment peut-on oublier qu'on a perdu la mémoire et qu'on n'est pas chez soi mais dépendant de parfaits inconnus? lâcha durement Tara. La plupart des gens feraient l'impossible pour découvrir qui ils sont.

Je me sentais déchirée. Tara avait raison. Tous mes doutes me revinrent d'un coup. J'avais été tellement sous le charme de cet endroit et de ces gens que j'en avais été distraite de mon désir de découvrir qui j'étais et de retourner à ma vie.

Jade choisit ce moment-là pour quitter les genoux de sa grand-mère et se jeter dans mes bras.

— Viens jouer avec moi ! supplia-t-elle.

— Plus tard, dis-je avec un sourire. Je pense que Tara et ta grand-mère ont envie de passer un peu de temps avec toi.

Elle décocha un regard boudeur à Tara avant de reposer les yeux sur moi.

— Mais je veux jouer avec toi ! insista-t-elle.

— Eh bien…, hésitai-je.

— Pour l'amour de Dieu ! explosa Tara en me fusillant du regard par-dessus la tête de la petite. Allez-y, partez. Jade, viens avec moi.

Elle prit la fillette par la main et la ramena dans la cuisine.

Choquée par la réaction de Tara, je me dirigeai vers la porte d'entrée. J'avais besoin de me changer les idées et de me ressourcer.

32

Dans ma précipitation à quitter cette maison, je fonçai sur Adam, accroupi dans l'allée à resserrer les lacets de ses chaussures.

— Pressée de vous échapper?

— On peut dire ça.

Il ôta son bonnet et l'agita en direction de la Land Rover avec une petite révérence.

— Votre voiture est avancée.

Je montai dans le véhicule et bouclai ma ceinture pendant qu'il grimpait à son tour.

— Merci de me secourir. L'atmosphère est plutôt tendue ici.

— Sauver les demoiselles en détresse, c'est ma spécialité, dit-il d'un ton pince-sans-rire en démarrant.

Nous roulâmes jusqu'à la ferme dans un silence complet. Je contemplai le paysage par la vitre, un patchwork brun et vert de collines, de vallées, de bosquets et de prés dans lesquels crocus et jonquilles apportaient des touches de couleur. En quelques heures, le vent venu du sud avait tout modifié. Tel un magicien apparaissant derrière un rideau blanc, le printemps s'était matérialisé, sorti de nulle part, pour occuper le devant de la scène.

Ce ne fut qu'une fois dans la cour pavée de la ferme qu'Adam se tourna vers moi.

— Pourquoi un tel empressement à partir? s'enquit-il d'un ton léger.

Il retira son bonnet en laine et se mit à le tordre. J'observai ses mains ; la peau rougie et hâlée, ses doigts épais aux ongles mal taillés. Je réprimai une envie de poser ma main sur les siennes pour les soulager ; jamais encore je ne l'avais touché, ne serait-ce que pour lui serrer la main.

— On dirait que chacun a des projets me concernant. Je leur suis redevable de s'occuper de moi, mais je ne sais pas trop ce qu'ils attendent de moi. Pour être franche, j'ai un peu l'impression d'étouffer.

— Ils ont encore mis votre inconscient à nu, c'est ça ? demanda-t-il avec une pointe de sarcasme adoucie par son sourire.

— En quelque sorte…

— Vous avez envie d'en parler ?

À la vérité, j'en avais très envie et je pris conscience que ce qu'il pensait m'importait. Du coup, je relatai à Adam mes souvenirs de la veille concernant la femme en robe prune qui avait mis Kitty en garde, et le fait que je n'étais pas sous hypnose à ce moment-là.

— Lors de ma dernière séance d'hypnose, j'ai fait une drôle d'expérience, un rêve bizarre où Kitty et moi cohabitions.

Mon visage s'empourpra quand je me remémorai la scène entre Kitty et Garrett dans l'étable. Un enfant était-il né de leur union ? La femme en robe prune était-elle la mère de Garrett ?

— Je sais que ça a l'air ridicule, mais je commence à me demander si je ne suis pas reliée d'une certaine manière à cette maison. Il s'y passe de drôles de choses.

Je repensais à Jade, qui s'était remise à parler ; à Dempsey, qui avait craqué ; et au fait que j'étais capable de me glisser avec tant de facilité dans le monde d'une jeune fille de l'époque victorienne. Sans oublier l'épouse envolée de Vincent.

— C'est bizarre, la façon dont Cheryl est partie, déclarai-je tout à coup.

— Qu'est-ce que vous entendez par là ?

— Elle a laissé toutes ses affaires, même son portefeuille et son passeport. Je trouve ça très étrange.

Il garda le silence un instant puis plongea son regard dans le mien ; je fus comme envoûtée.

— Vous pensez qu'il lui est arrivé quelque chose? C'est ce qui vous perturbe?

Je hochai la tête. Mon cœur battait à tout rompre et ça n'avait rien à voir avec la maison de Vincent ou la question d'Adam. J'aurais peut-être dû garder mes doutes pour moi. J'avais regretté avoir parlé à Colin sitôt que Vincent avait apaisé mes craintes. Mais c'était différent cette fois-ci. D'une certaine manière, il me semblait naturel de partager mes pensées avec Adam.

— Oui, tout comme l'impression étrange de connaître ces lieux, avouai-je. J'ai eu plusieurs expériences de déjà-vu depuis mon arrivée. Le premier soir, Tara attisait le feu et j'ai eu le sentiment de l'avoir vue faire par le passé. Et puis, ça a recommencé quand vous avez apporté les bûches dans votre salon.

— Vous avez peut-être une cheminée là où vous habitez.

Cette possibilité était tellement évidente que je me demandai pourquoi je n'y avais pas songé plus tôt.

— Je me sens vraiment idiote, dis-je en rougissant. J'ai certainement analysé tous ces événements trop intensément. Vous avez sans doute raison, ce ne sont que des souvenirs de ma vie réelle.

Il fronça les sourcils.

— Mais vous n'y croyez pas vraiment, n'est-ce pas?

— Je ne sais plus que penser. Les visions de Kitty et de Garrett viennent forcément de quelque part.

Un brusque aboiement nous interrompit.

— Qu'est-ce qu'il y a, mon chien? fit Adam en sortant du véhicule.

Lad refusa de se laisser caresser la tête par son maître et continua à aboyer. Poussant un juron, Adam se dirigea d'un pas précipité vers la maison, le chien à son côté.

Je lui emboîtai le pas et, à l'instant où je passai la porte de la maison, j'entendis le cri d'Adam. Je me précipitai dans la cuisine où il relevait Bill du sol pour le rasseoir dans son fauteuil.

— Qu'est-ce que tu as fabriqué, bon sang? s'enquit Adam en rajustant la couverture sur les genoux du vieil homme. Où est grand-mère?

Je m'approchai de la cuisinière et retirai une casserole vide qui rougissait sur le feu. Adam était agenouillé près de son grand-père et lui frictionnait les mains pour le réchauffer.

— Que s'est-il passé?

— C'est Betty, souffla le vieil homme avec difficulté. Elle a oublié qu'elle avait mis de l'eau à chauffer et elle est partie.

Je perçus la terreur dans sa voix et un frisson de nervosité me parcourut le dos.

— J'ai dû m'assoupir et, à mon réveil, elle n'était plus là. Je l'ai appelée et comme elle ne répondait pas, j'ai essayé de me lever pour éteindre le feu et partir à sa recherche. Mais je n'ai pas trouvé ma canne et mes jambes se sont dérobées.

— Je vais aller à l'étage, annonçai-je en m'y précipitant. Betty? Betty, vous êtes là?

Je fouillai chaque chambre, remarquant les pancartes écrites au feutre et collées sur chaque porte pour que Betty sache où elle se trouvait: «chambre», «salle de bains», «chambre d'Adam». Elle n'était nulle part. Adam me rejoignit après avoir inspecté de fond en comble le rez-de-chaussée.

— La porte de derrière est ouverte, murmura-t-il. J'ai peur que grand-mère ne soit sortie.

Nous retournâmes dans la cuisine. Bill était aussi livide que son petit-fils et des larmes perlaient aux coins de ses yeux.

— J'ai un mauvais pressentiment, je pense qu'elle s'est rendue à la rivière. Elle est toujours heureuse près de l'eau mais, à cette époque de l'année, avec la fonte des neiges, le courant va être particulièrement violent.

— Ça va aller si on vous laisse seul ici ? demandai-je.

— Oui, oui, ça ira.

Il attrapa ma main et planta ses ongles dans ma paume.

— Ramenez-moi ma Betty, je vous en supplie.

Le cœur lourd, je pris soudain conscience que nous parlions d'une rivière qui se trouvait à quelques pas de la ferme, une rivière comme celle près de laquelle Kitty et Garrett avaient imaginé construire la maison de leurs rêves.

33

— Betty a mis ses bottes en caoutchouc, observai-je en enfilant la vieille paire que j'avais déjà empruntée et en attrapant une couverture sur la pile de linge. Ça lui arrive souvent de partir seule?

— Grand-mère a toujours adoré se balader le long de la rivière. Mais elle n'y est pas allée depuis bien longtemps, pour autant que je sache.

Adam gagnait déjà la porte de derrière à grandes enjambées, je courus à sa suite.

Lad nous attendait près de la maison et se joignit à nous quand nous descendîmes l'allée pavée. Nous passâmes devant le jardin de plantes aromatiques puis traversâmes un verger de pommiers noueux et dénudés.

— La rivière est-elle loin? Ne devrions-nous pas d'abord vérifier dans les granges?

— Si elle se trouve dans une des dépendances, elle y sera encore quand nous reviendrons de la rivière.

— Nous pourrions prendre le tracteur?

— Le pré d'en bas est spongieux à cette époque de l'année, cria-t-il quelques mètres devant moi. Il s'embourberait. On ira plus vite à pied.

Je dus me mettre à trottiner pour rester à sa hauteur. Les bottes trop grandes me gênaient, mais mon esprit était tourné vers ce que nous ferions si jamais Betty n'était pas au bord de la rivière quand nous y arriverions.

Nous franchîmes un portail qui s'ouvrait sur un pré en pente douce. Au bas de la descente, derrière une mince bande d'arbres dénudés, un ruban argenté serpentait, longeant les limites de la propriété. Lad fonça et disparut dans les arbres, aboyant d'excitation. Adam accéléra le pas. Nous arrivâmes enfin à la limite du pré où la rivière en crue venait lécher les berges boueuses.

Sous un majestueux saule pleureur, une vieille femme frêle était assise sur un banc en pierre polie. Elle était en train de contempler les remous de l'eau. Lad l'avait déjà rejointe et avait posé la truffe sur ses genoux.

Elle leva les yeux sur Adam. Il posa une main sur son épaule et un sourire éclaira son visage. Il s'installa à côté d'elle et prit ses mains froides entre les siennes.

— Qu'est-ce que tu fais ici, grand-mère ? demanda-t-il avec douceur. Tu vas attraper froid.

Betty portait une robe de chambre par-dessus un pull léger et une jupe en tweed. Ses jambes ressemblaient à deux bâtons raides sortant de ses bottes. Ses lèvres avaient viré au bleu, pourtant elle ne semblait pas souffrir.

Je m'approchai et l'enveloppai de la couverture. Elle me jeta un bref regard, ne sembla pas me reconnaître et reporta son attention sur son Adam.

— J'ai toujours aimé cet endroit, lui dit-elle. Ton père et moi déjeunions sur ce banc quand il moissonnait. Je descendais avec un panier de sandwichs et une bouteille ou deux de bière brune. Il prenait sa pause et s'asseyait à l'ombre, avec moi.

— Je suis Adam, grand-mère. Pas oncle Jim.

— Tes sœurs et moi prenions le canot et cabotions sur la rivière quand vous étiez petits. Tu t'en souviens ?

Je remarquai sur le rivage une vieille barque malmenée par le temps attachée à un vieux saule. Je repensai à Kitty et Garrett qui avaient amarré leur embarcation sur les bords d'une rivière ressemblant étrangement à celle-ci.

— Allez viens, grand-mère, fit Adam en voulant l'aider à se lever. Je dois te ramener au chaud. Tu as les mains gelées.

— J'aime cet endroit, dit Betty en le repoussant d'un ton irrité. Les enfants sont à l'école et Bill fait la sieste dans la cuisine. Je te rejoindrai plus tard.

— Tu n'as même pas de manteau, grand-mère, et il gèle ici.

— Je ne veux pas partir.

Adam me jeta un regard désespéré avant de se retourner vers sa grand-mère.

— Je vais te prendre sur mon épaule et te porter si tu refuses, la prévint-il.

— Betty, tentai-je à mon tour, Bill m'envoie vous dire qu'il attend son déjeuner.

— Bill est endormi, se défendit-elle.

— Il est réveillé maintenant et il attend son repas.

J'essayais de faire appel à son sens du devoir. Je ne me sentais pas capable d'assister à l'humiliation de la voir jetée comme un sac sur l'épaule de son petit-fils.

Elle plissa les yeux sur sa montre en or terni.

— Ce n'est pas encore l'heure de déjeuner. La viande n'est pas cuite.

— Allons, Betty, insistai-je d'un ton plus ferme. Nous avons promis à Bill de vous ramener à la maison. Vous pourrez revenir vous asseoir au bord de la rivière quand le temps se sera adouci.

La vieille femme fit la moue mais accepta de se lever. Adam passa un bras sous son épaule pour la soutenir.

— Attention, grand-mère. Il ne faudrait pas tomber dans la rivière.

Elle s'arrêta et scruta les eaux sombres qui rugissaient à quelques pas de là en esquissant un étrange sourire enfantin.

— Elle m'appelle, murmura-t-elle en se penchant dangereusement vers la rivière. J'ai l'impression que si je glisse, la rivière me rattrapera et je serai en sécurité.

Pendant plusieurs secondes, le souffle me manqua. J'avais déjà entendu ces mots auparavant. Alice avait exprimé le même sentiment au bord de la falaise. Je regardai avec nervosité le courant furieux et portai les mains à ma gorge dans laquelle un cri incontrôlable se formait, tandis que dans ma tête tourbillonnaient des images d'eau sombre emplissant mes poumons en feu. *Arrête!* me sermonnai-je mentalement. Je n'allais pas devenir hystérique à cause de ces mots prononcés par une vieille femme déboussolée. Je fermai les yeux pour repousser l'image de cette eau dans mes poumons. Je connaissais la douleur de la suffocation, la terreur effroyable qui accompagnait la noyade; l'assurance de savoir que la mort était proche et le sentiment libérateur qui en découlait. Je me vis tourbillonner irrésistiblement dans le courant, les yeux aussi fixes que vides, les cheveux flottant autour de moi comme un halo.

J'aspirai une profonde goulée d'air, alors qu'Adam me regardait d'un air inquiet.

— Kate, ça va? Vous pouvez prendre grand-mère par l'autre bras?

Je me ressaisis et passai le bras sous celui de Betty. Nous la guidâmes le long de la côte boueuse du pré. Repoussant les visions de noyade de mon esprit, je me demandai comment ce frêle petit bout de femme avait pu descendre ce terrain difficile pour atteindre le banc et remerciai le ciel qu'elle ne soit pas tombée à l'eau.

Le temps qu'on arrive à la ferme, Betty tremblait de tous ses membres. Bill nous accueillit sur le seuil, se tenant précairement sur ses cannes.

— Betty chérie ! s'exclama-t-il quand il la vit. Où étais-tu passée ?

— Je suis allée m'asseoir au bord de la rivière, répondit sa femme pendant qu'Adam l'installait près du feu. Tu ronflais tellement fort que je me suis dit que je ne te manquerais pas.

— Bien sûr que tu m'as manqué.

Il se laissa tomber dans le fauteuil opposé, se pencha vers elle et prit ses mains entre les siennes.

— Tu es la personne la plus importante au monde pour moi. J'ai cru que je t'avais perdue.

Elle le regarda avec des yeux humides.

— Vieux fou, souffla-t-elle avec un sourire. Tu ne te débarrasseras pas de moi aussi facilement.

Adam dut retourner travailler, aussi m'occupai-je en terminant la préparation du déjeuner selon les instructions de Betty. Pour l'instant, elle semblait satisfaite d'être assise près du feu avec son mari.

En cherchant un économe dans le tiroir, je repensais à ce qui s'était passé au bord de la rivière et à l'éventualité d'avoir trouvé l'endroit où Kitty et Garrett avaient accosté des décennies plus tôt lors d'une après-midi ensoleillée. Si tel était le cas, je tenais peut-être la preuve que tout ce que je revivais au cours des séances d'hypnose était réel. Le souvenir caché d'une vie antérieure. Colin avait-il raison de croire que j'étais la réincarnation d'une femme qui avait habité la région plus d'un siècle auparavant ?

34

J'écoutai d'une oreille distraite le vieux couple discuter pendant que j'épluchais et coupais les légumes, l'esprit bouillonnant de questions.

— Tu te rappelles quand Jimmy a attaché une corde au chêne et a demandé à ses sœurs d'y grimper? demanda Betty à Bill d'une voix lointaine. Et que notre Lizzy s'est cassé le bras?

— C'est inoubliable, grommela son mari. J'ai passé la journée à l'hôpital avec elle.

C'était merveilleux de penser qu'ils avaient eu une vie remplie d'enfants qui couraient dans la ferme, et si triste à la fois de se dire qu'il leur restait peu d'occasions de se créer de nouveaux souvenirs. Adam avait comparé la vie à un cercle où passé, présent et futur étaient liés. Ces deux-là avaient un jour été des enfants; ils avaient grandi et eu leurs propres enfants qui en avaient eu à leur tour. Mais le temps passait et leurs corps se flétrissaient, ils mourraient et retourneraient à la terre.

Était-ce réellement tout ce qu'il y avait à attendre de la vie?

La voix de Bill interrompit mes pensées. Je jetai la dernière pomme de terre dans le faitout et reposai l'économe sur la planche à découper.

— Vous avez l'air épuisée, commenta-t-il. Venez vous asseoir une minute avec moi pour vous reposer un peu.

Je m'essuyai les mains au torchon et tirai une chaise que j'installai en face de Bill. Betty s'était endormie dans son fauteuil, les lèvres entrouvertes, son dentier bougeant légèrement à chaque expiration.

Bill me tapota le genou.

— Je vous avais prévenue de ne pas écouter ces jeunes fous que sont Colin et Vincent.

Confortablement installée, je lui racontai la soirée de la veille chez Maria et lui fis part de mon étrange rêve dans lequel une femme m'intimait de ne pas parler de l'enfant à Garrett.

— La rivière, en contrebas, c'est celle où j'ai vu Garrett et Kitty accoster lors de ma dernière séance d'hypnose.

— Je ne prétends pas comprendre ce que vous ressentez, répondit doucement Bill. Cette histoire de vie antérieure est un mystère pour moi. J'ai l'habitude de croire ce que je peux voir de mes yeux et toucher de mes mains. Les choses solides comme la ferme, le bétail, mes enfants évidemment, et mon épouse.

Il l'enveloppa d'un regard attendri quelques instants puis reporta son attention sur moi.

— Cette Kitty et ses problèmes ont pris le contrôle de votre propre vie. Comme je l'ai dit hier matin, je n'aime pas remuer le passé. Et vous devez vous montrer prudente.

Il se tut quelques secondes avant de reprendre :

— Maintenant que j'y repense, on raconte qu'il y a eu une noyade dans cette rivière, il y a des années de cela. Betty en sait plus que moi. Elle a grandi ici, cette ferme se transmet de génération en génération dans sa famille. Elle a toujours été la ferme Jenkins.

Devant ma surprise, il s'expliqua.

— Je suis arrivé ici à la fin de la guerre, en 1945, comme ouvrier agricole. Les quatre frères de Betty avaient été tués au combat. Elle était la seule survivante de sa fratrie. Ses parents se démenaient pour atteindre leur quota de production d'après-guerre. Je suis tombé amoureux de Betty à la seconde où j'ai posé les yeux sur elle. Nous nous sommes mariés en 1946 et Lizzy n'a pas tardé à arriver. La condition qu'ont posée ses parents pour me donner sa main et finalement m'autoriser à reprendre la ferme était que j'adopte le nom de Jenkins. Adam a fait de même quand il a été clair que Jim ne s'intéressait pas à la ferme. Ça a toujours été la ferme Jenkins, et, avec un peu de chance, ça le restera.

Je réfléchis aux paroles de Bill et j'espérai que Betty se souviendrait effectivement de cette noyade. Ça n'avait peut-être aucun rapport avec Kitty et Garrett mais, si la famille de Betty habitait ici depuis des siècles, elle avait peut-être des informations sur les précédents occupants de la demeure que se partageaient Maria et Vincent.

Je me tournai vers Bill alors que Betty ouvrait les yeux, leur adressant à tous deux ma question.

— Cette noyade dont vous vous souvenez, a-t-elle un lien avec Kigarjay?

Fascinée, j'observai Betty ignorer ma question, humer l'air et regarder sa montre. Une étincelle s'alluma dans ses yeux lorsqu'elle se rappela où elle se trouvait et ce qu'elle devait faire. Elle était de nouveau ancrée dans la réalité et pleine d'entrain lorsqu'elle se leva.

— Tu te souviens d'une histoire à propos de la maison de Vincent James? répéta Bill d'une voix forte à sa femme, qui s'était levée et attrapait un saladier sur une étagère.

— Tout ce dont je me souviens, c'est que j'ai un yorkshire pudding à préparer et à mettre au four, rétorqua-t-elle en mesurant la farine puis en y ajoutant des œufs et du lait.

Mais, au bout d'une minute ou deux, elle s'arrêta, le fouet suspendu dans les airs.

— Qui est ce Vincent James?

— Le propriétaire actuel de Kigarjay, lui rappela Bill d'un ton patient. Sa fille, Jade, a passé quelques jours chez nous, tu te rappelles?

— Une fille? répéta Betty en fronçant les sourcils. Une petite blonde?

— C'est ça. Elle est rentrée chez elle ce matin.

— Ah! se contenta de répondre Betty en retournant à sa tâche.

— Kate voudrait savoir si tu as jamais entendu parler d'une noyade en lien avec la maison des James.

— Une noyade? Je ne crois pas.

— Ça a dû se passer il y a très longtemps, avant votre naissance, intervins-je. Il y a peut-être une histoire locale qu'on se raconte de génération en génération. Bill pense se rappeler que quelqu'un s'est noyé.

— Ça ne me dit rien.

La cuisine s'emplit du bruit du fouet battant contre le saladier à un rythme régulier et du bêlement ponctuel d'un agneau.

— Ma mère m'a en revanche raconté une histoire sur un double décès, annonça Betty d'une voix lointaine, me tirant de ma rêverie. Elle disait que Dieu donnait et reprenait, parce que deux personnes sont mortes le jour de ma naissance et parce que Mme Green, l'une de ses amies, a accouché le lendemain. Du coup, après ce tragique événement, il y avait deux nouveau-nés au village. Rosemary Green et moi avons été amies pendant des années jusqu'à ce qu'elle parte s'installer en Australie avec son mari.

Comment les gens qui souffrent de troubles de la mémoire arrivent-ils à se souvenir avec tant de précision du passé lointain, alors que leur mémoire récente est une vraie passoire?

— En quelle année êtes-vous née, Betty?

— En 1917, au mois de mai, répondit-elle avec un sourire triomphant. J'ai quatre-vingt-dix ans.

— C'est juste après l'anniversaire de Betty, en mai 1945, que je suis venu travailler à la ferme, ajouta Bill. Et Lizzy est née en avril 1947.

— Il n'a pas perdu de temps à me séduire, ricana Betty.

Voyant qu'ils étaient sur le point de changer de conversation, je les aiguillai sur le sujet qui m'intéressait.

— Qu'est-ce que votre mère vous a raconté sur ces deux morts? Ces personnes habitaient-elles Kigarjay à l'époque?

— Il y a eu des rumeurs de suicide. Les personnes qui sont mortes habitaient la grande bâtisse, vous savez, celle que le promoteur immobilier a séparée en deux pour les nouveaux venus. C'était une seule demeure quand j'étais petite. Tout le monde pensait qu'elle était hantée, et elle est restée inhabitée pendant des années avant qu'un promoteur s'y intéresse. Rosemary Green et moi allions cueillir des herbes dans le jardin et jouer sur le terrain.

— Mais vous n'avez jamais vu de fantôme?

Betty s'esclaffa, la voix forte comme si elle revivait sa jeunesse, et j'eus un aperçu de la jeune fille pleine de vie qu'elle avait été.

— Je n'ai jamais cru à ces idioties, même si des garçons du village juraient qu'ils avaient vu des lumières vaciller aux fenêtres un soir d'hiver. Et Rosemary a un jour prétendu qu'elle avait été poursuivie par un homme aux cheveux noirs qui avait disparu tout à coup.

Je réfléchis à la chronologie. Kitty et Garrett avaient seize ans en 1903, Kitty ayant fêté son seizième anniversaire au mois de décembre précédent. Ils devaient avoir la vingtaine quand ils avaient trouvé cet endroit et en étaient tombés amoureux. En mai 1917, à la naissance de Betty, ils devaient donc avoir la trentaine ; enfin, s'ils étaient toujours en vie et s'ils avaient existé ailleurs que dans mon imagination, bien sûr.

— Que savez-vous au sujet de ces suicides ? poursuivis-je. C'étaient des noyades ?

Betty haussa les épaules, son regard de plus en plus brumeux.

— Je ne me souviens pas. Je n'étais pas encore née quand c'est arrivé.

— Savez-vous pourquoi la maison s'appelle Kigarjay ? demandai-je, changeant d'angle d'attaque.

— Pas vraiment… J'ai toujours cru que c'était le nom de famille des propriétaires…

Betty en avait visiblement assez de discuter. Elle se concentra sur le beurre fondu qu'elle ajouta à sa préparation.

— Il est peut-être temps de laisser reposer le passé, jeune fille, intervint Bill. Quoi qu'il se soit passé à l'époque, ce n'est sûrement pas lié à ce que vous vous rappelez aujourd'hui.

— Comment vous souvenez-vous de toutes ces recettes de cuisine ? demandai-je à Betty pour changer de sujet.

Elle me décocha un sourire rêveur.

— J'ai passé toutes mes vacances à lire les livres de cuisine que contenait la bibliothèque de mon oncle.

— C'est la première fois que j'entends cette histoire, dit Bill à sa femme. Je croyais que tu avais passé toute ton enfance à la ferme.

— Pas cette fois-là, vieux fou, répondit Betty en ouvrant le four pour y glisser le yorkshire pudding.

— Qu'est-ce que vous voulez dire? lançai-je, la curiosité piquée.

Mais Betty affichait une expression absente et je sus que le souvenir s'était envolé.

— Qu'est-ce qu'elle veut dire? demandai-je alors à Bill.

— Je n'en sais fichtre rien.

35

Lorsque Adam rentra pour déjeuner, je lui relatai ma conversation avec sa grand-mère. Son travail de la matinée lui avait creusé l'appétit et il dévora le rôti de bœuf et les pommes de terre avec enthousiasme. J'avais moi aussi une faim de loup.

— Pour gagner le cœur d'un homme, il faut satisfaire son ventre, déclara la vieille femme tout en observant son petit-fils manger. Cette Tara ne l'avait pas compris.

Adam me jeta un coup d'œil embarrassé et secoua la tête en réponse à Betty qui ne parut pas remarquer sa gêne.

Elle se pencha alors en avant et baissa la voix d'un ton de conspirateur.

— Nous pensions qu'ils se marieraient, mais elle n'a jamais apprécié la ferme. Elle a fait des efforts mais on n'y peut rien, elle n'aime pas les animaux ni la vie au grand air. Elle n'aurait jamais pu être l'épouse d'un fermier.

— Laisse tomber, Betty, grommela Bill la bouche pleine.

De la sauce dégoulina sur son menton et j'attrapai une serviette pour l'essuyer. Mais je suspendis mon geste, contrariée par les propos de Betty. Alors comme ça, Adam et Tara étaient sortis ensemble?

— Ce ne sont pas les candidates qui manquent au village, poursuivit Betty, mais Adam prétend ne pas avoir le temps de flirter avec quelqu'un. Il attend la bonne.

Elle jeta un regard appuyé à son petit-fils et clama d'un ton péremptoire :

— Je te le dis, tu vas finir seul et malheureux !

Bill s'intéressa à la serviette dans ma main.

— Allez-y, fit-il les yeux pétillants. Vous mourez d'envie de me frotter le menton.

— Euh… si vous le voulez…

Il leva le menton et me regarda dans les yeux pendant que je l'essuyais.

— Les jolies filles savent garder un homme soigné, plaisanta-t-il avec un large sourire. Ah ! si j'étais plus jeune…

Je contemplai la serviette dans ma main et une lumière se fit dans mon esprit. J'avais déjà accompli ce geste auparavant. Je me concentrai pour essayer de me souvenir. Une vieille femme – peut-être celle qui m'avait appris à fabriquer des anges en papier ; un regard noisette qui me souriait. Elle comptait beaucoup pour moi. Non, plus que ça, je l'aimais de tout mon cœur. J'arrivais presque à sentir l'odeur de savon sur ses mains parcheminées qui découpaient les anges. Était-ce ma grand-mère ? En un instant, le souvenir s'évapora…

Après le déjeuner, j'aidai Adam à nourrir les agneaux orphelins. Tandis que les petites bêtes tiraient sur leur biberon et que Betty et Bill somnolaient doucement dans leur fauteuil derrière nous, je profitai de ces instants de bonheur simple. Je pris dans mes bras l'agneau de Jade, plus jeune et plus faible que les autres, tandis qu'Adam repoussait les deux autres, plus vigoureux, qui réclamaient une deuxième tournée. Notre tâche terminée, nous nous installâmes devant l'évier en émail pour faire la vaisselle.

— Vous pensez que Kitty et Garrett se sont suicidés de concert? s'enquit tout à coup Adam comme je lui tendais une assiette.

— Cela m'étonnerait. Kitty sait ce qu'elle veut et elle est prête à de nombreux sacrifices pour l'obtenir, dis-je en secouant la tête, les bras plongés dans la mousse. Jusqu'à présent, le trait de caractère qui la définit le mieux est la détermination. Réfléchissez aux événements que je l'ai vue surmonter. Elle a perdu son père très jeune, elle a dû déménager dans une région difficile, supporter un dur labeur et prendre soin de ses frère et sœur. Après quoi, la jeune fille en manque d'affection tombe amoureuse d'un homme qui lui demande de l'attendre pendant de longues années. Si rien de tout ça ne l'a ébranlée, qu'est-ce qui aurait bien pu la pousser au suicide?

Adam haussa les épaules.

— Personne ne sait ce que les autres pensent vraiment.

— Mais j'ai été Kitty! Je la connais, donc! répondis-je de manière péremptoire, alors que j'ignorais si elle existait vraiment.

Le regard calme qu'il posa sur moi m'ébranla.

— Vous semblez vous être forgé une opinion quant à la réalité de ces souvenirs, lâcha-t-il en prenant la dernière casserole pour l'essuyer.

Je me sentais un peu perdue.

— Ce matin, j'étais sceptique, c'est vrai. Mais la rivière existe, elle se trouve juste en bas! La rive ressemble à celle que j'ai vue. Et maintenant, j'apprends que deux morts violentes ont eu lieu, qu'elles ont un lien avec la propriété que se partagent Maria et Vincent, et que tout cela pourrait expliquer les visions que j'ai sous hypnose.

— Il existe une façon de s'en assurer, fit Adam.

Il posa l'ustensile avec les autres et mit le torchon à sécher.

— Laquelle?

— Nous pourrions consulter les registres communaux.

— Ou je pourrais laisser Colin m'hypnotiser une nouvelle fois ce soir et voir ce qui est arrivé à Kitty.

— C'est comme vous voulez. Vous êtes venue ici pour échapper à la pression que les occupants de cette maison vous imposaient, cependant, depuis que vous êtes là vous n'avez pas été capable de parler d'autre chose, remarqua Adam avec un sourire. Ça vous dirait, une balade autour de la ferme? Ensuite, je vous ramènerai chez Vincent.

— J'adorerais aller marcher, acceptai-je. Et je suis désolée de n'avoir parlé que de Kitty, mais c'est vous qui avez lancé le sujet, ce coup-ci!

Je me tus. Adam avait les yeux braqués sur moi, une expression étrange sur le visage. Je plongeai à mon tour dans son regard brun insondable. Le temps sembla se suspendre. J'étais Kitty à nouveau, noyée dans le regard bleu et ensorcelant de Garrett, alors que nous nous tenions dans la froide salle de classe et qu'il me demandait de l'attendre. Je portai une main à ma gorge, sentant presque le camée dans ma paume.

Nous échangeâmes un long regard confus jusqu'à ce que Betty pousse un cri dans son sommeil, rompant le charme. Adam tourna les talons et je tendis le bras pour le retenir. Mais il fut trop rapide. Ma main n'accrocha que le vide.

Adam me fit faire le tour de la ferme et je m'émerveillai de la rapidité avec laquelle le printemps se dévoilait après le dégel. Des bouquets de primevères sauvages perçaient et des bourgeons roses coloreraient bientôt les branches dénudées des arbres. J'offris mon visage à la douce caresse du soleil et je sentis sa chaleur bienfaisante gagner mon corps. Comme il était bon de se sentir vivante !

Il était 16 heures passées lorsqu'Adam me reconduisit à Kigarjay. Ni l'un ni l'autre ne revint sur l'étrange moment volé dans l'arrière-cuisine et je commençai à me demander si je ne l'avais pas rêvé. Adam ne s'attarda pas : il devait s'occuper du bétail avant la tombée de la nuit. La Land Rover disparut au bout du chemin, alors que j'attendais encore devant la porte.

À mon grand soulagement, Vincent vint m'ouvrir. La confrontation du matin avec Tara m'avait quelque peu secouée. Il me sourit, sincèrement ravi de me voir.

— Vous vous êtes bien amusée à la ferme ? demanda-t-il, tandis que je le suivais à l'intérieur.

Il prit mon manteau et le posa sur le dossier du canapé.

— Oui, merci. Même si ça a été un peu mouvementé quand Betty a disparu, ce matin.

— Que s'est-il passé ?

— Elle était partie se promener près de la rivière. Tout ça a été un peu stressant.

— Seigneur ! Je ne sais pas pourquoi Adam ne les envoie pas en maison de retraite.

Je pris aussitôt leur défense.

— L'hospice les achèverait. Bill et Betty sont bien trop indépendants. Leurs vies sont trop ancrées dans cette ferme pour qu'ils puissent être heureux n'importe où ailleurs.

Vincent s'arrêta sur le seuil de la cuisine et pivota pour me faire face. Il prit ma main dans la sienne puis, de l'autre, posa un doigt sur mes lèvres.

— Du calme ! fit-il à voix basse. Je ne voulais pas vous bouleverser. Écoutez, j'ai dépassé les bornes tout à l'heure et j'en suis désolé. Je n'aurais pas dû me mettre en colère et vous laisser seule avec maman et Colin.

— C'est sans importance, répondis-je avec un haussement d'épaules las.

Me prenant par la main, il me conduisit dans le couloir, vers son bureau, sans doute pour s'éloigner des oreilles indiscrètes de la cuisine.

— J'attendais votre retour, dit-il sitôt la porte du bureau refermée derrière nous. La maison paraît vide sans vous.

— Vous n'êtes pourtant pas seul!

— Non, même si Tara est rentrée chez elle, ma mère, Colin et Jade sont là. Mais ce n'est pas ce que je voulais dire…

Je fus soulagée d'apprendre que j'allais avoir un peu de répit loin de Tara.

— Colin n'est pas encore parti? lui demandai-je avec intérêt.

— Non, mais il va rentrer chez lui en fin de journée, car il est de service demain. Il vous attend, j'imagine…

Demain serait lundi, le début d'une nouvelle semaine. Avec la tempête derrière nous, la vie reprendrait son cours normal. Pour tout le monde, sauf pour moi…

— Êtes-vous allé consulter le site des personnes disparues sur Internet?

— Oui, répondit Vincent. Une femme correspond à votre profil, mais elle a disparu depuis quinze jours. Il n'y a pas de disparition référencée cette semaine.

— Oh…

En dépit de mes sentiments en dents de scie concernant mon identité, j'étais soulagée de ces nouvelles. Comment pourrais-je partir, alors que je mourais d'envie de savoir ce qu'il était advenu de Kitty?

— Écoutez, vous devez vous demander pourquoi je désirais vous voir revenir ici, commença Vincent d'une voix où perçait l'appréhension. Maria voulait vous dire quelque chose hier soir mais, comme Colin et maman ont insisté pour venir, elle n'en a pas eu l'occasion...

— Je suis désolée, Vincent, m'empressai-je de répondre avant qu'il ait le temps de terminer. Je n'ai franchement pas envie de retourner là-bas ce soir.

Je pris une profonde inspiration et décidai d'aller droit au but.

— La première fois que j'ai rencontré Maria, j'ai eu l'impression qu'elle était en colère contre vous, et ce qu'elle a pu insinuer m'a inquiétée.

Je m'affalai dans son fauteuil en cuir. Je remarquai les murs recouverts de livres, ce qui me rappela la bibliothèque de l'oncle de Kitty.

À ma grande surprise, Vincent s'approcha et s'agenouilla devant moi. Il parcourut mon visage de son regard tourmenté.

— Je n'ai pas été totalement honnête avec vous. Vous avez besoin de connaître la vérité, je le vois bien.

— Je vous écoute, fis-je d'un ton las.

— L'autre nuit, quand nous avons discuté dans la cuisine, je vous ai dit que j'espérais que Maria avait bien vu un fantôme. Je voulais que cet endroit soit hanté. Et j'ai ajouté que j'aimerais que ce soit Ambre, car je voulais son pardon...

— Betty m'a appris quelque chose qui me laisse penser que, si cet endroit est bel et bien hanté, ce n'est pas par Ambre, l'interrompis-je. Apparemment, il y a plus de quatre-vingts ans, deux personnes sont mortes ici, et d'après moi, si un esprit erre dans cette maison, ce doit être celui de l'une d'entre elles. Réfléchissez, Vincent, Ambre est décédée en paix, à l'hôpital, sa mère à ses côtés. Pourquoi son esprit hanterait-il cette maison ? Vous devriez plutôt espérer qu'elle ait rejoint un monde meilleur.

— Ce que j'essaie de vous dire, grommela-t-il, c'est que… Kate, écoutez-moi. Cheryl ne s'est pas enfuie avec un autre homme. Ma femme s'est donné la mort. Elle s'est suicidée ici même, dans cette maison, quelques semaines après le décès d'Ambre. Ce n'est pas à l'esprit d'Ambre que je désire plus que tout au monde demander pardon. C'est à celui de Cheryl.

36

Je dévisageai encore Vincent lorsque Jade se rua dans le bureau de son père en s'écriant :

— Papa ! Papa ! Grand-mère et moi, on a fait des caramels ! Ils sont en train de refroidir, mais tu peux en goûter un : ce sont les meilleurs du monde !

Vincent contempla sa fille d'un air distrait puis, comme se rappelant qui elle était, la prit dans ses bras.

— Tu es une vraie petite femme d'intérieur ! s'exclama-t-il en enfouissant son visage dans son cou.

— Papa, tu piques ! Tu vas venir en goûter ?

— Bien sûr, mon cœur. Je ne veux pas rater ça, surtout si ce sont les meilleurs caramels du monde.

— Kate aussi, tu viens, dit-elle en me tendant la main. Je les ai faits pour toute la famille.

— Kate ne fait pas vraiment partie de la famille, murmura Vincent en me décochant un regard anxieux.

— Kate pourra prendre la part d'Ambre, répliqua Jade. Ambre est d'accord.

Vincent posa Jade par terre et lui prit la main. Je leur emboîtai le pas, réfléchissant à la bombe que venait de lâcher Vincent. Pourquoi avoir menti ? Qui d'autre connaissait la vérité ? Je n'arrivais pas à imaginer qu'une personne puisse se suicider chez elle sans que tout le village soit au courant.

Cette maison semblait frappée par les malheurs, songeai-je en entrant dans la cuisine, les papilles excitées par l'odeur. Cet endroit était-il maudit? Si la version de Vincent était avérée, on pouvait en arriver à cette conclusion... Je ne savais plus ce qui était vrai ou faux, réel ou imaginaire.

Je balayai la cuisine du regard, mais mon esprit errait à mille lieues de là. Deux décès étaient survenus ici en 1917, après quoi la propriété n'avait pas été habitée pendant des années. Pour autant que je sache, la famille de Vincent était la première à avoir emménagé dans la maison depuis qu'elle avait été séparée en deux. Et depuis, sa fille aînée et son épouse étaient mortes avant l'heure.

Je regardai Jade, qui présentait un plateau de caramels à son père, et priai pour que la série de malheurs s'arrête. Était-il possible que les pierres et le ciment des murs d'une maison absorbent l'énergie des gens qui l'habitaient? Une part de la force vitale de Kitty et Garrett – si c'était bien là qu'ils avaient vécu – persistait-elle en ces lieux, perceptible au-delà du temps et de l'espace?

— Vous allez bien, Kate? On dirait que vous venez de voir un fantôme..., fit Dempsey avant de jeter un regard contrit à son fils. Quoi? Elle a l'air bouleversée.

Elle me tendit un morceau de caramel que je fourrai dans ma bouche, laissant le sucre fondre sur ma langue.

— Hum, c'est délicieux, Jade! affirmai-je. J'en reprendrai sûrement un autre tout à l'heure, juste pour être sûre que j'aime ça.

Jade gloussa, les joues roses de fierté. Son père avait une main posée sur sa chevelure blonde, un geste d'une tendresse infinie que je ne l'avais pas vu esquisser auparavant.

— Je suis content que vous soyez revenue, lança Colin, la bouche pleine. J'espérais bien procéder à une nouvelle séance avant de rentrer chez moi. Vincent pourrait y assister. Ça vous convient?

— Je suis partante, acquiesçai-je. À vrai dire, Betty m'a raconté une chose très intéressante qui se serait passée il y a des années et qui pourrait avoir un rapport avec Kitty et Garrett. J'ai hâte de leur rendre à nouveau visite. Mais avant, je dois dire deux mots à Vincent.

Nous laissâmes Jade et Dempsey ranger le désordre qu'elles avaient mis dans la cuisine et nous rendîmes dans le salon.

— Qu'allez-vous faire de l'information que je vous ai confiée? débita-t-il avant que je puisse prendre la parole.

— Je ne sais pas trop, répondis-je. Ça dépend. Qui d'autre est au courant? La police a-t-elle été informée?

Il se mit à faire les cent pas devant la cheminée.

— Ma mère est au courant; elle était présente ce jour-là. Je pense que Tara s'en doute, mais elle n'a jamais posé de questions.

— Comment avez-vous pu garder une telle chose secrète? Il y a bien dû y avoir une autopsie, une enquête?

— J'ai des amis haut placés qui se sont chargés de tout, expliqua-t-il d'une voix serrée. Un médecin a confirmé l'heure de la mort, les journalistes ont été tenus à l'écart de l'enquête et tout a été géré avec un maximum de discrétion.

— Mais pour quelles raisons en arriver à ces extrêmes? Si Cheryl s'est effectivement suicidée, pourquoi tant de secrets?

— Qu'est-ce que vous croyez? Jade venait de perdre sa sœur. Apprendre que sa mère avait volontairement mis fin à ses jours aurait été la trahison ultime pour elle. Ambre n'a pas choisi, mais Cheryl a pris la décision de nous quitter. Comment croyez-vous que Jade aurait réagi?

À grandes enjambées, il gagna le canapé où il s'affala, se prenant la tête dans les mains. Je vins m'asseoir à côté de lui, cherchant instinctivement à le réconforter. Mais je me rappelai alors que, la veille seulement, il avait prétendu se sentir coupable de la mort de sa fille à qui il avait transmis le gène responsable de sa maladie.

— C'était un mensonge? lui demandai-je. Le fait que vous vous sentiez coupable de ne pas avoir été là pour Ambre? Alors qu'en fait c'était à Cheryl que vous pensiez?

— Il est impossible que vous ayez quelque part des enfants dont vous auriez tout oublié, lâcha-t-il. Sinon, vous sauriez que j'étais sincère. J'ai réellement le sentiment d'avoir abandonné Ambre, pour toutes les raisons que j'ai évoquées hier. Mais j'ai laissé tomber Cheryl aussi. Pas seulement quand Ambre était si malade. Je n'étais pas là quand notre fille est morte et je n'ai pas été là non plus dans les semaines qui ont suivi. Cheryl se sentait aussi coupable que moi, mais je n'arrivais pas à en parler avec elle. Je me suis abruti de travail et, quand je rentrais enfin à la maison le soir, je m'enfermais dans mon bureau. Je voyais bien qu'elle ne s'en sortait pas, mais j'étais trop dans le déni pour pouvoir l'aider.

D'un coup d'œil vers la porte de la cuisine, je m'assurai qu'elle était toujours fermée. Vincent suivit mon regard et baissa la voix.

— Tara m'a dit que Cheryl avait besoin d'une aide psychologique et m'a proposé les services de Colin, mais j'ai refusé. La fierté a pris le pas sur le bon sens et Cheryl a payé le prix fort de mon incapacité à montrer ou à partager mes émotions.

L'image de Garrett m'apparut. Ils se ressemblaient, Vincent et lui. Tous deux enferrés dans leur éducation et les conventions, à essayer de construire un monde de stabilité matérielle pour ceux qu'ils aimaient plutôt que de profiter pleinement de leur présence. Je songeai à Kitty attendant Garrett des années et à Cheryl attendant le retour de son mari chaque soir. Si la réincarnation existait, Vincent avait dû être Garrett autrefois... Et si j'étais Kitty, cela expliquait le lien profond que j'avais éprouvé lorsqu'il m'avait secourue.

— Je suis d'accord avec Tara concernant la thérapie, dis-je d'une voix ferme. Il est évidemment trop tard pour Cheryl mais, comme je vous l'ai dit l'autre soir, il n'est pas trop tard pour Jade et vous. Vous devriez consulter une personne spécialisée dans la perte d'un proche, en qui vous auriez confiance et qui vous apprendrait à exprimer votre colère et votre chagrin. Je suis sûre que Colin pourrait vous recommander quelqu'un.

Vincent évita mon regard. Il se mordilla la lèvre.

— Il y a autre chose, fit-il. Une chose que Maria m'a confiée le soir où je suis allé la voir, quand vous étiez tous à la ferme.

— Quoi donc?

Vincent affichait un air gêné. Je repensai alors au mot que Maria avait glissé dans la poche de mon manteau au moment de nous quitter la veille. J'allai le chercher et je l'étudiai, me demandant si c'était bien de cela qu'ils avaient parlé.

Kate, méfiez-vous de Colin.

Des pas martelant le parquet nous firent sursauter. Colin se tenait dans le salon; son expression me mit mal à l'aise.

— Prête à sombrer? demanda-t-il.

37

Je rangeai précipitamment le mot, m'efforçant de garder un visage neutre.

— Je... euh... J'arrive dans une minute, répondis-je.

Déjà ébranlée par la récente confession de Vincent, je sentis mon corps se tendre davantage. Que voulait dire Maria? Vincent me dissimulait-il encore quelque chose? Une révélation inquiétante au sujet de Colin?

Je me remémorai l'insistance soudaine de Vincent pour que je quitte la ferme et rentre avec lui. Sa réticence quand Colin avait demandé à se joindre à nous. Avec le recul, je compris qu'il avait essayé de m'éloigner du frère de Tara. Il n'avait jamais caché sa désapprobation à me voir me laisser hypnotiser. Colin me dévisageait et je me ressaisis. J'étais ridicule d'imaginer le mal partout. Cependant, il devait bien y avoir une raison pour que Maria me conseille de me méfier de lui...

Mes réflexions furent interrompues par la porte qui s'ouvrit à la volée.

— Vincent! s'écria Dempsey. Jade a une crise d'asthme! Où est son inhalateur? Je ne le trouve pas.

Vincent sauta sur ses pieds et je le suivis, tandis qu'il se précipitait dans la cuisine où Jade cherchait désespérément son souffle. Je la contemplai avec horreur, notant la teinte bleue de ses lèvres, l'expression de terreur de son regard.

— Il se trouve dans l'armoire à pharmacie, d'habitude ! s'écria Dempsey, haletante et paniquée.

— Je sais, mais il n'y est pas ! Il faut aller chercher celui de la salle de bains ! cria-t-il en parcourant la cuisine du regard.

Dempsey fila. Je restai là, impuissante, ne sachant que faire. Jade posa alors des yeux terrifiés sur moi et tendit vers moi ses bras maigrichons. Je m'approchai d'elle, la pris sur mes genoux et tins son corps tendu contre moi.

— Chut… ça va aller, Jade, lui murmurai-je en la berçant. Calme-toi, respire lentement et profondément.

Le sifflement dans sa gorge se fit moins désespéré et elle se colla à moi. Elle avait la respiration rauque.

Colin vint s'accroupir devant nous.

— Regarde-moi, Jade, demanda-t-il d'un ton calme et professionnel. Tu te sens détendue et en sécurité. Kate s'occupe de toi et tu peux respirer normalement à présent. Prends une lente respiration, un, deux, trois, et expire, un, deux, trois. Inspire, expire. Voilà ! C'est bien, bravo.

Je me rendis compte que je respirais également selon les instructions de Colin, en rythme avec Jade, et le sifflement s'atténua. Je la sentis se détendre dans mes bras.

Dempsey revint, un inhalateur dans les mains qu'elle tendit à Jade. Obéissante, la petite s'en empara et aspira une goulée salvatrice.

Lentement, ses joues retrouvèrent un peu de couleur, sa respiration se fit moins difficile jusqu'à redevenir normale. Elle laissa échapper un petit sanglot.

— Je veux maman ! gémit-elle avant d'enfouir son visage dans mon cou.

J'échangeai un regard empli de sous-entendus avec Vincent. Il fit un pas vers moi puis s'arrêta, le regard attiré sur le sol, à quelques centimètres de moi. Je baissai légèrement la tête et suivis son regard jusqu'à une forme sous la table. L'inhalateur disparu.

— Oh mon Dieu! soupira Vincent en le ramassant pour le ranger avec précaution dans l'armoire à pharmacie. À quoi ça tient, des fois…

Je gardai Jade sur mes genoux quelques minutes. Soucieuse, je lui caressai les cheveux pendant qu'elle somnolait. La crise d'asthme l'avait épuisée, mais aucun d'entre nous n'avait le cœur de la mettre au lit, où nous ne pourrions pas garder un œil sur elle.

Dempsey suggéra de l'installer sur le canapé. Vincent en profita pour annoncer qu'il devait me montrer quelque chose sur Internet.

— Et pour notre séance d'hypnose? s'enquit Colin.

Je levai vaguement une main en murmurant:

— Plus tard, Colin.

Sitôt la porte du bureau fermée, je lançai:

— Je veux des réponses. Je veux savoir exactement ce qui est arrivé à votre femme et ce que Maria et vous savez au sujet de Colin.

— D'accord, accepta Vincent en m'invitant à m'asseoir dans le fauteuil, tandis qu'il s'appuyait sur sa table de travail. Par quoi on commence?

— Votre femme. Comment s'est-elle suicidée? demandai-je après une seconde d'hésitation. Et je vous prie d'être totalement honnête avec moi.

Vincent hocha la tête et ferma les paupières un instant.

— Un ami médecin avait prescrit à Cheryl des tranquillisants. Elle ne dormait plus après le décès d'Ambre et, quand elle parvenait à trouver le sommeil, elle souffrait de terribles cauchemars.

Il marqua une pause, se passa une main sur le visage.

— C'était un vendredi. Ce jour-là, Cheryl a attendu que Tara parte. Ma mère allait venir prendre la relève, mais elle ne devait arriver que tard dans la soirée, après un vernissage à la galerie. D'après Jade, Cheryl lui a fait sa kiné, lui a donné son bain et lui a lu une histoire avant de la coucher. J'imagine que, lorsque Jade a été endormie, Cheryl s'est rendue dans la chambre d'Ambre, s'est allongée sur son lit et a pris les cachets – le tube entier –, qu'elle a avalés avec du brandy.

Il déglutit avec difficulté.

— Je suis rentré plus tard que d'habitude. J'étais allé chercher ma mère à la gare, et nous sommes arrivés bien après 23 heures. J'aurais pu être à la maison plus tôt mais, comme chaque soir, je n'avais pas le courage d'affronter Cheryl.

Il tourna des yeux emplis de larmes vers moi.

— Comment demander à la mère de votre enfant décédée comment elle va? Mais comment ne pas le lui demander? Pendant deux semaines, après la mort d'Ambre, j'ai prié chaque soir pour que Cheryl soit endormie quand je rentrais à la maison, pour ne pas avoir à observer ses yeux bouffis ni l'entendre gémir dans son sommeil, même si elle avait pris l'habitude de dormir dans la chambre d'Ambre.

Vincent se mit à faire les cent pas dans la pièce.

— Je suis un lâche. Je ne savais pas comment me comporter. Je me suis tenu à l'écart tant que je pouvais.

— Et quand vous l'avez trouvée? le pressai-je.

— C'est ma mère qui l'a trouvée. Elle avait du mal à dormir elle aussi et s'était mise à errer dans la maison aux petites heures du jour. Elle a regardé dans la chambre d'Ambre, a vu Cheryl, le tube de médicaments sur le sol à côté du lit.

— Vincent, je suis sincèrement navrée.

— C'est exactement ce que je voudrais dire à Cheryl, déclara Vincent. Et à Ambre aussi. C'est pour cela que lorsque Maria a parlé d'un fantôme errant entre nos deux maisons, d'objets qui étaient déplacés, l'excitation m'a gagné. Je sais que c'est ridicule, mais j'aimerais qu'elles nous hantent toutes les deux pour les avoir à mes côtés une dernière fois.

38

La porte du bureau s'ouvrit et Dempsey passa la tête par l'embrasure.

— Ah! vous voilà, tous les deux. Nous avons préparé à dîner, si vous avez faim. Jade se sent bien mieux, à présent.

J'imaginai Dempsey découvrant sa belle-fille morte et aider à dissimuler son décès sur les instructions de son fils. Une fois encore, je m'interrogeai sur l'immensité de l'amour maternel.

— Comment? Ah oui, d'accord...

Vincent faisait un effort surhumain pour se reprendre, tandis que nous emboîtions le pas de sa mère.

— Je croyais que toute la nourriture était perdue, dit Vincent, alors que nous prenions place autour de la table.

— Nous avons trouvé des pommes de terre, des oignons, et il restait des œufs, expliqua Dempsey avec un sourire. Nous avons fait une tourte aux pommes de terre et aux oignons, pas vrai Jade?

— On aurait dû aller faire des courses aujourd'hui, dit Vincent en prenant machinalement sa fourchette. En tout cas, ça sent très bon, termina-t-il après avoir poussé un soupir.

Il paraissait avoir du mal à se concentrer sur le moment présent. Il semblait sous le choc et fonctionnait en pilotage automatique.

— J'irai faire des courses demain, avant de rentrer, si je récupère ma voiture à temps, proposa Dempsey.

— J'ai appelé le garage tout à l'heure, déclara Vincent. Avec tous ces véhicules abandonnés, ils ont du travail par-dessus la tête, mais ils m'ont assuré qu'ils feront leur possible pour sortir ta voiture du fossé et la tracter jusqu'ici.

— Je peux avoir du ketchup, grand-mère? demanda Jade.

— Bien sûr, mon ange.

Dempsey se pencha et dessina un visage souriant sur la tourte de Jade.

— Tara ne veut jamais que je prenne du ketchup, expliqua la petite. Elle dit que c'est dégoûtant.

— Il faut vraiment que Tara apprenne à se détendre, commenta Dempsey avec un petit claquement de langue. Elle est très bien, mais sérieusement coincée. Peut-être que maintenant que les choses ont changé ici, elle va profiter un peu plus de la vie.

— Ce n'est pas évident pour elle, intervint Colin pour prendre la défense de sa sœur. C'est une grosse responsabilité de s'occuper de Jade et de cette maison. Je parie que personne n'a jamais eu à se soucier des courses jusqu'à maintenant, parce que Tara s'en occupe.

Jade prit également le parti de Tara.

— Tara m'a aidée à préparer le biberon de Pelote, annonça-t-elle à sa grand-mère. Elle avait peur de me laisser approcher les agneaux, mais je les ai caressés, et le chat de Kate aussi, et je n'ai pas éternué une seule fois.

— J'ignore ce que j'aurais fait sans Tara ces deux dernières années, reconnut Vincent d'une voix lointaine.

Je lui jetai un regard nerveux, me demandant si c'était la première fois qu'il admettait, même en son for intérieur, le rôle qu'il avait joué dans la mort de sa femme. Il repoussa son assiette et se leva.

— Tu n'aimes pas, papa? s'inquiéta Jade.

— Je n'ai pas très faim, c'est tout, mon cœur. Je mangerai plus tard.

Il quitta la pièce et un silence gêné nous enveloppa. Dempsey, Colin et moi évitâmes soigneusement de croiser nos regards. Le repas terminé, Colin s'excusa et alla s'occuper du feu. Sans doute voulait-il chauffer la pièce en prévision d'une nouvelle séance d'hypnose. Le cœur serré, je me rappelai que Vincent ne m'avait toujours pas fait part de ses inquiétudes concernant le frère de Tara.

Jade rassembla ses crayons de couleur et ses feuilles de papier, puis se mit à dessiner, la crise d'asthme oubliée. Je m'émerveillai de la résistance de cette enfant, tandis que Dempsey et moi remplissions le lave-vaisselle.

— Je m'inquiète pour Vincent, murmura Dempsey, avec un regard en direction de Jade. Il a les traits pâles et fatigués.

— Est-ce que papa va travailler demain? demanda Jade.

Avait-elle surpris la remarque de sa grand-mère ou s'inquiétait-elle également pour son père?

Sa question me rappela ma propre peur concernant ma situation et le retour à la normale. Évidemment, il n'y avait aucune raison pour que Vincent n'aille pas travailler le lendemain. Les routes étaient dégagées, les trains roulaient, le courant et le téléphone fonctionnaient et Tara allait sans doute revenir s'occuper de la maison.

— J'imagine que oui, répondit Dempsey.

— J'aime bien quand papa est à la maison, déclara Jade en se concentrant sur son coloriage. Ambre aussi.

— Tu sais, commença Dempsey en s'asseyant près de sa petite-fille, j'aimerais bien pouvoir parler avec Ambre comme tu le fais. Ta sœur me manque énormément.

— Tu te rappelles quand Ambre a cassé les œufs et qu'on a planté des graines dedans? demanda-t-elle en levant les yeux sur sa grand-mère.

— Oui, des graines de cresson, sourit Dempsey. Ensuite Ambre a peint des visages sur les coquilles et on aurait dit des petits bonshommes avec des cheveux verts.

— On peut le refaire?

— J'achèterai des graines et on les plantera le week-end prochain, quand je reviendrai.

Jade gratifia sa grand-mère d'un sourire radieux. Je les observai, le cœur serré. Visiblement, Dempsey avait pris bonne note des conseils de Colin et était montée dans le train du processus de deuil. À les entendre se remémorer Ambre, je compris qu'elles voyageaient ensemble.

Colin passa la tête par la porte de la cuisine et demanda:

— Vous êtes prête, Kate?

— Tu vas encore hypnotiser Kate? demanda Jade en levant les yeux de son dessin.

Je me figeai, hésitant à aller trouver Vincent pour lui demander des réponses au sujet de Colin. Que pouvait-il avoir découvert sur son compte qui me mettait en danger?

— Oui, il va m'hypnotiser, répondis-je d'un ton décidé. À tout à l'heure.

Je suivis Colin dans le salon où il avait tiré les rideaux et installé des couvertures sur le canapé. Un feu vif crépitait dans la cheminée. La pièce était chaleureuse et accueillante. Je m'allongeai, mes craintes envolées, remplacées par mon envie irrépressible d'en apprendre davantage sur cette femme qui monopolisait mes souvenirs.

Assis dans un fauteuil près de moi, Colin parcourut la pièce du regard pour s'assurer que nous étions seuls. Mon cœur fit un bond : étais-je folle de m'abandonner ainsi à sa merci ? L'image de Colin apaisant Jade pendant sa crise d'asthme envahit alors mon esprit et je fus rassurée.

— Je n'arrête pas de penser à ce que vous m'avez confié au sujet de Cheryl, chuchota-t-il. Allez-vous me dire ce qui vous a fait changer d'avis ?

Je me redressai sur une épaule pour le regarder dans les yeux. J'aurais dû me douter qu'il était vain d'espérer qu'il oublie ce que je lui avais dit.

— Comment ça ?

— Après avoir passé une éternité à l'étage avec notre hôte et sa mère, prétendument pour changer des draps, vous m'avez dit que vous vous étiez trompée. Mais, à observer la relation entre Dempsey et Vincent, je me demande s'il n'y a pas autre chose. Elle le protège, c'est ça ?

J'avais eu raison de ne pas le sous-estimer. C'était peut-être là la raison des inquiétudes de Vincent et de Maria concernant Colin. Maria avait changé d'attitude envers Vincent après leur soirée passée en tête à tête. Vincent avait-il avoué à Maria la vérité concernant Cheryl ? Appréhendaient-ils tous deux que le perspicace Colin ne découvre également que Cheryl s'était suicidée et ne vende la mèche ? Ce qui, ainsi que le craignait Vincent, affecterait Jade plus que quiconque.

— Vous pouvez garder un secret ?

— Si le secret, c'est que Vincent a assassiné sa femme, je ne pense pas, non.

— Il ne l'a pas tuée. Elle s'est suicidée, finis-je par lui avouer.

Colin se rencogna dans son fauteuil et croisa les mains derrière la tête, assimilant l'information.

— Comment a-t-il réussi à le passer sous silence ?

— Des amis haut placés, apparemment.

— Sacrément haut placés pour dissimuler ça.

— Et entièrement convaincus de l'innocence de Vincent, approuvai-je.

— Mais Vincent n'a pas encore fait son deuil ? Il a encore des choses à lui dire ?

Je hochai la tête.

— Vous avez tout à fait raison.

Il soupira et me lança un mince sourire.

— Il n'y a aucune preuve de la présence d'un fantôme, j'imagine ?

— Pas que je sache. Seulement quelques inquiétudes de la part de Maria.

— Bien, je crois que nous allons devoir laisser ce petit mystère de côté pour l'instant. Fermez les yeux et nous allons essayer de trouver Kitty.

— Je dois la rejoindre à un moment capital de sa vie, murmurai-je. J'ai découvert grâce à Betty qu'il y avait eu des suicides dans les parages. Il faut que je sache s'il s'agit de Kitty.

— Que se passe-t-il ici ?

Mes yeux s'ouvrirent brusquement au son de la voix de Vincent. Je me redressai pour lui jeter un regard coupable.

— Kate a décidé de refaire une séance d'hypnose, se défendit Colin.

— Vous auriez dû attendre, marmonna Vincent. Je voulais m'assurer que… tout allait bien.

— Je te l'ai déjà dit. Tu peux assister à la séance, si tu le souhaites, assura Colin. Qu'en pensez-vous, Kate ?

Pour être honnête, je ne savais plus quoi penser. À part que je voulais revoir Kitty. J'en avais besoin.

— Restez, je vous en prie, fis-je à Vincent en me réinstallant sur le canapé. D'une façon ou d'autre, je dois aller jusqu'au bout.

39

Vincent s'installa confortablement dans un fauteuil près du feu et écouta Colin commencer les exercices de relaxation. Bientôt j'imaginai mon corps et mon esprit se séparer dans une explosion de bulles multicolores ; je flottais, légère et invisible.

— Je veux que vous retourniez à l'époque où vous étiez Kitty. Vous êtes à une étape charnière de sa vie, un moment capital.

Je me sentis remonter le temps, et lorsque j'ouvris les paupières, j'étais allongée dans un lit affaissé, une femme assise à mon chevet sur une chaise au haut dossier. Il s'agissait de la femme à la robe prune dont j'avais rêvé. Elle tenait à la main un linge humide avec lequel elle épongeait mon front, l'essorant de temps en temps dans un bassin émaillé.

— Où te trouves-tu, Kitty ? Décris-moi ton environnement.

Je jetai des regards affolés autour de moi, au-delà des colonnes du grand lit en bois, vers les murs dénudés de ma demeure.

— Je suis dans une espèce de chambre, répondis-je. Je ne reconnais pas cet endroit.

— Garrett est-il avec toi ?

— Non. Il ignore ce qui se passe. On est parti chercher la sage-femme. La mère de Garrett est à mes côtés. Oh non ! Ça fait tellement mal !

— Es-tu souffrante ?

— C'est le bébé… Il arrive…

Une douleur fulgurante me coupa la parole. Je me pliai en deux, me tenant le ventre. La mère de Garrett me tapota sommairement la main.

— Tout va bien se passer, ma chère, murmura-t-elle du bout des lèvres. Nous sommes toutes passées par là. Inspirez profondément et retenez-vous.

— Quelque chose ne va pas, dis-je les dents serrées.

— La sage-femme sera bientôt là, assura-t-elle.

À la voir assise tranquillement à mon chevet, le dos droit, les vêtements lisses, les cheveux ramenés en un chignon sévère, je ne pouvais l'imaginer souffrir l'agonie de l'accouchement.

— Kitty! cria la voix dans ma tête. Je comprends que tu souffres, mais tu dois continuer à me parler.

— Je me demande comment la mère de Garrett a pu surmonter ça, dis-je en poussant un soupir de soulagement à la fin d'une contraction.

La porte de la chambre s'ouvrit brusquement et une femme en robe grise avec un col blanc, une coiffe sur la tête, entra.

— Je suis miss Drayton, annonça-t-elle.

Elle noua un tablier blanc autour de sa taille tout en s'approchant de moi.

— Je veux Garrett! suppliai-je, alors qu'une nouvelle contraction se manifestait.

— Nous avons déjà abordé la question. Il ne peut pas avoir un enfant hors mariage, alors qu'il commence tout juste à se faire un nom à la City. Vous ne voudriez pas gâcher sa vie, je suppose…

La mère de Garrett se leva, me laissant aux soins de la sage-femme.

— Voyons voir où vous en êtes, fit celle-ci.

Je gémis de plus belle, tandis que la contraction s'intensifiait, irradiant le bas de mon ventre, remontant le long de mon dos, m'enserrant comme un étau.

— Kitty, je veux que tu avances dans le temps, après la naissance du bébé, demanda la voix désincarnée. Le travail est terminé et tu tiens ton bébé dans les bras. Est-ce un garçon ou une fille?

La pièce autour de moi se mit à scintiller et, tout à coup, je baissai les yeux sur la petite chose aux cheveux noirs dans mes bras.

— C'est un garçon!

Les douleurs de l'accouchement s'envolèrent pour laisser place à la joie de tenir mon nouveau-né.

— Il est magnifique.

— Est-ce qu'il va bien? demanda la voix.

— Oui. La sage-femme a dit que j'avais un petit garçon en parfaite santé.

— Où est Garrett?

— À Londres, toujours. Sa mère m'a fait venir chez des amis à elle, en Cornouailles.

— Vas-tu lui annoncer pour le bébé?

— La mère de Garrett m'a dit que je pourrai lui en parler plus tard, quand il aura fait fortune et sera prêt à se marier. Je ne veux pas le gêner dans son ascension. Et puis la mère de Garrett a promis que nous pourrons récupérer notre enfant quand nous serons mariés.

— Très bien, Kitty. Je veux que tu avances encore dans le temps, jusqu'au jour où Garrett apprend l'existence de son fils. Il se trouve dans la pièce avec toi. Raconte-moi ce qu'il se passe.

Une fois encore, la pièce s'illumina et je rouvris les yeux sur un endroit différent. Je regardai autour de moi, reconnaissant les tapisseries murales.

Je laissai échapper un sanglot.

— Garrett est furieux. À mon retour de Cornouailles, j'ai appris que Jaygo, notre fils adoré, avait succombé à la fièvre et était mort. Mon cœur s'est brisé, mais j'ai tenu ma promesse et gardé le secret. Je n'ai rien dit à Garrett. Sa mère m'avait assuré que c'était la meilleure solution. Garrett est devenu quelqu'un d'important aujourd'hui. Il a acheté des terres par ici et plusieurs propriétés.

— Êtes-vous mariés?

Je regardai mon époux faire les cent pas dans la chambre et hochai la tête, les yeux pleins de larmes.

— Nous nous sommes enfin mariés, mais j'ai vingt-huit ans à présent et je crains de ne plus pouvoir avoir d'enfant.

— Tu as donc appris à Garrett pour son fils?

— Oui. Il est inconsolable. Il va aller trouver sa mère pour lui demander des explications, et les rapports sont tendus entre nous. Il pense que sa mère n'a jamais cru qu'il m'épouserait. Apparemment, elle souhaitait une femme de meilleur rang pour son fils unique.

— Vois-tu encore les membres de ta famille?

— Maman est morte il y a presque deux ans. Elle refusait de me parler après l'accouchement. Selon elle, j'ai apporté la disgrâce sur notre famille. Mais je vois encore Alice. Elle ne va pas bien.

— Que lui arrive-t-il?

— C'est dans sa tête.

— Raconte-moi.

— Alice et Arthur continuent de rendre visite à notre oncle et notre tante qui vivent au bord de la mer. Ils y vont chaque année, tout comme je le faisais jusqu'à ce que je parte à Londres pour travailler.

Dans ma tête apparut l'image de la maison sur la côte, la maison que j'avais rêvé de posséder. En regardant la chambre de la demeure que Garrett et moi partagions, je m'émerveillai de la chance qui était la mienne d'avoir pu construire une maison similaire.

— Parle-moi, Kitty. Que se passe-t-il avec Alice?

— Elle est tellement infantile! Elle cherchait tout le temps à attirer l'attention de maman. Elle a inventé une histoire horrible au sujet d'oncle George. Alice et moi avons été reniées par notre mère avant son décès. Moi à cause de l'enfant illégitime que je portais, Alice en raison des histoires cruelles qu'elle racontait.

— Et quelles histoires étaient-ce?

J'hésitai, refusant de le dire à voix haute, mais la voix insista.

— Elle prétend qu'oncle George l'aurait touchée de façon inconvenante, chuchotai-je, mal à l'aise.

— Quel âge a Alice à présent?

— Vingt-deux ans.

— Alice a-t-elle jamais mentionné ce genre de comportement de la part d'oncle George auparavant?

— Non. Mais elle a dit à maman que ça durait depuis des années. Alice m'a confié qu'elle croyait que c'était sa faute, mais qu'à présent elle est suffisamment âgée pour savoir qu'elle est la victime d'oncle George.

— Et tu ne la crois pas?

— Je ne sais pas. Non. Notre oncle et notre tante ont toujours été si gentils. C'est une affreuse accusation, qui pourrait ruiner leur réputation.

— La soutiendras-tu si elle vient te demander de l'aide?

Je regardai Garrett et soupirai.

— Alice n'est plus une enfant. Je dois penser à mon mari et faire le deuil de mon fils. Je ne sais pas ce qu'elle cherche, mais je n'ai pas le courage de m'occuper d'elle.

— Je veux que vous reveniez vers moi, Kate, annonça la voix résonnant comme dans un long tunnel. Je vais compter de dix à zéro.

— Je ne veux pas quitter Garrett. Il souffre tellement. Ne pourrais-je pas rester un peu plus longtemps?

— Tu vas rester avec lui, Kitty. C'est à Kate que je demande de revenir.

Je me remémorai le sentiment intense que j'avais éprouvé lorsque j'avais niché mon visage dans le cou de mon bébé et respiré sa douce odeur. Une fois, au cours de la brève période que nous avions passée ensemble, Jaygo avait ouvert les paupières et m'avait scrutée avec intensité de ses grands yeux bleus. Pas un jour ne s'était écoulé depuis sans que je pense à lui. Un frisson de chagrin me traversa quand je songeai à l'horrible réalité: je ne le reverrais jamais.

— Trois, deux, un… Ouvrez les yeux, Kate. Vous avez de la visite.

Je soulevai les paupières et découvris Jade, debout devant moi, me dévisageant de ses grands yeux bleus. Je me tortillai pour m'asseoir, mettant mon visage à hauteur du sien. Alors, elle glissa sa petite main dans la mienne.

— Ne sois pas triste, dit-elle avec un sourire. Je t'attendais ici pendant tout ce temps.

— Que veux-tu dire, Jade? demanda Colin.

Je remarquai Vincent, toujours assis près du feu. Jade baissa les yeux et je compris que Colin n'obtiendrait pas de réponse.

— Je crois que tu devrais aller retrouver ta grand-mère, lui dit Colin, avant d'ajouter: Je dois parler à Kate, s'il te plaît. C'est très gentil de ta part d'avoir attendu qu'elle se réveille, mais je te promets qu'elle va bien. Ces choses qu'elle se rappelle sont arrivées il y a très longtemps.

Je me sentais vide. Je n'avais peut-être pas physiquement donné naissance à Jaygo, mais j'avais été présente, partagé les émotions qui animaient Kitty. J'avais ressenti sa joie de tenir son fils dans ses bras, la souffrance de la séparation et la profondeur immense de son chagrin. Je n'étais pas encore prête à quitter Jade.

— Pourrions-nous discuter de cela plus tard ? suppliai-je Colin.

Il secoua la tête.

— Pour tirer un profit maximal de ces séances, nous devons examiner vos souvenirs résiduels tant qu'ils sont encore frais. Si on ne le fait pas maintenant, tout cela n'aura servi à rien.

— Puis-je vous poser une question ? Vous croyez sincèrement en la réincarnation ?

Son regard voleta vers Jade.

— Ce n'est pas une conversation à tenir devant une enfant de six ans.

— Je pense que Colin a raison, intervint Vincent à voix basse.

Je soupirai, relâchant mon étreinte.

— Et si tu allais trouver grand-mère, Jade ? dis-je à contrecœur. Je dois m'entretenir avec Colin quelque temps. Et puis, est-ce que ce n'est pas l'heure d'aller te coucher ?

Avec une moue contrariée, Jade détala dans l'escalier pour aller voir Dempsey. Colin vint s'asseoir sur le canapé avec moi.

— Pourquoi une telle question ?

— Parce que, murmurai-je, me sentant vraiment idiote, j'ai le sentiment que Jade pourrait être la réincarnation du fils décédé de Kitty.

40

À ma grande surprise, Colin ne s'esclaffa pas. Dans l'attente d'une réponse à ma question, j'évitai de croiser le regard de Vincent.

— J'ai toujours envisagé la possibilité que les âmes survivent à la mort de leur enveloppe corporelle, déclara Colin. Ce que j'ai vu et entendu au cours de ces séances tend à le prouver. Sinon, comment des personnes sous hypnose parviendraient-elles à se remémorer leurs vies antérieures?

— Vous ne croyez pas que ma blessure à la tête ou mon amnésie font remonter à la surface des souvenirs confus, ainsi que le pense votre sœur? Vous ne croyez pas que je suis folle?

— Si ça n'était arrivé qu'une seule et unique fois, ç'aurait pu être une explication, admit-il. Mais, comme je l'ai déjà dit, de nombreuses personnes tout à fait saines d'esprit prétendent avoir vécu la même expérience. Un docteur en psychologie américain a enregistré des années de séances d'hypnose et écrit plusieurs ouvrages sur le sujet. Si l'on en croit les milliers de personnes qu'il a hypnotisées, les âmes se réincarnent dans la même région géographique pour résoudre les problèmes rencontrés dans les vies antérieures. Si vous croyez au karma, alors vous savez que ce qui survient dans une vie affecte la suivante. On doit tirer des leçons de ses expériences et réparer le mal qui a été fait.

— Vous voulez dire que les gens se réincarnent jusqu'à ce que les choses aillent bien?

— En gros, oui. Et, apparemment, on se réincarne en compagnie d'une âme sœur, un époux ou un ami. Cette théorie, soutenue par de nombreux sujets interrogés sous hypnose, explique que si les problèmes d'une vie ne sont pas résolus, les âmes se réincarneront différemment afin d'appréhender la situation sous un angle nouveau.

Je le regardai, incertaine. Pour un praticien sain d'esprit, il avait des idées loufoques. Mais il était réconfortant de penser que la mort n'était qu'un abandon de notre enveloppe terrestre, et non une fin en soi.

Vincent était penché en avant sur sa chaise, le regard rivé sur Colin. L'espoir illuminait ses yeux et mon cœur se serra. Je venais d'éprouver le chagrin dévastateur de la perte d'un enfant. Je savais exactement ce que Vincent ressentait.

— Donc, d'après vous, lorsqu'on meurt, notre âme vient habiter un nouveau corps?

— Seigneur, non! s'écria Colin. Je crois que l'âme désormais privée de vaisseau terrestre se dirige vers un autre lieu. Certains l'appellent paradis, Walhalla, nirvana, Tao, le joyeux terrain de chasse… Peu importe le nom, il s'agit de la salle d'attente où nous planifions notre prochaine incarnation sur Terre. Lorsque nous sommes prêts à nous réincarner, nous rejoignons l'entité biologique de notre choix et redevenons un bébé dans le ventre de sa mère.

— D'après cette théorie, une personne ayant été ma sœur cadette dans une vie antérieure peut-elle être présente dans cette vie depuis plus de quatre-vingts ans?

— Vous pensez à Betty?

Je ne m'étais pas trompée, rien n'échappait à Colin. Il était d'une perspicacité déconcertante.

— Oui, répondis-je, confuse.

— Qu'est-ce qui vous fait penser qu'elle pourrait avoir été Alice?

— Alice et Betty ont toutes deux prononcé la même phrase au sujet du sentiment que leur inspirait la proximité de l'eau. Elles ont toutes deux l'impression que celle-ci les appelle et qu'elles y seraient en sécurité. Et puis Betty a raconté qu'elle passait ses vacances à étudier les recettes de cuisine dans les ouvrages de la bibliothèque de son oncle, mais Bill prétend qu'elle n'a jamais quitté la ferme. Je me demande si elle ne se rappelait pas une vie antérieure... quand elle était Alice, peut-être.

— Intéressant, fit-il, le regard dans le vague. Les âmes sont apparemment censées se réincarner sans aucun souvenir de leurs vies antérieures ou des tâches qu'elles ont à accomplir. Si elles se rappellent des épisodes de leur existence passée – autrement que dans un environnement contrôlé, comme sous hypnose –, c'est non seulement effrayant et perturbant, mais cela contrecarre en outre l'objectif même de la nouvelle vie, à savoir effectuer le bon choix cette fois. Ce serait comme avoir les réponses avant de connaître les questions.

— Betty pourrait-elle avoir des souvenirs de sa vie antérieure à cause de sa sénilité? Si on peut avoir accès à ces souvenirs sous hypnose, qu'est-ce qui les empêche de surgir en cas de maladie ou de dommages cérébraux?

— Il y a une multitude de possibilités, énonça Colin doctement. À part Betty, y a-t-il d'autres personnes que vous auriez reconnues? Qui vous semblent proches?

Jade me rappelait énormément le nouveau-né de Kitty. J'expliquai à Colin ce que j'avais ressenti lorsque je l'avais trouvée à mon réveil, me scrutant de ses grands yeux bleus. Et puis il y avait Vincent. Je lui jetai un regard rapide. Il ressemblait tellement à Garrett.

— Vous avez mentionné une âme sœur, poursuivis-je avec précaution. Les gens se réincarnent-ils toujours auprès de leur âme sœur?

— Le psychologue américain a interrogé ses sujets à ce propos. La plupart d'entre eux pensaient qu'il est courant de se réincarner avec son âme sœur, en général un époux ou une personne extrêmement proche. Vous croyez avoir retrouvé votre âme sœur?

— Même si je croyais à ce genre de choses, je ne suis pas sûre que je la reconnaîtrais en la voyant.

J'évitai le regard de Vincent tout en me rappelant l'amour inconditionnel de Kitty pour Garrett et le sentiment de joie intense et d'intimité ressenti lorsqu'il m'avait secourue.

— Vous êtes encore là? lança Dempsey qui venait de faire son apparition.

Elle semblait agitée et nous levâmes tous trois les yeux vers elle, brutalement ramenés à la réalité.

— Est-ce que Jade va bien? demanda Vincent.

— Oui. Elle est prête à aller au lit. Elle a dit que vous étiez ennuyeux et bavards, fit-elle avant de poser un regard accusateur sur moi. Elle m'a demandé ce que «réincarnation» signifiait.

— Je suis désolée, c'est ma faute. J'aurais dû lui demander de partir plus tôt, dis-je en me levant. Rien ne lui échappe.

— Il faut que je vous parle, m'annonça Dempsey. C'est important. Je couche Jade et nous discuterons.

— Quant à moi, je vais rassembler mes affaires et y aller, déclara Colin en se levant. Nous reparlerons de tout ça une autre fois, Kate.

Je souhaitai bonne nuit à Jade et fus entraînée dans le couloir par Dempsey. Depuis le seuil de sa chambre, je la regardai prendre sur la coiffeuse un morceau de papier. D'un geste de la main, elle m'invita à entrer.

— J'ai trouvé ça, fit-elle en me tendant une coupure de presse.

— «Un psychiatre de la région mêlé à une affaire de suicide», lus-je à voix haute. Est-ce qu'ils donnent un nom?

Elle secoua la tête. Je m'assis sur le bord du lit pour lire le petit article à deux reprises.

«Un psychiatre de la région nie son implication dans le décès de Mary Penny-Brown, attribué à un suicide après examen du médecin légiste. Mary Penny-Brown est la troisième patiente du praticien, dont l'identité n'a pas été révélée, à décéder dans des circonstances suspectes ces dernières années.»

Un sentiment de terreur m'envahit.

— Où avez-vous trouvé ça?

— Par terre, dans le bureau de Vincent, répondit Dempsey d'une voix tremblante. Je suis navrée, Kate, mais je pense qu'il s'agit de Colin.

41

Je lissai la coupure de journal froissée tout en réfléchissant. S'agissait-il de ce que Maria et Vincent voulaient me révéler? Était-ce la raison pour laquelle Vincent avait souhaité que je quitte la ferme?

Depuis le début, Vincent avait désapprouvé les séances d'hypnose. Mais était-ce à cause de cet article ou bien à cause de ce qui était arrivé à Cheryl? Et que savait Maria, au juste?

— Je vais devoir en discuter avec Colin, marmonnai-je, pensive.

Puis, je pris une profonde inspiration avant de me lancer.

— Dempsey, je suis au courant pour Cheryl.

Un petit cri étranglé s'échappa de sa gorge et ses yeux vinrent se poser sur le tiroir dans lequel j'avais découvert la bouteille de gin. Elle s'éclaircit la voix.

— Qu'allez-vous faire?

— Ne vous inquiétez pas, je ne vais pas vendre la mèche. Je ne ferai pas ça à Jade. Mais je veux savoir si Colin est impliqué d'une façon ou d'une autre. Est-ce lui le médecin qui a prescrit à Cheryl ses médicaments?

— Avant hier matin, je n'avais jamais rencontré Colin, répondit-elle en déglutissant avec peine. J'ignore qui a donné ses cachets à Cheryl, mais je sais que Julian, l'époux de Maria, était médecin. Vincent et Cheryl étaient très amis avec eux. Ils étaient du même âge, les deux maris travaillaient, les femmes restaient à la maison, à s'occuper des enfants. Ça n'aurait rien d'étonnant que Julian ait prescrit les antidépresseurs à Cheryl. Je suis quasiment sûre que c'est le mari de Maria qui a rédigé le certificat de décès et pris les dispositions nécessaires pour enlever le corps en toute discrétion.

— Maria est-elle au courant?

— Non, elle était à l'étranger avec son fils. Je crois que son mariage avec Julian battait déjà de l'aile et qu'elle essayait de renouer avec sa famille en Sicile. À leur retour, Cheryl avait été enterrée et Vincent racontait qu'elle l'avait quitté. Vincent ne veut pas que Jade apprenne un jour la vérité, et moins nous sommes au courant, mieux c'est.

— Où se trouve Julian, maintenant?

— Aucune idée. Maria et lui se sont séparés environ six mois plus tard. Apparemment, Maria n'a pas eu plus de chance que moi avec son époux de médecin. Vincent avait l'âge de Michael quand son père nous a quittés. Amusant comme l'histoire se répète parfois.

— Je vais aller discuter avec Maria, puis je montrerai à Colin cet article, annonçai-je avec fermeté.

J'abandonnai Dempsey et gagnai à pas feutrés la porte de derrière.

Il faisait sombre dans le jardin, mais la lueur projetée par les fenêtres éclairées suffit à me guider et je pus enjamber sans problème la petite haie. Je passai devant la fenêtre de sa cuisine et vis Maria devant l'évier. Malgré l'obscurité, elle dut m'apercevoir car, lorsque j'arrivai sur le seuil, elle m'attendait.

Avec ses longs cheveux noirs qui tombaient en cascade sur ses épaules, elle était magnifique.

— Entrez, m'invita-t-elle d'un geste de la main. Vous avez lu mon message?

— Oui. Que savez-vous au sujet de Colin?

Elle me guida dans la cuisine, somptueusement décorée de céramique italienne et dotée d'un bar central recouvert de granit noir. Des bouquets d'herbes parfumées pendaient aux chevrons, embaumant la pièce de senteurs méditerranéennes. De la main, elle m'indiqua un tabouret haut et prit place sur un autre.

— Vous voulez un café, un verre de vin?

Je refusai d'un geste de la tête.

— Je ne peux pas rester longtemps. Je n'ai prévenu ni Vincent ni Colin de ma venue ici.

— Ah!

— Racontez-moi ce que vous savez, intimai-je en posant sur le comptoir l'article de journal.

Elle se servit un verre de vin rouge et but plusieurs gorgées, pensive, avant de se lancer.

— Jeudi soir, alors que vous étiez à la ferme, j'ai demandé à Vincenzo de passer. Je l'avoue, mon intention était de le questionner sur la disparition de Cheryl, dont la soudaineté m'a toujours perturbée. J'ai attendu très longtemps une telle occasion. Avant que la tempête l'oblige à rester à la maison, Vincenzo m'évitait la plupart du temps. Je triais quelques papiers avant son arrivée et j'ai trouvé la coupure de presse. Elle était posée tout en haut d'une pile de documents et pliée à l'envers, de sorte qu'on ne pouvait pas rater l'article. C'était très étrange, un peu comme un message de l'au-delà.

Un frisson la parcourut à ce souvenir.

— J'ai laissé le papier sur la table pour que Vincenzo le voie, reprit-elle. Je voulais le prendre au dépourvu, évaluer sa réaction, vous comprenez? Mais, au lieu de parler de Cheryl, il est devenu nerveux et a déclaré que le médecin mentionné dans l'article s'appelait Colin et qu'il devait aller vous chercher à la ferme.

— Soupçonniez-vous Cheryl de s'être suicidée? C'est pour ça que vous vouliez que Vincent découvre cet article?

Les mains de Maria tremblaient tellement qu'elle dut reposer son verre sur le comptoir.

— La façon dont Cheryl était partie m'intriguait, finit-elle par lâcher. Je suis rentrée de Sicile avec Michael peu après sa disparition. J'ai interrogé mon mari sur le départ précipité de mon amie, mais il a prétendu ne rien savoir. Je n'avais aucune raison de douter de lui.

Elle fit tourner le verre entre ses doigts, contemplant le liquide bordeaux tourbillonner avant de poursuivre.

— J'ai questionné Vincenzo, évidemment, mais il persistait à dire que Cheryl l'avait quitté et refusait d'en discuter davantage. Julian, mon mari, et lui ont alors cessé de se voir. Six mois après le départ de Cheryl, Julian m'a quittée. Je voulais rentrer en Sicile, mais Michael a refusé. Il voit son père régulièrement et tous ses amis sont ici.

— Mais c'était il y a un an et demi! commentai-je en regrettant de ne pas avoir accepté ce verre de vin. Pourquoi ne pas avoir interrogé Vincent au sujet de Cheryl plus tôt si vous étiez inquiète?

— Je vous l'ai dit, il était tout le temps au travail. Déjà, par le passé, Cheryl se plaignait de ne pas le voir suffisamment. Elle se sentait abandonnée et seule.

Maria but une longue gorgée avant de reprendre.

— Et puis il y a eu la tempête et Vincenzo s'est retrouvé coincé chez lui. Quand je l'ai vu déblayer son allée, je l'ai invité. Il était gêné mais n'a pas pu refuser. Quand je suis passée chez lui pour m'assurer qu'il ne se défilerait pas, vous étiez là, alors je vous ai également conviée.

Avec un claquement de langue, elle me signifia à quel point ma venue l'avait contrariée.

— Impossible de l'interroger devant vous, mais je voulais qu'il sache que son explication sur la disparition de Cheryl ne me satisfaisait pas.

Nous nous dévisageâmes en silence quelques instants. Les pièces commençaient à s'emboîter les unes dans les autres.

— Et une fois qu'il a vu l'article, avez-vous pu l'interroger au sujet de Cheryl?

Maria hocha la tête.

— Vincenzo était très inquiet à votre sujet et, quand j'ai insisté, il a craqué et m'a avoué que Cheryl s'était donné la mort.

Nouveau silence, puis je posai la question qui me tourmentait.

— Pensez-vous que Vincent soit impliqué dans la mort de sa femme?

— Non, répondit-elle sans hésitation. Je connaissais Cheryl et je connais Vincenzo. Mon amie avait perdu la tête après la mort d'Ambre, elle était enfermée dans un monde d'obscurité. Voilà pourquoi ça m'étonnait tellement qu'elle se soit enfuie de cette façon. Elle était trop déprimée pour cela.

Je repensai aux paroles de Tara. Il fallait de l'énergie pour planifier un départ et, selon elle, il était peu probable que Cheryl ait été suffisamment forte.

— Il me paraît bien plus logique que Cheryl se soit suicidée plutôt qu'envolée. Je crois Vincenzo.

Je me levai, décidée à partir.

Maria posa ses longs doigts bruns sur mon bras, s'apprêtant à me retenir. Elle fut interrompue par la sonnette de la porte d'entrée qui retentit, nous faisant sursauter toutes les deux.

— Attendez-moi ici, fit-elle en se levant.

Elle revint un instant plus tard accompagnée de Vincent. Il semblait nerveux, mais son expression se radoucit quand il me vit.

— Kate! Nous nous demandions où vous étiez passée! Dieu merci, je vous ai trouvée. Colin voulait vous dire au revoir et vous n'étiez nulle part. Ma mère refusait de parler et j'ai cru que vous nous aviez… quittés.

— Elle est venue me voir, Vincenzo, lui apprit Maria. Je lui ai raconté pour l'article de journal. Tu aurais dû le faire toi-même.

Vincent se figea.

— J'ai essayé, fit-il en tournant des yeux penauds vers moi. Mais vous étiez tellement prise par ces histoires d'hypnose. Et puis, nous n'avons pas la preuve que cet article parle de Colin.

— Qu'est-ce qui vous y a fait penser? demandai-je, perplexe. L'article ne mentionne aucun nom.

— La coïncidence est trop énorme, répliqua Vincent. J'avais peur pour vous, après ce qui s'est passé…

Sa voix se brisa d'émotion et il déglutit avec difficulté avant de terminer.

— Après ce qui est arrivé à Cheryl.

Nous restâmes silencieux dans la cuisine qui embaumait les herbes aromatiques.

— Il ne va rien m'arriver, dis-je avec douceur. J'ai peut-être perdu la mémoire et retrouvé des souvenirs confus du passé, mais je suis forte, Vincent.

Une douce sensation m'envahit à ces paroles. J'étais forte, j'en étais convaincue. Le souvenir fugace d'une relation qui s'était mal terminée et le besoin de commencer une nouvelle vie me traversa. Un secret de famille que j'avais juré de percer. Voilà de quoi il s'agissait. Une promesse faite à une personne qui comptait énormément pour moi, un être cher que j'avais perdu. Pourtant, j'avais refusé de me laisser abattre par la tristesse. J'étais plus forte que ça. Je m'étais motivée et étais allée de l'avant en décidant d'enquêter sur ce mystère familial. Mais pour quelle destination étais-je partie ? Et quel était ce secret que je voulais percer?

— Vous vous sentez bien? s'enquit Vincent d'une voix inquiète. Vous êtes toute pâle.

Je secouai la tête, les yeux brillants d'excitation à l'idée que la mémoire me revenait peu à peu. Il ne s'agissait encore que de fragments incomplets, mais une image un peu floue commençait à apparaître.

— Parfaitement bien, lui assurai-je, l'esprit de retour sur notre problème actuel. Cependant, je pense que nous devrions interroger Colin, histoire de voir ce qu'il a à dire.

42

— Où étiez-vous? grommela Colin quand nous entrâmes dans le salon. Je ne voulais pas partir sans vous dire au revoir et fixer un rendez-vous pour que vous veniez me voir au cabinet.

— Et si on parlait de ça? l'interrogeai-je sans détour en lui tendant la coupure de presse.

Bien que surpris, Colin s'empara du morceau de papier journal froissé et l'examina. Il leva un regard nerveux sur nous.

— Où l'avez-vous trouvé?

— Peu importe. S'agit-il de vous?

Colin s'affala sur le canapé et Vincent et moi vînmes nous poster devant lui, dos au feu qui crépitait.

Dempsey descendit l'escalier en se plaignant que Jade ne dormait pas. Elle s'arrêta net en nous voyant faire face à Colin.

Celui-ci se tourna vers elle et lui lança:

— Vous pouvez vous joindre à nous pour entendre ce que j'ai à dire, Dempsey.

La mère de Vincent se percha sur l'accoudoir d'un fauteuil et attendit avec inquiétude.

— C'est bien de moi qu'on parle dans cet article, mais ce n'est pas ce que vous croyez.

Mon cœur fit un bond. Allait-il nous apprendre qu'il avait malencontreusement poussé Mary Penny-Brown au suicide? L'avait-il fait régresser dans une existence antérieure et rendue folle par la même occasion ? Tara m'avait prévenue que son frère allait me faire perdre la tête avec ces séances d'hypnose et que je finirais dans un hôpital psychiatrique. Je croyais qu'elle plaisantait. Était-elle au courant de la vague de suicides parmi les patients de Colin ? Bien sûr, c'était son frère. Ils habitaient ensemble.

— Tous les psychiatres rencontrent des patients instables, poursuivit Colin. La nature même de notre métier nous oblige à traiter des patients qui sont au plus mal dans leur vie. Pour ma défense, j'accepte les patients potentiellement suicidaires que les autres psychiatres refusent de traiter, car ils les considèrent comme des causes perdues. J'estime que tout le monde a le droit d'être aidé. La plupart affrontent leurs démons et peuvent réintégrer la société. Il est hélas vrai que trois d'entre eux – des cas distants de plusieurs années, aimerais-je ajouter – ont mis fin à leurs jours, malgré mes efforts. Mais je n'ai jamais été reconnu coupable. Le conseil de l'ordre m'aurait sinon radié. La journaliste qui a rédigé cet article est une ex-petite amie rancunière. Du reste, le journal a rapidement publié un rectificatif.

Il s'arrêta un instant pour plonger son regard dans le mien.

— Je vous jure que ces cas n'ont rien à voir avec vous, Kate. Je n'avais jamais fait régresser un patient dans une vie antérieure auparavant et jamais je ne vous mettrai en danger.

— Nous avons peut-être tiré des conclusions hâtives, admit Vincent, semblant chercher ses mots. Mais, à ma décharge, je n'avais en tête que le bien-être de Kate.

Un silence gêné s'installa, puis Vincent sembla se ressaisir.

— Toutes mes excuses, Colin, fit-il en lui tendant la main.

Colin se leva du canapé et accepta sa poignée de main. Les deux hommes restèrent un instant plantés l'un devant l'autre puis, comme à son habitude, Vincent s'excusa, prétendant qu'il avait du travail.

Après le départ de Vincent, Colin se laissa retomber, visiblement soulagé, sur le canapé. Dempsey eut alors un discret raclement de gorge.

— Kate, pourrais-je vous parler un instant, en privé ?

— De quoi s'agit-il ? demandai-je avec lassitude.

— De Cheryl, me répondit-elle à voix basse.

— Alors inutile de nous éloigner, Dempsey. Colin est au courant de ce qui est arrivé à Cheryl.

— Oh mon Dieu ! s'exclama-t-elle en se laissant tomber dans le fauteuil.

— Les secrets nous rongent, fit Colin avec douceur. Vous vous sentirez mieux maintenant que tout est dévoilé au grand jour.

Un silence s'imposa, tandis que les flammes s'élevaient en craquant dans la cheminée.

— Bien, puisque la soirée est celle des révélations, sans doute pourrez-vous m'expliquer ce que j'ai trouvé sur Internet ce matin.

— Faites-moi voir.

Il se leva et s'empara de la feuille de papier pliée en quatre que Dempsey venait de tirer de la poche arrière de son jean.

— « Flunitrazepam… une drogue connue sous le nom de rohypnol, un puissant sédatif », lut-il à voix haute. Le rohypnol se présente sous forme de petits cachets blancs, inodores et insipides qui se dissolvent dans l'eau. Ils créent un état de somnolence, de détente pouvant durer de deux à huit heures. Parmi les effets secondaires, on peut noter pertes de connaissance, trous de mémoire, vertiges, nausées et difficultés motrices et linguistiques. Ce médicament est disponible en Grande-Bretagne, uniquement sur ordonnance. On l'appelle également la drogue du violeur.

— Pourquoi avoir cherché cela sur Internet, Dempsey ? lui demandai-je.

— C'est le médicament que Cheryl prenait pour soigner sa dépression, expliqua Dempsey. C'est ce qui l'a tuée.

Elle se dirigea vers le buffet où Vincent gardait les alcools, attrapa la bouteille de brandy et s'en versa un verre. Elle fit tourner le liquide ambré dans son verre.

— Et pourquoi nous en parler maintenant ? demanda Colin en l'observant.

— Lorsque Kate a trop bu chez Maria hier, tout m'est revenu. Ses symptômes – les vertiges, le trou noir quant aux événements de la soirée, les nausées ce matin – m'ont paru étranges. Elle me rappelait vraiment Cheryl. Je me suis souvenu du nom du médicament et j'ai cherché dès que le courant est revenu.

Elle marqua une pause pour s'assurer que nous suivions.

— S'il est vrai que Julian est le médecin qui lui a prescrit ce médicament, celui avec lequel elle s'est suicidée, ça expliquerait pourquoi il a classé cette affaire aussi vite. Si ça se trouve, il y a peut-être encore des cachets chez eux.

— Vous n'êtes pas en train d'insinuer que quelqu'un a mis du rohypnol dans le verre de Kate ? demanda Colin. Qui et pourquoi ?

— Je ne sais pas, répondit Dempsey avec un haussement d'épaules. C'est simplement que les symptômes de Kate ce matin m'ont rappelé ceux de Cheryl.

Elle rapprocha encore le verre de brandy de sa bouche. Colin se pencha et le lui retira des mains.

— Vous n'avez pas besoin de ça. Vous êtes forte, beaucoup plus que vous ne pensez. Vous avez surmonté pire que ça dans votre vie, dit-il en posant une main sur son épaule.

Les yeux de Dempsey se remplirent de larmes, et je m'éloignai sur la pointe des pieds, laissant Colin s'occuper d'une Dempsey rongée par le remords et la culpabilité, et submergée par le chagrin.

Je fermai la porte de la cuisine derrière moi et mis la bouilloire à chauffer avant de m'asseoir. La tête me tournait. Je me passai les mains sur le visage. Tout prenait sens. Cheryl s'était suicidée à l'aide de médicaments qu'on lui avait prescrits après la mort de sa fille. D'après Dempsey, il était fort probable que le mari de Maria ait donné ces tranquillisants à Cheryl. Étaient-ce ceux qui l'avaient tuée ? Dans tous les cas, Vincent avait dissimulé le suicide de sa femme pour protéger sa fille, et la pauvre Dempsey avait dû garder pour elle un terrible secret pendant deux ans.

Il restait encore le mystère de Kitty. Ensuite venait le double suicide survenu un siècle plus tôt. Et, bien sûr, j'ignorais toujours qui j'étais.

Je disposai les tasses fumantes sur un plateau et regagnai le salon, où Dempsey s'essuyait les yeux avec un mouchoir emprunté à Colin.

— Tenez, dis-je en lui tendant une tasse de thé qu'elle accepta avec plaisir. Je vais aller voir si Vincent en veut.

— Colin n'est pas encore parti ? demanda Vincent comme je passais la tête à la porte de son bureau.

— Il s'occupe de votre mère. Dempsey s'est confiée à lui.

— J'ai été sacrément injuste avec lui, hein ? Et avec ma mère aussi. Je n'avais pas le droit de lui demander de garder le secret. Je savais qu'elle avait un problème avec l'alcool et je n'ai rien fait.

— Pourquoi avez-vous laissé votre ami donner ces tranquillisants à Cheryl? demandai-je du tac au tac. Il aurait été bien plus prudent de consulter votre généraliste, non?

— Julian était un médecin reconnu et un ami très cher. Cheryl avait perdu la tête et ne faisait plus confiance à notre généraliste. Je ne savais plus quoi faire pour l'aider. Je croyais que Julian le savait, lui.

— Est-ce du flunitrazepam qu'il lui avait prescrit?

— Je l'ignore. Quand Cheryl est décédée, Julian a paniqué et emporté ce qu'il restait de médicaments. Je pense qu'il avait peur qu'on lui demande de s'expliquer sur sa prescription.

— Et de votre côté, vous vouliez qu'il s'occupe discrètement de la mort de Cheryl, alors vous vous êtes tu, fis-je d'une voix dans laquelle perçait la déception. Comment avez-vous pu garder tout cela pour vous aussi longtemps? Ce qui vous est arrivé à tous est horrible.

Il haussa les épaules. Tout à coup, il paraissait avoir vieilli de dix ans.

— Je ne sais pas. Comme je vous l'ai déjà dit, j'ai besoin que Cheryl et Ambre me pardonnent. Je ne peux plus vivre avec le poids de la culpabilité.

Vincent avait-il lui aussi des pensées suicidaires? Qu'avait dit Dempsey déjà au sujet de l'histoire qui se répétait?

— Je dois y aller, murmurai-je, plus pour moi-même. Je dois retourner voir Kitty et comprendre ce qui lui est arrivé.

43

Dempsey garda les yeux fermés pendant que je lui racontais ma conversation avec son fils. Je la crus au bord des larmes mais, lorsqu'elle rouvrit les paupières, une nouvelle détermination brillait dans son regard.

— Je n'ai jamais compris pourquoi Vincent avait passé sous silence les circonstances de la mort de Cheryl.

Colin se pencha vers Dempsey pour s'adresser à elle à voix basse, de sorte que ses paroles ne montent pas l'escalier jusqu'aux oreilles de Jade.

— Il prétendait protéger Jade. Ce qu'elle aurait pu éprouver lui servait d'excuse, expliqua Colin. Mais en fait il ne pouvait pas admettre ce qui s'était passé, car il était incapable de surmonter son sentiment de culpabilité, reprit-il. En laissant croire au monde entier que Cheryl les avait quittés du jour au lendemain, il n'avait pas à reconnaître sa part de responsabilité dans le fait qu'il n'avait pas été là pour elle quand elle en avait eu le plus besoin.

— Qu'allons-nous faire maintenant?

— J'aimerais aller retrouver Kitty pour comprendre en quoi elle est mêlée à tout ça, dis-je à Dempsey.

J'étais étendue sur le canapé, Dempsey m'enveloppant dans une couverture, quand Vincent apparut au pied de l'escalier.

— J'aimerais beaucoup assister de nouveau à votre séance, si vous n'y voyez pas d'inconvénient, Kate?

Nous échangeâmes des regards embarrassés, puis Colin brisa le silence.

— Kate vient de nous apprendre que Julian est le médecin qui avait prescrit ses médicaments à Cheryl. Est-ce exact?

— Oui. Il prétendait que ça la calmerait et l'aiderait à dormir. Et de fait, les cachets semblaient l'apaiser.

— As-tu conservé ce qui restait des médicaments après avoir trouvé Cheryl?

— Non, c'est Julian qui les a emportés.

Colin se rassit tout en examinant Vincent avec attention.

— Kate souhaite régresser et découvrir s'il existe un lien entre Kitty et ce qui s'est produit dans cette maison au cours de ces deux dernières années. Tu vois une objection à ça?

Sans un mot, Vincent secoua la tête puis s'installa dans le fauteuil libre.

— Nous ne sommes même pas sûrs que Kitty ait vécu ici, avança prudemment Dempsey.

— Nous savons que la maison rêvée de Kitty ressemble comme deux gouttes d'eau à celle-ci, répondit Colin en tirant une chaise près du canapé avant de s'adresser à moi. Et le nom de cette maison, Kigarjay, c'est une indication! Chaque syllabe est le début de leurs prénoms: Kitty, Garrett, Jaygo. Je ne pense pas que Kitty hante cet endroit mais, si elle y a vécu autrefois, c'est peut-être une histoire de karma. Vous n'êtes peut-être pas arrivée ici par hasard. Et si c'était l'occasion rêvée pour Kitty de régler les problèmes qui la perturbent depuis sa mort? Espérons que Kitty aura une réponse à nous offrir.

— Encore faut-il que je n'aie pas tout imaginé.

— En effet, approuva Colin avec un sourire. Fermez les yeux, nous allons voir si nous pouvons obtenir des réponses.

Sans attendre, je quittai ma vie présente et me réveillai dans une pièce qui ressemblait à s'y méprendre à la chambre principale de Kigarjay. Je regardai autour de moi et me laissai envahir par un sentiment de paix en observant les tapisseries murales. Cependant, ce moment de tranquillité fut de courte durée, car mon esprit s'éveilla et l'horreur du monde dans lequel j'évoluais me revint en mémoire.

Je sautai hors de mon lit et me précipitai dans la chambre de Jaygo où je poussai un cri de désespoir intense. Son lit était vide. Mon petit garçon était bel et bien parti.

— Dis-moi ce que tu vois, Kitty, demanda la voix désincarnée.

— Qu'est-ce que ça peut vous faire? hurlai-je. Mon petit garçon est parti et personne ne peut le ramener!

— Ne pleure pas, Kitty, fit la voix avec douceur. Raconte-moi ce qui est arrivé.

— Garrett était furieux contre sa mère parce qu'elle m'avait forcée à abandonner le bébé. Alors elle lui a dit..., hoquetai-je, secouée de sanglots. Elle lui a annoncé que notre enfant n'était pas mort, finalement. Il avait été placé chez un couple qui travaillait pour la famille de Garrett. Sa mère savait que si je le croyais toujours en vie, je le rechercherais, alors elle a menti. Elle a menti!

— Mais c'est une bonne nouvelle, non? s'enquit la voix, perplexe. Garrett n'est pas allé le récupérer?

— Nous y sommes allés tous les deux. Au début de l'année, nous nous sommes rendus en

Cornouailles et avons retrouvé notre fils. Il était heureux et en bonne santé.

Je m'essuyai le visage avec un mouchoir en dentelle, pris une profonde inspiration et poursuivis :

— Je me sentais coupable de le retirer à la seule mère qu'il avait connue. J'en ai eu le cœur brisé, pour lui et pour sa mère adoptive, mais serrer Jaygo dans mes bras était la plus belle chose de ma vie.

— Pourquoi ces larmes, alors? L'avez-vous laissé là-bas?

La voix était douce et une nouvelle vague d'autoapitoiement me submergea.

— Non, m'efforçai-je de continuer. Nous l'avons ramené à la maison, et le temps d'un magnifique été nous avons formé la plus heureuse des familles. Garrett adorait notre fils. Jaygo avait six ans, c'était un enfant doux et adorable. Sa famille adoptive gardait du bétail et Jaygo était fou des animaux. Il voulait s'occuper de la terre, plus tard. Il passait des heures à jouer dans les champs. Il avait toujours les genoux écorchés et les mains pleines de terre. Son père insistait pour qu'il étudie aussi, apprenne à lire, à écrire et à compter mais, de temps en temps, il cédait et lui faisait faire sur ses épaules le tour des enclos que nous avions achetés et rénovés. Les voir ensemble me réchauffait le cœur.

— Que s'est-il passé, alors?

— L'hiver suivant, la fièvre l'a emporté. Aucun médecin n'a pu le sauver. J'ai perdu tout ce qui comptait pour moi.

— Où se trouve Garrett à présent?

Je poussai un petit grognement moqueur.

— Il n'arrivait pas à surmonter son chagrin, alors il s'est plongé dans le travail. Je n'avais jamais eu autant besoin de lui, mais il s'est éloigné. Je ne me suis jamais sentie aussi seule de toute ma vie.

— Qu'en est-il du reste de ta famille? Ta sœur, ton frère? Où est Arthur?

— Je l'ignore. D'après Alice, il s'est mis à boire, comme notre père, et après les funérailles de notre mère il est parti.

— Et Alice?

— Depuis le décès de maman, Alice est devenue plus aigrie encore. Elle continue de prétendre qu'oncle George lui a fait des choses... Elle loue une chambre au village. Elle aurait pu rester chez nous, mais je n'ai ni le temps ni l'énergie de m'occuper d'elle après ce qui m'est arrivé.

— Pourrais-tu trouver dans ton cœur le courage de te réconcilier avec ta sœur?

— Comment pourrais-je aimer à nouveau? Garrett était mon amour le plus cher, et pourtant il ne semble plus concerné que par le confort matériel. Il se refuse à me montrer ses sentiments ou même à me dire qu'il m'aime aussi sincèrement que je l'aime. Je m'en veux d'avoir amené notre fils ici. Si je l'avais laissé avec ses parents adoptifs, peut-être que Jaygo n'aurait pas attrapé la fièvre et serait encore en vie. Il ne serait pas avec moi, mais il serait en vie. Parfois, la culpabilité me ronge tellement que je ne sais plus comment continuer.

— Et si je te disais que tu reverras ton enfant un jour?

— Ce serait une promesse bien cruelle! m'écriai-je en ravalant mes larmes.

— Kitty, je crois sincèrement que tu le retrouveras un jour. Son âme est en paix dans l'au-delà. Tu pourras à nouveau le prendre dans tes bras.

— J'aimerais y croire de tout mon cœur.

— Kitty, tu ne vas rien faire de... stupide?

Je secouai la tête.

— J'attendrai mon heure. Je ne suis pas comme Alice qui menace tout le temps de se tuer. Je ne supporte pas de l'entendre parler ainsi.

— Que dit-elle?

— Qu'elle ne peut pas vivre avec la honte de ce qu'oncle George lui a fait, soupirai-je. Que, puisque personne ne la croit, elle préfère mourir.

— Tu ne penses pas qu'elle puisse dire la vérité?

— Je ne sais pas. Je n'arrive pas à réfléchir. Comment m'intéresser à Alice quand il y a un vide immense dans mon cœur qui ne pourra jamais être comblé? J'aimerais que ma sœur cesse de me harceler pour que je la soutienne, alors que je me sens creuse et incapable de lui offrir ce qu'elle réclame.

— Si tu pouvais souhaiter n'importe quoi d'autre, excepté le retour de ton fils, qu'est-ce que ce serait?

Je réfléchis un moment et esquissai un sourire las à travers mes larmes.

— Je sais que je devrais souhaiter qu'Alice trouve la paix mais, pour être honnête, ce que je désire sincèrement est que Garrett et moi nous retrouvions. J'aimerais revivre la grande passion que nous partagions autrefois et que je nous sais capables d'éprouver encore.

— Kate, Je vais compter à l'envers et vous vous réveillerez détendue et reposée, toute tristesse envolée.

— Encore une chose.

— Laquelle?

— Promettez-moi que je reverrai Jaygo. Promettez-le-moi!

— C'est promis, Kitty. Maintenant, il est temps de revenir. Dix, neuf, huit…

Je me réveillai, trois paires d'yeux braquées sur moi.

— C'était extrêmement convaincant, lâcha Vincent avec gêne. Je comprends à présent pourquoi Colin et vous êtes tellement mordus de ces séances.

Encore désorientée, je m'assis maladroitement sur le canapé et jetai à Vincent un regard lourd de reproches.

— Garrett s'est comporté avec Kitty comme vous avec Cheryl; il s'est éloigné d'elle au moment où ils avaient besoin l'un de l'autre.

— Êtes-vous en train d'insinuer que je suis la réincarnation de Garrett?

Je haussai les épaules, toujours en colère contre lui.

— Il y a des points communs.

— Ce sont tous les deux des hommes, ironisa Dempsey.

— Je ne crois pas que Vincent soit la réincarnation de Garrett, intervint Colin. Et je ne pense pas que vous soyez âmes sœurs, Kate, si jamais c'est ce que vous imaginiez.

— Je pense que nous devrions arrêter de tourner en rond et réfléchir à ce que Kitty essaie de nous transmettre, intervint Dempsey. Pas la Kitty du passé, mais la Kitty éclairée qui, selon les théories de Colin, est à présent Kate.

— Je pensais que vous ne croyiez pas à tout ça? fis-je, interloquée.

— Je dois admettre que je me suis un peu intéressée à ces sujets au cours de ma jeunesse, et j'ai une opinion arrêtée sur ce qui est pure fadaise et ce qui est ancré dans une réalité que nous ne comprenons tout simplement pas.

— Parfaitement résumé, approuva Colin avec un clin d'œil.

— Nous devrions donc nous intéresser aux événements que Kitty trouve important de partager avec nous.

— De toute évidence, c'est la mort de son fils, répondit doucement Vincent.

— Ou l'état d'esprit d'Alice…

— Probablement les deux, confirma Colin.

— Vous pensez qu'Alice pourrait s'être suicidée? D'après Betty, il y a eu double suicide, donc si l'un était Alice, qui était l'autre? Je ne peux pas croire qu'il s'agisse de Kitty, déclarai-je en posant les pieds par terre. Je suis vraiment fatiguée, la journée a été longue. Ça ne vous ennuie pas si je monte me coucher et qu'on reparle de tout ça demain matin?

— Excellente idée, d'autant que je suis très en retard. Tara va se demander ce que je fiche. Le trajet à pied jusqu'au village devrait être agréable, maintenant que la route a été dégagée, fit Colin avec un coup d'œil à sa montre. J'ai des patients demain et je dois préparer mes dossiers.

— Puis-je aller voir Jade? demandai-je à Vincent après le départ de Colin.

Il me regarda comme s'il lisait dans mon esprit.

— Est-ce ma fille de six ans que vous voulez voir, ou le fils de Kitty?

44

M'arracher à la contemplation de Jade en train de dormir fut difficile. Elle semblait si paisible, ses boucles blondes se soulevant autour de son visage au rythme de sa respiration. Vincent était appuyé au chambranle de la porte et m'observait en train de contempler sa fille. Finalement, je murmurai «bonne nuit» à Jade – ou était-ce Jaygo? – et pivotai pour faire face à Vincent. Il referma doucement la porte derrière nous. Alors il me souleva le menton et plongea son regard dans le mien.

— Vous savez maintenant ce que je ressens pour Jade, dit-il. Il est difficile de séparer l'amour pour quelqu'un de la crainte douloureuse de le perdre.

J'acquiesçai, regardant son visage éclairé par la faible lueur filtrant de l'escalier.

— Je crois que je mesure seulement maintenant à quel point il a dû être terrible de perdre Ambre.

— Vous m'en voulez de vous avoir menti au sujet de Cheryl?

— Non, jamais je ne pourrai vous en vouloir.

— Est-ce que je vous inspire d'autres sentiments?

Je réfléchis un instant, repensant à Kitty et à son amour inébranlable pour Garrett. Peu importait qu'il l'ait déçue, elle l'avait aimé de tout son être. Ressentais-je la même chose pour Vincent? Je n'en étais pas sûre, je n'arrivais pas à m'imaginer dans ses bras.

— Je suis désolée, Vincent. Je ne pense pas que nous soyons faits l'un pour l'autre.

Son visage se durcit et il tourna les talons. Je posai une main sur son bras pour le retenir.

— La solitude n'est pas une fatalité. Vous ne vous êtes jamais interrogé sur les raisons du dévouement infaillible de Tara ?

Même dans la pénombre, je discernai la perplexité sur son visage.

— Elle ne fait que son travail.

— Cela va au-delà. Elle a abandonné sa carrière pour rester ici et prendre soin de cette famille. Elle est comme une mère pour Jade ; elle ferait n'importe quoi pour elle. Et pour vous aussi…

— Qu'est-ce que vous insinuez ?

— Elle est amoureuse de vous, Vincent. Tara vous aime. Probablement depuis des années. Je ne sais pas comment vous avez pu ne pas vous en rendre compte.

— Vous êtes sûre ? s'enquit-il, aussi immobile qu'une statue de pierre.

— Absolument, répondis-je avec un sourire. Mais le reste dépend de vous.

Ce soir-là, pendant de longues minutes, je m'observai avec attention dans le miroir de la salle de bains.

— Qui es-tu ? demandai-je à mon reflet.

Je passai un doigt sur la coupure quasiment refermée et l'hématome qui avait viré au jaune. Puis j'étudiai chaque trait de mon visage. J'avais quelques reflets auburn dans les cheveux, mais la ressemblance avec Kitty s'arrêtait là.

Si j'étais bien la réincarnation de l'esprit de Kitty, nos corps biologiques, en revanche, n'avaient rien en commun. Avec surprise, je notai que j'acceptai avec plus de facilité l'hypothèse des vies antérieures.

Éreintée et confuse, je quittai la salle de bains et allai me glisser dans le lit, tirant les couvertures sur mon menton. Je ne voulais plus penser. Je voulais fermer les yeux et dormir.

Je me réveillai le lendemain matin au son de voix provenant du rez-de-chaussée. J'enfilai une robe de chambre, serrai la ceinture autour de ma taille et, encore à moitié endormie, m'aventurai en haut de l'escalier pour découvrir la raison de ce tohu-bohu.

Tara était en train de poser dans le hall plusieurs sacs de provisions que Dempsey emportait à la cuisine.

— Tout le village ne parle que de ça, disait Tara d'une voix forte. Ils ont trouvé la voiture en aval du pont, presque entièrement submergée. Tom Smith, le garagiste, a aidé à la hisser au treuil. D'après lui, la voiture a quitté la route. Apparemment, les plongeurs de la police ont passé l'après-midi à draguer la rivière à la recherche d'un corps.

La vision d'une voiture glissant en marche arrière sur une route enneigée emplit mon esprit. Je m'étais égarée en pleine tempête de neige… Il y avait un chat dans une cage sur le siège passager. S'agissait-il de ma voiture?

— Ont-ils trouvé quelque chose? demanda Dempsey d'une voix curieuse.

— Rien hier, mais à l'aube, ce matin, ils ont replongé et trouvé un corps coincé sous les rochers! Ils n'ont rien déclaré encore, sauf qu'il s'agirait d'une femme.

Je tombai à genoux, m'agrippant à la rampe pour ne pas m'effondrer. Si la voiture m'appartenait, le corps retrouvé était le mien. Et si je ne m'étais souvenu que de très vagues fragments de ma vie, cela signifiait-il que je n'étais plus vraiment là?

— Oh! mon Dieu, je vous en prie! Je ne veux pas être morte! priai-je, recroquevillée sur le palier.

Tout concordait: ma perte de mémoire, ma capacité à me glisser si facilement dans une incarnation précédente, les visions de noyade que j'avais eues dans la douche et au bord de la rivière en compagnie de Betty…

Et Jade n'avait-elle pas dit qu'Ambre savait que je viendrais ici? Et puis Maria avait rapporté qu'une présence déplaçait des objets dans sa maison. Même Vincent l'avait senti et espérait qu'il s'agissait de l'esprit de sa femme ou de sa fille. J'étais un fantôme, un esprit, coincé du mauvais côté de la frontière entre cette vie et la suivante.

— Non, murmurai-je. Non!

Dempsey apparut au pied de l'escalier, un énorme sac dans les bras.

— C'est vous, Kate? Que se passe-t-il?

Je la regardai, terrifiée, et pris une profonde inspiration avant de lui demander:

— Est-ce que vous me voyez?

Dempsey laissa tomber le sac et gravit les marches à la hâte.

— Bien sûr que je vous vois. Quel est le problème, ma chère?

— J'ai entendu ce que Tara a dit. Cette voiture, je crois que c'est la mienne.

— M'est avis que vous avez regardé trop de films d'horreur, répliqua-t-elle en me prenant par le bras pour m'aider à me relever. Venez boire une bonne tasse de thé, ça ira mieux après.

Je suivis docilement Dempsey dans la cuisine.

— Vous avez une mine affreuse, commenta Tara. Qu'est-ce qui vous arrive?

— Elle croit que le cadavre retrouvé dans la rivière est le sien.

— Pour quelqu'un de mort, vous n'avez pas l'air si mal en point, répliqua Tara. Vous êtes un peu pâle, c'est sûr, mais vous respirez encore.

— Ce n'est pas drôle.

— Si ! Vous avez trop écouté Colin, fit-elle en s'asseyant à côté de moi. Il m'a tout raconté quand il est rentré, hier soir. Et tout ça est complètement ridicule.

— Vous pensez que ce ne sont que des idioties ?

— Voyons voir… Vous êtes Kitty, revenue d'entre les morts… Jade est la réincarnation de votre fils Jaygo… Soit dit en passant, quel prénom ridicule ! Et Betty serait la sœur de Kitty, Alice, qui était plus jeune que Kitty alors que Betty a cinquante ans de plus que vous. Oui, je le dis : c'est du grand n'importe quoi. Mais qu'est-ce que j'en sais ? Je ne suis que la bonne à tout faire…

— Vous êtes bien plus que ça, Tara, intervint Dempsey. Vous faites partie de la famille et vous le savez.

Tara reporta son attention sur moi.

— Ce n'est pas parce que vous avez la tête vide de souvenirs récents que vous devez avaler toutes les idioties que vous raconte mon frère.

— Même Colin ne croyait pas à tout ça avant de m'hypnotiser et de rencontrer Kitty, me semble-t-il, avançai-je mal à l'aise.

Tara tendit le bras et me pinça brusquement.

— Aïe ! hurlai-je. Pourquoi avez-vous fait ça ?

— Pour vous prouver que vous n'êtes pas morte. Les morts ne ressentent pas la douleur, si ?

Elle se leva et se dirigea vers la porte.

— Je vais réveiller Jade pour lui faire sa kiné. Je sais qu'elle s'est couchée tard, mais elle ne doit pas trop dormir ou ses poumons vont s'encombrer.

Dempsey me décocha un sourire quand la porte se referma derrière Tara.

— Elle n'y va jamais par quatre chemins, celle-là !

— Sauf quand il s'agit de Vincent, observai-je d'un ton narquois en me frottant le bras.

Dempsey allait répliquer quand un coup tonitruant fut frappé à la porte.

— J'espère que ce n'est pas Maria qui vient nous annoncer que les quatre cavaliers de l'Apocalypse viennent de traverser son salon.

J'étouffai un rire, tandis qu'elle allait ouvrir, et perçus des voix masculines. Dempsey revint aussitôt, trois hommes sur les talons, dont Adam.

Dempsey s'assit à côté de moi et prit d'un geste protecteur ma main dans la sienne.

— Ces agents de police sont venus à la suite de votre appel.

Je regardai, derrière les deux policiers, Adam qui se tenait mal à l'aise dans l'embrasure de la porte.

— Ils sont passés à la ferme, dit-il en guise d'explication. C'est l'adresse qu'on leur a donnée quand on a signalé votre disparition.

— Bonjour, mademoiselle. Je suis le sergent Graham et voici l'inspecteur Brent. Nous sommes désolés de vous déranger de si bon matin, mais nous donnons suite à votre demande. De plus, un nouvel élément est survenu et nous pensons qu'il peut être en rapport avec votre affaire.

— Asseyez-vous, je vous en prie, les invitai-je d'un geste de la main.

— Nous avons découvert une voiture dans la rivière près du pont, expliqua-t-il après avoir pris place en face de moi.

— Tara me l'a déjà annoncé, admis-je.

— Tara ne rate jamais un potin, commenta Adam entre ses dents.

— Mademoiselle, d'après le rapport, vous avez été retrouvée mardi dernier en lisière du champ de M. Jenkins en état de choc et proche de l'hypothermie.

Vous n'avez aucun souvenir de la façon dont vous êtes arrivée là-bas et ignorez votre identité.

Il marqua une pause, étudia mon visage, arrêta son regard sur mon ecchymose avant de demander :

— Aviez-vous cette blessure quand on vous a trouvée ?

J'acquiesçai d'un hochement de tête.

— Et vous ne vous rappelez toujours rien ?

— Non. Enfin, j'ai eu quelques flashs, mais rien qui me permette de savoir qui je suis.

— Comme je vous le disais, une voiture a été retrouvée dans la rivière, en aval du pont. Nous essayons toujours de localiser le propriétaire, dit-il avant de prendre une inspiration. Donc, nous avons un véhicule abandonné sans conducteur et une personne retrouvée sans souvenir.

Il se pencha sur la table avant de poursuivre.

— Aucun papier d'identité n'a été découvert dans le véhicule pour l'instant, mais nous allons le fouiller plus minutieusement. De plus, nous venons de lancer une recherche informatique sur le numéro de la plaque minéralogique. Nous espérons identifier rapidement le propriétaire de la voiture.

— Et le corps ?

— Quel corps ?

— Tara m'a dit que des plongeurs avaient découvert un cadavre dans la rivière.

— Qui est Tara ?

— La gouvernante de cette maison, répondit celle-ci sur le pas de la porte.

Vincent et Tara passèrent devant Adam pour entrer dans la cuisine. Le sergent haussa un sourcil devant la main que lui tendait Vincent.

— Vincent James. Nous sommes ici chez moi.

— Ravi de vous rencontrer, monsieur James, fit-il en se levant pour lui serrer la main. Avez-vous des informations supplémentaires à nous fournir susceptibles de nous éclairer sur ce qui est arrivé à cette jeune femme?

— Pas vraiment. Qu'est-ce que c'est que cette histoire de cadavre?

— Le véhicule a été signalé hier après-midi aux services d'urgence. Les agents de police qui ont répondu à l'appel ont demandé le concours de plongeurs à la première heure ce matin. C'est là qu'ils ont découvert un squelette humain, identifié sur place par le médecin légiste comme étant celui d'une femme.

— Un squelette? répétai-je. Pas un cadavre récent, alors?

— Le médecin légiste va pratiquer des examens, évidemment, mais d'après lui le squelette repose dans la rivière depuis de nombreuses années. Il était à moitié enfoui sous un rocher. On ne pouvait pas le distinguer depuis la surface et il n'aurait jamais été découvert si les plongeurs n'avaient pas dragué la rivière à la recherche du conducteur du véhicule.

— Ce n'est pas vous, donc, murmura Dempsey en me pressant la main.

— Non, ce n'est pas moi, répétai-je avec embarras.

Le sergent Graham nous observa tour à tour d'un air interrogateur.

— Mademoiselle, verriez-vous une objection à ce que nous prenions vos empreintes? Nous pourrons les entrer dans notre base de données pour identification et également les comparer à celles que notre équipe scientifique relèvera dans le véhicule.

— Non, aucune, bien sûr.

Il balaya du regard la cuisine bondée.

— Nous aurions besoin d'un peu de place, merci.

Tara eut une moue contrariée et retourna dans le salon, suivie de près par un Vincent inhabituellement attentionné. Adam continuait de m'observer. Je voulus lui dire qu'il était inutile qu'il reste, que je comprenais qu'il avait un million de choses à faire à la ferme, mais le regard qu'il me lança m'en empêcha.

La prise d'empreintes dura à peine quelques minutes et les policiers se levèrent, prêts à partir.

— Je vous conseille de consulter un médecin au plus tôt, mademoiselle. Cette blessure à la tête doit être examinée par un professionnel, déclara le sergent Graham avant de se tourner vers Dempsey. Voulez-vous que je contacte les services sociaux pour qu'ils la prennent en charge ? Ils pourront lui trouver un logement temporaire en attendant une identification formelle.

— Ce n'est pas nécessaire, sergent. Elle est la bienvenue ici.

Je remerciai Dempsey d'un sourire chaleureux.

— Encore une chose, reprit le sergent. J'aimerais échanger quelques mots avec M. James avant de partir. J'ai cru comprendre que c'était lui qui vous avait trouvée et ramenée ici ?

Dans l'embrasure de la porte, Adam s'éclaircit la gorge et tous les regards se tournèrent vers lui.

— En fait, non. C'est moi qui l'ai trouvée. Je surveillais mes brebis dans le champ et l'ai découverte étendue sur le chemin.

Je sentis mon cœur battre à tout rompre. C'était Adam qui m'avait trouvée et portée jusqu'ici. Pas Vincent. Tout ce que j'avais cru depuis mon réveil était erroné. Soudain, le puzzle prit forme et toutes les pièces trouvèrent leur place.

45

Je fixais toujours Adam sans y croire, pendant que l'agent se rasseyait.

— Dans ce cas, pourquoi avoir ramené cette jeune femme ici et pas chez vous, monsieur?

La voix du sergent me paraissait faible et lointaine comme dans un rêve. Quand Adam prit la parole pour répondre, sa voix fit courir des petits frissons électriques sur mon corps.

— L'allée de cette maison débouche sur le chemin qui mène à mon champ. Elle souffrait d'hypothermie et commençait à avoir des engelures. C'était plus près. J'aurais mis plus d'une heure à regagner mon domicile. J'ai vu Vincent – M. James – en train de déblayer son allée et nous l'avons emmenée à l'intérieur. Je savais que Tara s'occuperait bien d'elle.

— Pouvez-vous nous apprendre quoi que ce soit sur les circonstances dans lesquelles vous l'avez trouvée?

Moi, je pouvais. Je me rappelais son odeur, la sensation de son manteau frottant contre mon menton, la façon dont nos corps bougeaient en rythme, le sentiment de sécurité qui m'étreignait, serrée contre son torse. J'entendais encore son souffle lourd, tandis qu'il avançait avec difficulté dans la neige, sentais l'énergie qui se dégageait entre nous, le sentiment de reconnaissance.

Rougissant jusqu'à la racine des cheveux, je gardai les yeux baissés pendant qu'Adam donnait une brève description de la façon dont il m'avait trouvée.

— Elle portait un jean et un pull-over léger, des bottes de ville… Pas le genre de vêtements adaptés à une balade dans la neige. Je me suis demandé d'où elle sortait et pourquoi elle n'était pas habillée de façon adéquate.

— Selon vous, elle était plutôt vêtue comme une personne voyageant en voiture ?

— Je pense, oui. Même si quand je suis revenu plus tard pour récupérer le chat, j'ai eu beau regarder, je n'ai vu aucun véhicule.

— Quel chat ? demanda le sergent, perplexe.

— Il y avait un chat avec elle, dans une cage. Il était caché sous elle quand je l'ai trouvée. Comme si elle cherchait à le protéger du froid avec son corps.

— Où se trouve ce chat à présent ? s'enquit le sergent Graham en regardant autour de lui, comme dans l'espoir de voir l'animal se matérialiser.

— Il est chez moi. Quand j'ai vu que la neige ne cessait de tomber, je suis allé rassembler mon troupeau pour l'installer dans un pré à côté de la ferme. J'ai ramassé la cage en chemin.

— Je vois. Je suppose que le chat ne porte aucune plaque d'identité ni collier avec une adresse ?

— Non, rien.

— Merci, monsieur, pour votre temps. Dès que nous connaîtrons l'identité du propriétaire de la voiture, nous croiserons nos données et nous vous contacterons. Si quoi que ce soit vous revenait, vous savez où nous trouver.

Dempsey raccompagna les policiers, me laissant seule dans la cuisine avec Adam. J'arrivais à peine à le regarder. Je me demandais s'il avait ressenti quoi que ce soit quand il m'avait secourue ou si je ne représentais rien de plus pour lui qu'un agneau blessé.

— Pourquoi personne ne m'a dit que c'était vous qui m'aviez sauvée? demandai-je enfin, la voix serrée.

— Ce n'était pas très important, rétorqua-t-il avec un haussement d'épaules nonchalant. Vous sembliez à votre aise ici quand je suis revenu le lendemain avec le chat.

Je me rappelai l'attitude possessive de Vincent lorsqu'il m'avait trouvée en discussion avec Adam le lendemain matin. Était-il possible qu'il m'ait caché la vérité intentionnellement? Le fait de croire que j'avais accompli un miracle en redonnant la parole à sa fille lui avait peut-être donné envie de me garder pour lui. En y repensant, cependant, je me rendis compte qu'il n'avait jamais prétendu être celui qui m'avait secourue. Même s'il n'avait jamais démenti non plus. Pour Tara et Jade, et plus tard Dempsey, il était mon noble chevalier.

Adam m'observait d'un regard étrange. Il s'écarta du mur sur lequel il était appuyé et fit un pas dans ma direction. Encore perplexe et légèrement en colère, je me reculai sur ma chaise. Devant mon attitude, il s'arrêta, tout à coup embarrassé.

— Je ferais mieux d'y aller.

— Je ne vous retiens pas.

— Kate…, commença-t-il en se balançant d'un pied sur l'autre.

Sa voix fit courir un frisson le long de ma colonne. J'avais envie de le toucher. Chaque fibre de mon être réclamait ce contact physique, pour vérifier s'il existait bel et bien quelque chose entre nous. Je ravalai mes larmes de frustration.

— Si vous avez besoin de quoi que ce soit, vous savez où me trouver.

Il tourna les talons et quitta la pièce. Je restai seule dans la cuisine, à regarder par la fenêtre un bonhomme de neige à l'écharpe rouge s'affaisser tristement sous le soleil.

En milieu de matinée, j'étais dans un tel état de nervosité que Dempsey, qui attendait toujours sa voiture et avait prévenu la galerie de son retard, me proposa une promenade avec Jade. Tara profitait de la présence de Dempsey pour la laisser s'occuper de la fillette et procéder à un grand ménage de printemps. Une fois Jade bien emmitouflée et chaussée de bottes, elle nous souhaita une bonne balade d'un geste de la main.

— La police devrait avoir découvert à qui appartient la voiture maintenant, me tourmentai-je, tandis que nous avancions à pas lourds dans le chemin boueux qui faisait le bonheur de Jade.

— Ne te salis pas trop ! lança Dempsey à Jade qui regardait avec convoitise une grosse flaque d'eau. Sinon Tara ne te laissera plus sortir avec moi.

— Ambre aime la boue, piailla Jade en sautant dans la flaque, maculant son jean et l'ourlet de son manteau. Elle adore ça !

— Oui, eh bien, ce n'est pas Ambre qui se fera gronder par Tara, répliqua Dempsey.

J'étais ravie de les entendre mentionner Ambre aussi librement. Ça me paraissait tellement plus sain d'admettre qu'Ambre était toujours vivante dans le cœur de chacune.

— Jade semble beaucoup plus heureuse, observai-je.

— Nous le sommes tous depuis que vous êtes apparue, répondit Dempsey. Je dois reconnaître que, de façon tout à fait égoïste, je n'ai pas envie que la police découvre votre identité parce qu'alors vous nous quitterez. Et je n'ai aucune envie que les choses redeviennent comme avant.

Je me mordis la lèvre, réprimant la panique qui m'envahissait chaque fois que j'envisageai mon départ.

— Je ne crois pas que ça arrivera, répondis-je. Vincent a fait un grand pas en avant. Il sera un bien meilleur père pour Jade maintenant. Tout va changer, j'en suis convaincue.

— Vincent ne sera pas content de vous voir partir.

— J'espère qu'il se rendra compte des sentiments de Tara à son égard et m'oubliera, fis-je en m'arrêtant. Ça vous plairait d'avoir Tara pour belle-fille ?

Dempsey fit une moue, réfléchissant à cette idée.

— Je n'ai rien contre elle. Si Vincent la trouve à son goût, je suis sûre que nous nous entendrons à merveille. Mais vous croyez vraiment qu'elle est celle qu'il désire ?

Je haussai les épaules et me remis en marche.

— Qui sait ? Elle serait une mère idéale pour Jade. Elle sait comment prendre soin d'elle et traiter sa mucoviscidose.

— Ne seriez-vous pas un peu jalouse d'elle ? Pas vis-à-vis de Vincent mais de Jade. Après tout, si Jade est la réincarnation de Jaygo, ne trouveriez-vous pas difficile que quelqu'un d'autre l'élève ?

J'évitai une grosse flaque de boue avant de répondre.

— Je ne crois pas que ce sera si horrible si je continue à la voir de temps en temps. Même si tout cela est vrai, c'était il y a une éternité. Mais j'admets que Jade occupe une place spéciale dans mon cœur. C'est étrange, je ne sais toujours pas si j'ai des enfants, mais je ne le pense pas, car j'ai du mal à croire que je puisse aimer plus fort que je n'aime cette fillette.

Ou Adam, pensai-je tristement. Adam qui n'avait pas de temps à consacrer à une romance et n'éprouvait rien pour moi. Adam qui aurait pu être mon âme sœur s'il avait pris le temps de lire les signes, d'ouvrir son esprit et de ressentir l'énergie qui nous unissait.

Nous regardâmes Jade inspecter les haies à la recherche de nids, debout sur la pointe des pieds dans ses bottes roses recouvertes de boue.

— Et qu'en est-il de cette histoire de fantôme? poursuivis-je pour changer de sujet quand je sentis une boule se former dans ma gorge. Maria est toujours convaincue d'en héberger chez elle.

Dempsey me jeta un regard de côté.

— Vous n'y croyez pas, quand même?

D'un bond, je franchis une flaque, excuse idéale pour dissimuler l'expression de mon visage à son regard scrutateur.

— Eh bien, la façon dont l'article sur Colin est apparu sur la table de Maria est étrange. Et elle prétend que des objets sont déplacés mystérieusement. Enfin, il y a ces souvenirs de Kitty et Garrett que j'ai…

Je me tournai vers elle.

— Et si l'un d'eux hantait les lieux?

Dempsey jeta un coup d'œil sur Jade et baissa le ton jusqu'à murmurer:

— J'ai tendance à croire qu'il existe une raison plus terre à terre à ces perturbations. D'abord, je veux savoir si certains des cachets que Julian a prescrits à Cheryl sont encore là-bas. Nous pourrions peut-être aller fureter chez elle.

L'allée, qui serpentait entre des arbres dénudés et un pré, déboucha brusquement sur une route étroite. Regardant le chemin que nous venions d'emprunter, je compris que c'était celui que j'avais pris la semaine précédente, bien que le paysage semblât complètement différent sans sa couverture neigeuse. Du haut de la colline, au-delà de la route, j'apercevais les plaines marécageuses qui couraient vers la rivière dessinant une large boucle. Le cours d'eau se faufilait ensuite sous un charmant petit pont en contrebas, avant de s'enrouler autour du domaine des Jenkins. La ferme, érigée au sommet de la colline voisine, me cachait la suite du tracé de la rivière et l'endroit où Betty s'était installée et où, supposai-je, Kitty et Garrett avaient amarré leur embarcation des décennies plus tôt.

Dempsey avait pris Jade par la main et nous conduisait le long de la route vers le pont. Après s'être assurée qu'aucun véhicule ne venait, Dempsey nous fit traverser la route et gagner le centre du pont avant de scruter les flots sombres et tumultueux de la rivière.

— Je suis déjà venue ici, lui dis-je. Je suis de plus en plus convaincue d'être la conductrice de la voiture repêchée ce matin.

— Si tel est le cas, nous saurons bientôt qui vous êtes.

Jade jeta alors un bâton qu'elle avait ramassé plus tôt et courut jusqu'à l'autre parapet.

— C'est l'un de ses jeux préférés, expliqua Dempsey, tandis que Jade allait de l'autre côté pour regarder le bout de bois réapparaître.

Je suivis la branche, puis plissai les yeux et indiquai un point en aval où deux personnes s'agitaient sur la berge.

— On dirait qu'il se passe encore quelque chose là-bas, dis-je.

— Allons-y! Je vois bien que vous en mourez d'envie. De surcroît, c'est la chose la plus excitante qui soit arrivée dans le coin depuis des années.

Dempsey descendit sur la berge, Jade sur ses talons. Je les suivis de loin, pensive. Et si la voiture m'appartenait? Et si les ossements avaient un rapport avec mes souvenirs de Kitty? Ce serait une sacrée coïncidence que la voiture ait plongé dans la rivière à l'endroit où reposaient les restes d'un corps disparu depuis près d'un siècle. Coïncidence ou phénomène inexplicable?

Dempsey arriva la première sur la berge où de larges empreintes de chenilles montraient le chemin emprunté par les véhicules de secours. Une bande de plastique rouge et blanc claquait dans la brise, ceinturant l'endroit où le corps avait dû être repêché.

Deux officiels prenaient toujours des notes et des mesures. Dempsey interpella l'un d'eux et entama avec lui une conversation animée. Elle me fit signe de la rejoindre.

— Voici le professeur Johnson Clarke, c'est un historien de la région. Il pense que le squelette a séjourné dans l'eau plus de cinquante ans.

Johnson Clarke était vêtu d'une salopette blanche et portait une écharpe de soie rouge autour du cou. Il semblait avoir la soixantaine passée. Lorsqu'il posa son regard gris sur moi, j'y décelai une lueur de vivacité. Il me tendit une main gantée que je serrai avec prudence.

— En quoi cette triste affaire vous intéresse-t-elle, mesdames?

— Il y a une forte probabilité que mon amie Kate soit la conductrice de la voiture tombée à cet endroit, expliqua Dempsey en regardant par-dessus son épaule. Jade, éloigne-toi de cette bande. Nous n'avons pas le droit d'y toucher.

— Vous ne savez pas si vous conduisiez ou non cette voiture? s'enquit le professeur, piqué par la curiosité.

— Elle a perdu la mémoire, à cause de l'accident, selon toute vraisemblance. Mais elle s'intéresse aussi à ce squelette que… Jade! Éloigne-toi du bord!

Dempsey se précipita pour éloigner sa petite-fille de la rivière et la refaire passer derrière la bande de sécurité, me laissant avec l'historien qui me dévisageait d'un air interrogateur.

— Puis-je vous demander d'où vous vient cet intérêt pour le corps?

— Je... Je connais une famille qui a habité les environs il y a plus de quatre-vingts ans. Ce squelette pourrait-il être resté sous l'eau depuis si longtemps?

— Nous ne pourrons le déterminer qu'après la datation des os, répondit-il avant de plisser les yeux, pensif. Quel est le nom de cette famille?

— Je ne connais que des prénoms: Kitty, Garrett, Alice, Arthur...

Le regard de l'homme s'illumina.

— Les Larkspur! J'enquête sur l'histoire de cette famille depuis des années. De quelles informations disposez-vous?

Il me prit par le bras et m'entraîna vers une voiture, dont il ouvrit la portière et attrapa une chemise cartonnée posée sur le siège.

— Dès qu'ils ont appelé à propos du squelette, j'ai pensé qu'il pouvait y avoir un lien avec la légende des Larkspur.

— Les Larkspur? répétai-je rêveusement.

— C'était une famille qui venait de Cornouailles; elle s'était enrichie grâce à l'exploitation de mines d'étain et de cuivre jusqu'à ce que le filon s'épuise. Ils devaient de l'argent à bon nombre de créanciers, alors ils ont fui. On n'a plus entendu parler d'eux jusqu'au retour du fils, bien des années plus tard. Il a acheté plusieurs propriétés autour du village de Little Loden.

Il s'interrompit un instant.

— Venez vous asseoir un moment dans la voiture. Vous êtes blanche comme un linge.

Je me glissai sur le siège passager pendant qu'il retirait sa combinaison et ses protège-chaussures avant de prendre place derrière le volant.

— Vous vous sentez bien?

— Parfaitement. Je vous en prie, continuez.

— La légende raconte que Garrett Larkspur et son épouse Kathryn, surnommée Kitty, ont perdu leur fils de six ans qui a succombé à une forte fièvre. Le couple a eu le cœur brisé. C'était leur fils unique et ils ne s'en sont jamais remis. Kitty avait également une sœur, Alice, connue pour être une personne fragile. Bref, apparemment, un jour, le chagrin s'est révélé un fardeau trop lourd pour Kathryn et sa sœur. Alors, elles ont sauté du pont et se sont noyées. Garrett Larkspur n'a jamais surmonté cette épreuve. Il a dès lors vécu en reclus dans sa demeure qu'il ne quittait plus, refusant les visites. Il est décédé quelques années plus tard – d'un cœur brisé, disent certains. Le plus étrange dans cette histoire, c'est qu'un seul corps a été retrouvé, celui d'Alice. Quant à savoir ce qu'est devenu celui de Kitty… Mystère…

46

Par la vitre de la voiture, j'observai la rivière scintillant sous le soleil. Il faisait bon à l'intérieur, pourtant mes mains étaient glacées.

— Dites-moi tout. Que savez-vous sur la famille Larkspur? Il existe très peu d'informations… Alors, si vous êtes en mesure de me dévoiler quelques détails sur eux, vous rendrez un vieil homme très heureux!

L'historien me considérait avec espoir sous ses sourcils blancs et broussailleux.

— Je ne sais pas grand-chose de plus que vous, hélas, répondis-je d'un air désolé. J'ignorais même leur nom de famille avant que vous me l'appreniez. Je connais une Kitty, et je sais que Garrett et elle ont perdu leur fils, Jaygo. Mais je n'arrive pas à me faire à l'idée que Kitty se soit suicidée. Elle était si forte et déterminée.

Johnson Clarke garda le silence. J'en avais trop dit, et je m'en rendis compte aussitôt.

— Un psychologue m'a hypnotisée pour m'aider à recouvrer la mémoire, et je me suis remémoré les souvenirs de Kitty en place des miens. Ça paraît complètement fou, je sais, mais apparemment des tas de gens croient en la réincarnation et en la capacité de régresser vers des vies antérieures.

Il me dévisagea avec scepticisme.

— Ce psychologue et soi-disant hypnothérapeute est-il de la région? S'il habite Little Loden depuis longtemps, il connaît certainement la légende des Larkspur…

Adam m'avait appris que la famille de Tara et de Colin habitait le village depuis plusieurs générations. Pourquoi n'avaient-ils jamais fait allusion à cette légende locale après m'avoir entendu raconter mes prétendus souvenirs ?

Devant ma gêne, le vieil homme haussa un sourcil.

— Puis-je vous demander qui vous a recommandé cet hypnothérapeute ?

— Sa sœur ; elle travaille pour la famille qui m'a recueillie.

Sitôt ces mots prononcés, je reconnus la naïveté de mes paroles. Une fois encore, la crédibilité de Colin était mise à l'épreuve.

— Ne soyez pas trop dure envers vous, me rassura l'historien en me tapotant le genou. Vous étiez dans une position vulnérable, sans mémoire et à la merci d'inconnus.

— Croyez-vous que Colin ait introduit ces souvenirs dans mon inconscient ?

— Je l'ignore. Je ne me risquerais pas à émettre une opinion. Je préfère les faits établis et les preuves historiques.

— Tout ça me semblait si réel.

— Ne vous inquiétez pas, je vous en prie. L'histoire est vraie, les Larkspur ont existé. Je peux même vous montrer la tombe de Garrett…

À l'idée de voir le lieu du dernier repos de Garrett, mon cœur s'emballa. L'homme que Kitty avait aimé d'un amour inconditionnel avait bel et bien existé.

— Ça ne vous ennuie pas ? Je crois que j'en ai besoin.

— J'en ai presque fini ici, de toute façon.

Il rangea ses papiers dans son dossier, qu'il glissa sous son siège et duquel s'échappa une feuille qui atterrit sur mes genoux.

— Oh, mon Dieu ! m'exclamai-je. C'est le camée de Kitty, que Garrett lui a offert !

— C'est en effet un dessin de la broche des Larkspur qui a disparu depuis des décennies, confirma le vieil homme en arquant un sourcil dubitatif.

Il rangea la feuille dans la chemise et ajouta d'un air perplexe :

— J'ignore comment vous le savez. Ces choses-là me dépassent.

Il regarda derrière moi, par la vitre, visiblement mal à l'aise.

— Et vos amies ? Veulent-elles également venir voir la tombe ?

Dempsey et Jade flânaient non loin de la voiture.

— Je vais le leur demander.

J'allai trouver Dempsey et lui appris les dernières nouvelles.

— Je n'arrive pas à croire que ce soit vrai, en fin de compte ! Ils ont vraiment existé…

Je ne mentionnai pas le fait que Colin connaissait certainement la légende et avait omis de m'en faire part. J'essayai de ne pas envisager qu'il m'ait soufflé l'histoire de Kitty, même si c'était l'explication la plus logique. Les émotions et les souvenirs me semblaient encore si réels.

— Si ça ne vous ennuie pas, Dempsey, j'aimerais beaucoup l'accompagner au cimetière. Si vous ne voulez pas venir, peut-être M. Clarke pourra-t-il vous déposer, Jade et vous, à la maison.

Johnson Clarke regarda d'un œil noir les deux paires de bottes boueuses de Dempsey et Jade. Pour ne pas salir sa voiture rutilante, elles les ôtèrent et les déposèrent dans un grand sac-poubelle dans le coffre. Une fois tout le monde installé, nous nous engageâmes sur l'étroite route.

Je n'avais jamais vu le village auparavant – en tout cas, je n'en avais aucun souvenir – et contemplai avec intérêt les façades en briquette et les toits de chaume qui défilaient par la vitre. Après un virage, nous croisâmes une dépanneuse qui tractait une petite Fiesta jaune, et Dempsey poussa un cri aigu.

— C'est ma voiture !

— Vous allez donc repartir ?

— Tara est là, je n'ai aucune raison de rester. Mon travail à la galerie et ma vie m'attendent.

— Oui, évidemment. Mais vous allez me manquer.

— La police a retrouvé la voiture qui, selon toute probabilité, est la vôtre. Ils ne devraient plus tarder à découvrir votre identité. Vous aussi allez retrouver votre ancienne vie. Vous nous aurez probablement tous oubliés d'ici quelques mois.

Je gardai un silence maussade, tandis que le professeur se garait le long de l'allée devant Kigarjay. Dempsey et Jade descendirent de voiture.

— À tout à l'heure ! lança Dempsey avant de suivre Jade vers la maison.

— Vous ne partirez pas avant que je revienne ?

— Non, je dois faire ma valise. Et puis, fit-elle avec un geste en direction de la maison voisine, nous avons une visite à rendre.

— Sacrée bonne femme, commenta Johnson Clarke en faisant demi-tour.

Nous roulâmes en silence sur l'étroite route menant à l'église du village. Il gara la voiture le long du muret du cimetière et enfila un pardessus pendant que je m'enveloppai de mon propre manteau. Après la chaleur réconfortante de la voiture, le froid semblait encore plus mordant qu'en début de journée. Je frissonnai mais ne sus déterminer si c'était de froid ou d'appréhension à l'idée de voir la tombe de Garrett.

Johnson Clarke s'engagea sous le porche du cimetière, gravit le chemin pavé qui menait à la porte de l'église puis bifurqua. Je lui emboîtai le pas.

— La partie la plus ancienne de l'église date de l'époque normande, lança-t-il par-dessus son épaule. Elle est mentionnée dans le guide *Domesday*, mais il y a eu des ajouts au fil des années.

— Vous allez trouver ça dingue, mais je la reconnais. Quand j'étais sous hypnose, je suis venue ici avec Kitty et Garrett. C'était la première fois qu'ils découvraient l'endroit et ils en sont tombés amoureux. Ils pensaient acheter une maison dans le coin.

— Ils l'ont fait ! Garrett Larkspur a acheté et rénové au moins trois propriétés des environs.

— L'une d'elles étant Kigarjay… la maison où nous avons déposé Dempsey et Jade.

— C'est possible. J'ai les nom et adresse des propriétés dans mes notes. Apparemment, le premier terrain qu'il a acheté était inondable lors des crues de la rivière. Ensuite, ils se sont installés à la sortie du village. Kigarjay, dites-vous ? Je crois que c'est ça. Une contraction de leurs noms…

J'acquiesçai, tandis qu'il s'arrêtait le long d'une rangée de tombes parfaitement entretenues.

— La troisième propriété que Garrett Larkspur a achetée était une ferme en ruine, reprit-il. D'après les registres, les Jenkins, les propriétaires d'origine, traversaient une mauvaise passe et il l'a acquise sur un coup de tête, a dépensé une fortune en rénovation et la leur a revendue pour une bouchée de pain quand son fils unique est décédé.

— Il ne supportait sans doute pas les souvenirs liés à cet endroit. Jaygo adorait la ferme, murmurai-je. Il adorait les animaux et jouait dans les prés. Garrett l'avait sûrement achetée avant qu'ils le ramènent. Mais le petit est mort…

Johnson Clarke quitta l'allée et je lui emboîtai le pas, foulant la pelouse, dépassant d'anciennes tombes aux stèles recouvertes de mousse et serpentant entre des monticules de terre sans pierre tombale. Il s'arrêta devant une sépulture dissimulée sous un if tentaculaire, contre un mur du cimetière.

— Garrett a exigé d'être enterré à cet endroit précis, aussi près que possible du mur.

— On sait pourquoi?

— On pense qu'il voulait demeurer le moins loin possible de sa belle-sœur, Alice, qui repose de l'autre côté de l'enceinte, sur des terres non consacrées. Elle s'est suicidée, alors le cimetière lui était interdit.

J'étudiai la tombe solitaire à la stèle penchée et recouverte de lichen.

— Pourquoi aurait-il souhaité être près d'Alice?

— À mon avis, il croyait que son épouse s'était également suicidée. Si jamais son corps était un jour retrouvé, elle serait forcément enterrée auprès de sa sœur, donc non loin de lui.

Je m'agenouillai et brossai la mousse sur la pierre, découvrant peu à peu l'épitaphe gravée.

— Il y a une inscription!

— Ah bon? s'étonna Johnson Clarke en mettant un genou au sol avec un petit grognement. Je pensais qu'elle s'était effacée avec les années. Laissez-moi voir.

Il finit de gratter la mousse.

— On dirait un poème.

Je passai le bout des doigts sur l'inscription vieillie et déchiffrai l'épitaphe.

— «Garrett Larkspur: solitaire dans la vie, abandonné dans la mort, seul dans l'éternité.»

Je me tamponnai les yeux, soudain débordant de larmes.

— Il a dû se sentir complètement abandonné quand il a appris que Kitty s'était suicidée. Ça signifiait qu'elle l'avait quitté intentionnellement.

Je repensai à Vincent et aux épreuves terribles qu'il avait traversées, aux extrêmes auxquels il avait dû recourir, comme duper le monde entier en prétendant que sa femme l'avait quitté pour un autre homme, afin de dissimuler l'impensable.

— Il ne pouvait peut-être pas se faire à l'idée qu'elle l'ait quitté de manière si définitive, commenta le vieil homme, faisant écho à mes pensées.

— Je n'y crois pas une seconde ! lançai-je en me redressant. Je ne peux pas croire que Kitty se soit donné la mort. Je vais aller trouver Colin. Je pense qu'il est temps de décider de lui faire confiance.

J'essuyai du revers de la main mes dernières larmes et redressai les épaules.

— J'ai besoin de lui pour découvrir la vérité.

Avec raideur, l'historien se remit debout.

— Attention, ma chère. Nous avons un corps retrouvé dans la rivière dans laquelle Kathryn a sans doute sauté, nous avons un mari éploré qui, à en croire son épitaphe, pensait que son épouse s'était suicidée. Il faut observer les faits. Penser avec sa tête, non avec son cœur.

Nous rebroussâmes lentement chemin vers la voiture. Dans mon esprit tournaient les paroles de Betty au sujet d'un homme solitaire aux cheveux noirs errant dans la demeure apparemment désertée, telle une figure fantomatique hantant les lieux.

— Voulez-vous bien me ramener à Kigarjay ? Je dois voir Colin, mais j'ignore où il habite. Je pourrai l'appeler de là-bas.

L'historien poussa un soupir mais hocha la tête avec compréhension.

— Allons-y, Kate, ou qui que vous soyez. Je vous ramène à la maison.

La maison, pensai-je. Qu'est-ce sinon un lieu où l'on est heureux et détendu, entouré de gens auprès desquels on se sent bien ? Je pensai à Kigarjay, où j'avais principalement ressenti nervosité et appréhension, et changeai d'avis.

— Pourriez-vous plutôt me déposer chez les Jenkins ? J'ai quelqu'un à voir là-bas.

47

Johnson Clarke me laissa dans la cour pavée de la ferme avant de repartir pour le village où il allait procéder à l'examen du squelette retrouvé dans la rivière. Il avait promis d'appeler Kigarjay plus tard dans la journée pour partager ses premières découvertes.

Je restai un instant immobile, considérant les bâtiments agricoles baignés de lumière en cette fin de matinée, et respirai à pleins poumons l'air de la campagne. Je fis un pas en direction de la lourde porte en chêne et fus stoppée presque immédiatement par l'aboiement d'un chien derrière moi. Adam approchait à grandes enjambées, Lad sur les talons.

— Je suis désolée pour tout à l'heure, commençai-je tandis qu'il avançait vers moi. J'étais… perturbée.

Lentement, il approcha, le regard rivé au mien.

— Venez dans la grange, fit-il en me tendant le bras. On y sera au chaud et plus au calme que dans la maison.

J'observai sa main tendue, encore effrayée à l'idée de ce premier contact physique. Et si j'avais tout imaginé ? Et si l'hypothermie m'avait fait délirer ? Vincent était peut-être finalement la réincarnation de mon amour perdu ; Vincent qui avait bien plus de points communs avec Garrett qu'Adam…

— Arrêtez de réfléchir, Kate, et suivez-moi.

Adam laissa retomber sa main, tourna les talons et se dirigea vers la grange, suivi par le chien.

Après un instant d'hésitation, je lui emboîtai le pas, avançant machinalement tandis que mon esprit tourbillonnait. Adam se tenait à l'entrée du bâtiment. Un rayon de soleil dansait sur une meule de foin. Des grains de poussière tournoyaient devant mes yeux, et mes narines se remplirent de la douce odeur de la paille.

— Je dois savoir si…, fis-je, plantée devant lui, les genoux tremblants.

— Chut.

Il ferma la porte, laissant le chien monter la garde à l'extérieur.

Je serrai les lèvres et plongeai les yeux dans les siens. Le monde sembla s'arrêter. Plus rien n'existait que nous deux. Doucement, il leva la main, comme pour caresser ma joue, mais il semblait tout aussi incapable que moi de franchir ce cap.

— Kate…, murmura-t-il.

Nous nous rapprochâmes encore un peu et son souffle vint réchauffer ma joue. Nous échangeâmes un sourire et il saisit ma main qu'il pressa tendrement contre ses lèvres.

Un feu d'artifice explosa en moi. Je m'accrochai à lui pour ne pas tomber et alors il me serra dans ses bras, contre son cœur. Nos deux corps s'enflammèrent. Je penchai la tête en arrière et le laissai poser ses lèvres contre les miennes.

Je sus alors avec certitude que je n'avais jamais rien ressenti de tel. Adam m'attira vers des balles de foin et sans séparer ses lèvres des miennes, me retira mon manteau avant de faire courir ses mains le long de mon corps, explorant chaque courbe de ma silhouette.

Ses mains s'arrêtèrent sur les boutons de mon jean. Il défit alors la boucle de ma ceinture et déboutonna mon pantalon. À mon tour, je lui ôtai son manteau avant de m'attaquer à sa chemise, découvrant un torse musclé et encore bronzé.

Nous nous arrêtâmes, à moitié dévêtus. Je posai mes lèvres sur son torse, caressant sa peau. Pendant un instant, nous restâmes nichés l'un contre l'autre, reprenant notre souffle. Enfin, il retira mon pull et vint couvrir de baisers le creux de ma gorge, mon cou, électrisant ma peau jusqu'à ce que l'attente se fasse insupportable.

Ce fut un bouquet final exceptionnel quand nos corps se fondirent en un seul, rattrapant une éternité de désirs inassouvis.

Recouverts du manteau d'Adam, nous restâmes longuement étendus l'un contre l'autre, somnolant ou nous contemplant les yeux dans les yeux.

— Le vœu de Kitty est exaucé, murmurai-je.

— Lequel?

— Elle espérait revivre un jour la passion qui l'avait unie à Garrett.

— Tu penses sincèrement que nous sommes eux?

— Je ne sais pas, avouai-je avec un sourire. Mais ça n'a plus d'importance, ce que nous partageons à présent est le plus important. Dis-moi, ajoutai-je après un instant de réflexion, as-tu ressenti quelque chose de spécial quand tu m'as sauvée dans la tempête?

Il se dressa sur une épaule et m'observa, un sourire aux lèvres.

— Pourquoi crois-tu qu'un homme sain d'esprit s'aventurerait dans le blizzard, de la neige jusqu'à la taille, pour rendre un chat à sa propriétaire? Je mourais d'envie de te revoir. Je n'arrivais pas à croire ce que j'avais éprouvé le jour où je t'ai trouvée. Je n'avais jamais rien ressenti de tel.

— Tu as bien caché ton jeu.

— Je voulais savoir si tu ressentais la même chose. Mais, quand je suis arrivé à Kigarjay, tu croyais que c'était Vincent qui t'avait porté secours et j'ai bien compris qu'il voulait que ça reste comme ça.

— Pourquoi n'avoir rien dit? demandai-je en traçant du bout du doigt le contour de son menton.

— Je ne voulais pas te mettre la pression. Tu étais perdue et troublée et ignorais où tu te trouvais. Vincent s'occupait de toi et j'espérais que tu finirais par te souvenir. Je me suis efforcé de te voir aussi souvent que possible. Je mourais d'envie de te toucher, mais chaque fois il se passait un truc.

— J'ai également ressenti quelque chose quand je t'ai vu à la porte avec le chat. Mais Tara a pété les plombs à cause de l'animal et après tout s'est emballé, alors j'ai repoussé ce sentiment dans un coin de ma tête.

Il enfouit son visage dans mes cheveux.

— Rattrapons le temps perdu, chuchota-t-il en m'attirant à lui.

Je fermai les yeux et j'acceptai le baiser qu'il m'offrait. Alors, je me perdis une nouvelle fois dans ses bras.

L'après-midi débutait quand nous rentrâmes dans la maison, main dans la main. Dans la cuisine, Betty et Bill prenaient tranquillement leur déjeuner. Ils étaient comme deux minuscules silhouettes fragiles, assis seuls à la grande table. Betty nous ignora et continua de manger, mais Bill nous étudia minutieusement plusieurs minutes avant de se fendre d'un sourire radieux.

— Il était temps que vous retrouviez vos esprits, tous les deux! s'exclama-t-il. Félicitations!

— Comment avez-vous deviné? demandai-je, tandis qu'Adam approchait deux chaises pour que nous prenions place à table.

— Vous vous tenez la main et vous souriez bêtement, expliqua-t-il avec un sourire encore plus large. Et puis, vous avez de la paille dans les cheveux.

— Ça ne t'ennuie pas? s'enquit Adam comme j'enlevais machinalement les brins de paille accrochés dans mes cheveux.

— Je suis ravi! répondit son grand-père.

Il tendit une main tordue à Adam, qui la serra chaleureusement. Le vieil homme lança ensuite un regard à sa femme, dont le visage était inexpressif.

— Nous le sommes tous les deux, reprit-il. Vous êtes faits l'un pour l'autre. Je m'étonne seulement qu'il vous ait fallu tout ce temps pour vous en rendre compte.

L'espoir au cœur, j'acquiesçai et souris joyeusement à Bill et à Adam.

— Est-ce qu'elle reste? aboya brusquement Betty, les yeux rivés sur moi.

— Oui, grand-mère, répondit Adam en se levant pour aller la serrer dans ses bras. J'espère qu'elle restera avec nous très, très longtemps.

Plus que tout au monde, je souhaitais rester. Quelque part, une petite voix me rappela que j'ignorais si j'avais le droit de faire une quelconque promesse à cet homme, à sa famille. Bientôt, je découvrirais qui j'étais et tout pourrait alors changer. D'autre part, en plus de la question de mon identité, d'autres problèmes attendaient d'être résolus. J'avais encore un voyage dans le passé à effectuer. Si Maria avait raison et qu'une âme perdue hantait sa maison, il était temps de lui apporter la paix.

Betty s'était levée et posait une assiette devant moi. Je la remerciai, l'esprit ailleurs. Dempsey avait aussi promis de découvrir s'il restait des cachets dans la maison. Je m'aperçus que j'avais hâte de me lancer dans cette petite mission de détective.

— Tu n'as pas faim? s'inquiéta Adam.

Je baissai les yeux sur la part de hachis parmentier et me rendis compte avec étonnement que j'étais affamée.

— Quand nous aurons mangé, dis-je entre deux bouchées, tu voudras bien me reconduire chez Vincent?

Adam se crispa. Je posai ma main sur la sienne pour le rassurer. Aussitôt, une décharge électrique nous parcourut; il me sourit, soulagé.

— Si tu m'aides à nourrir les agneaux, nous irons juste après.

En remontant l'allée qui menait à Kigarjay, je remarquai immédiatement la petite voiture jaune de Dempsey.

— Tu es sûre que ça va aller? s'inquiéta Adam.

Je me penchai pour l'embrasser longuement et lui assurai que tout irait bien. Je l'appellerais quand je serais prête à partir. J'avais décidé que je ne pouvais pas abuser plus longtemps de l'hospitalité de Vincent, et Adam m'avait proposé la chambre d'amis à la ferme jusqu'à ce qu'on découvre mon identité. Rêveuse, je le regardai s'éloigner, me demandant avec un sourire si la chambre d'amis serait bien utile.

Tara ouvrit la porte, vêtue d'un pull d'un bleu profond qui s'harmonisait parfaitement avec la couleur de ses yeux.

— Dempsey vous attend en haut, m'annonça-t-elle avant de tourner les talons et de disparaître dans la cuisine.

Avant que la porte se referme, j'aperçus brièvement Jade assise devant un bol. Tara était de retour et reprenait les choses en main.

Je gravis l'escalier sur la pointe des pieds et toquai doucement à la porte de la chambre de Dempsey. Lorsqu'elle ouvrit, je vis que ses affaires étaient prêtes.

— Vous avez pu voir la tombe de Garrett? demanda-t-elle sans préambule.

Nous nous assîmes au bord de son lit. J'acquiesçai d'un hochement de tête.

— Avez-vous ressenti quoi que ce soit de particulier? Un lien? L'impression de l'avoir un jour connu?

— C'était plutôt triste, à vrai dire. Il y avait une inscription sur la stèle, dissimulée par la mousse.

— Que disait-elle?

— Solitaire dans la vie, abandonné dans la mort, seul dans l'éternité.

— C'est affreux. Le pauvre homme.

— Je sais. Ça m'a brisé le cœur. Il est mort en croyant que Kitty l'avait abandonné, mais je la connais, Dempsey. Même après avoir perdu son fils pour la seconde fois, elle n'aurait pas fait ça. Je n'arrive tout simplement pas à y croire.

Dempsey s'empara de ma main et la tapota gentiment.

— Et si ce corps retrouvé dans la rivière se révèle être le sien, y croirez-vous?

— Je dois le voir par moi-même. Je veux que Colin m'hypnotise encore une fois.

Plutôt que de me dévisager dubitativement, elle m'offrit un large sourire.

— Vous allez sans doute être exaucée plus tôt que vous ne le pensez. Colin a téléphoné tout à l'heure. Son dernier rendez-vous a été annulé et il veut venir vous voir. Il devrait être là dans moins d'une heure.

Elle se leva et alla s'asseoir à la coiffeuse. Elle prit dans sa trousse à maquillage de l'ombre à paupières bleue qu'elle étala d'une main experte.

— Après ça, j'ai prévu que nous rendions visite à Maria. Elle est toujours angoissée par son fantôme.

Elle rangea l'ombre à paupières et sortit le mascara, qu'elle passa sur ses cils en deux gestes aussi rapides qu'efficaces.

— Je ne sais pas très bien ce que nous espérons trouver. Même s'il reste des cachets quelque part dans la maison, ça ne veut rien dire, non?

— Bien sûr que si! Je me suis demandé si Maria ne prenait pas elle-même ce fichu rohypnol. Elle ignore peut-être à quel point c'est dangereux ou même qu'il s'agit du médicament que son mari avait prescrit à Cheryl, expliqua-t-elle en regardant mon reflet dans le miroir. Et je suis toujours plus ou moins convaincue qu'on en a versé dans votre verre et que c'est ce qui explique votre état l'autre soir.

Je la regardai passer un pinceau sur ses pommettes, me demandant vaguement pourquoi elle se maquillait à cette heure de la journée.

— Je pourrais faire un tour dans la salle de bains et y fouiller pendant que vous occuperez Maria, fit-elle en pivotant vers moi. Parfois, un peu de duplicité est nécessaire à une bonne cause.

48

Les projets de Dempsey me firent m'interroger une nouvelle fois sur la sincérité de Colin et sur les raisons pour lesquelles il n'avait pas mentionné les Larkspur. Était-ce aussi pour la bonne cause? Pourquoi m'avoir dissimulé les points communs entre cette histoire et celle de Kitty? Deux fois déjà, on m'avait persuadée d'accorder le bénéfice du doute à Colin. Je fis part de mes soupçons à Dempsey.

— Même si Colin connaissait cette légende, répondit-elle en se mettant du rouge à lèvres, il n'a de toute évidence pas établi le lien avec ce que vous lui racontiez. Je ne peux pas croire qu'il vous ait mis l'histoire de Kitty en tête. Pourquoi? Qu'y aurait-il gagné?

— Je n'en sais rien. La notoriété, des patients plus nombreux, la célébrité...

— Non! Colin est une personne honnête et modeste. Regardez ce qu'il a fait pour Vincent et moi. Il nous a aidés à surmonter notre chagrin et nous a guidés sur le chemin du deuil.

J'examinai Dempsey avec attention et je remarquai que le rouge de ses joues ne devait rien au fard dont elle avait paré ses pommettes. Mon regard glissa malgré moi vers le tiroir où j'avais découvert la bouteille de gin le premier soir.

— Et je n'ai pas bu, si c'est ce que vous croyez, se défendit-elle d'une voix serrée. La bouteille est là en dernier recours, au cas où je ne pourrais plus en supporter davantage. Ça me rassure de la savoir là, mais je n'y ai pas touché. Ce sont les faibles et les imbéciles qui boivent.

— Mais alors...? m'étonnai-je.

Et soudain, la lumière se fit dans mon esprit. Je compris pourquoi elle s'inquiétait de son allure et n'était plus si pressée de rentrer chez elle.

— Dempsey! Est-ce que vous ne seriez pas amoureuse de Colin?

— Vous y allez un peu fort! rétorqua-t-elle en tournant sur son tabouret pour me faire face, une lueur d'amusement dans les yeux. Mais il est plutôt mignon, non?

Je me rappelai la présence rassurante de Colin, le réconfort qu'il m'apportait quand je me réveillai d'une séance d'hypnose et compris ce qu'elle voulait dire.

— Et ces yeux turquoise! s'extasia-t-elle d'une voix rêveuse. C'est comme s'il pouvait voir directement mon âme.

Je connaissais cette sensation.

— Il a fouillé dans la mienne toute la semaine.

Elle ricana comme une collégienne. Il était si facile de prendre pour de l'amour la gratitude qu'on ressentait envers une personne à qui on avait confié ses pensées les plus intimes. Colin avait saisi l'ampleur du chagrin de Dempsey et sa dépendance à l'alcool. Il lui avait ouvert les yeux et l'avait remise dans le droit chemin. Maintenant, elle lui vouait un culte. Ou peut-être était-ce plus que ça. Je m'interrogeai sur la différence d'âge, mais, à la vue des yeux brillant d'excitation de Dempsey, je me dis qu'elle devait s'en ficher comme de l'an quarante.

J'aidai Dempsey à descendre ses valises, que nous déposâmes dans l'entrée. Je me rendis ensuite dans la cuisine en attendant Colin.

Le lave-vaisselle tournait à plein régime et Tara mixait des fruits dans le robot.

— Ah! vous arrivez juste à temps pour une tasse de thé.

— Regarde ce que j'ai dessiné! s'écria Jade pendant que nous prenions place à côté d'elle.

Elle me tendit un dessin représentant le pont enjambant la rivière où elle avait joué le matin.

— C'est très joli, lui assurai-je en notant ses joues rouges.

Avec un hochement de tête, Dempsey approuva.

— Ambre m'a dit de le dessiner. Elle a dit que c'était là que ta voiture était tombée dans l'eau.

Tara fit volte-face, manquant lâcher la théière qu'elle tenait à la main.

— D'où sors-tu des idées pareilles?

— C'est Ambre qui me l'a dit, insista Jade avec une pointe de défi dans la voix. Sauf que je l'ai dessiné en vert, alors que c'était tout blanc à ce moment-là.

Tara émit un petit claquement de langue avant de verser l'eau bouillante dans la théière et d'y plonger trois sachets de thé. Elle posa ensuite bruyamment les tasses sur la table.

— Vous devriez surveiller vos paroles devant elle. Elle n'est pas sourde, vous savez.

J'essayai de me rappeler si nous avions évoqué devant Jade la possibilité que je sois la conductrice de la voiture.

Les lèvres serrées en une moue désapprobatrice, Tara posa un verre de jus de banane devant Jade, qui le prit consciencieusement avant de mettre sans conviction la paille dans sa bouche. Un instant plus tard, on frappa à la porte.

— Ce doit être Colin, lança Dempsey après un coup d'œil à sa montre. Il est en avance.

— J'y vais, annonça Tara en me passant devant alors que je me levais pour aller ouvrir.

Colin, qui suivait sa sœur d'un pas nonchalant, nous gratifia d'un sourire désarmant.

— Comment vont mes femmes préférées? plaisanta-t-il, posant son regard tour à tour sur sa sœur, Dempsey et moi avant de s'arrêter sur Jade.

— Un peu énervée, en fait, répliquai-je sèchement.

— Pourquoi ça? demanda Colin, son sourire disparu.

Il approcha une chaise et s'assit en face de moi.

Je me rendis compte que j'étais incroyablement en colère contre lui.

— Peut-être parce que vous saviez depuis le début que je vous racontais la légende des Larkspur? Pourquoi ne pas m'avoir dit que vous reconnaissiez l'histoire de Kitty? Ou bien vous m'avez tout soufflé la première fois que vous m'avez hypnotisée?

Colin se liquéfia, son visage perdit toute couleur. Ainsi donc, j'avais raison. Il m'avait mis ces souvenirs en tête. Au bout du compte, je n'étais pas fâchée contre lui, j'étais terriblement déçue de découvrir que le monde de Kitty n'était même pas le fruit de mon imagination mais de celle de Colin.

Tara serrait fermement sa tasse entre ses mains. Était-elle énervée contre son frère d'avoir menti ou contre moi de l'accuser?

— Je vous avais prévenue que c'était des bêtises, lança-t-elle d'une voix haut perchée. Moi aussi, je connais la légende, évidemment. Mais Colin m'a suppliée de ne pas vous en parler pour ne pas influencer ce que vous voyiez sous hypnose.

Elle me dévisagea de ses yeux turquoise.

— Je peux vous assurer que ça ne me plaisait pas, termina-t-elle.

— C'est la vérité, assura Colin en évitant de croiser le regard de sa sœur. Je lui ai demandé de ne rien dire. Plus vous parliez de Kitty, plus j'étais sûr qu'il s'agissait de la légendaire Kathryn. Mais je vous jure que je ne vous ai jamais soufflé ces souvenirs.

— Vous espérez vraiment que je vais vous croire?

Il se pencha par-dessus la table et posa délicatement sa main sur la mienne.

— De tout mon cœur.

— Est-ce que vous avez au moins essayé à un moment ou à un autre de m'aider à découvrir qui j'étais vraiment? Vous vous êtes servi de ma perte de mémoire pour faire de moi un cobaye.

Je retirai brutalement ma main, consciente de l'expression d'agacement qui s'étalait sur le visage de Dempsey.

— Je vous promets que ce n'est pas ce qui s'est passé, répliqua Colin qui semblait à présent en colère, les lèvres serrées. Vous avez produit ces souvenirs toute seule, sans mon intervention.

— Vous pouvez le prouver?

— D'habitude, j'enregistre les séances avec mes patients mais, compte tenu des circonstances, ça n'a pas été possible. J'ignorais que vous seriez là quand je suis venu pendant la tempête m'assurer que Tara et Jade allaient bien. Je ne peux rien prouver, sinon vous faire remarquer que, lors de la première séance, il y avait d'autres personnes présentes dans la pièce avec nous.

Il n'avait pas tort.

— Mais l'une d'entre elles était Jade, qui n'aurait pas forcément compris ce que vous me disiez, et l'autre était votre sœur qui, si je ne m'abuse, a loué vos talents, répliquai-je.

— Quand je vous l'ai présenté, je croyais qu'il allait vous aider à retrouver la mémoire, intervint Tara en me regardant dans les yeux. Pour ce que ça vaut, je peux cependant vous assurer que je n'ai pas entendu Colin vous suggérer quoi que ce soit.

Je l'observai, ne sachant pas trop si je devais la croire ou pas. Je pivotai vers Colin.

— La deuxième fois, nous étions seuls dans le petit salon d'Adam. Vous auriez pu me souffler des tas d'idées.

Colin haussa les épaules en poussant un soupir.

— Je ne peux que vous répéter que je n'ai rien fait. C'était stupide, non professionnel même, de ne pas enregistrer la séance, mais j'étais tellement excité par ce que vous vous rappeliez que j'en ai oublié tous les usages.

— Vous me demandez de vous croire sur beaucoup de points, lui dis-je. Avez-vous apporté un magnétophone aujourd'hui?

— Il se trouve que oui.

— Je ne sais toujours pas que croire.

Le problème, c'était que Colin était mon passeport pour le monde de Kitty. Et j'avais désespérément envie de retourner la voir. Je devais soit faire confiance à Colin et le laisser m'hypnotiser une nouvelle fois, soit accepter de ne peut-être jamais découvrir la vérité sur Kitty, Alice et Garrett. Je me mordillai la lèvre et plongeai les yeux dans les siens dans l'espoir d'y trouver la réponse.

— Je peux partir tout de suite si vous le désirez.

— Non, non. Ne partez pas.

— Alors? s'enquit-il.

Il regarda tour à tour Tara, Jade et Dempsey puis revint poser son regard sur moi. Il avait toutes les cartes en main et je capitulai.

— D'accord. Je vous laisse m'hypnotiser une dernière fois.

— Vous êtes sûre que je ne vais pas vous suggérer vos souvenirs ?

— Non, mais j'ai besoin de connaître le fin mot de l'histoire.

— Tant que vous me promettez que vous ne me poursuivrez pas en justice ensuite.

— Promis, dis-je avec un sourire. Rendons visite à Kitty.

49

Il me fallut plus de temps que d'habitude pour atteindre un état de décontraction totale. J'avais souhaité que Dempsey assiste à la séance. Elle était silencieusement assise dans un coin du salon, à observer la procédure pendant que le feu crépitait dans la cheminée, embaumant la pièce.

Et, tout à coup, comme lorsqu'on trouve le sommeil au moment où on ne l'espère plus, je franchis la porte du temps. Le feu cracha de la fumée, tandis que je l'attisai de la pointe du tisonnier. J'étais de nouveau Kitty, le moral en berne, accroupie tristement près de la cheminée alors que la pluie battait les fenêtres. La grisaille de la journée s'harmonisait à mon humeur.

— Kitty, dis-moi ce que tu vois, demanda la voix.

— Je surveille le feu pour qu'il ne s'éteigne pas. Il pleut des cordes et des gouttes tombent dans le conduit de cheminée.

— Es-tu à Kigarjay?

— Oui.

— Où se trouve Garrett?

— Il est parti travailler en ville. Cela fait presque trois ans que Jaygo nous a été enlevé et Garrett s'est éloigné de moi. Il ne reviendra qu'à la nuit tombée.

— À quelle époque de l'année sommes-nous?

— C'est le printemps, mais on ne le dirait pas avec ce temps.

Les questions étaient gentilles, posées pour me détendre et m'inspirer confiance. Pourtant, en un instant, j'oubliai la voix désincarnée et me concentrai sur le moment. J'avais entendu un bruit à travers les trombes d'eau ; quelque chose ou quelqu'un à l'extérieur.

Un bruit me parvint à l'avant de la maison et je sautai sur mes pieds. Je me précipitai pour ouvrir et découvris avec surprise Alice sur le seuil.

— Que se passe-t-il, Kitty ?

— C'est Alice. Elle est trempée jusqu'aux os et tremble comme une feuille.

Je l'attirai à l'intérieur et tentai de refermer la porte derrière elle, mais elle s'accrocha au chambranle, les yeux écarquillés et fous.

— Je ne peux plus supporter la solitude et la douleur, gémit-elle en me repoussant quand j'essayai de la faire entrer dans la maison. Je dois en finir, Kitty. Je dois en finir une bonne fois pour toutes.

— Arrête ces bêtises, maintenant ! Pourquoi es-tu si égoïste ? Mon fils est mort et mon mari est devenu un étranger, pourtant je ne hurle pas sous la pluie, sur le seuil de la maison de quelqu'un.

Elle tourna ses yeux injectés de sang sur moi et lâcha un rire hystérique.

— Tu ne m'as jamais crue, Kitty ! Tu étais tellement occupée à réaliser ton rêve de famille et maison parfaites que tu n'as jamais vu ce qui se passait juste sous ton nez !

— Tu ne vas pas bien. Tu ne sais pas ce que tu dis.

— Je sais exactement ce que je raconte. Oncle George s'est servi de moi et personne ne l'a arrêté. Il mettait des gouttes pour dormir dans la tisane de notre tante tous les soirs et elle ne se doutait de rien. Mais Arthur était au courant. Il savait et il mettait l'oreiller sur sa tête pour ne pas entendre mes cris avant qu'oncle George m'empêche de hurler avec sa main. Pourquoi crois-tu que notre frère s'est enfui? Il ne pouvait plus vivre en sachant qu'il n'avait rien fait pour m'aider!

J'avais un nœud à l'estomac et la bouche sèche.

— Viens à l'intérieur et nous parlerons de tout ça.

— Il est trop tard pour parler. J'ai besoin de savoir que tu me crois.

— Je ne sais pas, Alice, répondis-je en secouant la tête.

Sa main glacée vint me serrer la gorge, écrasant le bord de ma broche contre ma peau.

— Dis que tu me crois!

Avec précaution, j'écartai ses doigts pour éloigner sa main.

— Même si je te croyais, qu'est-ce que ça changerait, maintenant? Si tu dis la vérité, ce n'est pas la faute de tante Maude, Arthur était un enfant et ne peut être tenu responsable d'une horreur qu'il ne pouvait empêcher, et oncle George est mort. Qui blâmerais-tu aujourd'hui? Oublie tout ça, Alice, et reprends le cours de ta vie.

— Tu es tout ce qu'il me reste et je comprends à présent que rien ne nous relie. Tu aurais pu me sauver, Kitty.

Elle me cracha ces mots et recula sous la pluie battante.

— Il n'y a plus rien qui vaille la peine.

— Raconte-moi ce qu'il se passe, Kitty, s'inquiéta la voix. Qu'arrive-t-il à Alice?

Tout en écoutant la voix, je regardai la silhouette famélique d'Alice disparaître sous la pluie et le brouillard. Soudain, je compris que, cette fois, elle allait vraiment passer à l'acte.

— Je crois qu'Alice va se suicider!

— Vas-tu essayer de l'en empêcher?

La question, posée avec calme, me frappa de plein fouet. J'avais l'impression de me réveiller d'un long sommeil. Elle était ma sœur, ma seule parente encore en vie, et je l'aimais. Jamais je ne me pardonnerais si elle tentait de se donner la mort et que je restais les bras ballants. Sans même prendre le temps d'attraper un manteau, je me précipitai derrière elle.

La pluie me battait le visage, me piquait les yeux. Je distinguais sa silhouette qui courait devant moi, insensible aux branches qui s'accrochaient à ses vêtements. Haletante, je la suivis le long du chemin et m'arrêtai pour reprendre mon souffle quand je la vis stopper devant le parapet du pont.

— Alice!

Elle se tourna pour me regarder de ses yeux torturés.

— Ne t'approche pas ou je saute!

Je m'immobilisai et tendis une main vers elle.

— Je t'en prie, Alice. Je te crois! Je suis sûre qu'oncle George t'a fait toutes ces choses et j'en suis désolée. Ce n'était pas ta faute, s'il te plaît, aie confiance en moi. Je comprends. Reviens, je t'en supplie. La rivière est haute, le courant est déchaîné.

L'espace d'un instant, je pensai qu'elle allait obéir, mais son visage prit une expression sereine. Elle ouvrit grands les bras comme pour accueillir son destin.

— Au revoir, ma sœur.

Alors elle bascula dans la rivière qui rugissait en dessous.

— Non!

— Parle-moi, Kitty. Décris-moi ce que tu vois, me pressa la voix.

— Elle a sauté!

Les mots franchirent mes lèvres, tandis que je courais jusqu'au parapet. J'étais sous le choc mais je parvenais encore à distinguer sa chevelure auburn étalée à la surface, alors qu'elle était entraînée par le courant. Entraînée loin de moi, ma petite Alice, ma chère sœur.

J'ôtai mes chaussures et grimpai sur le parapet, puis scrutai l'eau furieuse avant de prendre une profonde aspiration.

— Parle-moi, demanda la voix. Que fais-tu ?

— Je vais sauver ma sœur.

Je sautai et le monde devint froid et sombre, alors que l'eau gelée mordait ma peau. Tendant les bras à l'aveugle, j'essayai de nager, mais le courant était si fort que je ne pouvais lutter et me laissai emporter, battue, malmenée par l'eau boueuse qui déferlait autour de moi. À un coude de la rivière, j'aperçus Alice et essayai de crier son nom mais l'eau emplit ma bouche. Alors, mes pieds se coincèrent dans des racines et ma tête plongea sous l'eau, qui emplit mes narines et mes poumons. Je ne pouvais plus respirer.

— Alice ! Alice ! Je suis là !

Et, brusquement, elle était devant moi, les yeux écarquillés, ses longs cheveux répandus autour de sa tête comme un halo. Je tendis la main et sentis ses doigts frôler les miens. Mais, avant que je ne puisse les saisir, elle s'éloigna de moi dans le courant. J'essayai de la suivre, mais mes poumons privés d'oxygène m'en empêchèrent. Mon cerveau, engourdi par le froid, enregistra que mon pied était coincé. Je ne reverrais plus jamais la lumière du soleil ni le visage de Garrett. J'avais échoué. Je n'avais pas réussi à sauver mon mariage, ni mon fils, ni ma sœur.

Mais je voulais vivre ! Je voulais m'étendre auprès de Garrett encore une fois. Avec le peu de force qu'il me restait, je plongeai sous l'eau et cherchai du bout des mains mon pied coincé sous quelque chose de lourd et d'immobile. Je tirai dessus, essayant de me libérer. Mes poumons me brûlaient, mes yeux semblaient sur le point d'exploser. Ma main vint machinalement se poser sur la broche épinglée à mon col: la seule preuve d'amour que Garrett m'eût jamais donnée. Je l'ôtai et la portai à mes lèvres pour un dernier baiser. Et alors, plus rien.

— Je veux que vous reveniez, maintenant. Trois, deux, un. Ouvrez les yeux, Kate.

Je me redressai d'un coup, cherchant mon souffle. Colin me couvrait d'un regard inquiet, Dempsey était debout à côté de moi.

— C'était affreux! commenta-t-elle.

Elle s'empara de mes mains, les éloigna de ma gorge et entreprit de les frictionner pour les réchauffer. Elle se tourna vers Colin et s'en prit à lui.

— Vous lui avez fait expérimenter sa propre mort! C'était terrifiant et absolument horrible à voir.

— Je ne lui ai rien fait subir contre sa volonté.

Colin me tendit un verre d'eau et j'avalai le liquide frais avec reconnaissance.

— Elle voulait savoir comment l'histoire se terminait, précisa Colin. C'était son choix, pas le mien.

— Comment vous sentez-vous? s'inquiéta Dempsey en reposant pour moi le verre sur la table. Pouvez-vous vous lever?

— Je vais bien, Dempsey, assurai-je avec un sourire. Parfaitement bien. J'ai découvert que Kitty ne s'était pas suicidée. Je le savais. Je savais qu'elle était plus forte que ça.

— Mais elle est morte quand même. Avec de surcroît le sentiment d'avoir échoué sur toute la ligne.

— Elle s'est battue pour vivre, corrigeai-je, une nouvelle tranquillité envahissant mon être. Et, même s'il reste de nombreuses questions quant à la façon dont j'en suis venue à revivre l'histoire de Kitty, nous savons grâce à Johnson Clarke qu'elle est réelle.

Impossible que j'aie vécu tout ça pour rien. Je devais faire quelque chose.

— Je vais rétablir la vérité au sujet de Kitty. Sa vie n'était pas un échec. Elle m'a envoyé un message et je vais le transmettre !

Il était plus de 17 heures quand Dempsey et moi nous rendîmes chez Maria. Colin avait proposé de surveiller Jade pendant que Tara préparait le dîner, et je la savais en sécurité. Elle m'avait tout de même décoché un regard chargé de reproches quand elle avait compris que je ne l'emmenais pas avec moi chez la voisine. Mais son attention s'était très vite reportée sur les dessins animés à la télé.

Maria nous ouvrit, le visage pâle et soucieux.

— Où est Vincent ? Il n'est pas avec vous ?

— Au travail. Il devrait rentrer vers 19 heures. Alors, pourquoi ne pas tout nous raconter au sujet de Cheryl ? attaqua Dempsey en balayant la pièce du regard comme si elle espérait y découvrir une prescription suspecte ou un tube de médicaments bien en vue. Que lui est-il arrivé ?

— J'ai déjà raconté à Kate ce que je sais, répondit Maria, nerveuse. Mon mari a essayé d'aider Cheryl et Vincent.

— Nous pensons que les cachets que votre mari a prescrits à Cheryl n'étaient pas appropriés et qu'il lui en a donné beaucoup trop, compte tenu de son état émotionnel, poursuivit Dempsey en suivant Maria dans la cuisine.

— Si c'est vrai, je n'en ai pas eu connaissance. Je ne sais pas ce que vous attendez de moi, mais j'ai dit la vérité à Kate. Je n'étais pas là quand Cheryl est morte. Il y a quelques jours encore, je croyais qu'elle s'était enfuie et je ne comprenais pas pourquoi. Vincent m'a appris qu'elle s'était donné la mort, et je le crois.

— Selon vous, Julian n'était coupable de rien?

Maria afficha une expression prudente.

— Si le traitement qu'il a donné à Cheryl était inapproprié, comme vous le prétendez, alors c'était une erreur, dit-elle en nous regardant tour à tour, offensée. Je croyais que vous veniez m'aider à traquer ce fantôme.

— Kate pense que votre fantôme a un lien avec le couple qui a construit cette maison. Elle va vous expliquer. Puis-je utiliser votre salle de bains?

— Bien sûr. Vous connaissez le chemin, dit Maria, apparemment soulagée de se débarrasser un moment de Dempsey.

Maria mit quelques cuillerées de café dans le percolateur et approcha un tabouret pour que je m'asseye.

— Personne ne me prend au sérieux avec cette histoire de fantôme, se plaignit-elle. Mais c'est de pire en pire. Il y a des odeurs étranges, des bruits bizarres, comme de grands coups frappés à la porte mais, quand je vais ouvrir, il n'y a personne. Je ne m'explique pas tous ces phénomènes.

— Laissez-moi vous raconter ce que je sais des gens qui habitaient ici avant, dis-je doucement.

— Je vais chercher Michael. Ce que vous allez dire devrait l'intéresser.

Au pied de l'escalier, Maria appela son fils, plusieurs fois, sans succès. Sourcils froncés, Maria se mit à gravir les marches de l'escalier. Je lui emboîtai le pas en croisant les doigts pour que notre hôtesse ne tombe pas sur Dempsey en train de mettre à sac son armoire à pharmacie. Elle passa devant la salle de bains sans jeter un regard et s'arrêta devant une porte que je présumai être celle de la chambre de son fils. Elle frappa. N'obtenant pas de réponse, elle poursuivit son chemin dans le couloir et monta les quelques marches qui menaient au grenier, reflet parfait de la chambre que j'occupais chez Vincent.

— Il doit être dans la salle de jeux, expliqua Maria dans un murmure.

Elle ouvrit à la volée la porte de la petite pièce et y entra d'un pas décidé avant de s'arrêter net, comme pétrifiée. Son fils cacha rapidement sa main derrière son dos, des volutes de fumée d'une cigarette s'élevant derrière lui pour s'échapper par la fenêtre ouverte.

— Michael! s'écria Maria. Qu'est-ce que tu fabriques, bon sang?

50

L'odeur familière du tabac était comme une attaque des sens. L'image d'une vieille femme recrachant un nuage de fumée bleue et tentant de dissiper d'une main frêle et blanche la preuve de son méfait s'imposa à moi.

— Tu ne t'es pas remise à fumer, maman? demandait ma mère depuis le bas de l'escalier, tandis que j'ouvrais précipitamment la fenêtre de la chambre de ma grand-mère pour aérer la pièce.

La vieille femme me souriait, une lueur espiègle brillant dans ses yeux verts. Nous avions toujours été proches, grand-mère et moi. Quand j'étais petite, elle m'avait appris à fabriquer des anges en papier, me régalant d'histoires de sa jeunesse tout en pliant et découpant les feuilles. Lorsqu'elle achevait son œuvre, je poussais des hurlements de joie en découvrant les petites silhouettes qui se tenaient par la main. Elle m'avait aussi appris à jouer aux cartes.

Le monde était un brouillard blanc pareil aux volutes de fumée, un vide sans début ni fin. Ma tête me lançait et je tendis les bras devant moi, tandis que j'avançai dans la brume des années, aveugle et tâtonnante. Des bribes de conversations emplirent mes oreilles. Grand-mère me racontait que ses parents avaient longtemps attendu d'avoir un enfant. Ils avaient recueilli le bébé, né hors mariage, d'une riche famille. Sa mère avait eu le cœur brisé quand, plusieurs années après, les parents biologiques étaient venus réclamer leur enfant. Et puis, comme un cadeau des cieux, grand-mère était née et l'histoire de l'enfant perdu était devenue un mystère. D'où venait le petit garçon et où avait-il été emmené? Qui étaient ses parents? Une bourrasque de vent glacé sembla se faufiler par la fenêtre ouverte, dissipant le brouillard blanc et, tandis que je scrutais la brume qui s'éclaircissait, de nouveaux fragments me revinrent en mémoire. Des silhouettes indistinctes étaient rassemblées sous un porche et me faisaient signe, tandis que la fumée s'échappait de la cheminée de la maison, se fondant dans la brume persistante.

Une jeune fille, ma sœur, me regardait partir, dissimulée dans l'ombre.

— Au revoir, Emma! N'oublie pas d'appeler!

Je tournai la clé dans le contact, un million d'émotions se bousculant en moi. J'embarquais pour une aventure vers l'inconnu. Mais où allais-je? Je me concentrai pour me rappeler. Je prenais un nouveau poste, loin de la maison. C'était ça! J'étais la chef documentaliste du musée de l'université. C'est ce que j'avais toujours souhaité, ce pour quoi j'avais travaillé si dur. J'avais décidé de prendre un nouveau départ… J'allais travailler comme consultante historique, organiser des expositions, guider les visiteurs, diriger des projets et des gens et avoir à ma disposition des documents et des registres de toutes sortes. Et j'avais prévu d'utiliser ces ressources pour enquêter sur le mystère du frère adoptif de ma grand-mère, à présent décédée.

Comme de loin, je vis la voiture chargée jusqu'au toit, essayant de faire taire les doutes qui m'assaillaient. L'université était loin de tous ceux que je connaissais, mais ma relation avec mon petit ami était bel et bien terminée. Je commençais un nouveau chapitre. Pourquoi alors me sentais-je comme une femme face à un peloton d'exécution?

Un chat poussa un miaulement plaintif près de moi.

— Sois gentille, Mitsy. Nous avons une longue route devant nous.

À nouveau envahie par un mélange d'appréhension et d'excitation, je me revis prendre la direction du nord, laissant derrière moi la côte de Cornouailles que je connaissais si bien, mes parents et ma petite sœur, pour foncer vers un nouveau travail et une nouvelle vie.

— Kate!

Je fus brutalement ramenée dans le présent.

— Kate, vous allez bien? demanda Dempsey en me secouant avant de se tourner, indignée, vers Maria. Qu'est-ce qui se passe, ici?

— C'est Michael, s'écria Maria, en s'approchant d'un pas rageur de son fils. Il fume! Comment peux-tu faire ça? Tu sais que ton père déteste ça!

— Ouais, ben papa n'est pas là, pas vrai? rétorqua l'adolescent avec amertume. Tu l'as fait partir et maintenant ça ne compte plus ce que papa pense.

Dempsey posa la main sur mon bras, se désintéressant momentanément du drame familial qui se jouait devant nous.

— Vous allez bien? On dirait que vous avez vu un fantôme.

— Je… Je vais très bien, répondis-je, surprise de m'apercevoir que c'était la vérité. J'ai retrouvé la mémoire. Je sais qui je suis.

Cette nouvelle sembla ne faire ni chaud ni froid à Dempsey, qui reporta son attention sur Maria. Elle tendit la main, paume ouverte, présentant à Maria un tube de pilules.

— Votre mari vous a-t-il prescrit ceci?

Maria s'empara du tube pour lire l'étiquette.

— Oui. Ce sont des calmants légers pour mes nerfs. Où les avez-vous trouvés? Je les cherche depuis des jours.

— J'ai bien peur que ces médicaments soient loin d'être légers, rétorqua Dempsey en reprenant le tube qu'elle glissa dans la poche de son jean. Je crois que ce sont ces cachets qui vous font croire que la maison est hantée. Ils vous maintiennent dans un état d'angoisse et vous font halluciner.

— Non! Julian ne m'aurait jamais prescrit ce genre de médicaments. Quand la situation était tendue entre nous, ces cachets m'ont aidée à me sentir mieux.

— Je n'en doute pas, fit Dempsey en se tournant vers Michael qui l'observait, les yeux écarquillés et le visage livide. Il n'y a jamais eu de fantôme, n'est-ce pas? Tous ces événements bizarres qui sont survenus dans la maison sont de ton fait. Pourquoi as-tu voulu faire croire à ta mère que la maison était hantée, Michael?

Il jeta un coup d'œil embarrassé vers la fenêtre comme s'il cherchait une issue de secours.

— Qu'êtes-vous en train d'insinuer? demanda Maria, confuse.

— C'est papa, marmonna tristement Michael. Je me suis dit que si tu pensais que la maison était hantée, tu aurais trop peur pour rester seule ici avec moi et que tu lui demanderais de revenir vivre avec nous.

Il recula vers la fenêtre comme sa mère avançait vers lui.

— Tu veux dire que tu as déplacé ces objets quand j'avais le dos tourné? Que les odeurs bizarres, les bruits étranges, l'article sur Colin apparaissant mystérieusement sur la table… c'était toi?

Michael se pencha par la fenêtre pour jeter sa cigarette dans le vide. Alors, le vieux cadre en bois de la fenêtre sembla s'incliner sous son poids et l'image d'Alice au bord de la falaise, puis plus tard fendant l'air du haut du pont surgit brusquement dans mon esprit.

Le visage de Michael se tordit de terreur, tandis qu'il s'écartait de la fenêtre pour retrouver l'équilibre ; la pièce résonna d'un craquement inquiétant. Je me penchai vers Michael et saisis au vol sa main au moment où le cadre de la fenêtre s'écroulait derrière lui avant de s'écraser dans un fracas tonitruant au sol. Nous retenant tous deux près du vide béant, je le tirai en arrière dans un ultime effort. L'histoire ne se répéterait pas. Pas cette fois.

Maria, qui était restée pétrifiée, retrouva l'usage de ses jambes et se précipita vers nous, m'aidant à ramener Michael vers le centre de la pièce. Elle prit dans ses bras le garçon qui tremblait de tous ses membres.

— Mon pauvre bébé. Tu aurais pu mourir ! pleura-t-elle en scrutant l'expression choquée de son fils. Nous ne t'avons pas expliqué correctement la situation, ton père et moi. Tu n'as pas besoin de m'effrayer pour que je supplie ton père de revenir. C'est lui qui a décidé de partir, pas moi qui le lui ai demandé.

L'adolescent n'en menait pas large et il serra sa mère dans ses bras, les yeux pleins de larmes.

— Tu ne m'en veux pas d'avoir essayé de faire revenir papa ?

— Jamais je ne t'en voudrai ! Mon petit chéri, je t'aime plus que tout au monde.

À mon grand soulagement, Dempsey préféra ne pas accuser le garçon d'avoir drogué ma boisson quelques jours plus tôt et gardait un silence contrit. Maria regarda le trou béant dans sa maison puis leva des yeux larmoyants vers moi. Par-dessus la tête de son fils, elle me remercia silencieusement.

Un souffle imperceptible frôla mon bras, me remplissant d'un sentiment de paix et de tranquillité. La vibration remonta mon cou et caressa mes cheveux, envoyant des frissons le long de ma colonne vertébrale.

Je frémis et souris dans le vide.

Plus tard, ce soir-là, une fois Vincent rentré, Dempsey et moi lui fîmes le récit des événements.

— Donc Maria prenait les mêmes médicaments que Cheryl? résuma-t-il, horrifié.

— Maria n'en prenait qu'occasionnellement, pour calmer ses angoisses, expliqua Dempsey. Mais elle ignorait qu'ils sont si addictifs. Michael a dû les trouver et les a gardés soit pour les donner à sa mère pour qu'elle croie au scénario de la maison hantée qu'il avait concocté, soit pour les essayer lui-même. Nous avons jeté les cachets restants dans les toilettes.

— Il n'y avait pas de fantômes, alors?

Je ne répondis pas, repensant au souffle d'énergie que j'avais senti après avoir sauvé Michael.

— Et Kitty? demanda doucement Vincent, tandis que Tara posait une casserole fumante sur la table.

— Kitty est en paix, murmurai-je.

— Et vous?

— J'ai recouvré la mémoire! annonçai-je avant de lui raconter.

Plutôt que la joie à laquelle je m'attendais, le visage de Vincent exprima la déception.

— Vous allez rentrer chez vous, alors?

J'acquiesçai d'un hochement de tête. J'allais effectivement rentrer chez moi, mais pas là d'où je venais. Je pensai à Adam, à Betty et à Bill, et un sourire étira mes lèvres.

— Oui, je vais rentrer chez moi.

Après le dîner et des adieux larmoyants, Dempsey partit dans sa petite voiture jaune. Tara fit sa kiné à Jade et je montai dire bonne nuit à la fillette.

— Ambre dit que tout va bien aller, fit-elle en enroulant ses bras autour de mon cou. Je t'aime, Kate.

— Je t'aime aussi, Jade, répondis-je en la serrant dans mes bras, l'enfant perdu de Kitty à l'esprit. Fais de beaux rêves.

Une demi-heure plus tard, je demandai à Tara où se trouvait Vincent.

— Je dois y aller, expliquai-je. Adam va venir me chercher d'une minute à l'autre et je voulais le saluer.

Je gravis l'escalier et marquai une pause, la main sur la rampe en bois. Je me rappelai à quel point Kitty avait aimé cette maison. Ce sentiment toujours au cœur, je continuai jusqu'à la chambre de Jade.

— Comment se sent ma petite chérie?

Par la porte entrouverte me parvint la voix douce de Vincent. J'attendis en silence.

— Les fantômes existent vraiment? demanda Jade d'une voix endormie.

Je retins mon souffle dans l'attente de sa réponse, espérant qu'il ne se contenterait pas cette fois-ci de l'embrasser et de partir pour esquiver sa question. Une question sur un sujet aussi douloureux que plein d'espoir pour lui ces derniers temps.

— Non, mon cœur, je ne crois pas.

Je glissai un œil à l'intérieur et vis Vincent assis au bord du lit de sa fille. Il lui prit la main et l'embrassa.

— Je crois que, quand les gens meurent, ils vont au paradis où ils sont heureux. Tu t'inquiètes pour Ambre?

— Mais non, fit-elle en secouant la tête. Je sais qu'Ambre n'est pas un fantôme parce qu'elle est ici, papa, ajouta-t-elle en posant la main sur sa poitrine. Tu peux me dire tout ce que tu veux et Ambre t'entendra.

Vincent contempla sa fille comme s'il la voyait pour la première fois. Le souffle me manqua lorsqu'il l'attira à lui et la serra contre son cœur. Des larmes roulaient sur ses joues quand il enfouit son visage dans la chevelure de sa fille.

— Je suis désolé, chuchota-t-il. Tellement désolé de m'être tenu à l'écart. J'aurais dû être là pour toi, mais je suis là maintenant. Je t'aime plus que tout au monde. Tu le sais?

Elle hocha la tête. Je ne savais pas si ses paroles s'adressaient à Jade, à Ambre ou à son épouse décédée. Aux trois peut-être. C'était sans importance. Vincent prononçait les mots qu'il avait besoin de dire depuis si longtemps. Enfin, il allait pouvoir trouver la paix.

Deux ans plus tard

Le soleil brillait haut dans un ciel clair d'été, tandis que je conduisais la poussette sur l'herbe sèche du pré qui descendait à la rivière.

Jade babillait joyeusement à côté de moi, s'arrêtant pour ramasser le jouet que Jay s'amusait à jeter à intervalles réguliers, et poussa un cri de joie quand Lad traversa comme une flèche le pré pour venir coller son museau dans sa petite main.

Arrivée au banc installé sur la berge, je coinçai les freins de la poussette, m'assurai que Jay était bien attaché et sortis la couverture rangée sous la poussette. Je l'étalai par terre pendant que Jade m'assaillait de questions et que Jay suçait bruyamment son poing.

— Est-ce que tante Betty aime bien la dame qui vient les surveiller, elle et oncle Bill ? demanda Jade en cueillant des pâquerettes, assise à côté de moi.

— Je suis sûre qu'elle est soulagée de ne plus avoir à travailler autant.

— Elle cuisine toujours ?

— Oui, fis-je avec un sourire.

— Tara dit que tu es folle de garder oncle Bill et tante Betty à la ferme.

Je retins un rire. Question tact et diplomatie, Tara se posait là.

— Ils sont chez eux, à la ferme, et ils le seront toujours. Ils ne seraient pas heureux ailleurs, et nous avons la chance de pouvoir employer quelqu'un pour prendre soin d'eux.

Jade réfléchit un instant à mes paroles tout en tressant les fleurs ensemble.

— J'espère qu'un jour je deviendrai vieille comme eux, mais que j'aurai moins de rides et que je n'oublierai pas les choses.

Cette fois, je m'esclaffai. Je m'aperçus que Jade me dévisageait de ses grands yeux à l'expression sérieuse et que son commentaire sur la vieillesse n'avait rien de désinvolte.

— Tu savais que certains malades de la mucoviscidose vivent jusqu'à plus de soixante-dix ans ? Tu es forte et obstinée, Jade. Je suis sûre que tu deviendras très vieille.

Je me penchai pour lui caresser les cheveux.

— Et tu seras toujours aussi belle qu'un ange, ajoutai-je.

Elle me sourit avant de porter son regard dans le lointain. Je me retournai et vis une Range Rover gris métallisé cahoter à l'entrée du champ et s'engager dans le chemin qui menait à la rive. La voiture s'arrêta non loin, soulevant un nuage de poussière. Vincent descendit du côté conducteur et se précipita pour ouvrir la portière à Tara et l'aider à descendre.

— Arrête de t'agiter ! le réprimanda-t-elle. Je suis enceinte, pas invalide !

Vincent se dirigea alors vers la porte arrière où un aide-soignant aidait Bill à s'installer dans sa chaise roulante et Betty à descendre. À son visage, je compris qu'elle avait dû pleurer, sans doute d'avoir oublié quelque chose mais, quand son regard se posa sur la rivière, il prit une expression sereine et elle passa en vitesse devant moi pour venir s'asseoir sur le banc.

— Adam a-t-il bientôt fini ? demanda Vincent en regardant au loin le tracteur dans le champ.

Il sortit ensuite paniers de pique-nique et chaises pliantes du coffre de sa voiture.

Je consultai ma montre.

— Il a dit qu'il nous rejoindrait vers 13 heures. Les ouvriers doivent déjà être en pause, alors ils prendront la relève.

— Merci d'avoir surveillé Jade ce matin, lança Tara en se dandinant vers sa belle-fille pour admirer son collier de pâquerettes. J'ai pu me reposer.

Elle leva les yeux, une main en visière pour les abriter du soleil, avant de s'installer dans une chaise en toile. Je suivis son regard vers l'entrée du champ où une silhouette coiffée d'un panama et vêtue d'une chemise au col déboutonné se dirigeait vers nous. À mi-chemin, il rencontra Adam. Les deux hommes se serrèrent la main.

— N'est-ce pas Johnson Clarke qui est avec Adam? demanda Bill assis dans sa chaise roulante qu'il avait installée à côté du banc pour être près de Betty. Qu'est-ce qu'ils font?

— Johnson lui tend quelque chose, murmura Tara en acceptant le verre de limonade que lui offrait son mari, maintenant qu'il avait posé la nourriture et les couverts sur une table pliante.

Les deux hommes s'approchèrent. Johnson avait une allure plus décontractée que d'habitude dans son pantalon terre de Sienne, même s'il avait toujours autour du cou son foulard en soie rouge. Ces deux dernières années, il était devenu un ami proche tandis que nous parcourions les archives et compulsions d'anciens documents, nos connaissances historiques et nos procédés d'investigation se combinant pour former une équipe du tonnerre. Johnson avait aidé le médecin légiste à dater le squelette que je pensais être celui de Kitty. Sans aucun descendant des Larkspur pour comparer l'ADN, une identification formelle avait été impossible, mais l'âge du squelette et la date de sa mort me suffisaient pour croire qu'il s'agissait bien d'elle.

— Vincent et moi avons reçu hier une lettre de Maria, déclara Tara, m'arrachant à mes pensées. Elle dit qu'elle se réhabitue à vivre au sein de sa famille en Sicile. Michael est à Londres, en pension dans une école privée située près de l'hôpital où travaille désormais son père, mais il s'est dégoté une petite copine sicilienne pendant les vacances. Il partage son temps entre son père et sa mère.

— C'est primordial, la famille, murmurai-je, faisant écho aux paroles de Maria.

Je croisai le regard de Betty et lui souris. Avec joie, je vis qu'elle semblait me reconnaître.

Il n'existait aucune preuve que des personnages du passé se soient mobilisés pour créer ce merveilleux présent. Les élucubrations de Betty au sujet de ses visites dans la bibliothèque de son oncle provenaient certainement de mes récits des séances d'hypnose autour de la table de la ferme. Tout comme Jade, elle avait écouté chaque parole échangée en sa présence et les avait confondues avec sa réalité.

Et, bien qu'il fût attesté par tout le monde qu'il n'y avait jamais eu de fantôme dans la maison que Vincent et Tara restauraient, j'avais ma propre opinion sur le sujet. Je n'avais jamais parlé du sentiment de gratitude et de soulagement que j'avais ressenti en sauvant Michael. Mais parfois, je me réveillais au milieu de la nuit, le souvenir de cette présence en tête.

J'acceptai le verre de champagne que me tendit Vincent et esquissai un sourire en le voyant passer un bras autour des épaules de Tara.

— Voilà grand-mère! cria Jade en sautant sur ses pieds pour se précipiter à la rencontre de Dempsey.

Je repensai brièvement à ma propre grand-mère. Je n'avais jamais pu lui dire que j'avais résolu le mystère familial, mais j'étais convaincue que, où qu'elle soit, elle le savait.

Ce ne fut pas Dempsey, cependant, qui accrocha mon regard, mais Adam. Mon cœur s'emplit d'amour à sa vue. Il était sale et en sueur, son jean constellé de brins de paille, les bras nus et musclés, les cheveux collés à sa nuque. Son regard rencontra le mien quand il approcha et plutôt que de m'embrasser il me tendit un paquet qu'il déposa délicatement dans ma paume.

— L'histoire que vous m'avez racontée au sujet des derniers instants de Kitty ne cessait de me tourmenter, expliqua Johnson par-dessus l'épaule d'Adam. Finalement, j'ai réussi à convaincre un des plongeurs de fouiller une nouvelle fois le site où a été découvert le squelette. Ceci reposait dans la vase, à l'endroit exact où vous aviez dit qu'il avait dû tomber.

Je dépliai le papier brun et fis apparaître le magnifique camée monté en broche. Je restai sans voix devant le profil d'une femme en ivoire sur une pierre d'ambre, entouré d'une tresse dorée. Adam prit le bijou et l'épingla à mon chemisier. Je me rendais compte de la valeur extraordinaire de ce présent. Ce n'était pas seulement la preuve de son amour, mais également de la véracité de mes souvenirs, et ce en dépit de toute explication rationnelle ou logique.

— La broche est la preuve que le squelette est bien celui de Kitty Larkspur et je pense qu'elle doit vous revenir, déclara Johnson d'une voix qui me parut lointaine. Adam m'a demandé de la restaurer et a fait un don au musée en votre nom.

Adam m'attira à lui. Des petits frissons de plaisir coururent sur ma peau et je me pressai contre lui.

— Kitty peut être enterrée auprès de Garrett, maintenant, murmura-t-il tandis que nous échangions des sourires.

Une main posée sur le camée, l'autre enfouie dans les cheveux d'Adam, je fondis davantage dans ses bras.

— Garrett ne sera plus jamais seul.

Adam m'embrassa. Je fermai les yeux, prêtant l'oreille aux murmures familiers qui nous entouraient : Jade riant aux éclats, notre bébé gazouillant de bonheur, la rivière s'écoulant indéfiniment. J'étais revenue dans le monde des vivants, bien décidée à profiter de chaque seconde qui s'offrait à moi. Pressée contre le cœur de l'amour de ma vie, je me perdis dans une étreinte éternelle.

Vient de paraître,
du même auteur :

COUPS DE FOUDRE

Prologue

Tirant joyeusement sur sa laisse, Frankie m'oblige à traverser le parking poussiéreux pour rejoindre l'herbe rase des Downs, où je m'arrête pour humer l'air automnal, ravie de me retrouver enfin dehors, loin des vapeurs d'essence de la route voisine et des quatre murs de mon petit appartement. Je me penche pour détacher la laisse de ma chienne, qui file aussitôt. Je souris : comme j'aimerais me lancer aux trousses de ce petit terrier de trois ans avec la même exubérance que lui, le même splendide abandon.

Je me contente de presser le pas et, bientôt, Frankie et moi cheminons côte à côte dans un silence complice, le long d'un sentier que nous connaissons bien, sur les Downs d'Epsom. La chienne ouvre la marche sur ses courtes pattes à la foulée énergique. Je laisse pour ma part dériver mes pensées, tandis que, peu à peu, les tensions de la semaine refluent et que mes muscles se détendent.

Comme nous grimpons une petite côte, le soleil glisse derrière un nuage. Je lève les yeux au ciel : l'air est devenu parfaitement immobile. Autour de moi, le paysage me surprend si fort que je m'arrête net. Les Downs, certes, n'ont pas bougé, qui déroulent de droite et de gauche leurs versants en pente douce, mais l'herbe sèche et les arbres au loin, dont quelques instants plus tôt le soleil de ce début d'après-midi rehaussait les nuances de vert et de brun, se teintent à présent d'une étrange couleur jaunâtre. Je serre contre moi mon manteau en peau de mouton et j'accélère l'allure.

Lorsque Frankie se rue vers un petit bosquet, je jure à mi-voix – pourvu qu'elle ne se volatilise pas au moment précis où je songe à rebrousser chemin jusqu'à la voiture. Un froid soudain s'est abattu, tandis que le ciel, pareil à une prune talée, vire au violet, puis au noir. Le silence à présent est total – même les oiseaux se sont tus.

Un lourd grondement résonne de l'autre côté des collines et, quelques secondes plus tard, Frankie revient au triple galop. Elle détale si vite qu'à chacun de ses bonds affolés elle semble ramener ses pattes arrière jusque sous son nez. Elle se jette contre mon jean et se met à gémir.

Je la prends immédiatement dans mes bras, et tant pis si elle souille mon manteau. La chaleur de son corps et son haleine sur mon visage m'assurent que je n'ai pas pénétré par mégarde au cœur de la nature morte d'un peintre. À la fois transie et fascinée, je me relève pour contempler l'effarante beauté du décor. La lumière a, comme au moyen d'un pinceau, posé des touches d'or sur la cime des arbres là-bas, au sommet de la colline la plus distante, cependant que le ciel ne cesse de s'assombrir et de se faire à chaque seconde plus menaçant.

Alors, le vent se lève. Une rafale siffle, dont la violence m'oblige à reculer sous l'assaut ; je titube. Mes cheveux bruns volent dans mon dos, et la bise glacée qui me fouette la figure me coupe le souffle. Frankie a beau gigoter entre mes bras, hors de question pour moi de relâcher mon étreinte – il ne manquerait plus qu'elle s'enfuie sous le coup de la panique.

L'ayant enfin calée entre mon coude et mon flanc, je me bagarre un instant pour rattacher la laisse à son collier écossais. Mais, au moment où je la pose sur le sol, j'avise un labrador noir, une femelle, qui fonce droit sur nous. Elle nous a presque rejointes quand le premier éclair déchire les cieux. Le coup de tonnerre qui lui succède fait se précipiter les deux chiennes contre mes jambes – elles en ont oublié les reniflements d'usage entre deux bêtes qui s'apprêtent à faire connaissance. Je m'accroupis près d'elles (la foudre, m'a-t-on jadis expliqué, frappe toujours le point le plus haut).

Nous nous tenons blotties les unes contre les autres, tête basse, mes bras enserrant les deux chiennes, lorsqu'une main touche mon épaule. Un homme se dresse à côté de moi, muni d'une laisse.

— Vous allez bien ? hurle-t-il pour couvrir le mugissement de la tempête.

Gênée, je sens une chaleur monter de ma nuque à mes joues. Je me relève tant bien que mal et plonge mon regard dans le regard bleu du trentenaire. Je prends une profonde inspiration pour me ressaisir, après quoi je tente de retenir les pans affolés de mon manteau et de lutter contre les bourrasques ; Frankie, pour couronner le tout, ne cesse de tirer sur sa laisse.

Un deuxième éclair se matérialise au-dessus de nos têtes, et nous clignons instinctivement des yeux. Des pensées décousues se bousculent dans mon crâne. Je me demande notamment pourquoi diable il faut que je croise l'homme idéal au beau milieu d'une tornade, flanquée de deux chiens couverts de boue.

— Elle est à vous? braillé-je en lorgnant le labrador noir qui, ravi, bondit à présent autour de l'inconnu.

— Oui, elle s'est sauvée. Merci de l'avoir arrêtée.

Comme il semble hésiter à partir, je fais défiler en silence une série d'excuses susceptibles de le contraindre à s'attarder, mais mes lèvres demeurent obstinément scellées. Impuissante, je le regarde fixer la laisse de sa chienne, puis me remercier à nouveau en souriant avant de s'éloigner sur le sentier. Et c'est ainsi que notre rencontre mourrait dans l'œuf si, justement, la pluie ne se mettait à tomber: d'énormes gouttes aux reflets miroitants viennent s'écraser sur et autour de nous, tels des boulets de canon en miniature – le sol sec se couvre peu à peu de marques sombres. L'homme se retourne dans ma direction en remontant le col de sa veste. À peine m'a-t-il rejointe que le déluge s'intensifie. Bientôt, la visibilité ne dépasse plus un mètre. J'ai l'impression de me tenir plantée sous une cascade; mes yeux, ma bouche et mes narines s'emplissent d'eau. Je suis trempée. J'échange un nouveau regard avec l'inconnu. Nous éclatons de rire. Il possède un rire exquis et, malgré ses cheveux courts plaqués contre son crâne et la pluie dégouttant du bout de son nez, il produit sur moi un formidable effet.

— Je suis garé là-bas! m'indique-t-il en me désignant le parking du doigt. Courons nous y mettre à l'abri.

J'approuve d'un signe de tête. Pour ma plus grande joie, il prend alors ma main et m'entraîne. Les deux chiennes, la queue entre les pattes, nous emboîtent le pas, atterrées.

Nous courons à perdre haleine, épuisés en outre par la férocité du vent et de l'averse. Je sens battre mon sang dans mes veines et dans le bout de mes doigts, auxquels ceux de l'homme s'entrelacent – j'éprouve des picotements, une sensation située à mi-chemin entre l'extase et la souffrance.

Nous avons presque atteint le parking lorsque la foudre frappe à nouveau, illuminant la rangée de véhicules tapis face à nous dans la brume liquide. Les gouttes innombrables rebondissent sur leurs carrosseries luisantes avant de se rassembler en flaques sur le sol. Les doigts de l'inconnu brûlent la paume de ma main. Je perçois de l'électricité entre nous, je discerne un lien que je serais bien en peine d'exprimer par des mots.

La pluie nous martèle le dos, elle nous pousse en avant et nous marchons tous deux du même pas en direction de sa voiture. À bout de souffle, il se tourne vers moi – un frisson me parcourt des pieds à la tête. Comme il lâche ma main pour chercher ses clés au fond de sa poche, le ciel entier s'éclaire, balayé par une clameur qui crépite à travers la nuée. Un rayon de lumière pénètre dans mon corps, accompagné de sons convulsifs.

Mon euphorie s'évanouit dans l'instant : on croirait que quelqu'un vient d'actionner un gigantesque interrupteur. Une douleur cuisante torture mes épaules. Je regarde, fascinée, les yeux de l'homme s'agrandir d'effroi. Une écœurante odeur de chair brûlée monte à mes narines, dont je devine, sans m'en alarmer pour autant, qu'elle émane de moi. Il me semble m'élever au-dessus de mon corps, que je vois à présent dévoré par un halo rouge. Enfin, je frémis, puis m'écroule sur la terre détrempée. Je ferme les yeux. Je ne suis plus que ténèbres et néant.

1

Quel cauchemar. Je m'enfonce dans l'oreiller, bien décidée à me rendormir pour retrouver en songe les sensations qu'a fait naître en moi ma rencontre avec le bel inconnu. Mais voilà qu'une odeur étrange me tire du sommeil, ainsi qu'un bruit que je n'identifie pas. Contrainte et forcée, ma conscience sort de ses brumes. J'ouvre un œil vitreux, je me tourne pour consulter le réveil qui trône sur la table de chevet. Pas de table ni de réveil. Au lieu de quoi je découvre un vilain bloc en formica sur le dessus duquel se trouvent une cruche en plastique remplie d'eau, ainsi qu'un gobelet de plastique dans lequel on a planté une paille.

Je me redresse sur un coude : dans l'une des veines qui courent sur ma main gauche, on a enfoncé une aiguille, maintenue en place par du sparadrap. À cette aiguille est reliée une poche de perfusion, dont le liquide clair pénètre dans mon organisme via un mince tube de plastique. Je contemple cet attirail pendant une seconde, avant de balayer du regard la petite pièce sans fenêtre où je suis installée. En plus du bloc en formica et du lit, je repère, fixés au mur, plusieurs moniteurs dont les fils courent jusqu'à moi ; ils émettent des signaux sonores réguliers. Passant les mains sur la blouse d'hôpital amidonnée dont je suis vêtue, je repère, dessous, sur ma poitrine et mes flancs, les ventouses qui assurent la liaison entre les appareils et moi.

Je m'assois d'un bond et regrette aussitôt mon geste, car une terrible douleur me transperce le dos et l'épaule. Je tâte avec précaution mes bandages. Je me rappelle soudain l'éclair. Ce n'était donc pas un rêve. Pendant quelques minutes, je demeure immobile, tâchant de me remémorer ce qui s'est exactement passé. Le bel inconnu dans la tempête, les deux chiennes réfugiées derrière la voiture, la pluie battante. Et Frankie ? Qui s'en occupe à présent ?

Je vis seule dans mon appartement en entresol, dans la banlieue d'Epsom. À plusieurs kilomètres de là, mes parents ont choisi de s'enterrer dans un paisible village du Somerset – un hameau qui se résume à une poignée de chaumières, un pub et un magasin général faisant également office de bureau de poste –, le genre d'endroit qu'on traverse sans même s'en rendre compte. Personne n'aura eu l'idée de les informer de mon accident, personne ne leur aura dit que ma chienne est livrée à elle-même, perdue peut-être.

Tandis que j'effleure du bout des doigts le sommet de mon crâne, je tente de me souvenir : avais-je sur moi des papiers d'identité quand la foudre m'a frappée ? J'avais laissé mon sac à main dans ma voiture, garée plus loin que celle de l'inconnu, et les poches de mon manteau étaient vides, à l'exception de quelques mouchoirs et d'un biscuit pour chien. Autrement dit, personne ne sait encore qui je suis.

Laissant errer mon regard de droite et de gauche dans cette chambre aux murs blancs, j'entraperçois une carte, à demi cachée par la cruche en plastique. C'est un dessin d'enfant, qui représente une femme entourée de bambins affublés de têtes beaucoup trop grosses pour leurs corps, qu'on croirait à l'inverse taillés dans des brindilles ; tous portent des cheveux hérissés d'un bleu vif. J'ouvre la carte pour lire le message griffonné à l'intérieur :

Chère maman. Nous espérons que tu vas te remettre très vite. Gros bisous de la part de Sophie, Nicole, Toby et Teddy.

Il faut croire qu'on n'est guère sourcilleux sur le ménage, ici, pour avoir laissé traîner ainsi des objets appartenant à la patiente qui a occupé les lieux avant moi. Alors que je replace la carte sur la table de chevet avant de me caler à nouveau contre les oreillers, une infirmière pénètre dans la chambre, poussant devant elle un chariot. Elle me sourit.

— Comment vous sentez-vous ce matin, madame Richardson? Tout le monde était inquiet.

Je fronce les sourcils, levant un peu le nez pour mieux observer la visiteuse.

— Vous vous trompez. Je ne suis pas madame Richardson. D'ailleurs, je ne suis même pas mariée. Je m'appelle Jessica Taylor. Mademoiselle Jessica Taylor.

L'infirmière, qui, maintenant penchée sur moi, s'apprête à enfoncer l'embout d'un thermomètre électronique dans mon oreille, me considère avec stupeur.

— Vous rappelez-vous ce qui vous est arrivé?

Elle soulève l'une de mes paupières, examine mon œil. Puis l'autre. Visiblement satisfaite, elle recule d'un pas et me dévisage dans l'attente d'une réponse.

J'acquiesce d'un signe de tête, mais j'ai la gorge sèche. Elle agit comme si elle n'avait pas entendu ce que je viens de lui dire.

— J'ai été frappée par la foudre.

— C'est exactement ça, après quoi on vous a amenée dans cet hôpital. Mais vous souvenez-vous de ce que vous étiez en train de faire quand ça s'est produit? Avec qui étiez-vous?

Qu'est-ce que c'est que cette question piège? Cela ne la regarde en rien. Je me contente de hausser les épaules – dont la peau brûlée m'élance tout à coup sous le pansement.

— J'étais avec quelqu'un.

— Qui ça?

— Quelle importance?

Ma réplique a jailli d'un trait mais, déjà, la porte de la chambre s'ouvre à nouveau, révélant un groupe d'enfants surexcités.

Ahurie, je reste bouche bée, pendant qu'ils se ruent sur moi.

— Maman! glapissent-ils en chœur. Tu es réveillée! Maman! Tu nous as drôlement manqué!

L'aînée des fillettes me fourre un bouquet de fleurs entre les mains, la plus jeune se contentant de me sourire, puis de m'embrasser.

— Je veux la voir! hurle un petit garçon. J'vois rien!

Sa grande sœur le prend aussitôt dans ses bras pour l'asseoir au pied de mon lit. Je me tourne vers la porte, où un autre garçonnet se tient en silence, les yeux écarquillés, la lèvre tremblante.

L'infirmière, qui a dû remarquer ma stupeur, fait descendre le bambin du lit avant de repousser la petite troupe vers le couloir.

— Maman est encore fatiguée, explique-t-elle avec fermeté lorsque l'une des fillettes tente de protester. Retournez attendre dans la salle de jeux jusqu'à ce que papa ait fini de parler au docteur. Vous reviendrez la voir plus tard.

Sur quoi elle referme résolument la porte derrière eux et se retourne vers moi.

— Vous ne vous rappelez pas, c'est ça ?

Je secoue la tête. Je nage en pleine confusion.

— C'est une erreur. Ils ne sont pas à moi, je vous assure.

— On observe souvent des troubles de la mémoire récente sur les victimes de la foudre. Ça ne dure pas, me rassure-t-elle en vérifiant ma tension, puis en prenant mon pouls.

Elle note les résultats sur une fiche avant de se pencher à nouveau sur moi – je hume son haleine mentholée, j'en perçois la chaleur sur ma joue – pour inspecter mes yeux une fois de plus.

— Je vais aller chercher le Dr Shakir. Maintenant que vous avez repris conscience, il va pouvoir vous examiner de plus près. Il va vous expliquer ce qui vous est arrivé. Pour le moment, je crois qu'il est en train de discuter avec votre mari.

Elle m'adresse un sourire encourageant.

— Ne vous en faites pas, madame Richardson, tout va rentrer dans l'ordre.

— Je ne suis pas madame Richardson, répété-je alors qu'elle s'éloigne mais, cette fois, il y a moins de conviction dans ma voix.

Après le départ de l'infirmière, je me frotte les yeux. Je place ensuite ma main droite devant moi pour l'observer. Une main fine, aux ongles impeccablement manucurés. Un vent de panique se lève à l'intérieur de moi. Je ne reconnais pas ma main. Où sont-ils, mes ongles cassés à force de taper toute la journée sur le clavier de mon ordinateur ? Et où donc est passée la petite cicatrice, souvenir du jour où je me suis coupée sur le bord métallique d'une boîte de nourriture pour chien ?

Des larmes me piquent les yeux, que je chasse d'un battement de paupières. Je refuse de céder au chagrin, et pourtant jamais je ne me suis sentie aussi impuissante, jamais je ne me suis sentie aussi égarée.

Comment ont-ils pu commettre une telle erreur? Si j'avais un mari et quatre enfants, je m'en souviendrais. Je n'aurais pas pu oublier une chose pareille! Ce doit être un cauchemar. D'un réalisme confondant, certes, mais qui s'évaporera sitôt que je m'éveillerai pour de bon.

Sentant trembler ces mains qui ne m'appartiennent pas, je les place côte à côte sous les draps. Bientôt, me dis-je avec résolution, je rirai de ce mauvais rêve. Quelle sotte je fais. Comment ai-je pu me laisser impressionner aussi aisément?

Je serre les paupières mais, lorsque je les relève, je me trouve toujours au même endroit et mon épaule continue de me faire souffrir. Une petite voix, tout au fond de moi, me souffle qu'une chose épouvantable vient de se produire, mais je secoue la tête. Je n'écouterai pas cet oiseau de mauvais augure.

Dès que la porte se rouvre, je me coule entre les draps et ferme les yeux. Je n'ai plus la force d'affronter cette folie. J'ai mal et je ne désire plus qu'une chose: rentrer chez moi. Regagner mon petit appartement des environs d'Epsom, où je pourrai enfin me pelotonner sur le canapé, la tête de Frankie sur mes genoux, regarder la télévision en pyjama, appeler mes parents, appeler mes amis pour leur raconter ma mésaventure en m'empiffrant sans vergogne de larges cuillerées de glace à la pistache – mon parfum favori – puisées à même le pot.

Des doigts frais caressent mon front. La sensation a beau me paraître familière, je ne me rappelle pas que quiconque autour de moi m'ait jamais gratifiée d'un tel geste.

— Lauren? Lauren, ma chérie, tu es réveillée?

Je clos plus fort encore les paupières et me mure dans un silence têtu. S'il s'agit du mari, du père de ces enfants, je refuse catégoriquement d'avoir affaire à lui.

Une autre voix s'élève, une voix ferme, teintée d'un accent indien.

— Monsieur Richardson, si vous voulez bien me laisser quelques minutes avec votre épouse. J'ai besoin de bavarder un peu avec elle.

Les doigts frais se déplacent vers ma main, qu'ils serrent.

— Je reste à la porte, ma chérie.

J'attends qu'il ait quitté la chambre pour ouvrir enfin les yeux. Un médecin asiatique de grande taille m'observe, un sourire réconfortant se peint sur son visage amical.

— Bonjour, madame Richardson.

Il baisse un instant le regard sur son dossier.

— Lauren, précise-t-il. L'infirmière m'a prévenue que vous souffriez d'une légère perte de mémoire?

— Ma mémoire est intacte, rétorqué-je avec une pointe d'agressivité dans la voix. C'est vous qui me prenez pour quelqu'un d'autre.

Le docteur secoue la tête, un brin attristé.

— Je comprends votre désarroi, Lauren, mais nous n'avons pas commis d'erreur. Il y a là un homme charmant qui m'a affirmé que vous étiez son épouse, et quatre petits enfants qui espèrent votre réveil depuis hier. Il arrive parfois, quand le cerveau s'est trouvé soumis à un courant à haute tension, qu'il en résulte certains troubles mémoriels. Mais ne vous inquiétez pas: en général, ces anomalies finissent par s'estomper.

Perché au bord de mon lit, il plonge dans le mien son regard sombre, où je décèle de la compassion… ainsi qu'autre chose, que je ne parviens pas à identifier.

— La foudre possède une force impressionnante, Lauren, et nous vous avons administré de puissants antalgiques, qui peuvent contribuer à votre confusion.

Il ouvre un carnet, dont il feuillette les pages. Que s'apprête-t-il à m'annoncer encore?

— Quand on vous a amenée dans notre service, hier, avec des brûlures au dos, à l'épaule et au sommet du crâne, j'ai effectué quelques recherches sur les effets de la foudre. Vous êtes le premier cas de ce genre qu'il m'est donné de traiter, et je vous propose de vous livrer le fruit de mes investigations, si cela vous intéresse.

Je fais oui de la tête. Ça y est, j'ai compris: cette lueur que j'ai repérée dans ses yeux, c'est de la curiosité professionnelle, ni plus ni moins. Avant que j'aie le temps de reprendre haleine, il me noie sous un véritable torrent d'informations.

— La foudre, lorsqu'elle se dirige vers le sol, se déplace à une vitesse pouvant atteindre 1600 kilomètres par seconde. Vers le sol... ou, en l'occurrence, vers vous, Lauren, précise-t-il sur un ton respectueux. Après quoi, quand elle repart, elle peut aller jusqu'à 140000 kilomètres par seconde. Incroyable, n'est-ce pas? La gigantesque étincelle que ce mouvement engendre fait grimper la température ambiante au point de provoquer une explosion. D'où le bang supersonique que nous connaissons mieux sous le nom de «coup de tonnerre».

(à suivre...)

Coups de foudre
L'ARCHIPEL
ISBN 978-2-8098-1265-7 / 320 pages

Cet ouvrage a été composé
par Atlant'Communication
au Bernard (Vendée)

Impression réalisée par

CPI
BRODARD & TAUPIN

La Flèche
en décembre 2013
pour le compte des Éditions Archipoche

Imprimé en France
N° d'édition : 274
N° d'impression : 3003512
Dépôt légal : novembre 2013